GRIOTS CÉLESTES

LA DENTELLE DU CYGNE

ŒUVRES DE PIERRE BORDAGE
À LA LIBRAIRIE L'ATALANTE

*Les guerriers du silence*
GRAND PRIX DE L'IMAGINAIRE 1994 – PRIX JULIA VERLANGER 1994
*Terra Mater*
*La citadelle Hyponéros*
PRIX COSMOS 2000 1996
*Wang*
*Les portes d'Occident* (livre premier)
*Les aigles d'Orient* (livre II)
PRIX TOUR EIFFEL DE SCIENCE-FICTION 1997
*Abzalon*
*Orchéron*
*Rohel I* (cycle de dame Asmine d'Alba)
*Rohel II* (cycle de Lucifal)
*Rohel III* (cycle de Saphyr)

AUX ÉDITIONS J'AI LU

*Atlantis*
*Les fables de l'Humpur*
PRIX PAUL FÉVAL 2000
*Les derniers hommes* (feuilleton), Librio

AUX ÉDITIONS FLAMMARION

*Graines d'immortels*

AU DIABLE VAUVERT

*L'évangile du serpent*

Pierre Bordage

# Griots célestes

## Qui-vient-du-bruit

## I

L'ATALANTE
Nantes

Illustration de couverture : Gess

---



ISBN 2-84172-194-9

Librairie l'Atalante, 11 & 15, rue des Vieilles-Douves, 44000 Nantes

# PRÉAMBULE

*L'homme qui pense comme son temps disparaît avec son temps, dit le vieil adage.*

*Que savons-nous des Grandes Guerres de la Dispersion ? Que savons-nous du système premier d'où, selon la légende, sont originaires l'ensemble des peuples humains disséminés dans la Galaxie ?*

*Des abîmes nous séparent des autres rameaux humains. Les rares nouvelles que nous recevons d'eux sont comme des gouttes infimes humectant les lèvres d'un naufragé du Mitwan. Les griots célestes sont plutôt avares de détails. On devine que les autres peuples continuent de parler la même langue que la nôtre, un terranz déformé et/ou truffé d'idiotismes. Nous pourrions donc comprendre nos frères si, par la magie d'une technologie inspirée, ou redécouverte, nous avions la possibilité de rompre ces distances inconcevables qui nous maintiennent dans l'isolement. J'ai consacré toute mon existence à l'étude des connaissances du passé, mais je ne vivrai pas assez longtemps, hélas ! pour exaucer mon vœu le plus cher : partir vers la plus proche des planètes conquises, rencontrer les hommes qui l'habitent, évoquer avec eux les méandres de nos évolutions respectives.*

*À l'évidence, nous sommes à jamais enfermés dans ces prisons de l'espace-temps auxquelles nous ont condamnés les Grandes Guerres de la Dispersion. Nous avons perdu le tout, nous sommes redevenus des parties, des fragments, nos connaissances se sont volatilisées dans ces gouffres qui se tendent entre nous. Et, bien que l'aveu m'en coûte, je reconnais aujourd'hui que le Cercle des griots célestes, cette confrérie que j'ai méprisée, abhorrée, combattue – par jalousie, sans aucun doute –, est le seul lien fiable entre les communautés humaines, la navette ultime et fragile qui, inlassablement, s'obstine à tisser la tapisserie humaine à travers les immensités cosmiques.*

*Je vous enjoins par cette note de faire tout ce qui est en votre pouvoir pour accueillir et entendre les visiteurs du ciel. Pour les protéger des forces obscures dont le projet est de trancher ce dernier lien afin de plonger les mondes humains dans une nuit tragique et définitive. Je vous le demande avec d'autant de force que j'ai moi-même été un soldat de ces légions obscures. D'elles je ne sais pas grand-chose, sinon qu'elles surgissent d'un lointain passé, qu'elles se reconnaissent entre elles par le symbole de l'« anguiz », ou « enguise », un animal que je n'ai jamais réussi à identifier – il me suffira de préciser ici qu'il s'agit d'un hybride chimérique, probablement symbolique, de rampant, d'oiseau et d'insecte.*

*Je devins donc, pendant quelques années, l'un de ces monstres au regard froid chargés de préparer l'avènement des ténèbres. Si ancienne et mystérieuse est l'organisation des anguizeurs – ou enguiseurs – que je croyais, en m'engageant dans ses rangs, exhumer quelque secret qui m'aurait permis de m'évader de ma prison spatio-temporelle, chevaucher ces dragons éblouissants qui volent sur les flots cosmiques. Je ne tardai pas à déchanter, découvrant assez vite de quel bois était fabriquée l'engeance des anguizeurs, celui dont on fait les assassins, les violeurs, les intrigants, les destructeurs, les exterminateurs.*

*Je n'ai pas le temps de vous raconter les épreuves que je subis pour me sortir de leurs griffes, les précautions extrêmes que je dus observer dans ma vie quotidienne, les multiples tentatives d'assassinat dirigées contre ma personne, sachez seulement que leur puissance est redoutable, qu'ils se dresseront un jour ou l'autre sur votre route si vous choisissez le parti de la liberté, de la connaissance, de la lumière, et prenez conscience qu'en protégeant les griots vous ne préserverez pas seulement l'existence des chanteurs de l'espace, vous vous érigerez en gardiens de la Création, en garants de la vie.*

Gaïr Alphalis, dit le Reclus de Bel Flern,
Galban la sèche, sixième planète du système de Scyrt.

Il se demanda ce qu'il fichait là, allongé sur cette terre blessante d'où montait une suffocante odeur de moisissure. Les souvenirs qui grouillaient à la surface de son esprit étaient insaisissables. Seules persistaient une impression de déplacement fulgurant et la douleur intense qui dissipait peu à peu l'ombre d'un vertige. Il se sentait écrasé, las, aussi faible qu'un nouveau-né. Ce retour à la conscience dans cette cave sombre avait tout d'une naissance.

D'une renaissance.

Le voile allait bientôt se déchirer, et sa mémoire lui serait restituée. Il devait seulement attendre la fin du processus, oublier la sensation de vulnérabilité que lui valait son immobilité forcée. Il tenta de lever un bras, mais ne parvint pas à le bouger d'un millimètre.

Ses yeux, s'accoutumant à l'obscurité, discernèrent les pierres d'une voûte. Il ne se trouvait donc pas à l'intérieur d'une grotte ou d'une cave naturelle. Les pierres, parfaitement taillées et emboîtées, le renvoyaient à d'autres réveils, à d'autres moments d'inertie et d'angoisse. Aucun bruit ne troublait le silence que sa propre respiration, malaisée, sifflante. Il réussit enfin à tourner légèrement la tête et à promener son regard sur les murs habillés d'une mousse brune, presque noire. Une envolée de marches dans un recoin de la salle, un escalier tournant, antique à en juger par l'usure des pierres et le délabrement de son noyau central.

Des fourmillements parcoururent ses doigts. Un bon signe : ils recouvraient leur sensibilité, leur souplesse. Sa main gauche éprouvait maintenant la consistance de la terre qui tapissait le sol de la pièce souterraine. Une surface plus dure se devinait sous la couche friable et superficielle, les plaques lisses d'un carrelage peut-être, ou d'une dalle de béton. Sa main droite, elle, maintenait un objet serré contre le haut de sa cuisse.

Son pouce effleura un fil tendu qui émit un son envoûtant.

Sa kharba, son heptacorde, sa lyre de griot…

Ce bout de fil suffit à dévider la pelote entière de ses souvenirs. Il sut alors qu'il gisait sur un chaldran, un nœud chaldrien, et que l'heure de la délivrance était proche.

« Chante, griot, chante ! »

Âgés d'une quinzaine d'années, les adolescents avaient surgi comme des ombres des ruines de l'immense cité dont l'opulence et la misère s'étalaient autrefois sur les deux rives du P-ril maintenant asséché. Les motifs écarlates brodés sur leurs longues chasubles noires représentaient de petits animaux qui tenaient de l'insecte, du reptile et de l'oiseau.

Joshya Kaarbi avait fini par dominer la souffrance de la renaissance, s'habituer à la pesanteur, desserrer les mâchoires de l'étau qui lui broyait la poitrine et la gorge. Il s'était ensuite relevé, avait gravi l'escalier à vis et parcouru un tunnel étroit qu'obstruaient par endroits des éboulis de terre et de pierre. Lorsqu'il avait enfin débouché à l'air libre, Shaïn, la géante bleue, se levait dans une floraison de corolles mauves et roses.

Joshya Kaarbi avait promené un regard incrédule sur les paysages de Zperanz, cinquième planète et la seule habitable du système de Shaïn. Il n'avait pas été surpris par la splendeur de l'aube de Zperanz, un spectacle auquel il avait assisté à plusieurs reprises, mais par le silence, un silence de cimetière, et l'aspect désertique du plateau qui s'étendait jusqu'aux contreforts de la chaîne montagneuse du P-tan. S'il n'avait pas reconnu la dentelle scintillante des sommets enneigés, il aurait pu croire que la Chaldria l'avait expédié par erreur sur un monde inconnu et stérile. La végétation luxuriante qui avait autrefois recouvert le plateau avait disparu et dévoilé une roche nue, grise, torturée, traversée de part en part par la blessure profonde du P-ril.

Il ne restait de Port-Songe, la capitale de Zperanz, que des monticules de terre et de pierre emprisonnés par une lèpre rampante, brunâtre, épineuse. Plus une trace des ponts aux arches majestueuses qui enjambaient le cours d'eau, des bâtiments sur pilotis, des maisons enfouies dans les arbres, des ruelles, des escaliers, des terrasses, des pontons…

« Chante, griot ! »

Perplexe, Joshya Kaarbi dégagea la kharba de sa ceinture de tissu, observa pendant quelques instants la conque lisse et brillante parsemée de taches phosphorescentes, les sept cordes tendues au-dessus de l'ouverture chantournée. L'instrument qui l'accompagnait depuis plus de cinquante ans de Log ne lui avait pas encore livré tous ses secrets. Il lui suffisait de gratter les cordes avec l'ongle du pouce pour en tirer des notes cristallines à la puissance étonnante, accordées à sa voix, à son harmonie intime. La kharba, que les non-initiés prenaient pour un simple coquillage musical, ne se contentait pas de soutenir le chant de son partenaire, elle le magnifiait, elle le glorifiait. Elle seule avait le pouvoir d'ouvrir la porte des archives humaines, elle l'aidait à se projeter et se maintenir dans la « transe griotte », elle lui soufflait les histoires et les mots justes, elle lui était aussi indispensable que son cœur, ses poumons ou son foie. Jamais un griot n'aurait songé à se produire sans son heptacorde.

Joshya chassa ses pensées mélancoliques et caressa du plat de la main la surface ronde et lisse de la kharba. Un vent léger jouait dans ses cheveux, dans les pans de sa toge et de sa tunique longue.

« Chante, griot ! »

Les adolescents le fixaient avec une expression indéfinissable, entre intérêt, férocité et mépris. Leurs cheveux sales, emmêlés, encadraient des visages émaciés où brillaient des yeux fiévreux. Ils n'avaient sur les os qu'une peau brune, desséchée, constellée de croûtes noires, de cicatrices, de tatouages plus ou moins estompés. Leurs cous puissants, leurs épaules larges et leurs mains aux doigts carrés étaient les derniers vestiges de leur patrimoine zperanzien. Joshya Kaarbi se souvint de la bienveillance joviale des hommes et des femmes aux corps massifs venus l'écouter lors de son dernier passage – même si, à la fin de son chant, quelques voix s'étaient élevées pour réclamer la dissolution du Cercle des griots.

« Chante, griot, chante, grigri ! »

Joshya faillit pivoter sur lui-même et prendre ses jambes à son cou. Il y renonça : sa fuite n'aurait pas seulement aiguillonné l'agressivité de ses vis-à-vis, elle se serait révélée inutile. Affaibli par la renaissance, il peinait toujours à se déplacer sur cette planète à la gravité légèrement plus forte que sur la plupart des autres mondes. Et puis l'occasion lui était offerte de porter le Verbe, de célébrer la grande famille humaine dispersée dans la Galaxie. Qu'il s'exprime devant une assemblée fervente ou un auditoire restreint et hostile n'avait aucune espèce d'importance ! La catastrophe qui s'était abattue sur Zperanz, qui avait transformé les vallées en déserts, détruit l'orgueilleuse Port-Songe et sans doute les cités mineures des bords du P-ril, avait laissé une poignée de survivants, et ceux-là, les rescapés, avaient plus que d'autres besoin d'entendre son chant. Quand il leur aurait fait le don du Verbe, il pourrait s'entretenir avec eux, essayer de comprendre les raisons de la déchéance de Zperanz. Un siècle et demi, un souffle à son échelle de temps, suffisait largement à conduire une civilisation à sa perte. Il avait constaté des effondrements plus rapides, provoqués par des cataclysmes naturels, des guerres ou l'effritement brutal des structures sociales rongées par les antagonismes.

Joshya cala la kharba contre son ventre et posa les extrémités de ses pouces sur les deux cordes opposées : la bourdonne, la plus longue, la plus grave, et la chanterelle, la plus courte, la plus claire. Les premières notes s'envolèrent, imprégnées de tristesse. Il ne lui fallut pas longtemps pour atteindre la transe, cet état second où les pensées s'estompaient, où son corps et sa gorge devenaient les caisses de résonance du Verbe.

« Moi, Joshya Kaarbi, du Cercle des griots, j'ai traversé les immensités de l'espace pour vous porter le Verbe, frères de Zperanz. Je viens vous raconter l'histoire fabuleuse de ces hommes qui sortirent du ventre originel et se lancèrent à la conquête de la Galaxie, je viens vous dire l'histoire extraordinaire des Shaïns, ces terribles guerriers qui affrontèrent les mille dangers de l'espace, qui défièrent la mort elle-même pour atteindre un monde qu'ils appelèrent Espérance, oh, le beau nom d'Espérance, je viens vous rapporter l'histoire merveilleuse d'Okta, cette fillette qui vainquit les légions du Vide. »

Il n'avait aucun effort à fournir pour se remémorer les noms et les aventures des héros de la Dispersion humaine – bien qu'elle s'étendît sur une période de plusieurs siècles et regroupât des milliers de personnages. Il n'avait même pas besoin de réfléchir, porté par les notes de l'heptacorde et le son de sa voix. Le chant chassait sa souffrance, le rendait joyeux, presque euphorique.

« Okta, Okta ! » hurla un garçon.

Ce n'était pas l'habitude des spectateurs que de manifester pendant le chant d'un griot (un comportement sacrilège et puni de mort sur bon nombre de mondes), mais Joshya Kaarbi n'en tint pas rigueur au perturbateur. Mieux, il éprouva un regain d'intérêt pour son auditoire : l'apprenti qu'il avait cherché en vain durant toutes ces années se trouvait peut-être parmi ces adolescents. Mourir sans laisser de successeur était une malédiction chez les griots de la fraternité de Cerculum et, même si aucune loi ne l'y contraignait, Joshya ressentait la nécessité urgente de transmettre son héritage.

« Oui, je chanterai les exploits d'Okta, la fillette qui empêcha les légions du Vide de s'emparer d'Espérance et d'y massacrer la communauté des hommes. Oh, qui pourra un jour rendre hommage au courage et à l'intelligence d'Okta ? Son père était l'un de ces grands guerriers shaïns qui franchirent le pays de la mort ; sa mère, une de ces femmes admirables qui, après les avoir séduits et enivrés, égorgèrent les soldats du néant, les terribles anguiz…

— Anguiz ! » hurlèrent les adolescents.

Plusieurs d'entre eux se levèrent et effectuèrent une série de cabrioles en gesticulant et poussant des hurlements. Leurs chasubles noires se retroussaient sur leurs jambes, leurs bassins et leurs poitrines.

Le griot vit qu'ils étaient dépourvus d'organes sexuels. Il ne s'agissait pas d'une mutation, mais d'une mutilation : les plaies s'étaient infectées et avaient abandonné d'horribles cicatrices sur leurs bas-ventres. Ils s'étaient interdit toute possibilité de se reproduire – une précaution inutile, il n'y avait pas une seule femme parmi eux.

Joshya poursuivit son chant, la meilleure façon de ramener le calme dans son auditoire.

« Entendez comment la mère d'Okta, Albane la dragelle, séduisit son père, Pfinn le géant, entendez comment elle l'amena à rompre ses vœux de chasteté, oh, quel homme aurait la folie ou la sagesse de résister à une femme amoureuse ! En ce temps-là, les shaïns avaient choisi de consacrer leurs forces à la guerre, ils avaient juré de ne pas toucher une femme, ni amie ni ennemie. Éclairés par leur guide, Ezam Shaïn, ils...

— Ezam Shaïn ! cracha un garçon.

— À bas Ezam Shaïn ! gronda un second.

— À mort Shaïn ! » glapirent les autres.

Les vitupérations des adolescents sortirent définitivement Joshya Kaarbi de sa transe. Ses pouces cessèrent de gratter les cordes de la kharba. Il redevint un simple voyageur aux prises avec la solitude et la peur. Il ne s'était pas écoulé une demi-journée depuis sa renaissance et, comme son organisme ne supporterait pas un deuxième transfert rapproché, il ne fallait pas compter sur la Chaldria pour le sortir de cette situation.

Il ne lui restait plus qu'à engager la conversation. Il remisa son heptacorde dans sa large ceinture de tissu avant de demander d'une voix forte :

« Qu'est-il arrivé à votre monde ? »

Les garçons se resserrèrent autour de lui. Il lut de la folie dans leurs yeux exorbités. Ils ne portaient pas d'arme, et pourtant ils ressemblaient à des soldats implacables, à des anges exterminateurs. Son regard fut attiré par l'animal rouge brodé sur le tissu rêche de leur vêtement : tête ronde, bec pointu, pattes puissantes, griffes en éventail, corps allongé et recouvert de deux rangées de plumes, queue recourbée qui s'achevait par un dard en forme de crochet. Il avait déjà remarqué ce symbole au cours de ses autres voyages, mais il ne parvint pas à se rappeler dans quel lieu ni en quelles circonstances. Les rayons de Shaïn, maintenant haut dans le ciel, lui frappaient avec dureté les épaules, la nuque et le crâne. Il transpirait à grosses gouttes sous ses vêtements traditionnels de griot, la toge et la tunique longue resserrée à la taille par une cordelette.

Un adolescent se détacha du groupe, approcha son visage à deux pouces du sien et le dévisagea avec une ardeur provocante. Fouetté par son odeur pestilentielle, Joshya se recula d'un pas.

« Que… que s'est-il passé sur Zperanz ? »

Un sourire sardonique étira les lèvres de l'adolescent. La pression de ses yeux immenses et clairs ne se relâcha pas. L'animal incrusté sur le devant de sa chasuble semblait saigner comme une blessure au cœur.

« Nous sommes les serviteurs du Vide, dit-il après un long moment de silence. Nous avons libéré nos frères et sœurs de Zperanz de leur misère physique, du mal de la Création. »

La douceur de sa voix enrobait le fil tranchant du fanatisme. Ses propos évoquaient les divagations d'une organisation plus ou moins clandestine dont les responsables de Port-Songe avaient entretenu Joshya cent cinquante ans plus tôt. Ses dévots prêchaient l'avènement du vide purificateur, le retour au silence glacial d'avant l'explosion originelle, la fin de l'illusion humaine. Le griot n'y avait prêté qu'une attention distraite sur le moment : les sectes apocalyptiques et autres groupuscules fanatiques proliféraient dans les marges des sociétés humaines, et les adorateurs du Vide, peu nombreux de surcroît, ne lui avaient pas semblé plus dangereux que d'autres.

Les rayons bleutés de Shaïn miroitaient sur les feuilles de la végétation rampante et entretenaient l'illusion qu'un incendie se propageait dans les ruines.

« Vous avez quelque chose à voir avec tout ça ? » demanda Joshya.

Les garçons bruirent comme des roseaux couchés par le vent.

« L'homme est une erreur de la nature. Nous devons faire tout ce qui est en notre pouvoir pour l'éliminer. »

L'interlocuteur de Joshya s'exprimait avec une emphase grotesque, typique des individus habités par les dogmes.

« Une… erreur de la nature ?

— Quand l'homme se sera effacé, alors la Création recouvrera sa pureté originelle.

— Le jardin terrestre, l'Éden du premier peuple ? »

L'adolescent secoua lentement la tête.

« Le Vide. Le Silence glorieux. La magnificence du Néant.

— Où sont vos prêtres ou vos chefs ?

— Ils ont accompli le sacrifice suprême, ils se sont effacés avec les autres. Ils nous ont donné l'ordre d'attendre le passage du griot avant de les rejoindre dans l'infini du Vide.

— Je ne pense pas que ce soit pour le simple plaisir d'entendre la voix de l'espace, n'est-ce pas ? »

La réponse se dessina dans l'esprit de Joshya Kaarbi en même temps qu'il posait la question, et son sang se gela dans ses veines.

Pas maintenant, pas si tôt, pas comme ça, il n'était pas allé au bout de sa route, il n'avait pas formé de successeur, il n'était pas prêt…

« Quand il n'y aura plus de griots, il n'y aura plus de Chaldria, dit l'adolescent. Quand il n'y aura plus de Chaldria, il n'y aura plus de Création.

— Absurde ! La Chaldria n'est qu'un élément de la Création. On ne fait pas disparaître une planète en pulvérisant un seul de ses cailloux, on ne tue pas un être en lui arrachant un cheveu ou un bout d'ongle.

— Détruisez l'esprit des hommes, et vous supprimerez son jardin, arrêtez le chant des hommes, et vous restaurerez le Silence. »

La main de l'adolescent happa le poignet du griot avec une telle soudaineté qu'il n'eut pas le temps de se jeter en arrière. Il tenta de se dégager, mais chacun de ses mouvements ne fit qu'aviver la douleur qui montait de ses os.

« Le bruit des hommes est une offense, une abomination, psalmodia le garçon.

— Que cesse le chant des hommes ! hurlèrent les autres. Que s'efface la Création ! »

Les adorateurs du Vide glorieux avaient exterminé la population de Zperanz, transformé la planète en désert et chargé une petite troupe d'exécuter le visiteur céleste. Depuis combien de temps l'attendaient-ils dans les ruines de Port-Songe ?

Ébranlé par une formidable envie de vivre, Joshya se débattit encore, en pure perte. Aux effets de la gravité et de la renaissance s'associait une mutation physiologique engendrée par les voyages répétés sur les flots de la Chaldria, la « corchalde » – ou correction chaldrienne –, une sorte de déclin progressif de la densité physique, comme si, à chaque transfert, les voyageurs semaient quelques-unes de leurs particules sur les formidables courants cosmiques. Un souffle d'air ou un filet d'eau ne peut déplacer une montagne.

L'adolescent plongea sa main libre dans la ceinture de tissu du griot et se saisit de l'heptacorde, qu'il brandit comme un trophée.

« Rendez-la-moi ! » gémit Joshya, les larmes aux yeux.

Son interlocuteur l'enveloppa d'un regard indéchiffrable.

« Là où nous t'emmenons, tu n'en auras pas besoin ! »

Il lança la kharba par-dessus son épaule en direction des autres. Une douleur atroce laboura le ventre de Joshya, comme si on venait de lui arracher les tripes. L'instrument rebondit à plusieurs reprises avant de heurter violemment l'arête d'un rocher. Les cordes se brisèrent dans une succession de plaintes étouffées. Le griot baissa la tête pour ne pas voir les adolescents piétiner la conque en poussant des glapissements de bêtes sauvages. Des larmes brûlantes et amères lui roulèrent sur les joues.

Il allait mourir sur ce monde déjà mort. Il ne reverrait plus jamais Venter, la planète du Cercle, la seule terre dans cet univers où il se sentît chez lui. Les adolescents le harcelaient comme des martrillons, les petits charognards criards des mondes du Kölk. Les rayons de Shaïn lui brûlaient la nuque et les épaules, un grand froid se diffusait en lui, qui étouffait ses velléités de révolte.

Recueilli par son maître à l'âge de neuf ans, il s'était dévoué tout entier au Verbe, sans jamais entrer dans sa vie d'homme, sans jamais connaître la chaleur d'une amitié ou d'un amour. Des regards s'étaient pourtant posés sur lui, qui exprimaient un intérêt sincère, un désir de partage. Mais il n'évoluait pas sur le même plan spatio-temporel que les autres êtres vivants, et il avait évité de nouer des liens affectifs qui n'auraient débouché que sur des regrets.

« Tu n'auras qu'une compagne, lui avait dit son maître. Tu voyageras et mangeras avec elle, tu dormiras et rêveras dans ses bras. Elle te sera vite odieuse, insupportable, si tu n'apprends pas à l'apprivoiser, à l'aimer. Oui, aime la solitude, elle est la clef de la liberté. »

Joshya n'avait pas apprivoisé la solitude, mais le chant lui avait donné du bonheur. En réduisant sa kharba en pièces, ses bourreaux l'avaient amputé de sa dernière raison de vivre.

L'existence d'un griot n'était qu'un long apprentissage du renoncement.

De la mort.

L'adolescent lâcha enfin le poignet de Joshya, qui tomba à genoux. Secoué de sanglots, le griot attendit le coup de grâce. Il se demanda s'il ne rêvait pas quand il vit son bourreau s'accroupir devant lui, le petit animal rouge sang se détacher de la chasuble noire, sauter à terre et, la queue redressée, s'avancer vers lui d'une démarche maladroite.

CHAPITRE PREMIER

# LA RÊVEUSE

*Mes six ans venaient tout juste de sonner quand je fus admise dans le dôme céleste de la Cité des Nues. Bien que près d'un siècle se soit écoulé depuis ce jour, je m'en souviens comme si cette scène se jouait encore sous mes yeux, je me souviens des détails avec une précision effarante, des sons, des couleurs, des odeurs, je me souviens surtout du sourire et du regard merveilleux du griot céleste. Il me fixait avec une expression de bonté que je n'ai jamais observée chez quelqu'un d'autre. Il ne parlait pas et, pourtant, j'eus l'impression de l'entendre me raconter l'immensité de l'espace, les distances inconcevables qu'il avait parcourues pour nous rendre visite, pour nous rappeler que nous n'étions pas seuls dans l'univers, que notre planète, Jezomine, ou Jezseptime, septième fille de l'étoile Jez, n'était qu'un monde habité parmi tant d'autres, que nous appartenions à la grande famille humaine éparpillée dans la Galaxie. Je ne suis pas restée longtemps en sa compagnie, car une foule innombrable se pressait à la porte du dôme, mais le trop bref instant pendant lequel nous sommes restés face à face m'a marquée plus qu'aucun événement de ma modeste existence, j'inclus ici la cérémonie de mon mariage et la naissance de chacun de mes enfants. Je plains les générations qui, comme celle de mes arrière-grands-parents, n'ont jamais eu l'occasion de rencontrer un griot céleste. Je m'estime privilégiée et me sens tenue de partager cette bénédiction avec les malchanceux. C'est la raison pour laquelle j'ai entrepris de rédiger ces carnets, et aussi, sans doute, parce que l'écriture est la manière la plus efficace de ressusciter les rares moments de bonheur dans une existence frappée du sceau de la rudesse et de l'ingratitude.*

Les carnets d'Astael,
Jezomine.

DEPUIS maintenant plus de trois jours, les sphères d'harmonie jaillissaient des tours du palais et s'envolaient en grappes scintillantes au-dessus des toits pentus de la Cité des Nues. Bon nombre d'entre elles se désagrégeaient avant même d'avoir franchi les remparts et libéraient des notes prolongées, aiguës ou graves, qui retombaient en pluie sur les rues et les places ornées de rubans de tissu.

« Je ne me rappelle pas avoir entendu autant de sphères au-dessus de ma tête. Ni autant de rires devant ma maison. »

La main sur la poignée de la porte, Jozbeth leva les yeux sur la visiteuse et fronça le nez, un double mouvement qui creusa les rides sur son front et aux coins de ses yeux. Puis elle tira machinalement sur les manches de sa robe, l'un de ces vêtements traditionnels en laine d'anouelle, pratiques mais peu seyants, que les jeunes femmes répugnaient dorénavant à porter.

« Je ne pensais pas vivre assez longtemps pour assister à la venue des griots célestes, reprit la vieille femme. D'après les carnets de ma grand-mère, leur dernière visite remonte à plus de cent ans. Je commençais à croire qu'ils nous avaient oubliés. Que l'univers tout entier nous avait oubliés.

— Le ciel est si vaste », dit Kaleh.

Les yeux clairs de Jozbeth revinrent se poser sur son interlocutrice.

« Pourquoi viens-tu me voir au juste ? »

Incapable de soutenir le regard acéré de la vieille femme, Kaleh observa la ruelle où flottaient une multitude de rubans accrochés aux fenêtres et aux frontons. Des farandoles rieuses et braillardes battaient la terre sèche et soulevaient des nuages de poussière ocre qui s'écharpaient sur les arêtes et les angles des toits de tuiles plates. En contrebas, des barques glissaient paresseusement sur le fil lisse et encore sombre du fleuve Sherdi. Là-haut, dans le bleu foncé du ciel, les rayons naissants de Jez, l'étoile du système, enflammaient les sphères d'harmonie qu'un vent mollasson poussait en direction du massif des Mystères.

« T'interroger sur… quelqu'un.

— Qu'est-ce qui te fait penser que tu recevras une réponse ?

— N'es-tu pas la plus grande rêveuse de la Cité des Nues ? »

Jozbeth agrippa le col arrondi de la robe de soie de Kaleh, l'abaissa d'un coup sec, examina pendant quelques instants la longue et fine cicatrice qui partait sous la clavicule de la jeune femme et mourait sur la courbe naissante de son sein gauche.

« Certains t'ont fait des confidences sur l'oreiller, on dirait… »

Kaleh ne répondit pas ni ne chercha à se soustraire à l'examen de la vieille femme. Pourtant, si un angailleur venait à la surprendre dans cette ruelle de la ville basse, elle subirait immédiatement le châtiment réservé aux soltanes qui sortaient des limites de leur quartier. Elle poussa un soupir de soulagement quand Jozbeth remonta le col de sa robe et recouvrit la cicatrice de l'insolte, le signe distinctif des courtisanes.

« Quelle est ta relation avec la personne que tu me demandes de retrouver ? reprit Jozbeth.

— C'est… mon fils. »

Le murmure de Kaleh se perdit dans la rumeur de la cité sous-tendue par les harmoniques des sphères. Elle baissa la tête afin de dissimuler la montée de ses larmes. Deux hommes qui passaient tout près lui jetèrent un regard à la fois admiratif et intimidé. Leurs faces burinées, leurs cheveux ras, leurs mains puissantes, leur allure gauche et leurs vêtements rustiques les désignaient comme des journaliers des oasis ou des guides qui conduisaient les caravanes de marchandises à travers les étendues désertiques du Mitwan.

« Tu l'as eu à quel âge ?

— Treize ans.

— Il a quel âge maintenant ?

— Onze. »

Jozbeth hocha la tête, puis s'effaça pour inviter Kaleh à entrer. La jeune femme eut un frémissement de joie en franchissant le seuil. Elle avait entendu dire que Jozbeth, la rêveuse la plus renommée de la Cité et de tout le royaume des Nues, ne distillait ses consultations qu'au compte-gouttes. La plupart de ceux qui la sollicitaient se voyaient opposer une fin de non-recevoir dont la sécheresse, voire la méchanceté, ne les empêchait pas de revenir frapper à sa porte les semaines, les mois ou les années suivants. C'était donc un privilège que d'être admise dans sa maison – un privilège qui avait probablement un coût. Kaleh se demanda si elle avait prévu assez de saquins. La porte se referma sur elle. Le contraste entre la rumeur de la Cité et le silence de la maison, entre la lumière du jour et la pénombre de l'entrée, lui donna l'impression d'être passée dans un autre monde.

Elle frissonna. Comme à chaque fois qu'une excitation montait en elle, une série d'ondulations parcoururent l'intérieur de son sein gauche. Elle avait mis trois ans à s'habituer à la présence de son soltan, le délai moyen qu'il fallait au parasite pour modifier le métabolisme de son organisme d'accueil. La douleur, parfois insoutenable, l'avait tenue éveillée des nuits entières, mais, même s'il continuait de s'agiter avec frénésie lors des grosses chaleurs ou des grands froids, le soltan ne la faisait plus souffrir désormais.

Jozbeth précéda la visiteuse dans un couloir, puis l'introduisit dans une petite pièce où régnait une odeur capiteuse. Après que ses yeux se furent accoutumés à l'obscurité, Kaleh discerna deux fauteuils habillés de tissus clairs, une table basse et un tapis de laine qui recouvrait en partie les dalles rugueuses et marbrées. Des istys blanches jaillissaient d'un grand vase comme l'un de ces geysers bouillants et laiteux qui se donnaient régulièrement en spectacle dans les cours intérieures de la ville haute.

Kaleh éprouva le besoin de parler, de soulager la tension qui aiguillonnait son soltan.

« Comment avez-vous deviné que j'étais…

— Soltane ? J'ai vu deux vies en toi, la tienne et celle de ton parasite.

— Vous savez ce que les angailleurs nous feraient à toutes les deux s'ils me découvraient dans votre maison ? »

Jozbeth acquiesça d'un mouvement de tête qui ramena deux mèches grises sur son front.

« Je suppose que… euh… le moment est venu de parler argent. Combien…

— Je ne suis pas une putain de la ville haute, coupa la vieille femme d'une voix dure. Chez moi, on paie après la consultation. Assieds-toi. »

Kaleh se laissa choir sur le fauteuil que lui désignait Jozbeth. Elle s'appliqua à respirer profondément afin de ralentir son rythme cardiaque. Elle regrettait maintenant la décision qui l'avait entraînée dans l'antre de la rêveuse : elle avait peur de ce qu'elle allait entendre, de ce qu'elle allait découvrir.

Le soltan interprétait son trouble physiologique comme les prémices d'une joute amoureuse et la préparait en conséquence. De son sein gauche partaient des pincements ineffables qui vibraient et s'amplifiaient dans son corps comme dans la caisse de résonance d'un instrument de musique. Si elle n'enrayait pas le processus maintenant, les effleurements de l'air et de la soie sur sa peau se transformeraient en caresses irrésistibles, un croisement de jambes un peu appuyé ou un contact involontaire suffiraient à la précipiter dans un abîme de plaisir. Entre elles, les courtisanes appelaient ces orgasmes incontrôlés les « tentatueurs », un surnom qui désignait également les soltans eux-mêmes : les parasites aiguisaient la réceptivité sensorielle de leurs hôtesses afin de provoquer des désordres organiques, saper les défenses immunitaires et renforcer leur propre emprise. Ils bloquaient puis annihilaient le mécanisme de l'ovulation, un système de contraception radical pour les courtisanes dont l'activité, de surcroît, s'accommodait mal des saignements menstruels. En contrepartie de ses bons offices, le parasite volait de nombreuses années d'existence à son organisme d'accueil. Il continuait de se développer, finissait par atteindre le cœur et étouffer les diastoles. Les soltanes dépassaient rarement les quarante ans et évitaient de gaspiller leur courte existence en plaisirs qui ne leur rapportaient pas un saquin.

Kaleh s'astreignit à rester immobile et à suspendre son souffle, la technique rudimentaire mais efficace que les matrones lui avaient enseignée juste après la greffe. Le tentateur s'éloigna, la laissant dans une frustration latente qui se consumerait dans le prochain embrasement de ses sens.

« Qui est le père de l'enfant ? »

La voix éraillée de Jozbeth horripila la soltane. Assise dans le fauteuil d'en face, la robe remontée sur les genoux, la vieille femme l'examinait d'un regard à la fois inquisiteur et lointain. Les souvenirs affluèrent en force dans l'esprit de Kaleh, les parfums violents et sucrés de l'oasis, le murmure de l'eau, la brûlure de l'air, la douceur de l'herbe, le sourire lumineux de Raj, les caresses ensorcelantes de Raj, le corps nu et sombre de Raj, le sexe dressé et intimidant de Raj, le poids, la sueur, l'odeur, la semence de Raj…

« Un garçon de la même oasis que moi. Il avait quinze ans. Je ne sais pas ce qu'il est devenu. »

Jozbeth se pencha, lui prit les mains et plissa les yeux. Surprise par la chaleur de ses paumes, Kaleh eut un mouvement de recul, mais ne put échapper à la poigne de fer de la rêveuse.

« Il est mort. Quelques jours après la naissance de ton fils. Juste après que tes parents t'ont vendue aux matrones de la ville haute.

— Mort ? Comment… comment pouvez-vous en être aussi…

— Sûre ? Tu ne serais pas venue me consulter si tu ne croyais pas au pouvoir des rêveuses. Je me sers de tes songes comme d'une clef qui ouvre de multiples portes. Ou d'un fil qui me guide dans les multiples trames. C'est ton père qui s'est chargé de le tuer, ainsi que l'exige la coutume dans les oasis. D'un coup de poignard en plein cœur. Puis il a ramené l'objet du délit, son pénis et ses testicules, à ta mère pour lui montrer qu'il avait accompli son devoir de chef de famille. »

Kaleh étouffa un gémissement. Elle gardait de Raj l'image d'un garçon vigoureux, joyeux, dont la témérité le poussait sans cesse à défier les pièges et les mirages du Mitwan. Aussi loin qu'elle s'en souvînt, ils s'étaient toujours aimés, et ils n'avaient pas eu l'impression de commettre une faute lorsque leurs corps s'étaient unis. Mais on ne transigeait pas avec l'honneur des filles dans les oasis : son père avait séquestré Kaleh les sept derniers mois de sa grossesse, puis il l'avait vendue aux émissaires des matrones quelques heures à peine après son accouchement. Jusqu'à la fin de l'année dernière, elle avait vécu avec la certitude qu'il avait tué son fils et épargné la vie de Raj. Puis, six mois plus tôt, une inquiétude avait grandi en elle, un manque inexplicable, suffocant, l'avait rongée de l'intérieur comme un deuxième parasite. Plusieurs de ses clients lui ayant parlé des pouvoirs extraordinaires de Jozbeth la rêveuse, elle avait pris la décision de sortir de ses quartiers pour se rendre dans la ville basse. Le désordre joyeux régnant depuis trois jours sur la Cité des Nues lui avait facilité les choses : elle n'avait pas entrevu l'ombre d'un angailleur dans les ruelles sinueuses qui descendaient, parfois à pic, vers les quartiers populeux de la rive droite du Sherdi.

« Ton fils, lui, est vivant », reprit Jozbeth.

La respiration et le rythme cardiaque de Kaleh s'accélérèrent, et, à nouveau, elle s'offrit aux stimulations sensorielles du soltan. Les mains de Jozbeth lui broyaient les siennes comme des pinces chauffées à blanc. De temps à autre, l'éclat d'un rire transperçait les murs et s'échouait dans la pénombre de la petite pièce où brillaient les yeux exorbités de la rêveuse.

« Vivant ?

— Ton père, son grand-père, n'a pas eu le courage de l'égorger. Il l'a abandonné dans le désert, puis il est revenu à l'oasis en pleurant. Ton père... »

La vieille femme partit en arrière comme si elle avait reçu un choc. De sa robe s'exhalait maintenant une odeur aigre qui masquait le parfum des istys. La sueur collait ses cheveux à ses joues et à ses tempes.

« Un coup de couteau dans le bas-ventre, un autre dans le fondement. Avant de prélever le cœur de ton père, le frère aîné de ton amant l'a entièrement dévêtu, puis il l'a regardé agoniser pendant des heures sous les rayons brûlants de Jez. La loi des oasis, vie pour vie, sang pour sang, organe pour organe. »

La révélation de la mort de son père ne suscita en Kaleh qu'une indifférence teintée de nostalgie. Elle ne s'était jamais sentie proche de cet homme, un monstre d'orgueil emmuré vivant dans ses certitudes. Elle l'avait toujours associé à la sécheresse, tronc noueux, fruit ratatiné, terre craquelée... Pourtant, la rêveuse venait d'affirmer qu'il avait versé des larmes après avoir abandonné l'enfant dans le désert. Son père, pleurer ? Se pouvait-il vraiment que quelques gouttes d'eau se fussent écoulées d'un corps aussi aride ?

« Et ma mère ?

— Aucune de tes portes n'ouvre sur elle. Ça ne veut pas dire qu'elle est morte, seulement que vos trames ne sont plus reliées.

— J'étais proche d'elle pourtant.

— Alors c'est que tu as soldé les comptes avec elle. Elle t'a donné tout ce qu'elle pouvait te donner, tu as pris tout ce que tu pouvais prendre. Tu es sortie de son attraction. »

Pour Kaleh, qui rencontrait des difficultés grandissantes à se remémorer son visage, sa mère incarnait la femme des oasis, anonyme, silencieuse, apaisante, comme l'ombre d'un grand rocher dans la fournaise du Mitwan. Elle s'était donnée sans compter à ses cinq enfants, trouvant toujours temps et énergie pour nourrir, bercer, cajoler, laver, rassurer, soigner. Elle n'avait pas prononcé un mot quand elle avait découvert la grossesse de

Kaleh, sa fille la plus jeune, elle était sortie dans le crépuscule et n'était rentrée que le lendemain à l'aube, les yeux rouges, les joues creusées, les cheveux en bataille, les vêtements déchirés et maculés de terre.

« Tu veux vraiment savoir ce qu'il est advenu de ton fils ? »

Tirée brutalement de sa rêverie, Kaleh établit soudain la relation entre les paroles de Jozbeth et l'angoisse indéchiffrable qui l'avait attirée dans l'antre de la rêveuse : un réveil brutal de sa fibre maternelle, un besoin urgent de savoir ce qu'était devenu le petit être luisant et chiffonné sorti de son ventre. Un feu dévorant se déversait des paumes de la vieille femme et répandait dans son corps une chaleur intense, à la limite du supportable. Elle macérait dans un bain de sueur, une sensation qui lui rappelait les cérémonies de purification dans les katwas, les salles souterraines noyées de vapeur brûlante. Son hochement de tête décrocha quelques gouttes de son front et de ses joues.

« Une femelle skadje l'a recueilli juste avant qu'il se soit entièrement vidé de son eau.

— Quoi ? »

Jozbeth confirma ses dires d'un clignement de paupières. Toutes les terreurs d'enfant de Kaleh étaient remontées à la surface de son esprit lorsque la vieille femme avait prononcé le mot « skadje ». Les populations des oasis vivaient dans la peur perpétuelle des créatures qui peuplaient le désert profond, tellement mystérieuses que leur description variait d'un puits à l'autre, parfois même d'un membre à l'autre d'une même famille. Fanfaron à ses heures, Raj affirmait qu'un jour il partirait dans le désert profond et ramènerait une de leurs dépouilles, « comme ça, tout le monde pourra enfin se mettre d'accord sur leur apparence ». Leurs écailles de couleur ocre, leur aspect horrible et leur férocité sans borne étaient pour l'instant les seules caractéristiques qui faisaient l'unanimité. Les explorateurs officiels du palais, escortés par des détachements de la garde d'élite, n'avaient jamais réussi à rapporter un spécimen vivant ou mort de leurs expéditions, pas même un squelette. Les seules traces que les skadjes laissaient de leur passage étaient les restes des cadavres qu'ils n'avaient pas dévorés entièrement. Il n'y avait rien de plus angoissant, pour les enfants mais aussi pour les adultes, que de vivre sous la menace constante d'un prédateur tellement secret qu'il en était devenu légendaire.

« Impossible, murmura Kaleh.

— C'est la deuxième fois que tu émets des doutes sur mes paroles, soltane ! gronda Jozbeth. Fais attention : les portes de tes rêves risquent de se refermer. À jamais. »

Mal à l'aise, Kaleh essaya de se détendre, mais, entravée par sa robe imbibée de sueur et les serres de la vieille femme, elle ne réussit qu'à accentuer l'inconfort de sa position. Le soltan lui donnait des coups répétés dans le sein gauche, comme autrefois son fils avait labouré son ventre à coups de poing et de pied.

« Comment... comment savez-vous que c'est une femelle skadje ? Personne n'en a jamais vu.

— Les rêves donnent instantanément les réponses. Je parle des rêves de vision, des rêves qui relient toutes les trames, le passé, le présent et l'avenir.

— Vous la... voyez ?

— Pas comme je te vois. Le rêve me transporte en elle. Les cris de l'enfant l'ont alertée et elle s'en est approchée avec l'extrême prudence qui caractérise les siens. Elle a d'abord envisagé de le déchiqueter, parce qu'il est un petit d'être humain et que le bruit des humains blesse sa paix intérieure, puis, sans trop savoir pourquoi, elle a choisi de l'épargner, de le soustraire à la chaleur de la Source de vie d'en haut qui brûle sa peau tendre et fragile. Elle s'est penchée sur lui, elle l'a ramassé, elle a failli le relâcher quand il s'est mis à hurler, elle a de nouveau écouté le chant de sa forme et, en dépit de ses horribles cris, elle a discerné en lui une forme de beauté qu'elle n'aurait pas crue possible chez les êtres humains. Qu'est-ce qu'elle connaît des hommes, à part cette tendance au vacarme qui en fait d'insupportables profanateurs ? Elle l'a emmené dans le nid qu'elle partage avec une dizaine des siens. »

Kaleh crut discerner de la souffrance dans le visage grimaçant et la respiration saccadée de la vieille femme. Elle devina alors que, comme les plaisirs extrêmes des courtisanes se payaient en années de vie, les rêves de Jozbeth lui volaient son énergie et accéléraient son vieillissement. C'était la raison pour laquelle, sans doute, elle donnait si peu de consultations.

« Les cris et la respiration du petit d'homme ont offensé le silence du nid, mais les autres n'ont pas cherché à le couper de son air de vie, ils ont respecté la décision de la femelle. Quand je dis "femelle", je parle d'un état provisoire. Elle peut être mâle ou femelle, ou mâle et femelle en même temps, selon les exigences du Tout-qui-est-dans-rien. »

Jozbeth se mit à trembler. Serrant toujours aussi fermement les mains de Kaleh, elle entraîna la jeune femme dans une série de mouvements convulsifs qui lui secouèrent durement les bras, les épaules et la poitrine. Le soltan cessa de s'agiter et entra dans une phase d'inertie, sa manière à lui d'exprimer désarroi et inquiétude. Si elle se prolongeait pendant plus d'une semaine, la torpeur du parasite entraînait son organisme d'accueil dans une forme de langueur qui pouvait dégénérer en anémie pernicieuse. Kaleh avait assisté à l'agonie de plusieurs de ses consœurs touchées par « l'abdication du soltan » : ces femmes, symboles de l'amour, de la beauté, de la fête des sens, n'étaient plus que des squelettes habillés d'une peau flétrie, verdâtre, dont la vie s'était réfugiée tout entière dans les yeux.

« Ton fils a grandi parmi les skadjes. Il a appris leur langage. Ou, plus exactement, il a appris à communiquer à leur manière. Ils ne parlent pas, ils interprètent la qualité du silence et de ses nuances. C'est la raison pour laquelle ils vivent dans le désert profond, le plus loin possible des hommes et de leur bruit. Et nos sphères musiciennes, que nous jugeons si harmonieuses… Ô dieux… »

Des spasmes ébranlèrent Jozbeth et ballottèrent les deux femmes d'un accoudoir à l'autre de leurs fauteuils.

« Les sons, ils vont les tuer… les tuer… Ô dieux… »

Le visage de Jozbeth s'était transformé en un masque effrayant, sculpté dans un bloc de terreur et de souffrance. Kaleh se débattit, mais la pression des doigts de la vieille femme, aussi puissants et coupants que des serres, ne se relâcha pas.

« Les vents poussent les sphères d'harmonie dans le désert profond… Ton fils fuit avec les skadjes… Les sons les tuent… me tuent… Je dois… je dois… sortir du rêve… »

Jozbeth bascula en arrière avec une telle soudaineté que Kaleh, éjectée de son fauteuil, heurta de plein fouet les genoux de la rêveuse avant de perdre l'équilibre et de tomber lourdement. Bien qu'amortie par le tapis, sa chute lui coupa la respiration et l'abandonna un long moment aux prises avec une douleur aiguë à la hanche et au sternum.

Le sang circulait à nouveau dans ses mains engourdies. Elle perçut les mouvements sinueux du soltan dans son sein gauche. Elle en fut soulagée : son parasite et elle revenaient dans le monde des sens, dans cette réalité un moment estompée par les divagations de la rêveuse. Car, elle en était convaincue désormais, les révélations de Jozbeth n'étaient qu'un tissu de mensonges, des fariboles de bonne femme pourvue d'une imagination délirante et guettée par la folie ! Elle se traita d'idiote et se jura de ne plus jamais consulter une de ces marchandes de fausses vérités.

Raj, assassiné, émasculé par son père ? Son père, poignardé par le frère de Raj ? Elle n'y croyait pas, même si les vengeances de ce genre étaient fréquentes dans les oasis. Son fils, élevé par des skadjes ? Invraisemblable ! Réputées pour leur férocité, les créatures du désert profond n'auraient jamais épargné un petit d'homme abandonné sur leur territoire. Aussi ridicule que cette histoire de femelle qui devenait mâle selon les exigences du tout qui est dans le rien, ou encore que cette histoire de sons meurtriers !

Kaleh se releva, rajusta sa robe détrempée, disciplina ses cheveux de ses doigts écartés. En colère contre la rêveuse et surtout contre elle-même, elle plongea la main dans sa large ceinture de soie et en extirpa sa bourse, résolue à payer son dû et à filer sans demander son reste. Elle espéra qu'elle ne croiserait pas le chemin d'un angailleur soupçonneux entre la ville basse et le quartier des soltanes.

« Je vous dois combien ? » demanda-t-elle d'une voix sèche.

Elle garda les yeux baissés. Forte de sa nouvelle détermination, elle ne voulait même plus croiser le regard halluciné de la vieille femme. Elle mourait d'envie d'être réchauffée par les rayons ardents de Jez.

« Je vous dois combien ? »

En l'absence de réponse, elle finit par lever les yeux sur le fauteuil de la rêveuse. La position de Jozbeth, robe remontée sur les cuisses, tête renversée contre le dossier, mèches en travers du visage, bouche entrouverte, bras écartés, l'intrigua puis l'alarma. Elle attendit encore quelques instants avant de se rapprocher de la vieille femme et de lui poser le pouce et le majeur sur les jugulaires. Le pouls de la rêveuse ne battait plus.

Kaleh vérifia encore à trois reprises, admit enfin que Jozbeth était morte. Elle se mordit les lèvres, suffoquée par un début de panique. Si elle ne voulait pas attirer l'attention sur elle, elle n'avait pas d'autre choix que de filer et de regagner aussi vite que possible sa maison du quartier des soltanes. Le parasite aiguisait à nouveau ses récepteurs sensoriels, exacerbait chacune de ses perceptions, les caresses de l'air, les frottements de la soie, l'entrelacs des odeurs, les arabesques tracées par les gouttes de sueur, le fourmillement de ses mains, la douleur sourde à sa hanche et sa cage thoracique.

Par chance, la ruelle était déserte lorsqu'elle entrouvrit la porte. Les notes des sphères scintillantes qui se désagrégeaient au-dessus des toits dominaient à présent la rumeur assourdie de la ville. Jez, déjà haut dans le ciel, brillait de tous ses feux et déposait sur les façades cette lumière rougeâtre qui recouvrait d'un perpétuel voile sanguin la Cité et le royaume des Nues.

Kaleh parcourut une succession de ruelles sans croiser âme qui vive. Elle marchait d'un pas soutenu en s'efforçant de maîtriser sa respiration et sa peur. Elle s'engagea dans un raidillon vers les quartiers des tisserands, des drapiers, des tailleurs et des teinturiers. Au labyrinthe tortueux, sale et sombre de la ville basse succédaient des rues larges, gorgées de lumière, pavées de dalles lisses, bordées de boutiques, ornées parfois de buissons fleuris ou de fumerolles de sources chaudes. Ici également, des rubans colorés dansaient le long des fenêtres, des volets, dans les arbustes, au-dessus des toits. Depuis que les gardiens du dôme avaient annoncé le passage imminent des griots célestes, la cité tout entière s'était parée de ces fines et légères bandes de tissu qui faseyaient et fredonnaient à la moindre brise.

Elle traversa la place du Mendhuri où les marchands d'épices venus des oasis du bord du Mitwan installaient leurs étals dans un foisonnement de teintes vives. Des bouches circulaires découpées à même le sol vomissaient à intervalles réguliers des hommes coiffés de turbans qui portaient de gros sacs de jouale, une fibre textile sauvage noire et très résistante qu'on cultivait sur les pentes du massif des Mystères. Les marchandises, pratiquement toutes acheminées par les barges fluviales, étaient réparties dans les différents quartiers de la Cité des Nues par un système de tubes, de nacelles et de poulies installé à l'intérieur des collines. Kaleh n'avait jamais exploré les « intestins de la ville » – ainsi surnommés car le système servait également à recueillir et évacuer les déchets que transportaient d'autres barges jusqu'aux immenses fosses peuplées de grandes gravelles nettoyeuses –, mais quelques-uns de ses clients lui en avaient parlé comme d'une merveille technologique que les actuels techniciens du palais seraient probablement incapables de concevoir et même de copier.

Elle ne perdit pas de temps à contempler le spectacle fascinant de ces porteurs aux torses musclés et luisants de sueur qui jaillissaient des entrailles du sol comme des tritrilles de leurs terriers. Pourtant, leur peau brune et ferme devait changer agréablement de celle, molle et parfumée, des habitués du quartier des plaisirs. Les habitants des oasis ou des agglomérations mineures du royaume fréquentaient rarement les maisons des soltanes de la Cité des Nues. Le coût prohibitif des nuits d'amour n'était pas la seule raison de leur timidité : les courtisanes passaient pour des créatures diaboliques, expertes en drogues et en poisons, des succubes qui profitaient du sommeil de leurs clients pour aspirer leur virilité.

« Arrêtez-vous. Contrôle. »

Kaleh tressaillit. Elle venait tout juste de s'engager dans l'artère droite qui montait en pente douce vers le quartier des plaisirs. L'épouvante lui scia les jambes. Elle savait que l'ordre lui était adressé, mais elle évita de se retourner et continua de marcher tout en jetant des coups d'œil affolés à droite et à gauche. Les rubans formaient au-dessus de sa tête une voûte instable et bruissante.

*Ton fils est vivant, une femelle skadje l'a recueilli, il fuit dans le désert...*

« Eh, toi, la brune, arrête-toi ! Contrôle ! »

Elle accéléra le pas. Elle était sortie de ses quartiers pour apaiser son inquiétude de mère, pas pour transgresser les édits royaux ni semer le trouble dans les familles. Le mensonge n'avait pas tué la rêveuse, seule la vérité avait ce pouvoir. Le fils que Raj lui avait donné était vivant. Elle devait à tout prix le retrouver, le baigner de tendresse. L'amour qu'elle avait connu avec ses clients n'était qu'une grossière caricature de celui qu'elle aurait éprouvé pour son enfant si la loi des oasis ne les avait pas séparés. En larmes, affolée par des claquements précipités de pas derrière elle, elle remonta sa robe et se mit à courir, consciente que sa réaction signait son aveu de culpabilité. Elle se jeta dans une venelle qui s'ouvrait entre deux façades inclinées et se perdait un peu plus loin dans la pénombre. Ses bottines au cuir encore rigide lui blessaient les orteils et le haut des chevilles. Des ondulations frénétiques chevauchaient les battements de son cœur à l'intérieur de son sein gauche; elles traduisaient l'indécision de son soltan alarmé par ce brusque remue-ménage.

Croyant qu'elle avait semé son poursuivant, Kaleh lança un coup d'œil par-dessus son épaule. Un gémissement s'échappa de ses lèvres : l'angailleur vêtu de noir avait fondu sur elle à la vitesse d'un oiseau de proie. Sa face, aussi blême et rigide qu'un masque mortuaire, crevait la semi-pénombre à moins de cinq pas. Le symbole de son autorité apparaissait entre les pans flottants de sa cape : l'angaille, le petit dragon rouge et brillant habillé de plumes. À bout de souffle, la gorge et les poumons en feu, les jambes flageolantes, Kaleh tomba à genoux sur la terre battue de la venelle.

CHAPITRE II

# QUI-VIENT-DU-BRUIT

*Nous devons maintenant conclure, Sire, mesdames et messieurs, que les skadjes n'ont existé que dans l'imagination fertile des habitants des oasis. Les nombreuses expéditions qui se sont succédé dans le désert n'ont rapporté ni spécimen ni squelette, ni même fragment d'os. Les récits des oaseurs ou des guides caravaniers nous en fournissent des descriptions différentes, voire contradictoires, ce qui tendrait à prouver leur caractère fantaisiste, pour ne pas dire farfelu. Si l'esprit humain se nourrit aussi de fantasmes et de terreurs, comme l'affirment nos confrères spécialistes en psychologie, disons alors que les skadjes sont les objets des fantasmes et des terreurs les plus répandus dans les oasis. Nous ne recommandons pas pour autant de mettre fin aux expéditions dans le désert profond, nous proposons seulement d'en modifier les objectifs : les étendues du Mitwan nous paraissent en effet riches de ressources cachées qui pourraient, si nous apprenions à les identifier et à les exploiter, concourir à renforcer la grandeur et la pérennité du Royaume. Nous voulons ici parler des pierres aux couleurs somptueuses, de ces étranges fleurs minérales que les oaseurs appellent les « éphémères des sables » ou encore de la fantastique énergie dégagée par les créatures des roches.*

Extrait d'un discours de Haïon Sangl,
explorateur officiel du palais de la Cité des Nues,
Jezomine.

Qui-vient-du-bruit s'aperçut avec effarement que Danseur-dans-la-tempête, son compagnon de nid préféré, avait roulé dans la poussière. Les vents continuaient de pousser les boules transparentes vers le cœur du désert. Elles se désagrégeaient l'une après l'autre en libérant leurs effroyables sons.

Aussi loin que portaient ses capteurs à lumière, Qui-vient-du-bruit ne discernait pas de fin à ce déferlement. Il lui semblait que les sphères meurtrières recouvriraient la voûte céleste jusqu'à la fin des temps. Elles modifiaient la direction et l'intensité des rayons de Source de vie d'en haut dont la clarté, habituellement orangée, avait pris une étrange teinte brune. Les grandes dunes se coiffaient d'une écume instable entre les reliefs rocheux et tourmentés.

Qui-vient-du-bruit interrompit sa course, revint en arrière et se pencha sur Danseur-dans-la-tempête. Il observa un moment le corps inerte déjà recouvert d'une fine couche de poussière rouge, puis il ferma ses capteurs à lumière afin qu'aucune stimulation ne perturbe leur échange. Il était le seul du nid à posséder ce genre de capteurs, cette enveloppe lisse, ces quatre membres allongés, cette touffe de poils noirs sur sa tête. Le seul à conserver le même sexe alors que les autres se métamorphosaient au gré des besoins, des envies. Le seul à prendre appui sur ses extrémités alors que les autres avançaient par bonds ou reptations. Il buvait à lui seul autant que tous les occupants du nid, une eau qu'il devait ensuite évacuer par le petit appendice entre ses membres inférieurs qui était, selon Autre-mère, le signe distinctif des faiseurs de bruit mâles.

Il s'efforça de chasser la fatigue et l'irritation pour recueillir le silence de son compagnon foudroyé. Le vacarme des sphères et le raffut du petit être qui battait à l'intérieur de lui l'avaient depuis longtemps coupé des autres membres du nid égaillés dans le désert. Il rencontrait d'insurmontables difficultés à maintenir les échanges à distance. Sa constitution n'était guère adaptée aux exigences de son environnement.

Autre-mère lui avait appris qu'il n'était pas né dans le nid. Elle l'avait découvert abandonné sur un rocher, son enveloppe tendre et fragile déjà brûlée par les rayons de Source de vie d'en haut. Malgré ses épouvantables cris, elle l'avait sauvé de la mort sans savoir pourquoi, sans doute parce que telle était la volonté du Tout qui est dans rien. Issu du monde du bruit, il avait été adopté comme un véritable compagnon par la communauté d'Autre-mère. Ses particularités organiques l'empêchaient de prendre part à l'ensemble des activités du nid, entre autres aux métamorphoses et aux échanges de fluides, mais les enfants du Tout lui avaient enseigné les règles élémentaires de la survie, ils lui avaient appris à se protéger des rayons ardents de Source de vie d'en haut, à détecter les nappes d'eau pure, à chasser et dépecer les tritrilles, à interpréter les nuances infinies du silence.

Ils lui avaient également transmis la peur et la douleur du bruit. Oh, ils ne craignaient pas les insinuations sifflantes du vent dans les rochers, ni les chants de sable à l'incomparable beauté, ni encore les craquements et crissements familiers du désert profond, non, ils désignaient le tapage entretenu par les hommes depuis leur arrivée sur ce monde. Cela avait commencé par un grondement insupportable et s'était poursuivi par une rumeur dévorante qui cernait peu à peu le cœur du Mitwan. La mémoire d'Autre-mère et des compagnons les plus anciens conservait le souvenir d'une tempête de sphères sonores semblable à celle-ci, qui s'était déclenchée des temps et des temps plus tôt et avait décimé un grand nombre des leurs.

Le silence de Danseur-dans-la-tempête annonçait qu'il s'apprêtait à interrompre prématurément son cycle. Qui-vient-du-bruit ne perçut aucun regret dans sa décision, seulement une souffrance inexprimable et le soulagement d'échapper au déluge des sons meurtriers. Et de la reconnaissance pour lui, le seul à avoir rebroussé chemin afin de l'assister dans son départ. C'était là, peut-être, que résidait la beauté jadis entrevue par Autre-mère dans le petit d'homme abandonné par les siens. Les enfants du Tout ignoraient la compassion. Aucun d'eux ne serait revenu en arrière pour prendre soin d'un blessé. La loi implacable du désert ne s'y prêtait pas, mais Danseur-dans-la-tempête appréciait la présence de Qui-vient-du-bruit dans ce moment de transition – même si son compagnon soufflait plus fort qu'une rafale de chizz, répandait une odeur plus âpre que celle d'une gravelle en rut et lui retournait un silence ébranlé par des coups répétés et puissants.

Un flot de sensations s'écoula dans l'esprit de Qui-vient-du-bruit. Le mourant le remerciait de ses attentions en lui confiant ses souvenirs les plus précieux, les danses dans les tourbillons de sable qui lui avaient valu son dernier nom. Pendant quelques instants, le petit d'homme flotta avec légèreté au milieu des spirales enivrantes, épousa le rythme changeant et secret des éléments, chanta avec le chœur grisant de son monde. Puis les sensations s'estompèrent, il ne perçut rien d'autre qu'un silence sans intention, et il sut que Danseur-dans-la-tempête avait achevé son cycle.

Des gouttes amères de sa source intérieure débordèrent de ses capteurs à lumière. Une perte navrante pour un corps qui réclamait de telles quantités de liquide. Son organisme avait des réactions étranges, mystérieuses, comme les tensions soudaines de son appendice mâle, parfois aussi dur que la roche, ou les accélérations brutales du petit être qui battait à l'intérieur de lui. Son enveloppe elle-même se fendait avec une facilité déconcertante sur les arêtes des rochers, sur les piquants ou les griffes des tritrilles. Des coupures, profondes ou non, suintait un liquide rouge qui finissait par s'épaissir et former une croûte foncée, le flux vital selon Autre-mère.

Les enfants du Tout, eux, ne gaspillaient presque jamais leur flux vital : des écailles solides protégeaient leur enveloppe et, si d'aventure elle venait à se déchirer, il ne sortait de la blessure qu'une bulle sombre qui, très vite, donnait naissance à une nouvelle écaille.

Il contempla de nouveau le corps inerte de son compagnon et le trouva beau dans l'abandon de la mort. Danseur-dans-la-tempête avait entamé sa mutation lors du précédent échange des fluides. Les tentacules transparents qui lui couronnaient la tête brillaient d'un éclat particulier. Les courbes lourdes de ses anneaux suggéraient qu'il avait été fécondé, qu'il emportait une deuxième vie dans l'autre monde. Les excroissances acérées qui lui servaient à déchirer la chair de ses proies retroussaient les plis de son museau, si dur et pointu qu'il pouvait crever d'un seul coup la terre la plus sèche. Ses cartilages désormais inutiles frémissaient aux souffles du vent comme les piquants desséchés des carcasses des tritrilles.

Des flots d'amertume jaillirent encore des capteurs de Qui-vient-du-bruit. Il n'était pas pressé de reprendre sa course : le bruit des hommes ne lui causait pas vraiment de peur et de douleur, seulement de l'irritation quand il devenait trop insistant. Lui, l'être inadapté, fragile, offrait une meilleure résistance aux sons que les enfants du Tout. Et même, il lui arrivait de trouver presque autant de beauté au déluge des sphères qu'à l'ineffable chant des sables.

Il se demanda où était passée Autre-mère, se redressa sur ses deux membres postérieurs et observa le désert. Il ne repéra pas la longue silhouette de sa protectrice sur les pentes des dunes. D'insaisissables tourbillons traversaient le moutonnement rouge et se brisaient sur les reliefs. Les sphères se pressaient en vagues tumultueuses au-dessus de lui, s'entrechoquaient, éclataient dans une tempête de sons, lui donnaient l'impression que le ciel craquait de toutes parts. Le silence reviendrait quand les vents les auraient éloignées, mais, avant, elles auraient peut-être exterminé les derniers enfants du Tout.

Un feu brûlant se répandit dans le corps de Qui-vient-du-bruit. Autre-mère comparait ce phénomène à la rage désespérée des tritrilles cernés de toutes parts. Même lorsque la lutte était perdue d'avance, leur instinct de survie les poussait à se battre jusqu'à l'extrême limite de leurs forces. Chez Qui-vient-du-bruit, le feu intérieur se traduisait par une envie dévastatrice de s'agiter, de crier, de frapper. Il s'en était toujours abstenu, car il ne tenait pas à blesser d'une manière ou d'une autre ses compagnons de nid, mais il lui était arrivé de rester suffoquant et tremblant pendant une révolution complète de Monde d'en bas. À l'idée qu'il pouvait être définitivement séparé des autres enfants du Tout, il fut assailli de pensées terribles à l'encontre des hommes. Il n'avait rien en commun avec les faiseurs de bruit, même si son nom et son corps ne laissaient planer aucun doute sur ses origines. Les longues colonnes humaines qu'il avait aperçues au loin ressemblaient à de gigantesques griffes de tumulte et de fureur qui lacéraient la paix splendide du désert profond. Les hommes semblaient avoir envahi Monde d'en bas dans le seul but de le blesser, de l'affaiblir, d'anéantir les créatures silencieuses et magnifiques qui l'habitaient depuis la nuit des temps.

Danseur-dans-la-tempête avait choisi d'achever son cycle plutôt que de s'exposer au déluge des sons. Le vent avait tiré un voile épais et rouge sur son cadavre. Qui-vient-du-bruit songea tout à coup que, si les échanges avec ses autres compagnons s'étaient interrompus, c'était peut-être qu'ils avaient eux aussi renoncé à la vie. Et avec eux les occupants de tous les nids du désert.

L'eau amère déborda à nouveau de ses capteurs à lumière.

Il demeura sans bouger près du corps de Danseur-dans-la-tempête jusqu'à ce que Source de vie d'en haut eût disparu à l'horizon et que Froid qui tombe eût gobé toutes les formes dans son immense gueule obscure. Le chizz particulièrement violent soulevait une telle quantité de sable qu'on ne distinguait plus les innombrables points lumineux, les grains de matière dans l'espace infini selon Autre-mère.

Les organes capteurs de ses compagnons de nid, les tentacules transparents du sommet de leur tête, leur permettaient d'entendre le chant des formes, y compris ceux qui résonnaient à des temps et des temps de Monde d'en bas. Par les échanges silencieux, les enfants du Tout avaient donné un aperçu de leurs perceptions au petit d'homme : l'environnement proche et lointain s'offrait à eux comme une infinité de chants qui s'organisaient en chœurs à la complexité harmonieuse, fascinante, énergisante. Les couper du silence, comme l'avaient fait les hommes, les privait de leur langage, de leur substance. Même lorsqu'ils donnaient la mort aux tritrilles – et aussi aux êtres humains quand les chaleurs implacables du cycle de grand Feu maintenaient leurs proies favorites au fond de terriers inaccessibles –, ils n'altéraient jamais la beauté de leurs chants. Le cycle vital, traquer, tuer, manger, nourrissait des cycles plus vastes qui se jetaient eux-mêmes dans les vagues infinies de la création.

Qui-vient-du-bruit avait mangé de la chair humaine, au goût plus âpre que celle des tritrilles. Avant de lui en proposer, les compagnons du nid lui avaient demandé si cela le gênait. Pourquoi aurait-il dû être gêné ? Il partageait leur existence et, si les circonstances leur imposaient de se nourrir de chair humaine, il n'y voyait aucun inconvénient. Ce n'était pas parce que les hommes avaient la même forme que lui, les mêmes membres étirés, la même enveloppe fragile, les mêmes poils sur la tête, le même flux de vie rouge et fluide, qu'il appartenait au même monde qu'eux.

Les caresses habituellement agréables de Froid qui tombe se faisaient mordantes. Elles accentuaient le sentiment de solitude et de tristesse de Qui-vient-du-bruit. Sa gorge sèche, douloureuse, réclamait avec insistance de l'eau. Malgré sa fatigue, il évita de s'allonger de crainte d'être enseveli sous les nappes de sable tendues par le chizz. Les particules cinglaient son enveloppe et le contraignaient à garder fermés ses capteurs à lumière. Les sphères continuaient de se désagréger dans un vacarme incessant qui, par intermittence, reproduisait de façon grossière l'harmonie des chœurs des formes.

Lorsqu'il reprit conscience, Source de vie d'en haut brillait d'un éclat vif dans le ciel totalement dégagé et le silence régnait sur le désert profond. Après s'être assoupi debout, il s'était allongé sans s'en rendre compte sur le tumulus qui s'était formé au-dessus du corps de Danseur-dans-la-tempête. Des grains irritants s'étaient glissés sous les voiles protecteurs de ses capteurs à lumière et à l'intérieur de sa gueule. Il se releva et, d'une série de secousses, se débarrassa de l'épaisse couche de poussière qui teintait de rouge son enveloppe. Le chizz avait bouleversé le désert avant de se retirer. Des dunes avaient poussé çà et là, d'autres s'étaient évanouies, des crêtes rocheuses étaient apparues, d'autres s'étaient englouties dans les ondulations de sable. Une infinité de formes nouvelles, de nuances nouvelles, de chants nouveaux se terraient dans l'omniprésence du rouge.

Il essaya de reprendre contact avec ses compagnons de nid, mais à son échange ne répondit qu'un calme morne, et il sut qu'ils avaient tous achevé leur cycle. Il ne communiquerait plus jamais avec Autre-mère, elle qui avait deviné sa beauté intérieure sous l'offense de ses cris. L'eau amère s'écoula sur ses joues et accentua sa soif. Alors il partit en quête d'une nappe, la seule décision qu'il fût capable de prendre dans la détresse qui grandissait en lui.

Il aperçut de nombreux tumulus semblables à celui qui s'élevait au-dessus de Danseur-dans-la-tempête. Pris de panique, les enfants du Tout avaient fui les sons meurtriers, mais, débordés par la vitesse et la quantité des sphères, ils étaient tous tombés dans le cœur du désert. Le chizz, en les recouvrant, avait érigé les socles où s'agrégeaient déjà les embryons de dunes.

Autre-mère lui avait transmis la splendeur enchanteresse du chant de l'eau, mais il serait passé à côté de la plupart des puits si ses compagnons ne l'avaient pas assisté dans sa quête. Il leur suffisait de se mettre à l'écoute des chœurs des formes pour détecter la présence de nappes plus ou moins profondes à des temps et des temps de distance.

Il s'immobilisa au sommet d'une grande dune et referma ses capteurs à lumière. Les rayons de Source de vie d'en haut cognaient sur son enveloppe comme sur une roche brûlante. Il perçut les grattements caractéristiques d'un tritrille non loin de là. Il fut traversé par l'envie de plonger ses crocs dans la viande palpitante et tendre de l'une de ces boules de piquants. Bien que courts et peu pratiques en comparaison de ceux de ses compagnons de nid, ses crocs lui permettaient d'arracher des morceaux de chair, de les mâcher, de combler sa faim et de reconstituer ses forces.

Il discerna encore les frissonnements de la brise brûlante, les craquements des roches, un lointain chant de sable, d'autres chœurs diffus. Rien qui indiquât la présence d'une nappe d'eau dans les environs, soit qu'il n'y en eût pas, soit qu'il fût incapable de l'entendre.

Il se déplaça de dune en dune sans obtenir de résultat. Le feu de Source de vie d'en haut transperçait maintenant son enveloppe. Il lui semblait que tout était sec à l'intérieur de lui. En versant une grande partie de son eau pour ses compagnons de nid, il s'était condamné à une mort à brève échéance. Il peinait de plus en plus à s'arracher du sable meuble qui roulait et s'enfonçait sous les extrémités de ses membres. Il se sentait peu à peu gagné par le découragement, le renoncement. Plus personne ne partagerait ses jeux, ses chasses, ses étonnements, ses peurs et ses roulades dans la gueule ténébreuse de Froid qui tombe, plus personne ne lui montrerait la beauté de Monde d'en bas.

Il se remémora l'immense soulagement de Danseur-dans-la-tempête avant de mourir. N'était-ce pas une invitation à rejoindre Autre-mère et les siens dans l'autre cycle, dans l'autre existence ?

Perdu dans ses pensées, il marcha jusqu'à ce que Source de vie d'en haut s'abîme à l'horizon dans un faste écarlate. Sa langue enflée occupait tout l'intérieur de sa gueule. Alors il s'allongea sur le sable et, comme son compagnon préféré, il attendit que la mort vienne le délivrer de ses tourments.

Un éclat de lumière le réveilla. Les grains de matière dans l'espace infini brillaient d'un vif éclat dans l'obscurité glaciale de Froid qui tombe. Grand Cercle changeant se promenait tout là-haut, pâle, demi-plein, proche de son compère Petit brillant.

Toujours allongé sur le flanc, dans un état de faiblesse extrême, Qui-vient-du-bruit perçut la présence de plusieurs formes, confirmée par une nuée d'odeurs fortes. Incapable d'entendre les vibrations les plus lointaines, il avait appris, à force d'imiter ses compagnons, à discerner les chants les plus proches. Le son l'informait instantanément de la nuance de la forme : terreur des tritrilles au fond de leurs terriers, méfiance exacerbée des rampants de sable, tranquillité minérale des créatures de roche, agressivité et rapacité des faiseurs de bruit…

Il se redressa, un mouvement qui le vida de ses dernières forces, et scruta les environs. Des lumières vacillantes l'encerclaient, comme si une pluie de grains de matière dans l'espace était tombée autour de lui. Des silhouettes animales et humaines émergeaient de l'obscurité. Un goût de chair et de sang lui envahit la gorge, réveilla son instinct de chasseur, lui donna un regain d'énergie.

Recouvert d'une peau lisse et brillante, l'homme le plus proche tenait une lumière au bout d'un de ses tentacules et, de l'autre, tirait un grand animal au bout d'une corde.

Qui-vient-du-bruit détendit ses membres postérieurs et lui sauta à la gorge.

Cette nuit de cauchemar serait la dernière pour Kaleh. Elle ne pouvait pas remuer à l'intérieur de son étroit cercueil de bois. On lui avait lié les pieds et les mains, croisées sur sa poitrine. Ses hurlements et ses suppliques avaient glissé sur la détermination de ses tortionnaires. Elle avait pleuré toutes les larmes de son corps lorsque les premières pelletées de terre avaient frappé le couvercle, elle avait hurlé toute son épouvante, sa colère, sa détresse, mais les chocs s'étaient répétés à une cadence régulière, lancinante, de plus en plus sourds, de plus en plus lointains. Des filets de poussière s'étaient écoulés sur sa peau glacée. Lorsqu'elle s'était rendu compte que plus personne ne pouvait l'entendre, elle avait roulé dans une vague de terreur qui, longtemps plus tard, l'avait rejetée haletante, brisée, presque folle.

Puis, dans le silence de sa tombe, les souvenirs avaient afflué dans le plus grand désordre.

De temps à autre, le soltan remuait dans son sein gauche avec une violence inhabituelle qui ravivait les douleurs des premiers temps. Il avait compris que son organisme d'accueil s'était transformé en un piège mortel, et ses ondulations forcenées ressemblaient à des tentatives désespérées de s'évader de sa prison de chair.

Un geignement continu s'échappait des lèvres entrouvertes de Kaleh et déposait un filet de salive sur son menton. Ses yeux brouillés par les larmes s'ouvraient sur une obscurité indéchiffrable. Environnée de vide, elle baignait dans une odeur de terre imprégnée des relents de sa sueur, de son urine, de ses excréments, de sa peur. Ses bras repliés lui comprimaient les seins et commençaient à s'engourdir, le bois rugueux lui blessait les épaules, le dos et les fesses.

Elle n'avait pas réussi à corrompre l'angailleur qui l'avait arrêtée. Certaines de ses consœurs lui avaient pourtant raconté qu'elles s'étaient sorties des serres de ces dragons de malheur en leur offrant de l'argent ou un acompte sur une nuit d'amour, mais celui-là était resté inflexible. Il avait d'abord donné un coup de poing dans la bourse qu'elle lui avait offerte, puis il l'avait repoussée avec brutalité lorsque, surmontant son aversion, ravalant son orgueil, elle était tombée à genoux pour le débraguetter. Il lui avait attaché les bras dans le dos, avait découvert la cicatrice du soltan et l'avait conduite, par un itinéraire tortueux, au bâtiment des sentences où siégeaient les magistrats de la justice des Nues. Si l'argent et le sexe venaient à bout de la plupart des hommes, y compris les angailleurs, rien d'autre ne paraissait embraser celui-là que cette procession dans les ruelles populeuses de la Cité des Nues. Homme à la face austère, au crâne chauve, au corps décharné, il était de ces gardiens de la loi que seuls excitent le châtiment des coupables, le sentiment du devoir accompli, l'honneur de servir dans les légions secrètes et terribles du dragon écarlate. Elle l'avait relancé à plusieurs reprises au cours du trajet, lui promettant une puis plusieurs nuits d'amour comme il n'en avait jamais connu, mais ses supplications ne lui avaient valu qu'un regard méprisant, une bordée d'insultes ou une grêle de coups de pied.

Le magistrat au visage poudré de blanc ne lui avait même pas laissé l'opportunité de se défendre. Emberlificoté dans les plis de sa toge pourpre, il avait écouté l'angailleur d'un air grave, puis il avait prononcé la sentence, immédiatement exécutable. Il n'avait pas besoin d'autre preuve que la cicatrice du soltan et la parole du gardien de la loi ; la vie d'une courtisane ne valait pas plus qu'un haussement de paupières fatigué. Étouffant un bâillement, il avait félicité l'angailleur de sa perspicacité et déclaré que le Royaume des Nues se devait de « faire un peu de ménage » afin d'accueillir avec dignité les griots célestes, les émissaires de la grande fraternité humaine. Kaleh aurait parié que, comme la plupart des dignitaires du palais, il fréquentait les maisons des soltanes et abandonnait une bonne partie de sa fortune dans les bras de ses consœurs.

Elle avait été conduite sous bonne escorte en dehors de la ville, à cet endroit sinistre qu'on appelait la plaine des vivants-morts, une vaste étendue cernée d'une muraille naturelle de rochers gris. Au bout d'un sentier, deux terrassiers avaient creusé une fosse de la longueur et de la profondeur d'un homme. L'angailleur s'était drapé dans sa cape noire et avait rappelé le verdict du magistrat d'une voix gonflée d'importance. Les notes tonitruantes des sphères musiciennes résonnaient avec force dans l'atmosphère désolée des lieux.

On avait ensuite retiré ses vêtements à Kaleh, on lui avait lié les pieds, les mains, on l'avait couchée dans le cercueil en bois brut posé au bord du trou. Elle s'était débattue avec l'énergie du désespoir, mais les hommes, dont l'angailleur, s'étaient mis à quatre pour la maîtriser et l'allonger entre les planches raboteuses. Lorsqu'ils avaient fixé le couvercle, c'était comme si chaque coup de marteau enfonçait les clous dans sa propre chair. Ses cris inutiles lui avaient blessé la gorge et s'étaient achevés en râles sourds, presque inaudibles. Sans doute n'y avait-il aucune mort agréable, mais celle-là était assurément la pire de toutes, une interminable plongée dans l'horreur.

Elle se réveilla en sursaut. Elle avait fini par s'assoupir, épuisée par ses cris, ses larmes et ses contorsions. Il lui fallut un peu de temps pour se rappeler qu'on l'avait enterrée vivante, le châtiment réservé aux soltanes surprises hors de leurs quartiers. Une nouvelle crise de sanglots la secoua de la tête aux pieds. Elle n'avait même pas la possibilité d'interrompre son supplice, de mettre fin à ses jours.

Elle sentit pointer, au-delà de l'épouvante, une certaine ivresse, comme les premières manifestations de la griserie provoquée par l'alagiane, une fleur du massif des Mystères dont on tirait un alcool doux et sournois. Elle en déduisit qu'elle commençait à manquer d'oxygène et roula dans une nouvelle vague de panique. Son soltan ne s'agitait plus, résigné, figé dans une inertie définitive. Ses souvenirs s'entrechoquaient, le corps brun et souple de Raj se confondait avec les corps lourds des hommes à qui elle avait vendu du plaisir, le visage de la vieille rêveuse se superposait à celui de sa mère, l'angailleur prenait les traits anguleux de son père...

Ses pensées s'effilochaient, perdaient de leur cohérence. Elle se sentait aussi minuscule et glacée que dans sa chambre de la maison familiale. Les skadjes, les créatures mystérieuses du désert, allaient s'insinuer dans la pièce, l'enlever et la dévorer.

Elles avaient déjà emporté son fils, mais elles ne l'avaient pas mangé. Il avait survécu dans la fournaise du Mitwan, c'était désormais une certitude, la seule à laquelle elle pouvait se raccrocher. Elle avait donné naissance à un être d'exception, et la voix de Jozbeth, qui dominait à présent son vacarme intérieur, la rendait euphorique, presque heureuse. Sans doute n'était-ce qu'une illusion, l'éclat d'un rêve mourant, mais elle s'en fichait : aucun angailleur, aucun magistrat ne pourrait lui reprendre son orgueil de mère, sa dernière consolation.

## CHAPITRE III

# HELAL WEHUD

*Je t'adresse ce message, à toi qui as traversé l'immensité de l'espace afin de rendre visite à la branche humaine de Jezomine. Des abîmes de temps nous séparent, je suis redevenu poussière tandis que tu demeures un être de chair et de sang. Je sais que les voies de l'Intelligence universelle sont indéchiffrables, mais entends mon témoignage, entends ma voix, elle te relie au passé, elle te renvoie à tes racines, elle te permet de renouer le lien avec les disparus. Combien de générations se sont succédé depuis ton départ, combien de civilisations ont-elles péri, combien de tyrans se sont dressés, combien ont été renversés, combien de familles se sont déchirées, combien de morts ont-elles enterrés ?*

*Je sais, oh oui, je sais que pour toi ces événements, petits ou grands, n'ont guère plus de réalité ni de consistance que le glissement d'un nuage dans nos cieux, mais accepte de respirer avec nous, et tu soulageras nos descendants d'un passé qui ne leur appartient pas. Si tu le souhaites, tu découvriras mon histoire,* notre *histoire, dans les carnets que, je l'espère de tout cœur, on te remettra. J'ai fait tout ce qui était en mon pouvoir, bien limité, hélas ! pour briser les murs symboliques qui maintiennent les Jezominis à l'écart des envoyés célestes. Mais tu connais mieux que personne le cœur des hommes, toujours prompts à dresser des barrières. Les angailleurs, les serviteurs du dragon rouge, les gardiens de la loi des Nues, sont – étaient ? – des geôliers de la pire espèce, tu t'en rendras bien vite compte à la lecture de ces quelques pages.*

La bienvenue au visiteur des cieux,
Livre de Vérité des Wehud,
Jezomine.

UNE FOULE immense se déversait dans les rues et sur les places du quartier royal. Les habitants de la Cité des Nues, des villes mineures et des oasis du Mitwan se pressaient pour contempler le griot dans le dôme céleste. C'était également – surtout ? – pour eux l'occasion unique d'admirer les splendeurs du palais. La chance ne se représenterait plus jamais d'être admis dans le cœur interdit de la ville. Les générations précédentes s'étaient éteintes sans avoir eu ce privilège.

Résistant de son mieux aux poussées désordonnées de la multitude, Helal Wehud songea avec amertume que son père et sa mère auraient pu, auraient dû l'accompagner s'ils n'avaient pas été, chacun à sa façon, victimes de la loi des oasis. Il le regrettait surtout pour sa mère, cette femme silencieuse et dévouée qui n'avait exprimé qu'un seul rêve, un seul souhait, pénétrer un jour dans le dôme céleste et rencontrer un griot. Elle était morte l'année précédente, vaincue par le chagrin, mais elle avait cessé de vivre bien avant, depuis le jour où la malédiction avait frappé leur maison, ce jour terrible où le ventre de Kaleh, la plus jeune de ses filles, avait commencé à s'arrondir. Les coutumes des oasis avaient entraîné la famille dans une spirale meurtrière ; elle avait d'abord emporté le père de Helal, ses deux frères puis sa sœur aînée, et enfin sa mère.

Helal Wehud n'avait pas assassiné le cousin de Raj qui avait décapité sa sœur et cloué sa tête sur le portail d'une grange. Ce code de l'honneur, ce culte de la vengeance qui opposait les familles pendant plusieurs générations et aboutissait souvent à l'extinction pure et simple de l'une d'elles, lui paraissait de plus en plus absurde. Il était le dernier survivant de son clan, le seul désormais à pouvoir empêcher la dispersion des terres et des biens. Avant de s'éteindre, sa mère lui avait fait promettre de briser le cercle de la vengeance, de choisir au plus vite une épouse courageuse et de bâtir une famille sur les ruines de l'ancienne.

Les paroles de la mourante reflétaient ses propres convictions. Il avait la ferme intention d'assécher le fleuve de sang qui n'avait cessé de grossir depuis le bannissement de Kaleh et la mort de Raj, de consacrer tout son temps à son travail, toute son énergie aux champs d'épices, au verger et au cheptel d'anouelles. Les occasions de se marier se présenteraient d'elles-mêmes dès qu'il aurait remis de l'ordre dans un domaine laissé à l'abandon. Les femmes des oasis appréciaient les hommes travailleurs, durs à la tâche, et, quand ses terres auraient recouvré leur splendeur, quand les mauvaises herbes et les ronces seraient arrachées, les arbres taillés, les anouelles tondues, les allées dégagées, les canaux d'irrigation nettoyés, la maison rafraîchie, elles tourneraient autour de lui comme un essaim de bessilles autour d'un pot de confiture. Il n'aurait alors qu'à jeter son dévolu sur la plus généreuse de formes et de cœur.

Helal était parvenu à moins de cinq cents pas du dôme céleste. Des gardes armés de bâtons ou de crosses canalisaient tant bien que mal la multitude entre les hauts murs du palais. Les portes de bronze et les volets clos interdisaient à quiconque de pénétrer dans les cours intérieures. De la splendeur des bâtiments, on ne distinguait que les pierres taillées des façades, les sculptures des linteaux et l'extraordinaire finesse des toitures, un foisonnement de formes harmonieuses dont les plus élancées s'achevaient en aiguilles. Parfois, les ramures des grands arbres débordaient au-dessus des ruelles et transformaient la lumière de Jez en poudre scintillante et volatile.

C'étaient sans conteste ces voûtes vertes et frissonnantes qui produisaient la plus forte impression sur Helal. Les oaseurs n'étaient pas habitués à une telle profusion végétale. Eux, ils devaient sans cesse irriguer leurs terres pour obtenir, au bout de plusieurs générations, des arbres fruitiers qui dépassaient rarement la taille d'un homme.

« On n'en voit pas d'aussi grands dans les oasis, pas vrai ? »

Helal se retourna et faillit bousculer la jeune femme qui le fixait avec attention, avec également un soupçon d'effronterie. Il ne l'avait pas remarquée jusqu'alors, sans doute parce qu'elle s'était tenue derrière les deux hommes à la forte corpulence et richement vêtus qui le suivaient depuis le début. Elle les avait doublés à la faveur d'une bousculade, mais, visiblement subjugués par sa beauté, ils n'avaient pas émis la moindre protestation. Car elle était d'une beauté stupéfiante en dépit de sa robe de laine d'anouelle élimée et de ses bottines usagées. Son visage basané trahissait ses origines rurales. Quelques mèches sombres et torsadées dépassaient du chapeau de paille conique et flambant neuf dont la lanière, nouée sous son menton, mettait en valeur la régularité et la finesse de ses traits. Un réflexe entraîna Helal à évaluer ses hanches : rondes, larges sous le tissu écru dont les broderies avaient perdu leurs teintes vives.

« C'est… euh… la première fois que vous venez ici ? »

Il prit conscience aussitôt de la stupidité de sa question – plus d'un siècle de Jezomine que les portes du palais de la Cité des Nues n'avaient pas été ouvertes à la population ! Les yeux noirs de la femme se plissèrent de malice et son sourire dévoila des dents saines, bien plantées.

« C'est même, à dire vrai, la première fois que je mets les pieds dans la Cité des Nues. »

Elle appuya ses paroles d'un mouvement de tête qui agita ses mèches sombres.

« Et, euh… vous êtes de quelle oasis ?

— Bel Neg. »

Helal connaissait le puits de Bel Neg : situé à une vingtaine de lieues de Bel Troan, soit une journée de marche, il servait de dépôt de laine d'anouelle et de point de départ aux caravanes qui transportaient les balles jusqu'aux barges du fleuve Sherdi. Simple communauté rurale à ses débuts, Bel Neg avait peu à peu accédé au rang de bourg, puis de cité. Bruyante, animée, l'agglomération comptait ce qu'il fallait de bars, de restaurants, de katwas et de maisons de plaisir pour satisfaire les oaseurs venus livrer leur production de laine, les négociants de la Cité des Nues et les guides du Mitwan.

« Et vous ?

— Bel Troan.

— Vous vous occupez d'un domaine, n'est-ce pas ?

— Qu'est-ce qui vous fait dire ça ? »

Une nouvelle bousculade déclencha l'intervention énergique des gardes casqués postés à intervalles réguliers sur un côté de la ruelle. Helal saisit le poignet de son interlocutrice et la maintint plaquée contre lui jusqu'à l'apaisement des remous. Il perçut, au travers des étoffes, l'opulence et la fermeté de sa poitrine. Une flambée de désir l'embrasa de la tête aux pieds. Il n'avait pas tenu de femme dans ses bras depuis… depuis plus de deux ans. Il n'avait pas vraiment goûté la chair fade, les caresses distraites et la volupté simulée de la dernière, une courtisane d'une maison de Bel Neg justement.

Quelques coups de bâton appuyés endiguèrent les débordements de la multitude et ramenèrent l'ordre dans la ruelle.

« Vous pouvez me relâcher, maintenant… »

Confus, Helal libéra la jeune femme qu'il continuait de serrer contre lui. Elle se frotta énergiquement le poignet cerclé de marques rouges.

« Excusez-moi, j'ai eu peur que… enfin, vous soyez renversée et piétinée par la foule.

— Vos mains… »

Il leva sur elle un regard interrogateur. La solitude commençait à lui peser, et même à le ronger. Il aurait donné cher pour se retrouver en tête-à-tête avec elle dans une chambre fraîche et aspergée d'essence de fleurs.

« Ce sont elles qui m'ont dit que vous vous occupiez d'un domaine, reprit-elle. Des mains d'oaseur, larges, fortes, déformées par les travaux des champs. »

S'agissait-il d'un compliment ou d'un reproche dans une bouche aussi adorable ? Les deux hommes corpulents prêtaient une oreille discrète mais attentive à leur conversation, comme s'il leur importait de connaître l'opinion d'une belle et jeune femme sur les mains d'un oaseur. Les leurs étaient blanches, délicates, un raffinement accentué par leurs nombreuses bagues et leurs ongles nacrés. De riches négociants de la Cité des Nues, probablement.

« Ma mère dit toujours qu'un homme a beau tricher de toutes les manières, il sera toujours trahi par ses mains », dit encore la jeune femme.

Helal dévisagea d'un air sévère les deux bourgeois ; ils se détournèrent aussitôt et feignirent de s'intéresser aux dentelles de chevrons qui soutenaient les avant-toits. La ruelle se rétrécissait au fur et à mesure qu'ils approchaient du dôme céleste, et les rayons de Jez, pratiquement au zénith, se coulaient avec parcimonie entre les murs criblés de meurtrières. La pénombre offrait en tout cas une fraîcheur appréciable. Il suffisait de traverser un passage dégagé et inondé de lumière pour éprouver la chaleur torride qui ployait la Cité des Nues sous son joug. Cependant, la fournaise n'était pas seule responsable de la transpiration d'Helal sous ses vêtements de jouale, une étoffe à la fois plus légère et plus solide que la laine d'anouelle.

« Vos mains en tout cas ne me disent pas ce que vous faites, dit-il à voix basse. Ni comment vous vous appelez. Je suis Helal, de la famille Wehud. Vous savez maintenant presque tout de moi. »

Elle l'examina pendant quelques instants d'un air songeur.

« On ne sait jamais tout de quelqu'un. Les êtres humains sont plus éloignés les uns des autres que les étoiles dans le ciel. Nous sommes tous enfermés dans nos rêves, nos désirs, nos souffrances. »

Un courant puissant et continu les poussa hors de la ruelle sombre et les entraîna dans une allée plus large bordée d'arbres aux feuillages translucides. Réparties tous les cinq pas, des sculptures représentaient des animaux existants, anouelles, serpiques, effroles, et d'autres des monstres de légende, skadjes du

Mitwan et draguelines de Tarze principalement. Tout au fond se dressait le dôme céleste, un édifice imposant flanqué de quatre tours musiciennes. La façade claire, percée d'une porte monumentale, se coiffait d'une coupole habillée de pierres noires et scintillantes.

L'équilibre et l'harmonie qui se dégageaient de l'ensemble fascinèrent Helal et lui firent négliger sa jolie voisine. Elle-même ne lui prêtait plus attention d'ailleurs, subjuguée par l'atmosphère enchanteresse des lieux. À la rumeur sourde accompagnant la foule dans le labyrinthe des ruelles succédait un silence stupéfait, bercé par le babil des fontaines. Cette enclave du cœur interdit de la Cité des Nues ressemblait à un petit paradis, mais Helal, qui trimait pourtant du matin au soir sous les rayons ardents de Jez et dans l'irrespirable poussière du Mitwan, n'en conçut aucune amertume, aucune jalousie : le griot, le voyageur de l'espace, le lien entre les communautés humaines, devait être accueilli dans un cadre digne de lui.

« Ezabel. »

La voix de la jeune femme le tira de son ravissement.

« Vous m'avez demandé mon nom tout à l'heure. Je m'appelle Ezabel. »

Helal eut besoin d'un petit moment pour reprendre pied dans le monde réel.

« Connaître le nom d'une étoile, c'est déjà s'en rapprocher, fit-il avec un sourire.

— Sans doute, mais ça ne vous dit pas encore de quel feu elle brûle. »

Jez commençait à déserter le ciel quand ils atteignirent l'entrée du dôme. Aux gardes de faction sur le parvis se mêlaient des angailleurs, les gardiens noirs et zélés de la loi, les serviteurs du dragon écarlate, les hommes les plus redoutés du royaume. Helal les craignait, comme tout sujet des Nues, mais il n'avait pour eux ni respect ni estime. Il les assimilait à des srangules, les insectes parasites du désert qui étranglaient leurs proies, serpiques ou trainiers, dans leurs pattes puissantes et enduites d'une substance paralysante. Par chance, les angailleurs ne mettaient que très rarement les pieds dans les oasis et ne s'immisçaient jamais dans les vengeances familiales pourtant prohibées par les édits royaux.

L'idée germait en lui qu'il n'avait pas effectué la procession du dôme céleste pour voir le griot mais pour rencontrer la femme de sa vie. Plus il la regardait, plus il conversait avec elle, et plus il était convaincu qu'Ezabel était l'épouse qu'il attendait, qu'il méritait, l'âme sœur envoyée par le ciel. Elle lui avait confié qu'elle travaillait tantôt comme journalière dans les vergers et les plantations de Bel Neg, tantôt comme serveuse dans le petit restaurant de sa mère. Elle avait ajouté qu'elle préférerait, et de loin, s'occuper de sa propre maison, de son propre domaine.

« Quand retournez-vous à Bel Neg ? »

Elle leva les yeux sur le ciel ensanglanté par la lumière crépusculaire de Jez.

« Pas ce soir en tout cas. Lorsque nous sortirons du dôme, il sera trop tard pour trouver une caravane ou une barge.

— Vous… euh… vous avez quelque part où dormir ? »

Elle secoua la tête.

« Je n'ai ni famille ni relation dans la Cité des Nues. Ni assez de saquins pour m'offrir une chambre d'hôtel. »

Il garda pendant quelques instants les yeux rivés sur l'encadrement de pierre noire de la porte monumentale. Des rais obliques tombaient des pierres translucides de la coupole et s'enchevêtraient en figures chatoyantes. Des senteurs d'encens s'échappaient du bâtiment, se mêlaient aux parfums des fleurs et aux odeurs des corps comprimés qui baignaient dans leur sueur depuis l'aube.

« Je… je connais bien quelqu'un dans le coin, mais sa maison n'est guère fréquentable pour une femme comme vous, reprit Helal.

— Me prenez-vous donc pour l'une de ces écervelées qui ne prisent que les vêtements de soie et les bains de lait d'anouelle ?

— Il s'agit de… ma sœur. Elle habite un quartier du haut de la ville. » Il se mordit les lèvres avant de lâcher dans un souffle : « Le quartier des soltanes. »

Elle marqua sa surprise d'un haussement des sourcils et d'une crispation des lèvres qui creusa des ridules sur ses joues et son menton. Ils étaient presque arrivés au seuil de la porte monumentale, où une mosaïque précieuse supplantait les dalles rugueuses du parvis.

« La loi des oasis, ajouta-t-il, conscient que ses paroles risquaient de trancher brutalement le lien fragile qui s'était noué entre eux. Elle s'est retrouvée enceinte à l'âge de treize ans et mes parents n'ont pas eu d'autre choix que de la vendre aux émissaires des matrones, vous comprenez ? Onze ans que je ne l'ai pas revue.

— Pourquoi me racontez-vous ça ? »

Helal chercha des traces d'agressivité ou de mépris sur les traits et dans les yeux noirs d'Ezabel, mais il n'y vit rien d'autre qu'une attention bienveillante.

« Il me semble… enfin, par rapport à ce que vous m'avez dit tout à l'heure sur les humains et les étoiles, que ça me rapproche encore de vous.

— Vous tenez donc à vous rapprocher de moi ? »

Il se frotta le lobe de l'oreille gauche entre le pouce et l'index, signe chez lui d'embarras. Des hommes et des femmes poussaient des exclamations d'émerveillement en découvrant l'intérieur du dôme. La multitude se faisait de plus en plus pressante malgré la présence des gardes et des angailleurs, mais l'euphorie qui s'emparait d'Helal n'avait pour l'instant rien à voir avec la présence du griot céleste.

« Je… je suis célibataire, je ne sais pas si je vous l'ai déjà…

— Au moins une fois maintenant !

— Ça veut dire que… enfin, il faudra que je songe tôt ou tard à fonder une famille. »

Elle retira son chapeau conique et secoua la tête pour libérer une somptueuse chevelure noire, une cascade sombre et brillante dans laquelle il eut aussitôt envie de plonger son visage.

« Mon père est décédé il y a six ans, dit-elle. D'une morsure de serpique. Et je n'ai pas de frère… »

Il lui lança un regard interrogateur avant d'être projeté à l'intérieur du dôme par une nouvelle poussée de la foule. Saisis par la fraîcheur, ils s'engagèrent dans l'allée délimitée par deux haies de gardes, d'une étroitesse telle qu'ils ne pouvaient plus avancer tous les deux de front. Les rayons qui tombaient des pierres transparentes convergeaient vers une estrade dressée au centre de l'immense salle, éclairaient les gerbes de fleurs, les tissus précieux, les volutes d'encens entrelacées au-dessus des vasques. Les froissements des vêtements et les glissements des semelles sur le carrelage lisse ne parvenaient pas à briser le silence solennel, presque écrasant, qui rappelait à Helal l'atmosphère sépulcrale des grandes katwas de Bel Troan.

Il se pencha sur l'épaule d'Ezabel qui marchait devant lui et chuchota :

« Qu'est-ce que vous avez voulu dire exactement ? »

Il croyait l'avoir deviné, mais il préférait s'en assurer avant de se laisser aller à sa joie. Elle se retourna, lui lança un regard provocant, désigna les gardes figés dans leurs uniformes frappés de la lance et du glaive, puis, avant de reprendre sa marche en direction de la cloche de verre, lui posa l'index sur la bouche. Bien que fugitif, le contact de son doigt abandonna un sillage à la fois frais et brûlant sur les lèvres de Helal. Il fut traversé par une puissante envie de l'étreindre, de couvrir sa nuque et son cou de baisers, puis il se dit que ces choses-là ne se faisaient sûrement pas dans le dôme céleste, encore moins en présence d'un griot, et il reporta toute son attention sur la scène inondée de lumière.

Du visiteur céleste il ne vit d'abord qu'une vague silhouette coiffée d'un tarbouche blanc, drapée dans des étoffes claires et encadrée par un imposant bataillon de gardes en armes. Son visage foncé, presque noir, s'encadrait d'une épaisse barbe blanche. Helal crut lire de la tristesse et de la souffrance dans son regard. Il s'en étonna : les griots étaient-ils donc sujets à la mélancolie, à la nostalgie, comme de simples mortels ?

Arc-bouté sur ses jambes, l'oaseur résista de son mieux au courant qui l'entraînait vers une porte dérobée entre deux piliers. Le griot lui souriait, mais ses yeux globuleux et noirs exprimaient une douleur poignante, indicible, aussi profonde et mystérieuse que l'espace. Il ressemblait davantage à un captif qu'à un être de légende. Helal se rappela que le visiteur avait franchi une distance inimaginable entre Jezomine et un autre monde habité, et il éprouva le sentiment à la fois exaltant et effrayant d'entrouvrir la porte d'un univers fabuleux.

Le flot humain le poussa inexorablement vers la sortie. Des coups de coude et de genou le ramenèrent à la réalité dans le couloir étroit et sombre qui donnait sur une seconde salle. La main plaquée sur le sommet de son chapeau, Ezabel restait à ses côtés au prix de contorsions acharnées. Cris et odeurs s'amplifiaient dans le passage exigu et confiné. L'énervement grossi par plusieurs heures d'attente sous les rayons de Jez et jusqu'alors canalisé par les angailleurs trouvait là sa première occasion de déborder.

Helal entoura les épaules d'Ezabel et, la maintenant serrée contre lui, déploya toute sa vigueur d'oaseur pour se frayer un passage jusqu'à l'autre pièce.

Des colonnes étincelantes convergeaient vers une grande cloche de verre posée sur un socle. Helal comprit les raisons de la cohue lorsqu'il aperçut le goulot d'étranglement formé par les haies des gardes. Les visiteurs n'avaient pas d'autre choix que d'accomplir un tour presque complet de la cloche avant d'être dirigés vers la sortie.

« Il y a quelque chose ou quelqu'un là-dedans », dit Ezabel.

Elle lui sourit malgré la bousculade, visiblement heureuse de partager cette journée avec lui. Ce n'était, il l'espérait, que le début d'une aventure longue et féconde, la grande aventure de leur vie. Ils arrivèrent devant un large écriteau dont ils eurent tout juste le temps de parcourir le texte avant d'être balayés par une nouvelle convulsion de la foule et plaqués contre la paroi de verre de la cloche.

*Enfant sauvage capturé dans le désert du Mitwan par l'expédition de Kehion Huggar, savant et explorateur officiel de la Cour des Nues. Les réactions du captif rappellent l'attitude des skadjes telle que décrite par certains témoignages oculaires et tendraient à prouver l'existence de ces créatures légendaires.*

« Nous, dans les oasis, on sait bien que les skadjes… »

Helal s'interrompit, intrigué par l'enfant qui se tenait à quatre pattes de l'autre côté du verre. Il gardait la face tournée vers le sol de terre rouge, un comportement de bête sauvage effrayée par la proximité des hommes. On ne distinguait de lui que ses cheveux emmêlés et collés par la poussière, son dos brun, presque noir, pelé par endroits, ses bras aussi secs que des branches de cornoyer et couverts de cicatrices.

Helal avait pratiquement accompli le tour de la cloche quand l'enfant releva la tête. L'oaseur contint, il ne sut comment, le cri qui monta de son ventre avec la violence d'un geyser.

Ce visage, ces yeux, cette expression…

Il se retrouvait tout à coup face à Kaleh, cette sœur bien-aimée chassée de la maison familiale à l'âge de treize ans. L'enfant en était le portrait tout craché, le sosie, le double surgi du passé. Subjugué, Helal remonta le courant et revint se coller contre la cloche sans tenir compte des protestations ni des menaces. Le garçon se redressa sur ses deux jambes et posa les mains à plat sur le verre. Le long regard qu'ils échangèrent conforta l'oaseur dans son intuition. Il se remémora le chuchotement de sa mère étendue sur son lit : « Ton père n'était pas si mauvais, la preuve, il n'a pas eu le cœur d'égorger le bébé de Kaleh, il l'a abandonné dans le Mitwan… »

Helal descendit son visage à hauteur de celui de l'enfant. Bien que très faible, la chance qu'il fût le fils de Kaleh, son neveu, n'était pas nulle. Le garçon se figea dans une posture d'écoute, d'attention en tout cas, les yeux clos, les bras ballants le long des jambes à demi fléchies. Helal sentit grandir une présence en lui, une bulle qui gonfla à partir de son bas-ventre et emplit peu à peu sa poitrine, ses membres, sa tête. Il eut un petit moment de panique, une brusque envie de se débattre, un peu comme s'il flottait dans une masse liquide et qu'il commençait à manquer d'air, puis il entendit un chant apaisant, pas vraiment un chant d'ailleurs, un bercement, une sorte d'ample respiration, quelque chose qui évoquait le murmure ou le battement du silence.

Un flot d'images et de sensations qui ne lui appartenaient pas se déversa en lui, chaleur, luminosité aveuglante, brûlures, mouvements tourbillonnants, contact avec une peau froide, rassurante, pénombre et fraîcheur du nid, murmure des nappes d'eau, grattements des tritrilles, longues traques dans le cœur glacé des nuits du Mitwan, goût de la chair tiède et du sang, jeux et roulades sur les pentes des dunes avec des créatures ondulantes, écailleuses, coiffées d'une couronne d'excroissances transparentes...

Helal recevait une invraisemblable quantité d'informations en même temps, et pourtant chacune était d'une clarté inouïe, chacune était l'élément indispensable et limpide d'une fresque globale qui s'étendait sur plus d'une décennie de Jezomine. L'enfant sauvage lui transmettait ses souvenirs. Les monstres légendaires du désert, les skadjes, l'avaient recueilli et élevé comme l'un des leurs. Les sphères musiciennes expédiées depuis la Cité des Nues avaient décimé tous les membres de son clan d'adoption et, alors qu'il s'apprêtait à les rejoindre dans les mondes de l'au-delà, des hommes l'avaient capturé.

Helal conserverait jusqu'à la fin de ses jours cette mémoire étrangère et pourtant familière, un héritage d'autant plus précieux que, il en était convaincu, il ne reverrait plus jamais son neveu, le deuxième survivant de son clan, cet enfant du miracle qui avait attiré sur sa famille la malédiction des oasis. Il ne se débattit pas quand deux gardes s'emparèrent de lui et le traînèrent sans ménagement hors du dôme. Il jeta un ultime regard au garçon par-dessus son épaule, crut deviner qu'il lui adressait un signe d'adieu, mais les miroitements du verre, la brutalité des gardes et ses propres larmes avaient sans doute altéré sa perception.

« Que vous est-il arrivé ? »

Penchée sur Helal, Ezabel l'enveloppait d'un regard inquiet. Les gardes l'avaient éjecté avec une telle brutalité qu'il s'était effondré de tout son long sur les dalles rugueuses. Son expulsion *manu militari* avait réduit au silence les hommes et les femmes qui s'échangeaient leurs impressions sur la petite place déjà plongée dans les ténèbres. Les premières étoiles et Zæl, le plus grand des satellites de Jezomine, déposaient une clarté argentine sur les pierres lisses du dôme et les toits environnants.

Helal se releva, s'essuya les joues d'un revers de manche, remit un peu d'ordre dans sa tenue et rassura la jeune femme d'un sourire.

« Je vous expliquerai. Voulez-vous… »

Il la prit par le bras et, fendant la foule, l'entraîna dans la ruelle sombre qui s'enfonçait entre les bâtiments du cœur interdit de la Cité des Nues.

« Voulez-vous quoi ? » s'impatienta Ezabel.

Il s'arrêta et la fixa avec gravité, avec solennité même. Non loin d'eux filèrent des silhouettes bruissantes que l'obscurité transformait en spectres.

« Devenir mon épouse ? »

Elle se haussa sur la pointe des pieds, lui passa les bras autour du cou et l'embrassa avec une fougue telle qu'il en eut le souffle coupé.

« J'irai voir votre… ta mère dès que possible, haleta-t-il, frémissant de désir. Nous nous marierons dans la plus grande des katwas de Bel Troan, comme le veut la coutume des oasis. En attendant, si tu n'y vois pas d'inconvénient, essayons de trouver la maison de ma sœur Kaleh. »

## CHAPITRE IV

# KEHION HUGGAR

*La perle d'obédience est mon honneur et ma fierté,*
*La clef qui m'ouvre les Nues,*
*La pierre courtisane est ma honte, ma pauvreté,*
*La chaîne qui me rive au connu,*
*La perle d'obédience est ma pitance, ma manne,*
*La main qui me nourrit,*
*La pierre courtisane est ma perte, ma soltane,*
*Le parasite qui me détruit.*

Chant de la perle d'obédience,
Cour des Nues, Jezomine.

L'ENFANT SAUVAGE se jeta sur la nourriture avec une voracité qui tira des grimaces ou des sourires aux privilégiés admis à le contempler de plus près. On l'avait délivré de sa prison de verre, mais, comme il avait arraché la gorge d'un garde juste avant sa capture, on lui avait passé une courte chaîne autour du cou, fixée à un anneau scellé dans le mur.

Même si son prisonnier avait cessé de s'agiter et de geindre, Kehion Huggar ne voulait prendre aucun risque. Une cinquantaine de courtisans triés sur le volet se pressaient dans la petite salle. Des proches de la famille royale, des confrères de Kehion, des officiers supérieurs de la garde d'élite et des responsables du tout-puissant corps des angailleurs, aisément reconnaissables à leur uniforme noir, à leur mine sinistre et au dragon écarlate brodé sur le devant de leur tunique. Tous ceux-là pouvaient lui être utiles dans la démarche qu'il allait bientôt entreprendre afin de recueillir de nouveaux subsides et de réaliser son grand projet : ramener un spécimen skadje vivant ou mort à la Cour, une découverte qui validerait sa théorie de l'existence d'une autre forme de vie sur Jezomine, intelligente et antérieure à l'apparition de l'homme.

Karkel Judin, l'un des maîtres du protocole, supervisait le repas de l'enfant sauvage avec la même pompe solennelle et ridicule que s'il s'était agi d'un hôte de marque. Il se parfumait de façon outrageuse, comme tous les courtisans, et portait des habits aux couleurs vives surchargés de rubans, de broderies et de dentelles. Les femmes portaient des robes sobres en comparaison, resserrées à la taille, conçues pour mettre en valeur la rondeur de leur poitrine et de leurs hanches. Elles se rattrapaient sur leurs coiffures, de véritables monuments capillaires érigés à la gloire de la complexité et sertis de broches ou de peignes en pierre du Mitwan. Kehion Huggar avait opté, quant à lui, pour la tenue austère des savants royaux, une veste cintrée, un pantalon bouffant d'un brun sombre légèrement moiré, une chemise blanche dont la seule fantaisie était le jabot. Sa chevelure déjà grisonnante se déversait en toute liberté sur ses épaules.

Ce soir, le souverain et son épouse paraîtraient dans leur loge du théâtre des Hauts-Dits, la Cour tout entière se rassemblerait pour entendre le chant du visiteur céleste. Une activité de ruche régnait dans les couloirs, les appartements et les galeries du palais royal.

Le hasard avait voulu que la capture de cet enfant sauvage coïncide avec le passage du griot. Pouvait-on parler de hasard ? L'irruption des sphères musiciennes dans le cœur du Mitwan avait ruiné l'expédition de Kehion Huggar. Il avait traqué les skadjes pendant plusieurs mois avec un luxe de précautions et, alors qu'il allait toucher les dividendes de sa patience, alors que les guides autochtones l'avaient conduit tout près de l'entrée d'un nid dissimulé dans un massif rocheux, les sphères musiciennes avaient surgi dans le ciel tendu d'écarlate par les rayons de Jez. À l'aide de sa longue-vue, Kehion avait observé des mouvements furtifs et des traînées de poussière entre les rochers. Il en avait déduit que les notes tonitruantes des sphères avaient chassé de leur habitat les skadjes habitués au silence profond du désert. L'expédition s'était aussitôt lancée à leur poursuite, mais le chizz avait effacé toutes les traces, et on n'avait trouvé aucun skadje, vivant ou mort.

Rien d'autre qu'un paysage recomposé de dunes et de roches.

Rien d'autre que cet enfant nu et plus féroce qu'une grande gravelle sauvage.

« D'où vient-il, monsieur ? »

Kehion Huggar feignit de se plonger dans une intense réflexion pour se donner le temps d'observer son interlocutrice : Lajah Sanjefoz, une cousine germaine de la souveraine, une femme très haut placée dans la hiérarchie des Nues. Belle de surcroît, mariée à l'un des généraux de la garde d'élite, réputée pour ses infidélités et sa cruauté. On disait d'elle qu'après avoir donné naissance à trois enfants elle avait réclamé et obtenu la greffe d'un parasite dans son sein gauche, comme les soltanes de la ville haute, une méthode contraceptive radicale et une façon non moins radicale d'accroître l'intensité des plaisirs charnels. Malgré lui, Kehion baissa les yeux sur la poitrine de la jeune femme et tenta de repérer la fine cicatrice laissée par l'opération, mais, bien que profond, le décolleté de sa robe ne dévoilait pas la peau entre la clavicule et la naissance du sein. D'elle émanait un parfum fleuri qui ne masquait pas tout à fait son odeur musquée.

« Son comportement révèle qu'il n'a pas grandi dans un milieu humain, répondit Kehion avec son sourire le plus engageant.

— Pas besoin d'être savant pour deviner cela, monsieur ! répliqua Lajah Sanjefoz avec une pointe d'agacement. Vous l'avez capturé dans le désert, n'est-ce pas ? Comment a-t-il pu survivre dans un environnement aussi ingrat ? »

Autour d'eux résonnaient les voix et les rires des hommes et des femmes répartis par petits groupes et lancés dans des discussions animées.

« Ses caractéristiques physiques sont très proches de celles des habitants des oasis, dit Kehion. À mon avis, ce garçon a été abandonné à la naissance par sa famille et recueilli par... des animaux. »

Elle eut une petite moue de perplexité.

« Quelle famille se montrerait assez cruelle pour abandonner un enfant dans le désert ?

— Les coutumes des oasis, madame, l'honneur familial, le culte de la vengeance conduisent parfois à ce genre d'aberration. »

Elle s'absorba pendant quelques instants dans la contemplation des moulures et arabesques du plafond. Sans être l'une des plus prestigieuses du palais, la salle des expositions offrait un cadre magnifique avec ses dalles de pierre précieuse, ses murs couverts de mosaïques ou de tentures figuratives, ses poutres sculptées et agencées de manière aussi complexe que les mèches blondes de Lajah Sanjefoz.

« J'ai beau passer en revue tous les animaux du désert, je n'en vois pas qui soient susceptibles de recueillir un enfant humain, reprit-elle en replongeant ses yeux clairs dans ceux de Kehion.

— Il s'agit sans doute des... skadjes.

— J'ai lu votre opinion à ce sujet sur l'écriteau que vous avez eu la... maladresse de placer à côté de la cloche de verre. » Elle poussa un long soupir avant de poursuivre, d'une voix forte : « Vous, monsieur, vous qui passez pour l'un de savants les plus respectables des Nues, vous croyez donc à l'existence de ces créatures ? »

L'éclat de Lajah Sanjefoz attira l'attention des courtisans et des servantes. Seuls les bruits de mastication et de déglutition de l'enfant sauvage retentirent dans le silence soudain tombé sur la salle des expositions. Karkel Judin, le maître du protocole, renonça lui-même à regarder manger cet étrange convive – « bâfrer » eût été un terme plus approprié, encore qu'euphémique, pour décrire les manières d'un invité qui plongeait directement la bouche, le nez et les cheveux dans les plats, recrachait les aliments qui ne lui convenaient pas, ingurgitait le reste avec la gloutonnerie d'une grande gravelle des bords du Mitwan – et s'intéressa à la polémique qui s'amorçait entre la cousine germaine de la souveraine et l'un des explorateurs officiels du royaume.

Craignant de s'enfermer dans un piège, Kehion s'efforça de garder son calme et de peser chacun de ses mots.

« Le terme de "croyance" est en l'occurrence hors de propos, madame. Ma conviction s'est établie sur un faisceau de conjectures.

— Vous considérez donc un ramassis de superstitions comme un faisceau de conjectures ! Votre conception de la science…

— Les légendes reposent la plupart du temps sur l'imaginaire, la dérive fantasmatique, je vous l'accorde, mais l'existence des skadjes, elle, est authentifiée par une multitude de témoignages concomitants consignés dans les archives.

— Votre naïveté m'étonne, monsieur. Et m'effraie. Quoi ? Les esprits les plus brillants de la Cour ne seraient pas capables de faire la différence entre l'expérience et la superstition ? »

Kehion avait maintenant la sensation d'être une cible dégagée, évidente, offerte à tous les traits. Il chercha en vain des signes ou des lueurs de complicité sur les visages et dans les yeux qui le cernaient. Il se demanda quelle erreur il avait bien pu commettre qui lui valût ainsi les foudres de la cousine de la souveraine, puis il devina qu'elle n'était elle-même qu'un pion manipulé par une faction de courtisans – ou de confrères – empoisonnés par la jalousie.

« À la différence de certains de mes confrères, je pense qu'il faut continuer les recherches sur les skadjes. Je pense également que ce ne sont pas des animaux, mais des créatures intelligentes (contrairement à vous, se retint-il d'ajouter), et qu'elles ont beaucoup à nous apprendre, entre autres à mieux comprendre ce monde qui était le leur avant l'arrivée des hommes.

— Voulez-vous dire, monsieur, que vous jugez illégitime la présence humaine sur Jezomine ?

— La question ne se pose pas. Nous n'avons pas la possibilité de revenir en arrière. Je me demande seulement si nous avons évolué dans la bonne direction…

— Certes non, puisque nous avons égaré la connaissance de nos ancêtres et que nos esprits les plus éclairés accordent davantage d'attention à de stupides croyances qu'au développement de notre civilisation ! Nous avons régressé, monsieur, et vous êtes l'un de ceux qui illustrent mieux que tout discours l'amplitude de notre décadence.

— Je parlais précisément de développement… »

Kehion transpirait à grosses gouttes sous ses vêtements, conscient que ses derniers rêves s'arrachaient de lui comme des pétales fanés.

« Nous nous sommes contentés de reproduire nos acquis, nous n'avons pas su enrichir notre patrimoine, murmura-t-il.

— Reproduire ? Mais, monsieur, aucun savant du royaume n'est capable de reproduire les splendeurs technologiques du passé ! À qui la faute si nous n'avons pas enrichi nos connaissances ?

— Aucun savoir, aucune technologie n'a jamais apporté l'essentiel. Je pressens que les skadjes pourraient nous enseigner ce qui nous manque.

— Gardez vos pressentiments pour vous, monsieur ! Notre souverain distribue ses perles d'obédience avec un peu trop de générosité. Nous n'avons pas besoin de parasites qui sacrifient les prébendes royales à leurs chimères, mais de bâtisseurs, de constructeurs, de visionnaires. »

Après lui avoir jeté un sourire et un regard venimeux, Lajah Sanjefoz pivota sur elle-même et s'éloigna dans un froissement d'étoffe qui résonna, aux oreilles du savant, comme une promesse de disgrâce.

Kehion Huggar s'engagea dans le passage qu'empruntaient les courtisans pour se rendre dans le quartier des soltanes. Cette succession tortueuse de couloirs, d'escaliers et de galeries permettait au souverain et aux grands du Royaume de quitter l'enceinte du palais sans attirer l'attention. Elle débouchait trois ou quatre lieues plus loin sur une courette intérieure cernée de hauts murs. Une vingtaine d'hommes en gardaient l'accès, des soldats d'élite qui dissimulaient des dagues enduites de poison sous leurs haillons de mendiants.

Kehion remonta sa manche pour leur montrer le sceau royal, la perle d'obédience, la pierre transparente sertie dans le creux de son avant-bras, juste au-dessus du poignet. On l'appelait « perle » ou « pierre » par commodité, mais elle n'était pas de nature minérale, elle se ramifiait dans la chair comme les racines d'une plante ou les tentacules d'un parasite. Lorsqu'un courtisan était frappé de disgrâce, il fallait parfois lui couper le bras tout entier pour la lui retirer. De cette étrange matière Kehion ne savait pas grand-chose, sinon qu'elle avait la faculté de se reproduire à l'infini, un peu comme le levain ou la mère de vinaigre, et qu'elle était conservée dans une chambre secrète du palais des Nues. Ni lui ni ses confrères n'avaient reçu l'autorisation de l'examiner, encore moins de l'analyser : on ne touchait pas à ce symbole du pouvoir royal, l'un des deux piliers du royaume avec le dragon écarlate des angailleurs.

Il n'avait ressenti aucune douleur lorsque, la veille de son admission officielle à la cour, les administrateurs lui avaient inséré sa perle dans la peau de son avant-bras à l'aide d'une seringue. De la taille d'un grain de giphogo au départ, elle avait peu à peu atteint le volume d'un œuf de petite gravelle domestique. Lors des périodes de grand froid, Kehion entrevoyait sous sa peau les ramifications claires qui partaient de sa circonférence et se prolongeaient désormais jusqu'à son épaule (du moins il lui semblait ressentir leur présence au réveil, quand il étirait ses membres engourdis). Aussi limpide qu'une goutte d'eau, elle se troublait parfois, comme si elle s'emplissait d'un nuage blanchâtre. Son champ d'expérimentation se limitant à sa propre perle – et, de façon plus épisodique, à celles des femmes qui partageaient son intimité –, Kehion avait observé qu'elle réagissait à ses humeurs et à ses fluctuations organiques. Sa fragilité apparente dissimulait en tout cas une élasticité et une résistance remarquables : ses tentatives récurrentes de l'inciser avec la pointe d'un scalpel, une expérience irrésistible pour un curieux de son espèce, s'étaient soldées par autant d'échecs. Aucune des nombreuses théories élaborées par ses confrères, contemporains ou anciens, à propos de la structure, de la nature et de l'origine de la perle d'obédience n'avait trouvé grâce à ses yeux. La plupart relevaient de la crétinerie pure. Ce fatras d'ignorance et de superstition aurait prêté à rire s'il n'avait émané d'esprits aussi érudits et prestigieux. Le sceau royal était seulement devenu une part de lui-même. Et un rappel permanent de sa condition de courtisan, qui lui interdisait de s'opposer à la volonté royale. Il restait après tout suffisamment de domaines à explorer pour étancher son éternelle soif d'apprendre.

Âgé maintenant de quarante-deux ans, Kehion Huggar se méfiait des idées préconçues, des principes communément admis. L'histoire, sa deuxième discipline, lui avait appris à relativiser les doctrines officielles, à mesurer la fragilité et l'instabilité des connaissances humaines. Il lui avait suffi quelquefois de remonter à la source des informations, témoins, lieux, pour s'apercevoir que la mémoire collective reposait sur des vérités sans fondement, sur de purs fantasmes alimentés par l'intérêt, la haine ou la peur.

La présence du griot ravivait son émerveillement d'enfant et soulevait en lui un grand nombre de questions pour lesquelles il ne recevrait certainement pas toutes les réponses. Il avait consulté les archives royales comme son statut d'historien et d'explorateur officiel l'y autorisait. Il avait appris certaines choses sur les griots, entre autres leurs rapports très particuliers avec le temps et leur mode de recrutement. Il avait longtemps cru qu'il deviendrait un visiteur céleste, qu'il apprendrait le secret du voyage dans l'espace, qu'il explorerait d'autres mondes, qu'il connaîtrait d'autres civilisations, d'autres formes de pensée, mais les années s'étaient écoulées et, à l'âge de vingt-cinq ans, il avait renoncé à son rêve, ou, plus exactement, il l'avait circonscrit aux territoires méconnus de sa planète : il avait inventorié et classifié un nombre incalculable d'espèces végétales et animales, il avait, avec l'aide des guides autochtones, tracé des pistes à peu près fiables dans les contrées désertiques, bref, il avait concouru de son mieux à parfaire la connaissance de Jezomine, ou Jezseptime, septième planète du système de Jez.

Les archives royales du palais mentionnaient les visites d'une vingtaine de griots. Un intervalle d'environ cent cinquante ans s'écoulait entre chacun de leurs passages ; cela faisait donc plus de deux millénaires que les voyageurs célestes rendaient visite au peuple des Nues. Les descriptions des témoins qui avaient eu le privilège d'approcher un griot étaient étrangement similaires – peau sombre, presque noire, barbe claire, yeux globuleux et foncés, tarbouche blanc, toge drapée sur l'épaule, ample tunique, et surtout, détail insolite, une luminosité qui paraissait jaillir de l'intérieur même du corps –, comme si les vingt visites avaient été effectuées par un seul et même personnage, une idée absurde à l'échelle du temps de Jezomine, mais recevable sur le plan cosmique.

Une polémique avait opposé la veille deux factions de courtisans.

« Le griot est supérieur au roi, argumentaient les uns. Il descend du ciel, directement des Nues.

— Pas du tout, rétorquaient les autres. Le griot n'est qu'un vagabond de l'espace, un homme qui colporte ses histoires de monde en monde.

— Blasphème ! Le céleste précède le terrestre, tout comme l'idée précède la réalisation, tout comme l'amour précède la conception.

— On peut concevoir sans amour, la réalisation engendre parfois l'idée, tout comme l'appétit vient en mangeant. Quant au griot, qui peut certifier ses origines célestes ?

— Nos savants, peut-être… »

Les uns et les autres s'étaient donc tournés vers le petit groupe de savants qui s'étaient bien gardés d'intervenir dans la polémique. Kehion Huggar avait laissé à ses confrères plus âgés le soin de répondre. Le titre de savant royal ne protégeait pas des intrigues, et il suffisait de déplaire à un membre influent de la Cour pour tomber en disgrâce, perdre sa prébende, sa perle d'obédience, se faire chasser du palais comme un vulgaire portefaix de la ville basse. Kehion ne prendrait sûrement pas le risque de mécontenter les uns ou les autres en se mêlant à une dispute qui n'avait aucun sens. Pour lui le griot n'était ni inférieur ni supérieur au souverain des Nues, ni même à aucun autre être humain de Jezomine, il ne vivait pas sur le même plan spatio-temporel, voilà tout. Il avait gardé son raisonnement pour lui tandis que ses confrères s'enfonçaient dans l'un de ces embrouillaminis sémantiques qui débouchaient immanquablement sur d'autres querelles, d'autres intrigues, d'autres disgrâces. Son œuvre, son grand œuvre, valait bien une poignée de menues lâchetés courtisanes – elles n'avaient pas suffi à lui éviter la morsure venimeuse de cette serpique de Lajah Sanjefoz.

Il salua les gardes d'un hochement de tête, traversa la cour et parcourut la ruelle sinueuse donnant sur le quartier des soltanes. Curieusement, alors que les passages étaient plus étroits et sombres que ceux du palais, la chaleur s'y faisait plus dense, plus étouffante. Était-ce l'excitation qui s'emparait des hommes devant les portes des soltanes de la ville haute ? La prolifération des foyers de métal et de pierre où grillaient les viandes et légumes des restaurants des rues ? Une particularité géographique, géologique, climatique ? Ou encore la honte cuisante des hommes qui désertaient le lit conjugal pour s'étourdir dans les bras des expertes en volupté ?

Kehion lui-même délaissait parfois Loziah, son épouse, pour passer la nuit avec une soltane du nom de Kaleh. Bien que méritante, attentive et encore désirable, Loziah supportait difficilement la comparaison avec la soltane. Faire l'amour avec elle revenait à manger un plat ordinaire après avoir goûté des mets aux saveurs ensorcelantes. Elle ne lui adressait aucun reproche lorsqu'il revenait à l'aube, vidé de ses forces et d'une grosse poignée de saquins, elle se contentait de pleurer en silence. Il lui promettait alors de ne plus jamais fréquenter le salon de Kaleh, mais son corps réclamait avec véhémence les caresses de la soltane, et il finissait toujours par capituler, noyant ses remords dans d'absurdes justifications biologiques, se disant que les choses auraient été différentes si Loziah lui avait donné un ou plusieurs enfants.

Il transpirait à grosses gouttes dans la ruelle pentue. Les pavés inégaux éclaboussés de lumière rouge, les façades en pierre blanche, les escaliers bordés de rambardes en fer forgé, les volets colorés et tirés comme des paupières trop maquillées donnaient au quartier un charme canaille que Kehion préférait à la majesté oppressante du palais. Le ciel se tendait d'un voile mordoré qui préludait au crépuscule. Il ne lui restait pas beaucoup de temps avant le chant du griot. Il espéra que Kaleh serait libre : il avait ressenti le besoin impérieux d'une étreinte, même brève, au sortir de la conversation avec Lajah Sanjefoz. Ni le roi ni la reine n'avaient manifesté leur intention d'examiner l'enfant sauvage, et cette absence d'intérêt semblait confirmer l'hypothèse d'un complot.

Il lui fallait oublier ses tracas dans des bras accueillants, s'immerger dans un bain de volupté pure, tarir le flot tumultueux de ses pensées. Il croisa deux courtisans qu'il connaissait de vue et répondit à leur salut d'un hochement de tête. La complicité était immédiate entre amateurs des plaisirs extrêmes. On signait un grand nombre d'armistices ou de contrats dans les salons des soltanes ou sur les terrasses ombragées des gargotes, on y traitait des affaires de la plus haute importance sans jamais se départir d'un ton aimable, enjoué, comme si, désencombrés de ce désir tyrannique qui les avait attirés dans ces lieux, les hommes s'autorisaient enfin à se montrer sous un jour détendu.

Il entrevit la maison de Kaleh, reconnaissable entre toutes avec sa tourelle et sa façade recouverte de paragel, une plante grimpante aux fleurs mauves. Il pressa le pas, taraudé par l'inquiétude. Un silence inhabituel figeait la ruelle déserte qui plongeait vers les quartiers commerçants de la ville moyenne. Il s'arrêta devant le perron de la maison, s'essuya le front d'un revers de manche. Le volet du salon, ouvert, signalait que la soltane était disponible. Soulagé, il gravit les marches et tira à plusieurs reprises sur la chaîne de la cloche.

« Pas la peine de sonner. Elle n'est pas chez elle. »

Kehion tressaillit. Un homme et une femme sortirent d'un recoin ombragé et s'avancèrent dans sa direction, des oaseurs à en croire leurs vêtements grossiers et leur teint hâlé.

« Je suis Helal Wehud, dit l'homme. J'étais… je suis le frère de Kaleh. »

Kehion lui trouva effectivement une certaine ressemblance avec la soltane. La femme était d'une grande beauté dans ses atours rustiques.

« Kehion Huggar, explorateur et géographe de la Cour. »

Son ton emphatique et sa révérence, usuels dans l'enceinte du palais, lui parurent déplacés, voire ridicules, face à ces deux habitants des oasis.

« Ça fait deux jours qu'Ezabel, ma future femme, et moi attendons son retour… »

La fatigue avait creusé leurs traits. Les joues de l'homme s'ombraient de barbe, les cheveux de la femme pendaient en mèches piteuses sous son chapeau de paille conique. Ils n'avaient probablement pas trouvé de chambre libre dans les rares auberges de la ville haute, prises d'assaut dès le premier envol des sphères musiciennes.

« Bizarre, murmura Kehion. Les soltanes ne sont pas autorisées à sortir de leur quartier.

— Peut-être que sa disparition a un rapport avec son fils, dit l'homme.

— Son… fils ? »

Le savant ne réussit pas à masquer sa surprise malgré l'exercice quotidien de l'impassibilité courtisane. Kaleh ne lui avait pas confié qu'elle avait eu un fils, mais elle ne parlait jamais d'elle-même, c'était toujours lui qui s'épanchait, qui l'entretenait de ses infortunes, de ses besoins, de ses désirs, de ses rêves. Il ne connaissait d'elle que sa beauté, la douceur de sa peau, le feu apaisant de sa bouche, l'extraordinaire sensibilité de son ventre.

L'oaseur lança un coup d'œil à sa compagne avant de reprendre :

« Le garçon sauvage qui est exposé dans la cloche de verre, c'est lui, son fils. »

Kehion descendit les marches et s'approcha du couple. Son cœur s'était emballé, comme si son corps avait perçu avant son esprit la véracité des paroles de l'oaseur.

« Il me reste encore un peu de temps avant le chant du griot, dit-il en prenant le frère de Kaleh par le bras. Venez : nous serons mieux pour parler à la terrasse d'une auberge. »

CHAPITRE V

# MARMAT TCHALÉ

*Le jour vient où nous révélerons au monde l'étendue de nos secrets, où nous lui apprendrons notre histoire cachée, où nous le guiderons vers la voie que nous avons patiemment tracée au travers des siècles. Ce jour-là, l'humanité goûtera le feu froid de l'Anguil, le dragon d'écaille et de plumes venu du néant pour nous ramener dans le sein du néant. Ce jour-là, la matière s'effondrera sur elle-même, car l'univers des formes ne repose que sur les fondations humaines. Ce jour-là, le grand rêve entretenu par le désir et la souffrance s'estompera enfin, le Vide entamera son règne glacé, stérile, le Silence s'étendra comme une aile infinie et engloutira les ultimes grains de matière. Ainsi débarrassés de la fureur humaine et de ses illusions, nous recevrons la dissolution dernière, nous retournerons à l'inexistence primordiale promise par l'Anguil, au froid éternel.*

*L'Anguil est plus ancien que la plus ancienne pensée, plus ancien que le premier monde. Les griots célestes croyaient l'avoir vaincu à l'issue des Grandes Guerres de la Dispersion, mais ils ne sont pas les seuls à utiliser l'énergie de la Chaldria. Le dragon dompte le temps, envahit l'espace, tend sa queue, sort ses griffes, ouvre son bec immense pour nous dévorer tous. Je vous le dis en vérité, il n'est pas de destin plus glorieux que de brûler dans le froid de l'Anguil.*

*Cependant, nous ne connaîtrons pas l'effacement suprême si nous n'exterminons pas les griots, ces propagateurs de la malédiction humaine. Je vous exhorte, frères, à prendre maintenant tous les risques, à vous abattre sur les visiteurs célestes sans leur laisser la moindre chance de s'enfuir sur les flots de la Chaldria.*

Le sermon du dragon, verset premier,
Le Livre clandestin de l'Anguil,
Jezomine.

LA PUANTEUR de ses rejets rendait irrespirable l'air du nid transparent où les hommes avaient à nouveau enfermé Qui-vient-du-bruit. La douleur qui montait du milieu de son corps dominait les autres rumeurs.

Pris de fringale, il avait englouti bien plus de nourriture qu'il ne pouvait en contenir. Il en avait régurgité une grande partie, s'était étendu sur le sol dur et froid, mais l'amertume et l'inquiétude l'avaient empêché de plonger dans l'oubli du sommeil.

Les images s'étaient bousculées sous son crâne. Sphères musiciennes au-dessus du Mitwan. Jeux et courses entre les spirales de sable. Corps inerte de Danseur-dans-la-tempête. Chasse aux tritrilles. Étreintes fascinantes dans la douceur du nid. Ronde de visages de l'autre côté de la matière transparente. Rideaux de poussière éphémères soulevés par le chizz. Apparition de silhouettes humaines et animales dans l'obscurité de Froid qui tombe.

Cerné par les faiseurs de bruit, il avait bondi sur l'homme aux vêtements brillants, lui avait enfoncé ses crocs dans la gorge et arraché la moitié du cou avant d'être emberlificoté dans une curieuse peau aux fils souples et coupants. Ses ruades n'avaient servi à rien, sinon à resserrer les liens qui le comprimaient. Les hommes lui avaient ensuite desserré les mâchoires et versé un peu d'eau dans la bouche, puis ils l'avaient installé en travers sur l'échine d'un grand animal et s'étaient remis en chemin sans attendre le lever de Source de vie d'en haut. L'un d'eux, qui semblait le plus important – le chant de sa forme résonnait plus fort que ceux de ses compagnons –, était venu l'observer à plusieurs reprises tandis qu'ils se dirigeaient vers une grande oasis éclairée par des flammes. Là, on l'avait poussé dans une cage et débarrassé de la peau aux fils souples et coupants. À travers les barreaux, l'homme important lui avait tendu un récipient empli d'eau fraîche. Il en avait bu le contenu avec avidité, puis, embrasé par un feu intérieur, il s'était jeté de tout son poids sur les montants. L'homme important s'était reculé avec la vivacité effrayée d'un rampant de sable. La matière, aussi dure que la roche, n'avait pas cédé. Blessé, meurtri, Qui-vient-du-bruit avait compris qu'il ne parviendrait pas à s'échapper, que ses geôliers tenaient désormais son avenir entre leurs mains, et il avait résolu de se laisser mourir.

Ils avaient hissé la cage sur un véhicule traîné par plusieurs animaux, atteint la rive d'une nappe étirée au bout de plusieurs cycles de marche, puis ils étaient montés dans une construction flottante qui les avait déposés au pied de l'enceinte du grand nid des hommes.

Qui-vient-du-bruit avait refusé de boire et de manger jusqu'à ce qu'on le libère du nid transparent et qu'on l'emmène dans ces étranges grottes illuminées où rôdaient des rumeurs hostiles. Des formes très dures avaient traversé son enveloppe comme les piquants d'un tritrille. Elles n'avaient provoqué aucune blessure, aucun écoulement du flux de vie, mais elles l'avaient meurtri profondément dans sa chair. Il décelait de la curiosité, du dégoût et de la peur dans les capteurs à lumière des faiseurs de bruit. Il avait failli se précipiter sur eux et déchirer leurs étranges peaux colorées. Il n'aurait pas pu les vaincre tous – ils étaient plus nombreux que les grains lumineux de matière dans l'espace –, mais ils soufflaient sur son feu intérieur et l'entraînaient dans des accès de rage terribles et inutiles. Il comprenait pourquoi les sphères volantes avaient exterminé les enfants du Tout : leurs sons contenaient toute la dureté, toute la souffrance des hommes.

Affolé par les odeurs, il avait oublié ses résolutions et s'était jeté sur la nourriture avec une férocité décuplée par les cycles de privation. Ni les expulsions intempestives de ses restes puants ni les écoulements répétés par son appendice mâle n'avaient réussi à le soulager. Il croupissait maintenant dans le nid transparent, vautré dans ses rejets, aussi faible qu'une proie vidée de son flux de vie.

Un léger courant d'air et la sensation d'un mouvement le tirèrent de sa torpeur. Des silhouettes en partie éclairées se pressaient tout autour du nid transparent. Il ressentit aussitôt leur agressivité et devina qu'elles étaient venues dans l'intention de le tuer. La lumière des flammes se réfléchissait par intermittence sur les griffes longues et luisantes qui jaillissaient de leurs mains.

L'instinct de survie de Qui-vient-du-bruit reprit le dessus. Il oublia la douleur du milieu de son corps et se releva. La matière transparente se soulevait par à-coups, hissée par trois hommes arc-boutés sur une corde quelques pas plus loin, elle-même enroulée autour d'un cercle suspendu et reliée au sommet du nid par un système complexe d'anneaux et de crochets.

Qui-vient-du-bruit reconnut quelques-uns des faiseurs de bruit qui avaient assisté à son repas. Certains d'entre eux portaient sur la tête de hautes touffes de poils dorés ornées de pierres brillantes et d'objets étranges. Les poitrines de ceux-là étaient volumineuses et molles, comme gonflées d'air ou d'eau. Il ne comprenait pas leur langage, ces sons aigus qui mutilaient le silence et qui, visiblement, le prenaient pour cible, mais il décelait du mépris et de la colère dans leurs expressions et leurs gestes.

Leur attitude lui faisait oublier sa résignation, sa faiblesse, lui redonnait l'envie de se battre. Il observa la meute de ses agresseurs lorsque le bas du nid s'éleva au-dessus de sa face. Il ne vit aucune brèche dans leurs rangs serrés. Alors, il choisit sa proie et attendit le moment propice pour passer à l'attaque.

Le griot s'avança sur la scène et tira des plis de son vêtement un instrument de musique de la taille d'un œuf de grande gravelle du Mitwan. La caisse de résonance, ovale, n'était pas faite de métal, ni de bois, ni de pierre, mais d'une matière claire, sillonnée de veines noires et phosphorescente par endroits. Si des cordes tendues brillaient au-dessus de la partie creuse, on ne distinguait pas de manche ni de clef, ni aucune autre pièce caractéristique des instruments ordinaires. Le griot le plaça dans ses paumes jointes, à hauteur de sa poitrine, et posa les extrémités de ses pouces sur deux des cordes. L'acoustique était telle, dans la grande salle des spectacles du palais, que les froissements de ses vêtements résonnaient avec une netteté insolite, presque dérangeante.

Les visages poudrés et maquillés se tournaient tantôt vers la scène, tantôt vers le balcon où le souverain et son épouse s'étaient installés quelques instants plus tôt. Les parures du couple royal, couleurs bleues, dentelles blanches, broderies dorées, contrastaient violemment avec les tenues entièrement noires de la dizaine d'angailleurs qui les escortaient. Des vagues de chuchotements couraient d'une loge à l'autre, d'une travée à l'autre, poussées par une imperceptible brise. Les commentaires allaient bon train sur la santé du souverain des Nues, qu'on trouvait vieilli, amoindri, depuis sa dernière apparition en public. Aucun des cinq mille permanents de la Cour n'aurait voulu manquer le spectacle, quel que fût son rang. Les maîtres du protocole les avaient répartis selon les règles d'une étiquette complexe que seuls pouvaient décrypter une poignée d'initiés. L'œil non averti voyait simplement que la famille royale occupait les loges surplombant les côtés de la scène, que les grands courtisans se serraient sur les balcons des niveaux supérieurs, que le corps des savants se pressait sur les premières rangées du parterre et enfin que les autres, la grande majorité, s'entassaient sur les sièges disponibles ou dans l'espace restreint du paradis. Un emplacement avait été réservé aux délégués royaux des cités mineures et des oasis, les seuls invités qui ne fussent pas marqués de la perle d'obédience.

Le griot s'avança sur le devant de la scène et promena ses yeux globuleux sur l'assistance. Son visage n'exprimait ni la compassion infinie ni l'exubérance communicative que lui prêtaient les légendes, mais c'était un conteur, un comédien, un homme qui portait la parole humaine de monde en monde, et il pouvait très bien dissimuler ses bonnes intentions et son immense bonté sous un masque de sévérité, à la façon des acteurs du théâtre traditionnel jezomini. Sa coiffure tronconique était aussi blanche que ses cheveux, sa barbe et la toge drapée sur l'épaule. Une cordelette serrait à la taille sa tunique bigarrée. L'ensemble soulignait le noir de sa peau, un noir profond qu'on ne connaissait pas sur Jezomine, pas même dans les oasis du cœur du Mitwan.

Les ongles de ses pouces pincèrent les cordes de son instrument. Les premières notes captivèrent instantanément le public. La musique du griot céleste n'avait rien à voir avec les compositions sophistiquées, symétriques, des maîtres sphéristes de la Cour : insaisissable, déconcertante, elle s'insinuait dans le corps et l'esprit sans transiter par le sens de l'ouïe, elle plongeait les spectateurs dans un envoûtement qui ressemblait à de l'hypnose.

« Moi, Marmat Tchalé, du Cercle céleste des griots, je viens d'un monde lointain pour vous apporter la parole, frères de Jezomine, je viens du fond des âges pour vous raconter l'histoire de la dispersion humaine dans la galaxie de la Voie lactée. »

Il ne chantait pas, du moins selon les règles chorales en vigueur à la Cour des Nues; ses phrases, scandées par les modulations de sa voix, ressemblaient à des incantations.

« Je viens vous rappeler les principes fondamentaux qui gouvernèrent l'éparpillement des hommes dans l'espace, je viens relier les fils qui tissent l'étoffe humaine, oui, je suis le tisserand de l'âme humaine, le porteur de mots, le verbe qui résonne de monde en monde, je ravaude les accrocs de la trame, je comble les vides creusés par le temps, je déterre les racines, j'exhume le passé, j'embellis le présent et je ménage l'avenir, tel est mon devoir, tel est mon honneur, tel est mon bonheur. Moi, Marmat Tchalé, du Cercle céleste des griots, je suis venu sur Jezomine, septième planète du système de Jez, avec un esprit d'amour et de paix, je suis venu en ami, en frère, j'ai parcouru des distances qui défient l'imagination, à une vitesse qui transgresse les lois de la matière. Il s'est écoulé beaucoup de temps depuis ma dernière visite, oh, bien des vides se sont creusés dans votre mémoire, oh, vous avez oublié les promesses que tinrent vos ancêtres à leur arrivée sur ce monde. Moi, Marmat Tchalé, je suis le guérisseur de mémoire, la voix de l'espace, je n'ai rien oublié, je revois vos ancêtres poser les premières pierres de leurs maisons sur les rives du fleuve Sherdi, j'entends leurs rires et leurs chants, je partage leur joie et leurs espoirs. Tant ils se montrent solidaires, attentifs aux désirs et aux besoins de chacun, tant ils s'attachent à faire de leur planète un berceau de douceur et d'abondance, un éclat splendide du nouveau rêve humain, que je n'ai pas besoin de parler, qu'il me suffit de rire, manger, chanter et danser avec eux. Ils n'étaient alors qu'une poignée, des hommes et des femmes qui avaient connu les jours difficiles, l'ère de la guerre, de la souffrance et de la misère, des hommes et des femmes qui avaient parfois abandonné leurs familles pour suivre la voie des astres, pour disséminer la vie humaine dans la Voie lactée, pour reconstruire ce qui avait été détruit. J'ai vu rouler les larmes de nostalgie sur leurs joues, j'ai entendu leurs sanglots dans le silence des nuits noires, oh, je sais ce qu'il leur en a coûté de partir sans espoir de retour, d'abandonner leurs vivants et leurs morts. Voici ce que furent vos ancêtres, frères de Jezomine, des pionniers admirables de courage et d'abnégation, des voyageurs poussés par les vents du renouveau, des migrants célestes… »

Une puissante émotion étreignait les confrères de Kehion Huggar répartis sur les trois premières rangées du parterre. Les larmes coulaient sur les joues de certains d'entre eux, d'autres dissimulaient leurs traits bouleversés sous l'éventail de leurs doigts.

La voix du griot résonnait en Kehion avec force, traversait son esprit et s'abîmait directement dans les tréfonds de sa mémoire cachée, pas vraiment la sienne d'ailleurs, une mémoire plus vaste qui renfermait d'autres êtres, d'autres lieux, d'autres époques. Il ne voyait ni n'entendait les ancêtres jezomini, mais il lui semblait percevoir leur présence, plonger dans un passé lointain, s'insérer dans leur trame.

Kehion était allé examiner le garçon sauvage avant le chant du griot : le fils de Kaleh, la ressemblance était indéniable. Conforté dans ses convictions par sa conversation avec Helal Wehud, il se faisait fort d'obtenir des subsides royaux pour organiser une nouvelle expédition dans le Mitwan, capturer un skadje légendaire et, par la même occasion, réduire ses détracteurs au silence – dont cette serpique de Lajah Sanjefoz, à qui il se ferait un plaisir de rendre la monnaie de sa pièce. Il lui fallait cependant lever quelques incertitudes : le témoignage d'un oaseur était-il recevable à la Cour des Nues ? Réussirait-il à renverser la tendance et à revenir en grâce auprès du souverain de Jezomine ? La disparition de Kaleh avait-elle un rapport avec la conspiration ourdie contre lui ?

Kehion avait tourné et retourné ces questions dans sa tête jusqu'à ce que retentissent les premières notes de l'instrument du visiteur céleste. Depuis, il se laissait porter par le torrent d'émotions gonflé chaque instant par les inflexions envoûtantes de la voix du griot.

« Moi, Marmat Tchalé, j'ai vu les hommes se multiplier sur ce monde, j'ai vu s'agrandir la Cité des Nues, j'ai vu se fonder les villes mineures, j'ai vu se créer la première oasis des bords du Mitwan, oh, j'ai vu s'élargir cette tache de verdure dans le désert, j'ai vu couler les sources, s'entrelacer dans le ciel les fumées des katwas, pousser les légumes, les buissons et les arbres fruitiers, s'ébranler les longues caravanes à travers les dunes rouges, s'établir les comptoirs marchands, oui, j'ai vu se jeter les bases d'une civilisation et j'ai su, oh, j'ai su combien les êtres humains pouvaient se montrer vaniteux, négligents, oublieux ! Mon cœur a saigné, mes yeux se sont brouillés de larmes, j'ai parlé, j'ai dit à vos ancêtres qu'ils s'éloignaient de leurs rêves, qu'ils n'entendaient plus leurs cœurs, qu'ils écoutaient leurs têtes, qu'ils reproduisaient les erreurs du passé. Moi, Marmat Tchalé, je peux voir tout cela car j'appartiens au Cercle céleste des griots, j'ai de votre histoire une perspective que vous ne soupçonnez pas, je suis celui qui vole d'un monde à l'autre de la Voie lactée par des raccourcis de temps, je vous demande de me croire, ô frères, je vous implore de me croire, je viens en ami, les mains tendues, empli de la joie des retrouvailles. »

Le griot marqua une pause sans cesser de jouer de son instrument. Kehion essuya machinalement les larmes qui ruisselaient sur ses joues. Bien que trempé de sueur, il s'abstint de retirer sa veste : la décence interdisait aux hommes de se montrer en bras de chemise à la Cour. Il leva les yeux sur le balcon royal et discerna, ou crut discerner, un soupçon d'exaspération sur le visage fardé du souverain des Nues. Mais la chevelure exubérante de la reine, une femme qui gagnait en corpulence à mesure qu'elle avançait en âge, masquait en partie les traits du monarque, ainsi que la pénombre de la loge assombrie par les uniformes des angailleurs. Dans les rangées du parterre et les autres loges, en revanche, les spectateurs semblaient fascinés ou bouleversés par la prestation du griot. Les faces blafardes se découpaient comme des masques tragiques sur l'obscurité à peine effleurée par les lueurs des lustres suspendus.

Kehion essaya de repérer Loziah dans les travées les plus proches. Il lui fut impossible de reconnaître la coiffure de son épouse dans la forêt de monuments capillaires enrubannés et torsadés. Elle avait passé plus de trois heures dans les mains de sa coiffeuse et choisi sa plus belle robe, taillée dans une seule pièce d'un tissu vert qui mettait en valeur la blancheur de sa peau. Kehion l'avait trouvée particulièrement séduisante et s'était montré fier de lui tenir le bras jusqu'à l'entrée de la salle. Il n'envisageait pas cependant de cesser ses relations avec Kaleh. La soltane n'apaisait pas seulement ses tourments et ses sens, elle le plongeait dans un bain de félicité pure dont il sortait euphorique. Il refusait de prêter attention au murmure alarmiste qui lui annonçait la disparition définitive de la belle soltane.

« J'ai parlé aux générations qui vous ont précédés sur ce monde, oh, je leur ai parlé : déterrez les racines du rêve humain, apprenez les règles de votre planète, cessez de lui imposer les souvenirs des temps de malheur. Parce qu'après, oh, après, il sera trop tard, parce que le mouvement vous emportera, vous engloutira, parce que le temps deviendra votre ennemi le plus féroce, lui qui souhaite devenir votre ami le plus sincère. Moi, Marmat Tchalé, je connais bien le temps, je voyage avec lui, il me confie ses secrets, et je sais, oh, je sais de quelles violences il est capable. J'ai vu, oui, j'ai vu ses terribles ravages chez ceux qui le repoussaient, ceux qui le refusaient. Souvenez-vous de Maïron, le maudit, l'assassin condamné à errer dans le désert. Recueilli par les créatures des sables, il demeura avec elles pendant quarante ans. Les récits des oaseurs, colportés par les caravaniers, firent de lui un être de légende aux pouvoirs extraordinaires. Aussi, quand il décida de rendre visite à Sombak, le roi de Jezomine, celui-ci fut empli de terreur et ordonna à des milliers d'hommes d'ériger un rempart autour de la Cité des Nues. Voyez, frères de Jezomine, ce que la peur inspira au tout-puissant souverain des Nues : un gigantesque rempart pour arrêter un seul homme. Il ne savait pas alors que Maïron, nourri de la sagesse des créatures du désert, venait à lui l'esprit en paix. Durant quarante jours, Maïron demeura devant la porte close du rempart, aussi nu qu'un nouveau-né, sans boire ni manger. Les gardes et les habitants de la cité se moquèrent de lui, lui lancèrent des pierres et des flèches, mais aucune ne l'atteignit. Le quarantième jour, il versa des larmes de sang et, à ses pieds, poussa instantanément un arbre aux fleurs vives que vous connaissez sous le nom de maeronêtre, puis il s'en retourna dans le Mitwan d'où jamais il ne revint, emportant avec lui ses connaissances, ses secrets. Moi, Marmat Tchalé, j'ai parlé au roi Phalker, le successeur de Sombak, à ses conseillers et à ses courtisans : ces murs, ces remparts, c'est le refus du temps ! C'est le signe de notre puissance, m'ont-ils répondu, et une mesure de protection contre nos ennemis. Fous, vous ne pouvez à la fois proclamer votre puissance et votre peur, vous n'avez pas d'autre ennemi que vous-mêmes, vos cœurs sont devenus plus durs que les pierres brillantes du Mitwan, votre bouche ne crache plus que des insanités. Je les ai suppliés d'abattre ces remparts, et ils m'ont chassé à coups de pierres, voilà ce qu'elles ont fait, les générations qui vous ont précédés, elles ont essayé de me tuer à coups de pierres, tout comme Maïron, l'ancien assassin, le saint homme du Mitwan. Fous, vous ne voulez pas écouter d'autre voix que celle de l'orgueil, vous ne voulez pas comprendre que vos pensées et vos actes ont une conséquence sur le reste de l'univers. Se peut-il, frères de Jezomine, que vous ayez renié vos origines ? Se peut-il que vous vous croyiez seuls et abandonnés dans l'immensité cosmique ? Se peut-il que vous soyez épouvantés comme des enfants dans le cœur des nuits noires ? J'étais venu à vous avec un esprit de paix, des paroles de joie plein la bouche, et voici l'accueil que vous m'avez réservé, vous m'avez installé sur un piédestal, vous m'avez empêché de rencontrer mes frères… »

Kehion essuya ses larmes. Comme lui, ses confrères sanglotaient sans retenue, touchés par la tristesse infinie imprégnant la voix du griot. Il se demanda s'il n'avait pas rêvé quand, après avoir laissé son épouse à l'entrée de la salle de spectacle, il était allé se soulager dans les latrines malodorantes et pratiquement hors d'usage situées dans les sous-sols du bâtiment. Bien qu'il n'y eût personne dans la pièce basse et sombre, il avait entendu des chuchotements, si clairs qu'il avait eu l'impression d'être mêlé à une conversation. Tout en déboutonnant sa braguette, il avait cherché à comprendre d'où tombaient ces voix. Il avait repéré sur l'un des murs la bouche d'un conduit qui avait servi jadis à laver les latrines à grande eau. Il avait reconstitué de mémoire les plans du palais et estimé que ces messes basses se tenaient dans l'atelier de maintenance de la salle de spectacle, là où les serviteurs commandaient les imposants mécanismes de circulation d'eau. Il avait à plusieurs reprises suspendu sa miction pour saisir les paroles des conjurés.

Car il s'agissait bien de conjurés qui projetaient d'assassiner quelqu'un cette nuit, une personnalité très importante à en croire leurs propos. L'arme choisie était une dague dont on enduirait la lame de guizarpael, un poison violent en vogue à la Cour. Les chuchotements s'étaient interrompus, et Kehion était resté un long moment dans les latrines en dépit de la puanteur, se demandant s'il devait prévenir les angailleurs, les serviteurs du dragon écarlate. La neutralité étant la sœur jumelle de la lâcheté, il avait pris la décision de se taire. Certains intriguaient déjà contre lui, il ne tenait pas à être embringué dans l'un de ces complots qui attiraient les foudres royales sur l'une ou l'autre faction. Et puis il n'aimait pas les angailleurs : ces spectres noirs occupaient une place prépondérante dans la vie des Nues, plus influents désormais que les conseillers religieux et les savants officiels. Que des courtisans s'étripent entre eux, quelle importance ?

« Car vous saviez, oui, vous saviez que je paraîtrais dans le dôme, les capteurs célestes vous avaient annoncé mon passage, et vous m'avez destiné une cage, frères de Jezomine, comme si j'étais votre oiseau siffleur, comme si ma parole vous était réservée, à vous qui vivez derrière ces murs, derrière ces remparts, oh, comme si j'étais votre oiseau siffleur. Vous m'avez empêché, moi, Marmat Tchalé, du Cercle céleste des griots, de donner le bonjour à votre peuple, de lui raconter son histoire. Trois jours de Jezomine, vous m'avez tenu captif dans votre dôme, puis vous m'avez enfermé dans une deuxième prison, plus grande et tout aussi terrible, la prison de vos remparts, sous la garde féroce de vos gens d'armes. Je suis venu à vous les mains ouvertes et le cœur joyeux, j'ai parcouru des distances inimaginables pour chanter devant vous l'immensité et la diversité de l'univers, oh, la beauté de l'univers, et vous m'avez accueilli dans des lieux fermés avec des mines fermées, avec des cœurs fermés. Ces remparts et ces murs sont les reflets de votre souffrance, frères. Au nom de quoi, au nom de qui vous êtes-vous arrogé le droit de me priver de votre peuple ? Au nom de quoi, au nom de qui vous êtes-vous arrogé le droit de priver votre peuple du Verbe céleste ? Je vous parle maintenant, je vous supplie de me croire, les premiers hommes et les premières femmes qui se posèrent sur cette planète ne voulaient pas rebâtir les murs et les remparts de leur ancien monde, non, ils aspiraient seulement à vivre en harmonie, ils avaient jeté les anciennes croyances et les idées de conquête, vous ne vous en souvenez pas, car des vides se sont creusés dans vos mémoires, mais je suis votre mémoire vivante, je suis la voix qui retentit d'un bout à l'autre de l'univers. J'entends maintenant les hommes et les femmes de ces temps pour vous très anciens, ils vous demandent par ma bouche d'abattre ces remparts, ils vous exhortent à chasser vos peurs et à redécouvrir la joie pure des cœurs simples, oh, la joie magnifique des cœurs simples. Je me souviens de Jez, la femme qui donna son nom à votre étoile, son cœur débordait d'amour, ses yeux exprimaient la sagesse, c'était une femme belle, bonne et forte. Elle vous contemple là-haut de son œil rouge et brillant, frères, elle souffre en silence quand elle voit ce que vous faites du monde qui porte son nom. Je vous raconterai son histoire quand j'aurai épuisé ma colère et mon chagrin. En vous retirant dans vos remparts, en vous coupant de votre peuple, c'est de vous-mêmes que vous vous retirez, c'est de vous-mêmes que vous vous coupez. Vous appelez cela la Cour du royaume, frères, moi, Marmat Tchalé, j'appelle cela une basse-cour, un rassemblement de parasites emplumés et stupides. Qu'apportez-vous à votre monde pendant que vos frères suent sang et eau dans les oasis ? Qu'apportez-vous à votre monde pendant que vos frères fabriquent vos maisons, vos vêtements, vos chaussures, vos draps, vos meubles, vos matelas, vos ustensiles et vos carrosses ? Je ne vois dans cette salle que du vide, des vides qui se creusent, je ne vois que vanité, corruption, intrigues, j'entends gronder le malheur, le dragon qui finira par vous dévorer comme il a dévoré l'ancien monde, car, croyez-moi, les griots se souviennent des temps avant les temps, et ravauder la trame est leur seul souci, leur seul bonheur. »

Les crocs de Qui-vient-du-bruit s'enfoncèrent dans la gorge du faiseur de bruit coiffé d'une haute touffe de poils dorés. La chair odorante ne lui offrit aucune résistance. Des soubresauts secouèrent la proie et un horrible bruit s'échappa de sa bouche entrouverte. Ses poils dorés s'affaissèrent et se répandirent comme des ruisseaux d'eau vive sur sa face, ses épaules et sa poitrine volumineuse. La surprise et l'horreur paralysèrent les autres hommes, qui se contentèrent de hurler et d'agiter leurs longues griffes à distance.

Arc-bouté sur ses jambes, Qui-vient-du-bruit rejeta la nuque en arrière et emporta dans sa gueule la moitié du cou de sa victime. Elle s'affaissa en se vidant de son flux de vie. Il recracha le morceau de chair pour choisir une deuxième proie. Malgré leur nombre, malgré leurs longues griffes, les autres hommes restaient pétrifiés par la peur et gardaient leurs capteurs à lumière tournés vers le corps agonisant de leur compagnon.

Qui-vient-du-bruit repéra une brèche étroite au milieu de la meute. Se rua dans le passage avec une telle vivacité que les plus proches de ses adversaires, saisis, s'écartèrent. Exploita ce recul pour traverser leurs rangs. L'un d'eux, plus valeureux que les autres, tenta de lui barrer le passage. Il esquiva sa longue griffe d'un bond et fila sans se retourner vers ce qui lui semblait être la sortie de la grotte.

Des claquements précipités retentirent derrière lui. Les faiseurs de bruit s'étaient ressaisis et lancés à sa poursuite, mais, même affaibli par la douleur au milieu de son ventre, il n'eut aucun mal à les semer dans les passages éclairés par des flammes ou des pierres lumineuses. Frappées d'effroi par son apparition, d'autres silhouettes croisées dans les grottes suivantes n'essayèrent même pas de se mettre en travers de son chemin.

Il courut un long moment avant d'apercevoir, au milieu d'un nid, une petite nappe d'eau dans un bassin surélevé. Il en but quelques gorgées pour chasser de sa gorge le goût du flux de vie, s'aspergea la face, se redressa et se tint à l'écoute des bruits : le vacarme de ses poursuivants s'était réduit à une rumeur sourde, moins perceptible encore que le raffut du petit être qui battait à l'intérieur de lui.

Il ne capta pas de forme alentour, ni agressive ni amicale, mais un chant à la fois lointain et proche.

Un chant envoûtant, bouleversant.

Il évoquait les grands cycles de la Création transmis par les enfants du Tout, les sons mystérieux qui emportaient vers d'autres réalités, vers d'autres mondes. Qui-vient-du-bruit n'en avait jamais entendu de semblable et, pourtant, il paraissait s'élever tout près de là, dans cette réalité, dans ce temps.

La rumeur de ses poursuivants enfla dans la semi-obscurité de l'habitation des hommes. Un hoquet faillit provoquer un nouveau rejet du trop-plein de nourriture. Il décida de partir à la recherche de la source du chant, comme il se serait mis en quête d'une nappe souterraine dans le cœur du Mitwan. Il se concentra pour en déterminer la direction et s'engagea dans l'un des nombreux passages qui partaient du nid.

« Ouvrez les portes de vos remparts, frères, je vous en supplie. Chaque fois que vous érigez des murs entre vos frères et vous, c'est l'univers que vous divisez, c'est la Création tout entière que vous maltraitez. Moi, Marmat Tchalé, en ai-je vu des civilisations tomber dans la poussière parce qu'elles avaient oublié l'essentiel, parce qu'elles s'étaient divisées ! Des vides se sont creusés dans vos mémoires, et vous avez oublié l'essentiel, vous vous êtes coupés de vos frères, vous vous êtes enfermés dans votre basse-cour, entre gens qui se prétendent du même monde, entre créatures emplumées et stupides. Vous vous croyez grands, vous êtes en réalité plus petits que le plus petit de vos frères, car le plus petit de vos frères sait encore la valeur de la simplicité, du partage et de la compassion, oh, la beauté du partage et de la compassion. Une tête ne peut survivre séparée du corps, le corps ne peut vivre séparé de la tête, oui, séparez la tête du corps et vous condamnerez les deux à mort. Ouvrez les portes de vos remparts, allez vers vos frères, dites-leur que les temps sont venus de la réconciliation, de la réunion. »

Kehion se souvenait de ses conversations avec Kaleh la soltane. Selon elle, le mépris des courtisans envers les gens du peuple finirait par attirer la ruine sur le royaume des Nues. Il rétorquait que la Cour regroupait les élites du royaume, religieuse, scientifique, artistique, et qu'aucune société ne pouvait évoluer sans un soutien inconditionnel à ses élites. Mais, disait-elle, une société ne peut même pas *survivre* sans ses oaseurs, sans ses caravaniers, ses tisserands, ses forgerons… Elle s'arrangeait pour avoir le dernier mot en capturant sa bouche et en le précipitant dans un gouffre de volupté, là où n'existaient ni principes ni barrières, simplement des sensations et des palpitations pures. Il ne pouvait plus se passer de Kaleh. Si elle avait disparu à jamais, si elle était… morte, alors sa propre existence se transformerait en une lente noyade dans un océan de nostalgie et d'ennui.

« Renoncez à vos privilèges, ils vous appauvrissent. Les privilèges sont les enfants de l'injustice. Renoncez à vos privilèges, vous enrichirez tous vos frères et vous vous enrichirez aussi, oh, la richesse du partage, oh, le bonheur inouï du partage. Renoncez à la souveraineté de votre Cour et retrouvez la souveraineté de votre cœur. Si vous tenez à faire de ce monde un royaume, alors que ce royaume soit une oasis de paix et de joie, un rayonnement de bonheur dans l'immensité de l'espace. Jetez vos couronnes aux pieds de vos frères, jetez vos rubans et vos…

— Assez ! »

Tombé des cintres, le cri resta un long moment suspendu dans le silence stupéfait. Le griot avait cessé de jouer de son instrument et levé un regard interrogateur vers les lustres où les bougies se consumaient dans une odeur prononcée de cire chaude.

« Nous sommes les maîtres sur notre monde, nous n'avons pas de leçon à recevoir d'un vagabond de l'espace ! »

Machinalement, Kehion tenta de reconnaître la voix surgie d'un balcon plongé dans la pénombre. Masculine, sans aucun doute, mais déformée par une colère qui l'envoyait se percher dans les aigus. Aucune expression de peur ou d'indignation ne se lisait sur les traits du griot immobile, seulement de la tristesse dans ses yeux ronds. C'était pourtant la première fois dans l'histoire des Nues qu'un Jezomini osait interrompre le chant d'un visiteur céleste : aucun sacrilège de cette sorte n'était consigné dans les archives royales.

« Nous affirmons notre volonté de prendre notre destin en main, poursuivit la voix. Et ta mort, griot, est l'acte qui scellera notre décision. »

Kehion lança un regard vers la loge royale et la découvrit vidée de ses occupants. Des murmures soulignèrent l'apparition sur la scène d'un homme encagoulé, enroulé dans une cape, armé d'une dague à la lame fine et luisante. Le tout donnait une impression de ballet parfaitement orchestré.

La conversation qu'il avait surprise dans les latrines revint à la mémoire de Kehion. La personnalité condamnée était donc le griot céleste, l'homme qui avait traversé l'espace pour donner à Jezomine des nouvelles de la grande famille humaine éparpillée dans la Galaxie. Les conjurés avaient reçu le soutien, explicite ou non, du souverain des Nues et des grands courtisans, une hypothèse corroborée par le départ discret du couple royal et la passivité des officiers du corps des angailleurs. Une action de cette envergure n'aurait eu aucune chance de réussite sans le concours d'un réseau puissant de relations, un réseau dont ne faisaient partie ni Kehion Huggar ni, à en croire leurs bouilles ahuries, ses confrères de l'Académie. Les savants royaux avaient encore beaucoup à apprendre de cette science balbutiante qu'ils appelaient avec emphase la psykèmétrie. Les plus grands esprits des Nues, ou présentés comme tels, étaient tenus à l'écart des décisions qui mettaient en jeu l'avenir de la civilisation jezomini.

Ce constat remplit Kehion de colère et d'amertume, plus encore que la sentence prononcée contre le visiteur céleste.

Tandis que son bourreau s'approchait de lui, le griot ferma les yeux. Adressait-il une prière à la Chaldria ? Aux dieux de ses ancêtres ?

« Les tiens sauront désormais que toute ingérence dans les affaires de Jezomine est passible de mort. »

Kehion avait déjà entendu cette voix, mais il ne parvenait pas à lui associer un visage. Que retiendrait l'histoire de cette nuit ? La rumeur, sans doute, de la mort du griot entretenue par quelques indiscrétions. Jezomine s'isolerait du reste de l'univers, les grands courtisans pourraient s'étourdir en fêtes et en intrigues sans qu'une voix tombée du ciel vienne de temps à autre les rappeler à leurs devoirs. Kehion se demanda pourquoi les conjurés avaient décidé d'exécuter le visiteur céleste sur la scène du théâtre royal plutôt que de l'éliminer en toute discrétion. La réponse se dessina aussitôt, lumineuse : si personne ne se levait maintenant pour manifester son désaccord, les courtisans et les représentants des oasis seraient liés par un pacte de culpabilité et de sang, ils appartiendraient tous à cette génération qui aurait sacrifié le griot sur l'autel des privilèges. Et lui, Kehion Huggar, révulsé par cette complicité forcée, ne trouvait pas le courage de s'interposer, il ne songeait qu'à préserver une existence déjà rongée par les remords et le mépris de soi-même.

Parvenu à deux pas du griot, l'exécuteur masqué leva la dague enduite de poison foudroyant. À cet instant, deux événements se déroulèrent simultanément sans qu'il fût possible à Kehion d'établir de corrélation entre eux. Une lumière vive, éblouissante, inonda la scène, éclaboussa les loges et les balcons les plus proches. Elle semblait se focaliser sur le griot, ou plus exactement flotter au-dessus de lui comme une corolle inversée. Mais ce n'était pas son éclat qui avait entraîné le bourreau à reculer : une forme brune avait bondi sur la scène, lui avait agrippé le bras, le lui avait tordu jusqu'à ce que la dague lui échappe des mains, puis lui avait planté ses dents dans la gorge par-dessus l'étoffe de la cagoule.

Kehion reconnut l'enfant sauvage qu'il avait capturé dans le Mitwan. Il n'eut pas le temps de se demander comment il avait pu s'évader de la cloche d'exposition, ni comment il s'était introduit dans le théâtre des Hauts-Dits ; il ne put que frémir de surprise et d'horreur lorsque les vertèbres du bourreau se brisèrent dans un craquement lugubre.

Un glapissement domina les murmures d'effroi qui montaient de l'assistance :

« Tuez-les tous les deux ! »

Des angailleurs surgirent des coulisses, d'autres dégringolèrent des balcons. Plus question de mise en scène désormais, l'urgence faisait voler en éclats les précautions, les apparences, les symboles. Kehion vit ou crut voir le griot saisir l'enfant sauvage par le poignet, puis, alors que les silhouettes noires des angailleurs se ruaient vers eux dans un fracas de bottes, un éclair aveuglant balaya la scène.

Après avoir reconduit son épouse à leur domicile, Kehion gagna le quartier des soltanes par le passage habituel. La maison de Kaleh étant toujours fermée, il s'assit sur les marches du perron et y demeura jusqu'à l'aube, perdu dans ses pensées. La lumière céleste avait sauvé le griot et le garçon sauvage des lames des angailleurs. Les conjurés n'avaient retrouvé sur la scène que le cadavre exsangue de l'exécuteur des hautes œuvres.

Selon les premières rumeurs, un groupe de courtisans avait été chargé d'exécuter le griot tandis qu'un second s'occupait d'assassiner le garçon sauvage. Pourquoi les comploteurs avaient-ils décidé de les tuer tous les deux ? Quel rapport pouvait-il bien y avoir entre un visiteur céleste et un enfant qui avait grandi dans le cœur du Mitwan ?

Le garçon sauvage avait égorgé la cousine de la reine en personne, Lajah Sanjefoz – une perte qui ne suscitait aucune peine chez Kehion. Personne ne l'avait empêché de se faufiler dans le théâtre des Hauts-Dits et de voler au secours du griot, une négligence qui coûterait leur tête à quelques gardes et angailleurs.

Kehion fixa d'un œil distrait sa perle d'obédience, ce symbole à la fois honorifique et humiliant de la condition courtisane. Il ne percerait jamais le mystère du fils de Kaleh, il ne connaîtrait jamais la vérité sur ce complot, il ne s'étourdirait plus jamais dans les bras de sa belle courtisane.

Sa vie serait dorénavant un fardeau trop lourd à porter.

CHAPITRE VI

# LOGON

*Bien qu'ayant passé les trois quarts de mon existence dans les centres du savoir, jamais je n'ai trouvé de définition satisfaisante du mot « Chaldria ».*

*Je sais, ou crois savoir, que la Chaldria est indissociable de la fonction de griot, qu'elle porte, nourrit et inspire les visiteurs célestes, mais je ne suis pas parvenu à déterminer si elle recouvrait une réalité physique, si elle ressortait seulement du symbole, de la mythologie, ou si elle représentait un ensemble de règles, une éthique, voire une religion. De même, les réponses de ceux qui se revendiquent spécialistes, voire exégètes, de l'univers des griots n'ont pas assouvi ma curiosité. Sans doute me jugera-t-on présomptueux, mais pour moi les discours des gardiens officiels de la connaissance ne sont qu'un fatras d'idées réductrices plus ou moins transformées en principes, en lois, en dogmes. Je préfère encore les histoires rapportées par les gens du peuple, elles ont le mérite de la fantaisie, de la poésie.*

*Les grammaires anciennes consultées dans les bibliothèques particulières ou publiques ne m'ont pas éclairé sur l'étymologie du mot « Chaldria ». Je suppose qu'on peut l'apparenter à* caldarilla, *racine très ancienne du mot « chaudière » ou « chaudron », lui-même tiré de* caldu, *« chaud », et que, par conséquent, il véhicule une idée de chaleur extrême. Il me plaît de comparer cette hypothèse à la notion de chaleur primordiale, une théorie physique sur laquelle nos plus grands savants semblent s'accorder. J'aime à penser que les griots volent sur les éclats de l'explosion originelle, sur les souffles de la Création.*

[...]

*Seul un griot lui-même serait en mesure de définir correctement la Chaldria, mais, hélas pour moi, je fais partie des « mal-nés », de ces générations qui n'auront pas la chance d'approcher un visiteur céleste. Depuis l'âge de sept ans, je passe une grande partie de mes nuits à contempler le ciel étoilé, dans l'espoir fou d'entrevoir une lumière, un signe, un phénomène. J'atteindrai bientôt les cinquante ans, eh oui ! un demi-siècle, et je refuse toujours d'écouter la voix de la raison. Je vis dans une solitude extrême, à l'écart des autres, comme une jeune fille gardant sa virginité pour le prince de ses rêves, me consacrant corps et âme aux voyageurs cosmiques, guettant l'occasion qui ne se présentera sans doute jamais. Avec mes illusions, dans mes illusions. Désormais, seul le bûcher de crémation pourra me délivrer d'une existence placée sous le signe de l'obstination et de la stérilité.*

Jow Rasmo,
fondateur de l'ermitage du Montgriot,
Jezomine.

LES PICS SOMBRES crevaient la mer de nuages et se dressaient dans la lumière comme de gigantesques pointes de lances. Aussi loin que portait son regard, Seke ne distinguait rien d'autre que ces îles nues aux flancs abrupts, cernées par des vagues figées et légèrement teintées de rouge par les rayons d'Ur levant. Aux temps d'équinoxe, des vents hurlants tombaient des cieux, soufflaient sans discontinuer pendant six ou sept jours, ouvraient des brèches dans la chape brumeuse et révélaient les gouffres insondables qui se tendaient entre les massifs montagneux. Ils dévoilaient également le ruban clair du sentier se prélassant sur les pentes. Il conduisait, selon Marmat Tchalé, à Hernaculum, la capitale du continent Nube. Le reste de l'année, soit quatre cent trente-sept jours, le paysage demeurait immuable, n'étaient-ce les changements de luminosité et de nuances apportés par les différentes saisons.

Seke n'avait pas mis à profit les absences fréquentes de son maître pour explorer Logon, le monde où ils séjournaient depuis maintenant près de cinq années planétaires.

« Nous ne partirons pas d'ici tant que tu n'auras pas achevé ta formation », avait dit le griot.

Seke avait passé la plus grande partie de son temps à se familiariser avec son corps, ses pensées et ses sensations d'homme, à renier sa nature d'enfant du Tout, à rendre acceptable sa condition d'être humain. Pourtant, malgré le port des vêtements, malgré l'acquisition du langage oral et de manières plus ou moins conformes aux usages humains, il n'appartenait pas encore à la communauté des hommes. Au fond de lui, il restait une créature du désert. Il lui semblait parfois entendre les formes de ses compagnons de nid ; il se retournait, croyant découvrir les corps ondulants de Danseur-dans-la-tempête ou d'Autre-mère, mais il n'apercevait que ces sommets effilés qui transperçaient l'océan des nuages et se jetaient dans le ciel éclaboussé de lumière.

Il lui arrivait de pleurer en repensant aux temps d'avant ce temps. Marmat lui avait expliqué que c'était la façon naturelle des hommes d'exprimer la tristesse, le chagrin ou la douleur, mais ces écoulements le déroutaient toujours autant, sans doute parce qu'il avait vécu ses premières années dans un milieu où l'eau était une bénédiction, une forme rarissime et somptueuse. Un réflexe le poussait encore à retenir ses larmes, de peur d'assécher un corps pourtant gonflé d'humidité (le puits de la maison ne tarissait jamais).

Seke gravit les rochers qui dominaient la vieille demeure de pierre noire. De son passé d'enfant du Tout, il avait gardé une vigueur et une souplesse nettement supérieures à celles des confrères de Marmat qui, de temps à autre, surgissaient de l'océan des nuages. Ces derniers peinaient à gravir la pente habillée d'une lande rêche et se présentaient à la porte tellement exténués qu'ils avaient besoin d'un long moment pour reprendre leur souffle et prononcer leurs premiers mots. Ils portaient pourtant le Verbe d'un monde à l'autre et franchissaient des distances inconcevables à des vitesses défiant le temps.

À son disciple s'étonnant de leur faiblesse physique, Marmat avait répondu :

« Un jour, tu comprendras le sens réel de l'expression “revenir sur terre”. Le contraste entre la légèreté infinie du vide et la gravité des planètes. Il n'est qu'un mot pour décrire la souffrance du griot : la Chaldria.

— La… Chaldria ? »

Seke ressentait parfois, en bas de la colonne vertébrale, une chaleur fulgurante qui le ramenait cinq années en arrière. Sur la scène du théâtre de Jezomine. Face à une mer de visages larmoyants et de chevelures extravagantes. À cet instant précis où un flot de lumière vive les avait soustraits, Marmat et lui, à la vindicte de leurs agresseurs.

Seke avait entrevu une dernière fois l'homme secoué par les spasmes à ses pieds, l'assassin auquel il avait arraché la moitié du cou, puis, happé par une bouche à la puissance infinie, il avait flotté dans une atmosphère sans couleur, sans odeur, sans saveur, il avait perdu connaissance, il était revenu à lui aux prises avec une sensation de déplacement vertigineux et une nausée tenace, il s'était réveillé dans un endroit sombre, écrasé par une force implacable, baignant dans son urine et son vomi, la gorge imprégnée du goût du sang.

Dix jours de Logon lui avaient été nécessaires pour se remettre du voyage. Dix jours avant de pouvoir remuer bras et jambes, se lever, esquisser quelques pas, ingurgiter la nourriture amère proposée par le griot. Il se souvenait vaguement qu'ils avaient traversé une ville étalée sur les bords d'une faille, exploré les montagnes pelées en quête d'un gîte, échoué en pleine nuit dans cette masure abandonnée où régnait une suffocante odeur de pourriture.

« C'est la Chaldria qui nous envoie nos disciples et successeurs, avait expliqué Marmat Tchalé. Elle t'a conduit vers moi.

Si nous acceptons d'être ses serviteurs, si nous l'abordons avec humilité et confiance, elle exalte ce qu'il y a de meilleur en nous, elle nous guide sur des chemins radieux. »

En dépit de leurs cinq années de vie commune, Seke ne connaissait pas grand-chose de Marmat. Le griot jouait de son mieux son rôle de maître, mais il lui arrivait souvent de disparaître et de revenir en loques au bout de plusieurs jours, les cheveux et la barbe sales, les yeux injectés de sang, répandant autour de lui une forte odeur d'alcool. Parfois il paraissait sur le point de s'épancher, de vider un sac trop lourd à porter, puis il secouait la tête, se renfrognait ou bien s'allongeait et sombrait dans un sommeil agité. Seke n'avait jamais osé lui demander pourquoi on entendait une telle tristesse dans son chant intime – il n'avait même pas osé lui révéler qu'il percevait les sons des formes.

Arrivé au sommet du pic, Seke contempla pendant quelques instants l'œil sanguin d'Ur au-dessus du moutonnement nuageux. On n'était pas encore entré dans l'ur-sah, cette saison magnifique où l'air se faisait plus brûlant qu'un four, mais la chaleur déjà forte annonçait une journée délicieusement torride. En contrebas, la maison, une construction sommaire, aurait pu se confondre avec les rochers environnants sans le repère géométrique du potager délimité par les murets de pierres sèches. Il ne poussait sur ce lopin de terre que deux variétés de légumes verts ainsi qu'un tubercule et une sorte de céréale aux gros grains et au goût âpre qui constituaient l'ordinaire du griot et de son disciple. Le corps de Seke, habitué depuis toujours à la viande crue, avait d'abord rejeté cette alimentation. Ses expéditions autour de la maison et dans les rochers n'avaient donné aucun résultat. Il n'avait pas détecté de forme vivante alentour, hormis les herbes de la lande dont le murmure racontait la rudesse et l'opiniâtreté. Les premiers temps, des envies brutales l'avaient traversé de sauter à la gorge du griot ou de ses visiteurs afin d'assouvir son besoin de sang frais, mais, comprenant d'instinct que, sans la protection de Marmat, il n'aurait aucune chance de survivre dans un environnement aussi déroutant, il les avait contenues tant bien que mal et avait fini par s'habituer à la saveur de cette pitance qu'il préparait lui-même pendant les absences de son maître. Il fallait d'abord jeter les tubercules coupés en petits morceaux dans l'eau frémissante de la pirigne, un récipient taillé dans un matériau brun qui dégageait une chaleur permanente, puis, après une demi-journée de cuisson, ajouter les céréales et les légumes.

« Ce n'est certainement pas ce que j'ai mangé de meilleur, disait souvent le griot. Mais ça couvre les besoins de l'organisme et, de toute façon, cette fichue terre ne donne rien d'autre… »

Seke retira ses chaussures, sa tunique, son pantalon de toile, offrit son corps à la caresse ardente des rayons d'Ur, attendit d'être empli de chaleur pour s'élancer et bondir d'un rocher à l'autre. L'exercice le ramenait aux temps où il dévalait les dunes en compagnie de Danseur-dans-la-tempête, mais ne réveillait pas les ivresses anciennes. Une part de lui-même était restée à jamais sur son monde d'origine. Il continua de sauter sur les rochers, prenant de plus en plus de risques, s'écorchant les pieds sur les arêtes coupantes. La sueur l'habillait d'une moiteur sensuelle. Une énergie puissante, presque douloureuse, gorgeait son appendice mâle. Marmat lui avait parlé de ces « tensions du lung, l'organe sexuel », un phénomène normal chez les hommes en bonne santé. « Et… euh… ne t'inquiète pas si des gouttes en sortent qui n'ont ni la couleur ni la fluidité de l'urine… » Marmat avait visiblement voulu ajouter quelque chose, mais il s'était tu, et Seke avait entrevu de la détresse dans ses yeux sombres. La souffrance du griot sans doute, la Chaldria.

Un liquide épais avait effectivement coulé du lung de Seke l'année suivante. Ces émissions s'étaient produites la nuit la plupart du temps, au sortir de rêves peuplés de joutes confuses qui l'avaient laissé vibrant et couvert de sueur sur sa couche. Des rigoles tièdes et poisseuses s'étaient étirées sur son ventre avec une douceur floconneuse. Il n'aurait su dire s'il en éprouvait de l'inquiétude ou du soulagement, seulement l'impression d'un étourdissement furtif, d'une jouissance dérobée.

Il se laissa tomber d'une hauteur de cinq hommes et se reçut en souplesse sur un large éperon. Il perçut alors des chants de formes derrière lui. Pas loin, une centaine de pas.

Quatre hommes.

Les chants de deux d'entre eux avaient la limpidité caractéristique des griots ; les deux autres, plus confus, discordants, appartenaient probablement à leurs disciples. Seke eut juste le temps d'escalader les rochers et d'enfiler son pantalon avant de voir les quatre hommes émerger de l'océan des nuages et monter vers la maison de Marmat Tchalé. Ils se rendaient sans doute à Hernaculum, au quartier de la Chute sans fin, un endroit que les griots appelaient entre eux le nœud chaldrien, ou chaldran. Il dévala les rochers sans prendre le temps de passer sa tunique ni ses chaussures et fendit la lande pour se porter à leur rencontre.

Il connaissait l'un d'eux, Zaul Samari, un homme âgé à la peau claire et aux yeux délavés qui était déjà venu rendre visite à Marmat à plusieurs reprises. Et il avait déjà rencontré son disciple, Yorgäl, un garçon robuste à la mine renfrognée pour lequel il n'éprouvait aucune sympathie.

Les deux autres en revanche lui étaient inconnus : le griot, assez grand et maigre, ressemblait à bon nombre de ses confrères avec sa barbe fournie, son visage émacié, son tarbouche blanc, sa crosse noueuse et sa toge drapée par-dessus sa longue tunique. Le disciple, quant à lui, paraissait singulièrement frêle, une impression accentuée par la finesse de ses membres et de ses traits. Il portait, posée sur ses cheveux blonds coupés ras, une calotte d'un vert éclatant assorti à la couleur de ses yeux et au vert plus sombre de sa tunique et de son pantalon. Le regard et le sourire timides qu'il adressa à Seke suffirent à nouer entre eux un début de complicité.

Des gouttes de sueur sillonnaient le visage raviné de Zaul Samari. Marmat disait de Zaul qu'il était l'un des plus anciens griots, voire le plus ancien, et que son refuge, niché dans le massif de l'Ormaki, se trouvait à plus de six jours de marche d'Hernaculum. Marmat avait désigné une forêt d'aiguilles serrées au-dessus de la mer des nuages :

« L'Ormaki paraît tout proche à vol d'oiseau, mais, crois-moi, le chemin est très long sous les nuages. »

Croisant son regard interrogateur, le griot n'avait pas laissé le temps à Seke de poser sa question avec ses mots encore balbutiants.

« Tu te demandes sans doute pourquoi des gens qui se déplacent instantanément d'une planète à l'autre mettent si longtemps à parcourir une poignée de lieues... Dans le cœur de la Chaldria, nous sommes infiniment plus fluides et rapides que la lumière, que la pensée elle-même, mais ici, sur Logon, et sur tous les mondes que nous visitons, nous redevenons des êtres soumis aux lois de l'espace-temps, de simples humains. Et puis, malgré les désagréments de la pesanteur, nous apprécions d'aller au rythme de nos pas. C'est... reposant ! »

Zaul palpa machinalement sa kharba, l'heptacorde traditionnelle des voyageurs célestes dont l'extrémité arrondie dépassait de sa large ceinture de tissu. Seke captait, au-delà de son chant mélodieux, la tristesse commune à tous les griots, plus marquée chez lui, amplifiée par l'âge.

« Que le Verbe soit avec toi, Seke, dit Zaul Samari avec son emphase coutumière. Préviens ton maître que nous nous rendons à Hernaculum. »

Seke lança un bref regard au disciple blond de l'autre griot et sentit monter en lui un trouble inexplicable qu'il tenta de dissimuler en enfilant précipitamment sa tunique.

« Que le Verbe soit avec vous, maître Zaul. »

Comme à chaque fois que les circonstances le conduisaient à prendre la parole, ses mots étaient hachés, hésitants. Curieuse expérience que le langage humain. Combien s'étaient révélées difficiles les premières onomatopées, les premières syllabes ! Il avait longtemps refusé d'expulser le moindre son de sa gorge, et son maître avait déployé une patience infinie pour l'amener à

« sortir sa voix ». Puis il avait dû apprendre à nouer les relations entre les mots et les formes, entre les mots et les actes, les sensations, les émotions, les sentiments. Là où un échange instantané suffisait aux anciens compagnons du nid pour transférer les formes de leur esprit, les hommes avaient besoin de nombreuses combinaisons de syllabes pour transmettre une part infime de leurs intentions. Cela revenait à lancer une pluie de pierres sur un tritrille pour s'assurer qu'au moins une le toucherait. Précis quand il désignait un objet concret, brin d'herbe, caillou, montagne, table, arbre, vêtement, etc., le langage humain perdait considérablement de son efficacité lorsqu'il s'agissait de traduire les notions abstraites.

Seke se remémorait parfaitement ce moment terrible où Danseur-dans-la-tempête agonisant lui avait communiqué les souvenirs de ses ballets dans les tourbillons de sable. Leur échange n'avait duré que le temps d'un éclair et, pourtant, Seke avait capté les émotions et l'ivresse de son compagnon avec la même intensité que s'il les avait lui-même vécues. Si Danseur-dans-la-tempête avait dû s'exprimer avec des mots, les sons n'auraient pas traduit la richesse de son expérience, et son précieux trésor aurait été à jamais perdu pour le Tout.

Vivant désormais parmi les hommes, Seke se devait d'utiliser leur mode de communication. Il comprenait les propos de Marmat Tchalé ainsi que l'essentiel de ses conversations avec ses confrères du Cercle. Son maître disait que le terranz, la langue des peuples humains dispersés dans la Galaxie, avait tendance à se déformer sur certains mondes :

« Les mots ne sont pas aussi solides que la roche. Il leur faut moins d'un siècle pour s'effriter et, parfois, changer radicalement de sens. Quand tu seras griot, tu devras les manier avec les plus grandes précautions. »

Le langage articulé se prêtait effectivement à la dissimulation. Des contradictions se glissaient entre les sons et les formes intimes des interlocuteurs. Certains proclamaient leur amour pour leurs frères là où ils ne ressentaient que de l'indifférence, voire du mépris, pour ces hommes dispersés dans l'immensité cosmique comme des enfants arrachés du ventre de leur mère. L'acquisition du langage impliquait par conséquent un apprentissage de la tromperie, de la méfiance. La pauvreté des mots, le décalage entre l'expression et l'intention rendaient impossible l'échange total des skadjes du désert du Mitwan (ainsi Marmat Tchalé appelait-il les enfants du Tout). Le mode de transmission oral renvoyait chacun à son individualité, à ses tricheries, à ce que le griot appelait son « jardin secret ».

Seke n'avait pas encore appris à délimiter son jardin ni à garder ses secrets. Il formulait avec la plus grande exactitude possible les sensations et les pensées qui lui traversaient la tête, une habitude héritée de son passé d'enfant du Tout et souvent génératrice de conflits. Il lui était arrivé par exemple de révéler par le verbe les pensées cachées des hôtes de Marmat Tchalé. Le griot lui avait ensuite reproché de déclencher des réactions de colère et de repli là où des mots judicieusement choisis auraient pu ouvrir un passage et rapprocher les points de vue.

« Mon maître se repose », dit Seke. Bien qu'il s'exprimât à mi-voix, il gardait toujours cette impression détestable de blesser le silence. « Je ne sais pas si je dois le...

— Ce ne sera pas la peine. »

Seke se retourna et aperçut la silhouette épaisse de Marmat Tchalé dans l'embrasure de la porte. Le griot n'avait pas pris le temps de se changer. Des taches de terre souillaient sa toge blanche qui, déchirée par endroits, pendait le long de sa hanche. Les accrocs de sa tunique bariolée dévoilaient en partie sa peau sombre. Son sourire ne parvenait pas à déplisser sa mine chiffonnée.

« Que le Verbe soit avec vous. Soyez les bienvenus dans ma modeste demeure. Partageons le repas avant de nous mettre en route. »

Seke comprenait maintenant pourquoi, avant de s'écrouler sur sa paillasse, son maître lui avait demandé de préparer une soupe cinq ou six fois plus copieuse qu'à l'habitude.

Le deuxième griot s'appelait Eyland Volgen. Arrivé depuis peu sur Logon, il vivait momentanément dans une habitation troglodyte des monts voisins du Sleggar dont on pouvait admirer les crêtes en forme de croissant dans la direction de l'astre couchant. Il observait un long temps de silence avant de prendre la parole, les paupières baissées, comme s'il forgeait ses réponses au plus profond de lui, une impression de lenteur et de prudence accentuée par sa voix posée et son langage châtié. Son disciple avait aidé Seke à préparer le repas et en avait profité pour lui glisser son nom à l'oreille : Jaïfe.

Installés sur de vieux coussins autour de la table basse, les trois griots plongeaient à tour de rôle leurs grandes cuillères dans la pirigne et avalaient leur soupe dans un concert de lapements et d'aspirations. Leurs visages, caressés par les lueurs ambrées des deux minosoles serties dans la pierre des murs, flottaient sur une mer de pénombre. Assis en tailleur à même la terre battue, les disciples attendaient que leurs maîtres eussent terminé leur repas pour se servir à leur tour. Chaque fois que le regard de Seke rencontrait celui de Jaïfe, son trouble augmentait sans qu'il lui fût possible d'en déterminer la cause. Les yeux fouineurs de Yorgäl venaient régulièrement se poser sur lui comme des insectes agaçants.

« Avez-vous été agressés récemment ? demanda Eyland Volgen.

— Récemment non, répondit Marmat. Cela fait cinq ans que je n'ai pas quitté Logon. Mais on a cherché à m'assassiner lors de mon dernier voyage. Et lors des voyages précédents.

— Les réactions de la Chaldria semblent de plus en plus lentes. Si elle continue à perdre ainsi de sa précision, de sa vigilance, nous serons entièrement livrés à nous-mêmes, et il n'y aura bientôt plus un seul griot dans l'univers, plus un seul lien entre les communautés humaines.

— Qui faut-il blâmer ? lança Zaul Samari après avoir avalé une gorgée de soupe et s'être essuyé les lèvres d'un énergique revers de manche. Le véhicule ou le conducteur ? Que savons-nous des intentions de la Chaldria ? A-t-elle seulement des intentions ? »

Il dévisagea ses interlocuteurs avant de baisser les yeux sur les volutes de fumée qui montaient de la pirigne.

« Ce que je veux dire, reprit-il, c'est que nous devons cesser de nous poser des questions sur la Chaldria et nous interroger sur nous-mêmes, sur notre utilité.

— Maître Zaul, sans nous les peuples humains se retrouveraient dans l'isolement le plus complet, protesta Eyland Volgen à l'issue d'un long moment de silence. Et vous savez aussi bien que moi à quelles extrémités, à quelles catastrophes conduit l'oubli. Les Grandes Guerres de la Dispersion…

— Nous chérissons la mémoire, l'histoire, parce qu'elles légitiment notre fonction, coupa Zaul. La Chaldria nous a été révélée au cours des Guerres de la Dispersion, mais elle ne nous appartient pas. Et peut-être, peut-être nous sera-t-elle bientôt retirée, peut-être, peut-être avons-nous accompli notre temps. »

Marmat Tchalé désigna les trois disciples d'un geste du bras.

« Et eux, maître Zaul, qu'en faites-vous ? À quoi sert de former des successeurs si nous n'avons plus d'avenir ?

— Le temps est une donnée très relative, vous êtes bien placés pour le savoir. Laissons-nous, laissons-leur une chance de poursuivre l'œuvre entreprise par nos pères, offrons-leur une possibilité de corriger nos erreurs.

— Je me suis toujours senti soutenu dans mes voyages et mes interventions, fit Eyland Volgen avec une précipitation inhabituelle. Je n'ai pas le sentiment d'avoir failli à ma tâche.

— N'avez-vous pas subi une agression lors de votre dernier voyage, comme maître Marmat, comme moi-même ? »

Eyland Volgen hésita quelques instants avant d'acquiescer d'un hochement de tête et de plonger d'un geste sec sa cuillère dans la pirigne. La lueur des minosoles soulignait les arêtes de ses arcades sourcilières et de son nez. Sa barbe bouffait avec une luxuriance insolite sous son visage hâve, presque aride. Seke captait des courants tourmentés sous la surface limpide de son chant, mais c'était vers le murmure indéfinissable de Jaïfe qu'allait sans cesse son attention.

« J'ai l'impression, mais j'espère me tromper, que les peuples humains refusent désormais de se contempler dans les miroirs que nous leur tendons, dit Zaul Samari. Comme s'ils ne se reconnaissaient plus en nous.

— Nous ne leur voulons pourtant que du bien, intervint Marmat Tchalé.

— *Leur* bien à *notre* façon. »

Les trois hommes mangèrent sans ajouter un mot, s'écartèrent pour permettre à leurs disciples d'accéder à la pirigne, se relevèrent et remirent un semblant d'ordre dans les plis de leurs toges.

« Voulez-vous dire, maître Zaul, que les règles du Cercle sont désormais caduques ? demanda Marmat.

— Ce n'est sûrement pas à moi d'en décider, répondit Zaul Samari, mais à la prochaine assemblée du Cercle. Et nous devrions nous mettre en chemin si nous voulons garder une chance d'arriver à Hernaculum avant la nuit. »

Joignant le geste à la parole, il ordonna à Yorgäl de se lever d'une pression soutenue sur l'épaule, sans lui laisser le temps d'ingurgiter la cuillerée de soupe suspendue entre la table et sa bouche. Eyland Volgen n'eut qu'à se saisir de son bâton pour inciter Jaïfe à sauter sur ses pieds et à se diriger vers la sortie.

Le regard intense qu'adressa ce dernier à Seke avant de quitter la pièce avait quelque chose d'une invitation, d'une supplique. La veille encore, l'idée n'aurait pas effleuré le disciple de Marmat d'abandonner ses repères, de descendre sous la mer des nuages, de s'aventurer sur les lacets du sentier, mais, aujourd'hui, il brûlait d'envie de suivre Jaïfe, de découvrir en sa compagnie d'autres aspects de Logon, la faille d'Hernaculum, le nœud chaldrien.

Il resta assis, les doigts crispés sur le manche de la cuillère. La décision ne lui appartenait pas, et Marmat ne l'estimait pas prêt à affronter la communauté des hommes : il ne maîtrisait pas encore le langage, et ses pulsions incontrôlables risqueraient de déclencher des réactions d'incompréhension ou d'hostilité. Il ne bougea pas tandis que son maître se préparait dans sa chambre. Bien qu'affamé, il ne songea pas à se resservir en soupe. Il n'avait jamais souffert de la solitude jusqu'alors, sans doute parce qu'elle lui avait permis de renouer avec le silence rassurant de son enfance, mais il commençait maintenant à ressentir ses affres, une sensation d'abandon, de désolation. Il vit passer la silhouette de Marmat à ses côtés, et il eut envie de pleurer, comme lorsqu'il repensait à ses anciens compagnons du Mitwan.

« Qu'est-ce que tu attends, Seke ? »

Il lui fallut un petit moment pour prendre conscience que le griot s'adressait à lui. La lumière ambrée des minosoles adoucissait et rendait débonnaire le visage de son maître. Il avait passé le tarbouche, la toge et la tunique bariolée que Seke avait lavés la veille dans le bassin de pierre de la salle d'eau.

« Attendre quoi ?

— Lève-toi ! Il est temps pour toi de descendre dans le monde des hommes. »

CHAPITRE VII

# HERNACULUM

*En tant que femme, j'ai toujours ressenti comme une injustice la coutume qui réserve aux seuls hommes la fonction de griot. Suffit-il donc d'être pourvu à la naissance d'un pénis et de testicules pour avoir le privilège de visiter le vaste univers ? Au nom de quel principe stupide et oublié les femmes sont-elles tenues à l'écart de la Chaldria ?*

*Eh bien, aussi désolant que cela puisse paraître, les études récentes tendraient à prouver que la raison en est biologique. Il semble (j'éprouve et j'éprouverai toujours une certaine réticence à élever cette hypothèse au rang de certitude) que la physiologie féminine ne puisse pas résister aux fantastiques accélérations des flux cosmiques. La faute en incombe(rait) au système endocrinien, celui des hommes se révélant apte aux transports célestes, celui des femmes refusant de se plier aux exigences de la Chaldria. Mon cher ami Elser Amink, éminent spécialiste des glandes endocrines, affirme qu'il faut voir dans cette inégalité une forme de protection biologique de la fonction maternelle et, par extension, de la pérennité de l'espèce humaine. Les hommes sont par essence des semeurs, prétend-il, et les femmes les terres qui reçoivent leur semence. Quel serait le destin d'une espèce dont les semeurs seraient incapables de féconder leurs terres ?*

*Vous seriez donc, mes sœurs, les champs immuables condamnés à être labourés par les socs volages des chers laboureurs ! Force m'est de reconnaître qu'en tant que terre je ressens moi-même un plaisir immense à être cultivée, retournée, irriguée. Cependant, l'explication d'Elser – un excellent ami mais un bien piètre laboureur – n'est pas de nature à me convaincre entièrement (je vous avais prévenues). Il se hâte de plaquer un vernis biologique, scientifique donc, sur un matériau que je devine surtout culturel. Qui relève de l'inconscient, collectif et individuel. Que nous pourrions aussi bien dénommer mythique, religieux ou psychologique.*

*Mon intuition – ma « science » personnelle – me souffle que de la fonction naît l'organe. Je veux dire par là que, si notre société admettait l'idée de la femme griot – la griotte ? –, notre fichu système endocrinien, à mes sœurs et à moi-même, accepterait sans doute la mutation réclamée par la Chaldria. Tout simplement parce que, une fois le principe passé dans l'inconscient collectif, notre physiologie entamerait son travail d'adaptation. Combien d'exemples avons-nous sous les yeux d'êtres vivants ayant évolué en fonction de leur environnement ? Les cous des zerfes ne se sont-ils pas allongés pour accompagner la croissance des cyclents, les arbres millénaires dont les feuilles tendres constituent la nourriture favorite des mammifères de nos plaines ? La carapace des tapiques ne s'est-elle pas épaissie pour résister aux terribles averses de grêle du pays de Phau ? Et notre peau, à nous humains de Siltaïr, ne s'est-elle pas foncée et épaissie pour tolérer les rayons brûlants de Rhû, l'étoile de notre système ?*

Elane Tascle,
philosophe et poétesse du siècle de Daphien II,
Siltaïr (« petite terre » en dialecte siltong).

« HERNACULUM... »

Marmat Tchalé désignait les taches blanches disséminées sur les parois abruptes de la faille. Car, davantage que d'une vallée, il fallait bien parler d'une faille, d'une blessure beaucoup plus étroite, profonde et ténébreuse que les gorges environnantes. Le sentier y plongeait en lacets serrés, s'éclipsait par intermittence dans les rochers, réapparaissait au milieu de la pente quasi verticale, se jetait en contrebas dans une obscurité impénétrable qui, d'en haut, paraissait presque liquide.

De vagues réminiscences effleurèrent l'esprit de Seke. Les bâtiments d'Hernaculum s'étageaient sur plusieurs niveaux qu'à vue il évalua à six ou sept.

« Bah, on n'en voit d'ici qu'une toute petite partie », marmonna Yorgäl comme s'il avait épousé le cours de ses pensées.

Le disciple de Zaul Samari arborait cet air à la fois buté et blasé censé traduire son autorité sur les deux autres apprentis. Il avait parcouru à plusieurs reprises le trajet entre le massif de l'Ormaki et la capitale du continent Nube, et il sautait sur toutes les occasions d'étaler sa prétendue supériorité sans tenir compte des remarques ni des coups d'œil réprobateurs de son maître.

« Hernaculum compte plus de cinquante niveaux, poursuivit-il en passant les doigts dans sa tignasse épaisse et rêche. Je connais tous les quartiers intéressants. Je vous y emmènerai. »

Seke et Jaïfe n'eurent pas besoin de se consulter du regard pour savoir qu'ils se débrouilleraient pour lui fausser compagnie à la première occasion. Ils en avaient assez de ses outrances verbales, de ses manières brutales, de cette détestable manie qu'il avait de leur souffler son haleine à la face tout en leur administrant de grandes claques dans le dos. Ils ne tenaient pas à partager leurs impressions avec un pisse-vinaigre tel que Yorgäl. Il les avait provoqués, raillés, bousculés jusqu'au crépuscule, roulant ses gros muscles dès qu'ils manifestaient des signes d'agacement, présumant sans doute que ses bras et ses cuisses larges comme des troncs d'arbre suffisaient à proscrire toute velléité de rébellion. Seke, qui n'aurait eu besoin que d'une fraction de seconde pour le frapper ou le mordre à l'un de ses points faibles – la gorge, le plexus, le bas-ventre –, avait contenu tant bien que mal ses bouffées de rage. De crainte, d'abord, que son maître Marmat ne le renvoie dans la masure du Xubët ; pour écarter, ensuite, tout risque de représailles sur Jaïfe, de plus faible constitution.

Le couvercle nébuleux s'était empourpré. Seke se souvint vaguement que, cinq ans plus tôt, il avait assisté au coucher d'Ur sous la mer des nuages, il avait marché sous ce voile couleur de braise d'où tombaient des colonnes obliques qui s'écrasaient en mares sanglantes sur les pentes. Le silence épais buvait les bruits et accentuait la sensation d'oppression engendrée par la chaleur moite. Bien qu'ils eussent parcouru des paysages grandioses, longé des précipices insondables, traversé de somptueux enchevêtrements de rocs et de buissons aux branches rampantes, Seke se sentait, sous ce plafond bas, coupé du reste de l'univers, de l'espace infini, des grands cycles du temps. Il préférait de loin le ciel au-dessus des cimes, flamboyant, majestueux, vêtu d'une infinité de nuances.

« Nous devrions nous remettre en chemin, ou la nuit sera tombée avant que nous ayons atteint Hernaculum, dit Zaul Samari.

— Ouais, et les déchus viendront te ronger le peu de cervelle qui te reste ! » s'esclaffa Yorgäl en frappant violemment Jaïfe entre les omoplates.

Projeté vers l'avant, le disciple d'Eyland Volgen se retint au bras de Seke. Il prit le temps de rajuster sa calotte avant de se redresser, les yeux embués de larmes, les poings serrés de colère.

« Yorgäl, cesse une fois pour toutes avec cette ridicule histoire de déchus ! gronda Zaul Samari.

— Tout le monde en parle à Hernaculum…

— Tout le monde ? Tu ne devrais pas écouter les bonimenteurs des bas-fonds ! La Chaldria t'a choisi pour être un griot céleste, pas un colporteur de ragots !

— Alors dites-moi ce que deviennent les crétins qui ne réussissent pas l'épreuve du nœud chaldrien… »

Zaul consulta ses confrères du regard. La fatigue creusait ses rides, voûtait ses épaules, rendait sa démarche chancelante. Pendant le trajet, Seke avait cru à plusieurs reprises qu'il allait s'effondrer sur le sentier.

« Ce n'est pas à moi ni à aucun d'entre nous de donner de réponse à ce genre de question, finit par lâcher le vieil homme d'une voix sourde. Nul ne sait pourquoi la Chaldria rejette certains de ceux qu'elle a au préalable choisis. Et nul ne sait ce qu'il advient d'eux. »

Un rictus plissa le nez de Yorgäl, lui remonta les pommettes et aiguisa son air provocant.

« Mettez-moi donc à l'épreuve, maître. Si j'échoue, je reviendrai vous dire ce qu'il en est. »

Zaul haussa les épaules, tira d'un coup sec sur un pan de sa toge et, s'appuyant sur son bâton, se lança dans le sentier saupoudré de rouille par la lumière tamisée d'Ur.

La nuit s'était posée en silence lorsqu'ils s'engagèrent dans les premiers faubourgs d'Hernaculum. La lumière des grandes minosoles serties dans les murs ou dressées sur les places révélait des pans de façade claire, des colonnes, des escaliers, les margelles de bassins, les voûtes arrondies de porches, les perspectives des ruelles qui serpentaient entre les constructions. Des envolées de passerelles reliaient les quartiers de la ville agrippés aux deux parois de la faille. Des contreforts de pierre soutenaient les bâtiments qui s'avançaient au-dessus du vide comme des marcheurs imprudents.

Une certaine harmonie se dégageait de cette profusion minérale. Seke captait un chant cohérent et immuable au-delà du désordre apparent, un appel envoûtant qui montait des profondeurs de la faille et évoquait le chœur du cycle infini de la Création tel qu'avait essayé de le lui transmettre Autre-mère. Le spectacle absorbait entièrement l'attention de Jaïfe qui marchait à ses côtés et dont les yeux se posaient comme des insectes éblouis sur les voussures des innombrables portes. S'ils n'avaient rencontré que des silhouettes isolées à l'entrée de la ville, ils évoluaient désormais au milieu d'une foule tumultueuse.

« Pas la peine de chercher des femmes dans les rues, leur avait soufflé Yorgäl. Y en a pas ! »

Des… femmes ?

Marmat Tchalé avait quelquefois abordé le sujet des femmes, ou de la femme, au retour de ses voyages, mais il n'avait pas jugé bon de développer, et Seke avait cru deviner qu'il évoquait ces êtres humains qui, dans ses souvenirs de la Cour de Jezomine, avaient des visages ronds, de hautes touffes de poils, des voix aiguës et des poitrines enflées.

Yorgäl était revenu à la charge quelques instants plus tard avec un sourire égrillard.

« Moi, je sais où il y en a. Elles adorent les futurs griots. Leurs langues et leurs mains sont agiles. Elles accompliront tous vos désirs sans rien vous réclamer. »

Seke s'était demandé à quelles activités le disciple de Zaul faisait allusion, puis l'observation soutenue des rues d'Hernaculum avait accaparé son esprit et relégué ses interrogations au second plan. La plupart des hommes qui se pressaient autour d'eux étaient vêtus de tuniques longues et de toges en tout point semblables à celles des griots. Leurs tarbouches et leurs barbes fournies accentuaient la ressemblance et, s'il n'avait capté le vacarme sous-jacent de leurs rumeurs intimes, Seke se serait cru environné d'une multitude de répliques de son maître. Il évoluait tout à coup dans un univers de rumeurs dissonantes, blessantes. Ces hommes présumaient qu'il suffisait de passer les tenues traditionnelles des voyageurs célestes pour se revêtir de leur prestige, de leur grandeur, mais le simple mimétisme ne pouvait pas tromper les perceptions d'un petit d'homme élevé par Autre-mère et ses compagnons.

Le petit groupe s'arrêta près d'une fontaine pour permettre à Zaul Samari, exténué, de reprendre son souffle. Bien qu'à l'écart et moins fréquentée, la petite place résonnait des cris et des rires qui tombaient des balcons ou montaient des terrasses inférieures. La lumière d'une minosole sertie dans l'arche d'un pont léchait les dalles du sol recouvertes par endroits d'une mousse brune. Ils s'assirent sur la margelle du bassin et contemplèrent quelques instants les jets courbes vomis par les gueules des statues. Si les museaux et les queues allongés des créatures de pierre leur donnaient une vague ressemblance avec les enfants du Tout, leurs yeux, leurs ailes et leurs pattes repliées évoquaient plutôt les dragons migrateurs de la saison de l'ur-phah.

Eyland Volgen désigna d'un ample geste du bras les silhouettes qui traversaient la place comme des ombres.

« N'allez surtout pas croire que tous ces hommes sont des griots…

— Pourquoi sont-ils si nombreux ? demanda Jaïfe.

— Hernaculum a été fondée au-dessus d'un réseau de nœuds chaldriens. Comme ses habitants voient souvent des griots se promener dans leurs rues, ils croient qu'il suffit de se vêtir comme eux et d'inventer des histoires à dormir debout pour leur ressembler.

— Mais comment reconnaître les vrais des faux ? »

Avisant les yeux et la mine effarés de son condisciple, Seke mesura sa chance d'avoir passé son enfance chez les skadjes du Mitwan. Il avait pris du retard sur son apprentissage de la condition humaine, mais Autre-mère et les siens lui avaient offert un présent inestimable en lui enseignant l'écoute du son des formes. Ses perceptions, pourtant moins fines que celles de ses anciens compagnons, suffisaient à en faire un être humain différent, insensible aux apparences. Il comprenait également, dans la nuit bruissante d'Hernaculum, que cette différence le tiendrait à l'écart des autres jusqu'à la fin de son existence. Habitués depuis toujours à cultiver la dissimulation et les enjeux stratégiques qui en découlaient, les autres n'accepteraient pas d'ouvrir à leur insu leurs jardins secrets. Qui-vient-du-bruit n'avait pas été un skadje à part entière, Seke ne serait jamais vraiment un homme.

« Facile ! T'as juste à leur soulever leur tunique : un faux, il a encore ses couilles !

— Yorgäl ! s'étrangla Zaul.

— Ben quoi ! La Chaldria, faut bien qu'elle se nourrisse, elle aussi. Chaldria comme châtrer, tout le monde sait ça ! »

Zaul leva les yeux au ciel et poussa un soupir excédé. Là-haut, les ténèbres avaient escamoté le plafond nuageux, et le pourtour des rares trouées, aussi incertaines que des songes, se parait d'un gris brillant déposé par la lumière des étoiles et d'Urxila, le premier des satellites de Log.

« Encore une fois, Yorgäl, tu prends pour une réalité ce qui n'est qu'une représentation symbolique.

— Ça ne vous serait pas difficile de me le prouver, maître !

— Plus facile, sans doute, que de te réclamer ta confiance, disciple ! Et puis on ne peut pas montrer une absence.

— Moi, je saurais faire la différence entre celui qui est encore un homme et celui qui n'a plus rien entre les…

— Je parlais du désir, non des organes. Parfois je me demande si tu n'es pas incurablement idiot ! »

Les yeux de Yorgäl s'injectèrent de rage lorsqu'il croisa les regards moqueurs de Jaïfe et Seke. Même s'il ne pouvait tenir ses condisciples pour responsables de cette petite humiliation, ses traits crispés et ses gros poings serrés auguraient de représailles féroces.

« La seule différence entre un faux et un vrai griot, c'est la nature de son esprit, précisa Eyland Volgen. Le faux s'emplit d'orgueil là où le vrai recherche sans cesse l'humilité. Le faux se croit obligé de se gonfler d'importance pour combler son vide, le vrai s'efface devant la toute-puissance de la Chaldria. »

Un éclat de voix monta d'un niveau inférieur et couvrit la fin de sa phrase. Le silence retomba progressivement sur la place, bercé par le chuchotement des jets d'eau, les conversations lointaines et les frottements des chaussures des passants.

« Tous ces gens, d'où viennent-ils ? demanda Jaïfe. Il y avait une population avant l'arrivée des griots ? »

Ce fut Marmat Tchalé qui se chargea de répondre :

« Ils descendent des colons humains qui s'étaient installés sur Varani, l'ancien nom de Logon, avant les Grandes Guerres de la Dispersion. Ils ont fondé une vingtaine de villes sur le continent Anube, puis, quand les premiers voyageurs célestes se sont matérialisés sur les nœuds chaldriens, ils se sont peu à peu regroupés à Hernaculum.

— De quoi vivent-ils ?

— Des communautés agricoles ont continué d'exploiter les terres de l'Anube. Elles fournissent l'essentiel de leur subsistance aux habitants d'Hernaculum ainsi qu'aux populations des trois villes mineures du continent Nube.

— Elles gagnent quoi en échange ? »

Marmat puisa dans le creux de sa main un peu d'eau avec laquelle il s'aspergea le visage et le cou. Le blanc de ses yeux, de ses dents et de sa barbe tranchait sur le fond d'obscurité, de plus en plus dense à mesure que déclinait la lumière de la minosole.

« Des promesses.

— Quel genre de promesses ?

— La protection des visiteurs célestes, par exemple. Ou les bonnes grâces de la Chaldria.

— Voilà pourquoi on rencontre tant de faux griots à Hernaculum, ajouta Eyland Volgen. Ils exploitent la crédulité des paysans de l'Anube pour gagner leur vie sans se fatiguer. Le verbe factice est leur métier, leur gagne-pain. »

Une brise s'était levée, si légère qu'elle se contentait d'effleurer les visages sans jouer dans les cheveux ni les barbes. Comme l'indiquaient les plis de son front, l'explication de Marmat avait soulevé en Jaïfe d'autres interrogations, d'autres incertitudes.

« Ne peuvent-ils pas devenir les disciples de véritables griots ?

— Seule la Chaldria a le pouvoir de choisir ceux qui portent le Verbe dans l'univers.

— La Chaldria ou les griots ? lança Yorgäl avec hargne. J'ai comme l'impression qu'on doit surtout plaire à son maître ! Si la Chaldria m'a choisi, et vous affirmez qu'elle m'a choisi, qu'est-ce qu'elle attend pour me sortir de là, pour m'expédier sur d'autres mondes ? »

Zaul se releva avec difficulté et vint planter l'extrémité de son bâton entre les pieds de son disciple.

« Ce n'est pas parce qu'elle t'a choisi que tu n'as pas ton propre chemin à parcourir, Yorgäl. Libre à toi de...

— Libre ? Elle ne m'a pas demandé mon avis pour m'enlever de ma famille et de ma planète ! »

Les traits rudes de Yorgäl n'exprimaient plus la colère mais une souffrance profonde, sincère, qui déformait sa voix, lui tordait les mains et lui embuait les yeux. Seke percevait maintenant sa musique intime, un chant bouleversant, la blessure toujours vive du déracinement. Cette constatation, si elle ne suffisait pas à faire jaillir un courant de sympathie pour le disciple de Zaul, diluait au moins le venin du ressentiment.

« Tout homme en cet univers rêve d'être choisi par la Chaldria. Il me semble me souvenir que tes parents, ta famille, étaient heureux et fiers de te confier à moi.

— Mes parents, ma famille... »

De grosses larmes roulaient maintenant sur les joues de Yorgäl ombrées d'une barbe naissante.

« Ils sont morts depuis bien longtemps. Ils étaient déjà retournés à la poussière au moment même où je me réveillais dans le fond de cette foutue faille !

— La Chaldria exige beaucoup, elle donne encore plus. »

Yorgäl sauta sur ses jambes avec une telle soudaineté que le vieux griot esquissa un pas de recul.

« Que vous a-t-elle donc donné, maître Zaul ? Je n'ai pas encore vu de joie dans vos yeux ! »

La bouche entrouverte, les lèvres tremblantes, Zaul Samari parut se tasser un peu plus sous la violence de l'attaque.

« Tu confonds le contenant et le contenu, finit-il par répondre d'une voix morne. Les manifestations de la joie et la joie elle-même. Il serait temps pour toi d'apprendre la confiance, ou tu passeras le reste de ta vie sur Logon, avec les diseurs de bonne aventure et autres bonimenteurs. Allons-y. Nous avons déjà perdu trop de temps. »

Ils descendirent dans les quartiers des niveaux inférieurs par des escaliers tortueux. Les flammes de grandes vasques éclairaient les ruelles et les passerelles. Les passages se resserraient et présentaient parfois des pentes si raides qu'il leur fallait s'agripper aux rambardes grossières sculptées dans la roche. Sur les petites places noyées de pénombre, ils fendaient des grappes de badauds suspendus aux paroles de conteurs assis sur des chaises hautes ou debout sur des balcons.

Le langage semblait être l'activité principale d'Hernaculum. La nuit se peuplait de voix graves qui se répondaient en échos tonitruants, chuchotants, menaçants. Les bonimenteurs dont avait parlé Zaul Samari, des ersatz de griots qui s'inventaient des voyages extraordinaires et subjuguaient leur auditoire par la seule force de leur imagination.

« Ces ploucs, ils gobent n'importe quoi ! ricana Yorgäl.

— Pourquoi laisse-t-on faire ces faux griots ? demanda Jaïfe alors qu'ils parcouraient une venelle étroite et déserte.

— Les autorités d'Hernaculum jugent sans doute qu'ils sont nécessaires à l'équilibre général, répondit Eyland Volgen.

— Les autorités ?

— Le conseil nubial. Élu tous les dix ans par les habitants d'Hernaculum et des trois autres villes du continent. »

Les flammes dansantes des vasques tiraient de l'obscurité des visages figés et levés vers les silhouettes des conteurs. Vêtements de toile, teints hâlés, cous épais, bras puissants, la majorité des auditeurs venaient des communautés agricoles de l'Anube. Seke captait des bribes de phrases, des fragments terrifiants ou burlesques, les promesses de jours meilleurs ou de vengeances terribles. Sans la présence de son maître, il se serait arrêté pour écouter les récits des bonimenteurs. Quelque chose l'attirait au-delà de leurs gesticulations, de leurs outrances, une envie de se laisser bercer par leur rythme, par leur faconde, comme si des vérités profondes se cachaient derrière les arabesques des mensonges, comme si leurs fables révélaient la condition humaine mieux qu'aucun enseignement, qu'aucune explication. Il y avait dans leur inventivité, dans leur jubilation, une forme de générosité qui rappelait à Seke la vigueur du chant de Marmat Tchalé dans le théâtre de Jezomine.

Ils s'engagèrent dans une succession de passerelles qui, de loin, semblaient jetées sur le vide. Seke s'aperçut alors que des reliefs plus ou moins élevés émergeaient comme des îles des ténèbres de la faille. Exactement comme les pics des massifs montagneux au-dessus de la mer des nuages. Ils servaient de points d'appui aux piles des passerelles et de bases aux constructions dont les toitures, les terrasses et les escaliers s'enchevêtraient de manière si étroite qu'il était impossible, à l'œil nu, de savoir où commençait l'un et où s'arrêtait l'autre. Les flammes peinaient à repousser une obscurité de plus en plus dense, et Seke regretta de ne pas pouvoir découvrir l'extraordinaire complexité de la ville à la lumière du jour. On entendait encore les voix de conteurs, dispersées, feutrées, isolées et affaiblies par le silence des bas-fonds. Les auditoires se faisaient plus clairsemés, plus miséreux également, les cheveux étaient emmêlés, les vêtements en lambeaux, les membres squelettiques. Il régnait ici une atmosphère menaçante ; le chant des profondeurs prenait une résonance lugubre, presque désespérante.

Les coups d'œil furtifs et répétés que Jaïfe jetait à Seke accentuaient son allure d'enfant effrayé, sa maigreur, sa fragilité apparente.

« La Chute sans fin, dit Eyland Volgen.

— Pas trop tôt ! » grogna Yorgäl.

Ils traversaient une passerelle d'où ils distinguaient le toit arrondi et clair d'une construction, ainsi que, quelques mètres plus bas, les chapiteaux anguleux d'énormes colonnes. Aucun autre édifice à la ronde, aucun escalier, aucune voie d'accès. La rumeur des niveaux supérieurs se désagrégeait en plainte sourde. Les flammes des vasques et les minosoles, qui brillaient des deux côtés de la faille comme des étoiles de forte magnitude, ne parvenaient pas à pénétrer l'océan de ténèbres où baignait le bâtiment.

La passerelle donnait une trentaine de pas plus loin sur une esplanade jonchée de rochers torturés.

« Un cul-de-sac, souffla Jaïfe.

— Reste plus qu'à sauter dans le vide, ricana Yorgäl. Ça fait partie du jeu ! »

CHAPITRE VIII

# OLPHAN

*Nous ne pourrons pas, nous ne pouvons pas éluder cette question : faut-il s'affranchir de l'influence des griots célestes ? Faut-il fermer notre monde à ces êtres mystérieux qui nous rendent visite moins d'une fois par siècle et ne connaissent de notre histoire que ses convulsions brutales ? Faut-il entendre la parole de voyageurs qui ne vivent pas sur le même plan temporel que nous ? Faut-il lever les yeux sur ces émissaires du Verbe universel ou les tourner vers nous-mêmes, nous observer sans jugement, regarder nos vérités sans peur ni haine ? En d'autres termes, faut-il nous abandonner au chant des griots ou composer nos propres chants, leur confier les clefs de notre destinée ou nous prendre nous-mêmes en charge ?*

*Aux voix qui s'élèveront, qui clameront que les griots sont les indispensables navettes qui ravaudent l'étoffe humaine à travers les immensités spatiales, je dirai : les peuples humains dispersés dans la Galaxie sont-ils condamnés à ne tramer qu'une seule et même étoffe ? Qu'en est-il de l'influence de l'environnement sur l'être vivant ? De la gravité, du climat, de la richesse en oxygène ? Qu'en est-il des croisements avec d'autres espèces, avec d'autres formes de vie ?*

*Je vous invite à penser autrement : si l'humanité a été disséminée par les Grandes Guerres de la Dispersion – les bien nommées –, c'est sans doute qu'il y avait une raison, une excellente raison. Peut-être fallait-il créer des courants nouveaux et puissants pour empêcher notre espèce de devenir une mare stagnante, croupie, stérile. Peut-être fallait-il ouvrir de nouvelles voies, engendrer de nouvelles évolutions, provoquer de nouvelles mutations.*

*Au nom de Lenguize, le groupe de réflexion auquel nous appartenons, certains de mes confrères et moi, je vous pose encore une fois la question : et si les griots célestes n'étaient que les éclats d'un rêve ancien et brisé ?*

H. K. Bazel,
*Prolégomènes au traité des autonomies planétaires,*
Académie des sciences sociales de Liplül,
cinquième des Mondes du Kölk, ou Kölkan 5.

LES TROIS GRIOTS et leurs disciples descendirent l'escalier monumental avec une extrême prudence. Épannelées directement dans la roche, les marches inégales et tournantes s'incurvaient en leur milieu tant elles avaient été battues. Aucune rampe ni garde-corps ne les bordait, et Jaïfe effectua pratiquement toute la descente en gardant les épaules et les mains collées à la paroi.

Seke et Jaïfe avaient vraiment cru que Yorgäl, joignant le geste à la parole, s'était jeté dans le vide lorsqu'ils l'avaient vu courir et sauter par-dessus un rocher avec un hurlement suraigu et prolongé. Puis, constatant que sa disparition ne semblait pas émouvoir leurs maîtres, ils s'étaient approchés et avaient distingué les premières marches. La bouille hilare de Yorgäl s'était dressée devant eux comme un diable farceur jaillissant de sa boîte. Le cri de peur et le sursaut de Jaïfe lui avaient valu une bordée d'injures, de grimaces et de moqueries.

L'escalier de la Chute sans fin datait, selon Eyland Volgen, d'une époque antérieure à l'arrivée des premiers visiteurs célestes, taillé trois ou quatre millénaires plus tôt par les premiers habitants de Logon. Les ténèbres qui l'assiégeaient étaient tellement denses qu'il semblait se perdre dans un gouffre sans fond. Le silence absorbait le sifflotement agaçant de Yorgäl et les expirations rauques de Zaul Samari.

Ils arrivèrent enfin sur un large éperon d'où partait un étroit pont de pierre qui donnait, cinquante pas plus loin, sur un portail orné de sculptures et d'inscriptions indéchiffrables dans l'obscurité. Seke ne discerna du bâtiment que les fûts clairs et rainurés de quelques colonnes. Il se demanda comment la population de Logon s'y était prise pour construire ce monument, combien de temps il avait fallu, combien d'hommes y avaient travaillé. Peut-être avaient-ils bénéficié d'une aide surnaturelle ? La puissance du chœur des formes révélait une présence inhumaine, surhumaine. L'hypothèse cadrait avec les mythes de la dispersion humaine qu'avait entrepris de lui raconter Marmat Tchalé, des récits d'aventuriers et de conquérants qui s'étaient élevés au rang de dieux – ces légendes ressemblaient étrangement aux récits héroïques des bonimenteurs d'Hernaculum.

Eyland Volgen désigna le portail d'un mouvement du bras empreint de solennité.

« La porte de la Chaldria.

— Ça nous fait une belle jambe ! maugréa Yorgäl. À quoi ça sert de nous conduire devant si nous ne sommes pas prêts à la franchir ? J'appelle ça de la cruauté inutile !

— Qui décide que le disciple est prêt ? » demanda Seke.

Yorgäl pointa un index rageur sur Zaul Samari qui, adossé à la paroi rocheuse, s'appliquait à reprendre son souffle.

« Le maître, tiens ! Mon maître Zaul dit qu'on risque les pires emm… ennuis si on défie la Chaldria sans y être préparé.

— Pourtant, nous avons déjà voyagé une fois sur les flots chaldriens, et nous sommes toujours vivants, intervint Jaïfe.

— Nous étions sous la protection de nos maîtres. Mais ils ne seront pas toujours derrière nous. Nous devons apprendre à voler de nos propres ailes, pas vrai ? »

Eyland Volgen acquiesça d'un hochement de tête.

« Qu'est-ce que nous devons faire, maintenant ? demanda Jaïfe.

— Vous trois, ce que vous voulez. Nous, nous allons passer de l'autre côté de ce pont. »

Eyland Volgen fixa un long moment Jaïfe avant de pivoter sur lui-même et de s'avancer sur le pont. Marmat Tchalé et Zaul Samari lui emboîtèrent le pas. Les silhouettes des trois griots s'évanouirent peu à peu dans les ténèbres.

D'un coup de menton, Yorgäl désigna l'envolée des marches grises le long de la paroi verticale.

« Enfin tranquilles ! Ils ne reviendront pas avant trois jours. Reste plus qu'à remonter là-haut et trouver un coin plus accueillant ! »

Il prit d'autorité Jaïfe par le bras et le tira vers l'escalier. Sans le regard implorant que lui lança le disciple d'Eyland Volgen, Seke ne les aurait pas suivis. Quelque chose le retenait en cet endroit, pas seulement le chant des formes, aussi envoûtant que le babil d'une source souterraine, mais un courant invisible et tenace qui l'entraînait irrésistiblement vers le pont, vers le portail, vers le cœur d'une spirale qu'il pressentait d'une puissance infinie et qui lui rappelait l'ivresse des danses dans les tourbillons de sable. Une voix lui chuchotait que là, entre ces colonnes, se terrait le secret des cycles des temps et des temps perçu par Autre-mère et les enfants du Tout. Il ne comprenait pas pourquoi Yorgäl, qui s'était présenté devant cette porte à plusieurs reprises, n'avait pas tenté d'en franchir le seuil ni d'en percer le mystère.

Il lui fallut croiser une nouvelle fois le regard de Jaïfe, exorbité par la peur et la douleur, pour briser l'envoûtement et se lancer à contrecœur dans l'escalier. Il se sentait tenu de protéger le disciple d'Eyland Volgen. Il y avait, dans sa réaction, une part d'attirance et de mystère aussi forte que l'attraction des profondeurs, davantage même puisqu'elle l'incitait à lutter contre ses aspirations. L'élan qui le poussait vers son condisciple était d'une autre nature que l'affection respectueuse qu'il vouait à son maître Marmat ou l'attachement joyeux qui l'avait uni à Autre-mère et ses compagnons. Bien que nouveau et déroutant – il ne connaissait Jaïfe que depuis moins d'un jour –, ce sentiment occultait toute autre émotion, tout autre désir.

« Pas prêts ! hurla Yorgäl. Cinq fois que je reste à la porte ! Cinq ! La Chaldria a bon dos ! Moi, je dis que c'est la faute à mon maître Zaul. Ce vieux jaquebout me déteste encore plus que je le déteste ! »

Il relâcha Jaïfe au premier tiers de l'escalier, au moment où Seke parvenait à leur hauteur. Oubliant toute prudence, le disciple d'Eyland Volgen gravit les marches quatre à quatre comme s'il avait une cohorte de démons à ses trousses.

« Ce vieux quoi ? demanda Seke.

— Jaquebout. Un horrible rapace de chez moi.

— Que vont-ils faire de l'autre côté du portail ? »

Yorgäl haussa les épaules.

« Qu'est-ce que j'en sais, moi ? Mon vieux jaquebout ne m'en parle jamais. On s'en fout ! On a trois jours devant nous. Profitons-en. »

Ils remontèrent dans les quartiers où les conteurs, inlassables, animaient la nuit de la voix et du geste. Des vasques ne s'élevaient plus que des flammèches peu à peu étouffées par les ténèbres. On ne trouvait plus de lumière que dans les yeux des auditeurs assemblés en groupes sur les places ou sur les terrasses. Les cruches et les gourdes qui circulaient de main en main n'étaient pas étrangères à l'éclat trouble de leurs regards.

Seke proposa d'écouter l'un des orateurs, un homme à la barbe clairsemée, à la voix harmonieuse et puissante. Si Jaïfe accepta avec empressement, Yorgäl protesta qu'ils avaient nettement mieux à faire, entre autres se rendre immédiatement dans une maison tenue par des femmes : ils ne disposaient que de trois jours pour prendre un peu de bon temps… Mais, voyant que ses deux condisciples se mêlaient au groupe des auditeurs, des paysans de l'Anube, Yorgäl fit contre mauvaise fortune bon cœur, revint sur ses pas et s'assit sur le rebord d'un muret, les bras croisés, le front plissé. Seke faillit lui demander pourquoi il les attendait au lieu de foncer vers la maison de tous les plaisirs. Ce n'était sûrement pas de la générosité de la part d'un être comme Yorgäl, plutôt le besoin de les attirer dans son monde, d'en faire les témoins de son désespoir, les sujets de son royaume d'ombre.

Cependant, le disciple de Zaul s'était éclipsé quand l'orateur eut rangé son instrument et commencé à recueillir les dons de ses auditeurs. Seke ne l'avait pas vu s'éloigner, entièrement absorbé par le conte, et aussi par le contact troublant de Jaïfe à ses côtés. Sans doute Yorgäl avait-il perdu patience et estimé que la compagnie des deux autres ne lui était plus indispensable ? Sa disparition les arrangeait dans le fond : ils ne seraient pas contraints d'inventer un stratagème pour le semer dans le labyrinthe d'Hernaculum. En revanche, ils se retrouvaient désormais sans guide dans une cité qu'ils ne connaissaient pas.

Les paysans de l'Anube s'égaillaient après avoir jeté des fruits, des morceaux de viande séchée et des galettes de céréales dans la hotte de bois du conteur.

« Où allons-nous manger ? souffla Jaïfe. Et dormir ? Nous n'avons même pas d'argent… »

L'argent ?

Seke savait que, sur bon nombre de mondes, des peuples échangeaient des marchandises contre de petits symboles représentant une certaine valeur, sur Jezomine par exemple où, selon Marmat, ces objets d'échange s'appelaient les saquins, mais, comme il n'en avait jamais vu, il ne savait même pas à quoi ça ressemblait. Marmat disait que l'argent n'avait pas cours sur Logon, qu'on continuait de pratiquer le bon vieux troc hérité des temps anciens de la dispersion humaine, mais les deux apprentis griots n'avaient pas de marchandise ni de service à échanger contre un lit ou un repas.

« … première fois que vous venez à Hernaculum ? »

Le conteur avait interrompu l'inventaire du contenu de sa hotte pour lever des yeux brillants sur Seke et Jaïfe.

« Oui, bien sûr, c'est la première fois, marmonna-t-il en reprenant son inventaire. Sinon vous ne seriez pas là, au milieu de la rue, à attendre le passage des déchus. »

La mine interdite de ses vis-à-vis l'incita à poursuivre :

« Vous n'avez jamais entendu parler des déchus ? Des enfants maudits de la Chaldria ? Ils montent de la Chute sans fin au début du troisième quart de la nuit, ils se glissent dans le corps de ceux qu'ils rencontrent et leur dévorent le cerveau.

— Ça ressemble à une de vos histoires », avança Seke.

Et aux provocations de Yorgäl, pensa-t-il.

Le conteur se redressa, glissa les lanières de sa hotte autour de ses épaules et s'avança vers les deux disciples. Il avait beau essayer de se vieillir, sans doute pour se donner une apparence de sage, sa barbe peu fournie ne parvenait pas à travestir sa jeunesse, trahie également par une allure vigoureuse. Sa toge, sa tunique et son tarbouche se parsemaient d'accrocs et de pièces de tissu qui en dénonçaient l'usure. Son instrument, une coque de bois évidée sur laquelle étaient tendues cinq cordes tressées, n'était qu'une imitation grossière de la kharba des griots.

« Mes histoires ne sont que les purs reflets de la réalité. Mais libre à vous de rester et de vérifier au début du troisième quart.

— Avons-nous un autre choix ?

— Venir avec moi par exemple. » Il désigna sa hotte d'une inclinaison de la tête. « J'ai là-dedans de quoi nourrir deux bouches supplémentaires. Et des lits dans ma maison...

— Vous ne nous connaissez pas...

— Vous êtes de futurs griots, n'est-ce pas ? C'était mon rêve de toujours de visiter l'univers, mais la Chaldria ne m'a pas choisi et je n'ai jamais pu m'envoler de Logon. Pas même me rendre à pied au-dessus du ciel du Nube. Je vous hébergerai et, en échange, vous me parlerez de vos mondes d'origine.

— Comment savez-vous que...

— Vous n'êtes pas d'ici ? Il faudrait être aveugle pour ne pas s'en apercevoir !

— En quoi nos mondes vous intéressent-ils ?

— Vous avez besoin de vous nourrir, j'ai besoin de nourrir mes histoires. Un échange équitable, non ? »

Jaïfe implora silencieusement Seke d'accepter la proposition du conteur. Ils avaient finalement quelque chose à troquer, leurs souvenirs des temps d'avant ce temps, les paysages et la vie quotidienne de leur enfance, si lointains qu'ils semblaient appartenir à quelqu'un d'autre. Seke entendit à nouveau les voix des griots mettre en garde leurs disciples contre les bonimenteurs des bas-fonds, mais il finit par acquiescer d'un mouvement de tête.

Olphan, le conteur, habitait dans une maison bâtie sur l'une des cimes du fond de la faille. Plutôt que d'une maison, d'ailleurs, il s'agissait d'un ensemble de constructions imbriquées où les terrasses des unes servaient de toits aux autres, où les passerelles qui partaient de balcons donnaient sur des portes d'entrée, où il fallait parfois traverser des enfilades de pièces éclairées par des torches et peuplées de silhouettes vacillantes. Seke aurait été incapable de dire s'ils se trouvaient plus haut ou plus bas que leur point de départ. Ils avaient monté et descendu un nombre incalculable d'escaliers, de ponts et de passages dans le dédale d'Hernaculum, traversant des quartiers où régnaient des odeurs suffocantes, où rôdaient des ombres pitoyables, de pauvres bougres qui, selon le conteur, vivaient de la charité publique en attendant d'être possédés et rongés par les déchus de la Chute sans fin.

« Ils jouent parfois du couteau ou de la cordelette pour dépouiller les paysans des communautés ou les autres visiteurs du continent Anube, avait précisé Olphan. Le problème est qu'il y a de plus en plus de monde à Hernaculum et de moins en moins dans les communautés agricoles de l'Anube. De plus en plus de bouches à nourrir, de moins en moins de main-d'œuvre dans les champs et les vergers.

— Qu'est-ce qui les attire ici ?

— La source chaldrienne. Comme la lumière les insectes. Le prestige des griots. L'espoir peut-être de faire un jour partie des élus. » Le conteur avait hésité avant de poursuivre : « Je le sais d'autant mieux que mes parents viennent d'une communauté agricole. Ils nourrissaient de grands espoirs pour mes deux frères et moi. La réalité n'était pas à la hauteur des histoires colportées par les goulards errants...

— Je croyais que les histoires étaient les purs reflets de la réalité. »

Par-dessus son épaule, Olphan avait lancé un regard de biais à Seke.

« Tout dépend de la sincérité du conteur. »

Ils entrèrent dans une pièce où l'obscurité restait impénétrable malgré la lumière agonisante d'une petite minosole posée sur une table basse. À l'aide d'une piralume, Orphan embrasa une torche murale dont la flamme joyeuse débusqua des coussins, des tapis, des couvertures dépliées, des étagères, des ustensiles de cuisine, un paravent de bois qui dissimulait en partie un bec de métal sculpté et un bassin circulaire de pierre. Il invita ses deux hôtes à s'asseoir sur les banquettes, se défit de sa hotte et commença d'étaler les vivres sur la table basse. Un léger sifflement sous-tendait le silence profond où baignait la maison.

« Vous vivez seul ? »

Un mouvement dans un recoin de la pièce répondit à la question de Jaïfe. Une silhouette émergea d'un amas de couvertures, se redressa et se rapprocha d'une démarche hésitante. Seke contint à grand-peine un cri de surprise lorsqu'elle entra dans le halo mouvant de la torche. Entièrement nu, le corps qu'il découvrait présentait des différences étonnantes avec ceux qu'il connaissait – le sien et celui de Marmat Tchalé, qui se lavait devant lui. Tout en courbes, il n'était pas pourvu d'un lung, du moins on ne distinguait qu'un buisson de poils sombres dans la partie creuse entre les cuisses et le ventre. Cependant, l'attention de Seke se dirigea surtout vers les rondeurs de la poitrine. Elles éveillaient en lui une nostalgie poignante, elles le renvoyaient à un monde perdu, à des temps enfouis dans les couches très anciennes de sa mémoire.

« Ezmaïda, ma femme, dit Olphan avec un sourire. Elle est belle, hein ? »

Belle ? Dissemblable et troublante sans aucun doute, enfouie dans sa chevelure noire qui ruisselait sur ses épaules et tombait en pluie sur ses hanches. Elle déposa un baiser sur le front d'Olphan. Seke percevait de la confusion dans son chant; une forme ne s'était jamais développée, comme la corolle d'une fleur de sable qui n'aurait jamais pu s'épanouir.

Jaïfe se releva et s'inclina avec déférence.

« Que le Verbe soit avec vous, madame. J'espère que nous ne vous dérangeons pas.

— Elle ne vous répondra pas, précisa Olphan. On coupe la langue des filles du Nube à leur deuxième anniversaire. »

Jaïfe pâlit légèrement.

« Pourquoi ?

— Les hommes se destinent au Verbe, les femmes au silence.

— C'est… absurde ! »

Suffoqué par l'indignation, le disciple d'Eyland Volgen reprit empire sur lui-même à l'issue d'une longue inspiration.

« Excusez-moi, mais, sur le monde d'où je viens, couper la langue de quelqu'un est considéré comme un crime. Vous n'avez donc jamais entendu une femme chanter ?

— On dit chez nous qu'il suffit du chant d'une seule femme pour épuiser toute l'énergie de la source chaldrienne.

— Une superstition n'est pas un fait ! »

Ezmaïda s'approcha de Jaïfe, qu'elle dominait d'une demi-tête, et lui caressa la joue du dos de la main. La tendresse de son geste et de son sourire bouleversa Seke. Elle revint ensuite s'asseoir aux côtés d'Olphan et l'aida à étaler les vivres sur la table basse.

Négligeant les légumes et les fruits, Seke se jeta sur la viande séchée. Son goût et sa consistance, très proches de ceux de la viande humaine, réveillèrent en lui le souvenir des repas partagés dans la fraîcheur du nid du Mitwan. Elle provenait, selon le conteur, des siumphes, les grands mammifères qu'on trouvait à l'état sauvage et domestique dans les plaines septentrionales de l'Anube. Jaïfe s'étonna que la population d'Hernaculum s'obstinât à s'entasser sous la chape nuageuse du Nube au lieu d'investir les grands espaces de l'Anube et de bénéficier ainsi des rayons d'Ur.

« Tout le monde veut vivre près de la faille, dit Olphan. Près de la source chaldrienne. Son énergie est plus puissante que celle de mille étoiles.

— Sans doute, mais elle ne se donne qu'à très peu de monde. »

Le regard d'Olphan se leva vers l'unique ouverture de la pièce, une fenêtre de forme ogivale tendue d'un impénétrable voile d'ombre. Ezmaïda suivait la conversation avec attention, les sourcils froncés, soulignant les paroles des interlocuteurs de murmures, de mouvements de la tête ou de la main. La flamme odorante de la torche tissait sur sa peau une trame changeante et fascinante d'ombre et de lumière. Des envies répétées, lancinantes, traversaient Seke de se blottir dans ses bras, de poser la tête sur sa poitrine, de se recroqueviller dans sa chaleur, dans sa douceur, comme il s'était roulé autrefois contre les écailles d'Autre-mère et de ses compagnons.

« Il n'y a pas beaucoup d'élus, c'est vrai, mais on ne peut pas empêcher les gens d'espérer, de rêver, reprit Olphan.

— Vous savez où se trouve la source chaldrienne ? »

Le conteur pointa l'index vers le bas.

« Pas exactement. Quelque part sous nos pieds. Nombreux sont ceux qui sont descendus au fond de la faille. Moi, je n'ai jamais eu le courage. Je ne tiens pas à finir dans la peau d'un déchu.

— Les déchus, ce sont les hommes qui se sont approchés de trop près de la source ? »

Les yeux agrandis par l'effroi, Olphan acquiesça d'un hochement de tête. Ezmaïda lui pressa affectueusement l'épaule comme pour l'aider à dissiper sa terreur.

« Vous avez déjà rencontré des déchus ? insista Jaïfe.

— Si j'avais croisé le chemin d'un déchu, je ne serais pas là pour vous en parler.

— Comment savez-vous qu'ils existent, alors ?

— Vous les entendrez tout à l'heure. Et vous saurez. En attendant, le moment est venu de payer votre dette. Parlez-moi un peu de vos mondes. »

Jaïfe s'exécuta sans se faire prier, visiblement soulagé de vider un sac trop plein de non-dits. Il venait de Kölkan 5, cinquième des mondes du Kölk, un ensemble de planètes regroupées autour d'une étoile binaire dont les éclipses entraînaient d'énormes écarts de température. Septième garçon d'une famille de vingt-neuf membres – par « famille », il fallait entendre un groupe constitué de cinq mères et de trois pères –, il avait passé son enfance à Liplül, la capitale administrative du Kölk, une agglomération de plus de deux cents millions d'habitants établie tout autour de la mer intérieure des Songes. Il avait habité pendant douze années planétaires au mille cent douzième étage d'une pyramide de six kilomètres de hauteur, reliée aux autres constructions par des tubes suspendus et aspirants. On pouvait aller d'un bout à l'autre de Liplül sans jamais toucher terre, encore moins la mer des Songes dont l'eau, très acide, ne mettait qu'une dizaine de secondes à réduire un corps à l'état de squelette. Les courses dans les tubes aspirants étaient l'un des jeux les plus répandus sur Kölkan 5, les compétiteurs s'équipant de propulseurs afin de multiplier leur vitesse par trois ou quatre. Jaïfe avait lui-même remporté six victoires qui avaient fait de lui le héros de sa famille et de sa pyramide. En dehors de ces compétitions très prisées sur les trois plus grands mondes du Kölk, Liplül était une ville ennuyeuse, peuplée de diplomates, de délégués des régions, de représentants des mondes mineurs, de fonctionnaires, d'hommes d'affaires et de prostitués des deux sexes. Elle comptait également une importante population d'hybrides d'humains et de séphiens, entassée dans les étages inférieurs des pyramides et dans les fondations de la cité des origines.

« Parle-moi un peu de ces séphiens, l'encouragea Olphan.

— Les premiers habitants des mondes du Kölk. Les deux espèces ont pu se mêler parce que les séphiens sont des créatures mimébiologiques, c'est-à-dire qu'ils transforment leur métabolisme pour le rendre compatible avec celui de leurs conquérants. Un réflexe de défense. Comme ils sont incapables de se battre, le mélange des gênes est à la fois une garantie d'évolution et leur seule chance de survie.

— Ils ressemblaient à quoi avant de se transformer ? »

Jaïfe haussa les épaules.

« Personne ne sait au juste. Ça s'est passé il y a des milliers d'années, et les hybrides se différencient des autres juste par la forme des yeux, l'allongement du crâne et leur courte queue. Les récits les plus anciens comparent les séphiens à des oiseaux, d'autres à des reptiles, d'autres encore à des insectes. Ils sont tellement mélangés qu'on les considère maintenant comme des humains… Enfin, des presque humains. Juste avant mon départ, des émeutes avaient éclaté dans les bas-fonds de Liplül.

— Tu viens pourtant d'affirmer qu'ils sont incapables de se battre…

— Leur nature humaine domine à présent leur part séphienne. Et puis ils ont été poussés à la révolte par les clans mineurs qui cherchent à renverser les clans dominants. » Jaïfe réprima un frisson. « Enfin, à en croire mon maître Eyland, je parle d'événements qui se sont déroulés il y a de cela des années, peut-être plus d'un siècle.

— À quel âge es-tu parti de ton monde ? »

Jaïfe s'abîma pendant quelques instants dans un silence mélancolique. Seke, qui finissait de mâcher son six ou septième morceau de viande, fut à nouveau frappé par la finesse de ses traits. Ezmaïda se leva et se dirigea d'une démarche ondoyante vers un angle de la pièce d'où elle revint avec un récipient de pierre. Elle en sortit des galettes brunes dont l'odeur évoquait les tubercules cultivés dans le potager de Marmat Tchalé.

« J'avais seize ans. Mon maître Eyland est un jour entré chez nous, a discuté avec mes mères et mes pères et m'a emmené avec lui. Je n'ai pas eu le temps de me préparer, ni même de dire au revoir à mes frères et à mes sœurs. Il y a eu cet éclat de lumière, cette formidable aspiration, cette impression d'être réduit en poussière, et je me suis réveillé dans les bras de mon maître Eyland, tellement faible et malade que j'ai cru en mourir.

— Tu serais devenu un déchu sans la protection du griot, pas vrai ? »

Le hochement de tête de Jaïfe décrocha les larmes qui perlaient à ses cils. Toujours à genoux, Ezmaïda contourna la table, le saisit par les épaules et l'attira contre elle. Seke fut à nouveau taraudé par l'envie de poser la tête sur cette poitrine généreuse et palpitante. Jamais sa solitude ne lui avait paru à ce point oppressante. Il errait comme un grain de matière dans un univers infiniment froid. La tristesse de Jaïfe, la confusion d'Ezmaïda, la curiosité d'Olphan se confondaient avec le chant lointain et lugubre des profondeurs.

« Et toi ? »

Seke prit conscience que le conteur s'adressait à lui. Ezmaïda releva la tête et, sans cesser d'étreindre Jaïfe, l'invita à s'exprimer d'un geste de la main.

« Je... »

Il n'aurait fallu qu'une fraction de seconde à Danseur-dans-la-tempête ou à un autre enfant du Tout pour évoquer la chaleur et la sécheresse du Mitwan, la beauté des chants de sable, les effleurements du vent brûlant, le murmure enchanteur des sources, les chasses aux tritrilles, les excursions nocturnes dans les oasis écrasées de sommeil.

« Je suis originaire de la planète Jezomine, du système de l'étoile Jez. J'ai été abandonné à ma naissance par les hommes, et j'ai été recueilli par les skadjes du... »

Un hurlement l'interrompit, lugubre, qui lui glaça le sang.

« Le début du troisième quart, souffla Olphan. Maintenant, vous allez savoir. »

## CHAPITRE IX

# LE FOND DE CADECT

*Béni sois-tu quand le griot vient te chercher,*
*La joie terrasse la peine de la séparation,*
*Honorés jusqu'à la septième génération,*
*Les tiens espèrent ton retour du passé.*

Chant de l'apprenti céleste,
Livre second des Wehud,
archives de la bibliothèque royale des Nues,
Jezomine.

TANTÔT aigus, tantôt graves, les hurlements planaient un long moment dans la pénombre de la pièce avant de se dissoudre dans le silence. Ils arrivaient par vagues successives, perforaient les murs comme des lames, cisaillaient les nerfs.

Les mains posées sur les oreilles, les yeux baissés, Olphan et Ezmaïda s'étaient recroquevillés sur eux-mêmes, et Jaïfe n'avait pas tardé à les imiter. Il ne songeait même pas à ramasser sa calotte tombée à ses pieds. Ses doigts se tordaient d'épouvante dans ses cheveux hérissés.

Immobile sur son coussin, Seke se concentrait sur les sons, s'efforçant de percevoir leurs intentions, leurs formes cachées sous leur résonance lugubre. Différents des bruits des hommes, ils provenaient d'un lointain ailleurs, ils ouvraient des brèches sur un autre espace, un autre temps. Ce n'étaient pas non plus les murmures ineffables des grands cycles de la Création, ils contenaient des nuances à la fois plaintives et menaçantes qui confirmaient les craintes d'Olphan et les dires de Yorgäl.

Seke dirigea son attention vers sa respiration et oublia les limites de son corps. Ainsi procédaient Autre-mère et les siens lorsque la faim les poussait à chercher leur nourriture dans les oasis et que le moindre faux mouvement, le moindre bruit auraient risqué de trahir leur présence.

Les cris étaient bien l'expression d'un malheur, d'une déchéance, même s'il était impossible de leur associer une forme précise. Proférés pour dépecer, pour déchirer, ils jaillissaient de partout à la fois comme une nuée de chausserilles de l'ur-phah, puis ils ne formaient qu'un seul et même ululement à la puissance terrifiante, à la façon d'un vent d'équinoxe se ruant dans les gorges. À en croire les réactions d'Orphan et d'Ezmaïda, les habitants d'Hernaculum avaient trouvé pour seule parade de se claquemurer dans leurs maisons et de se boucher les oreilles jusqu'au retour du silence.

La curiosité de Seke se fit soudain plus forte que sa frayeur, irrésistible. Il se leva et, bâillonnant la petite voix intérieure qui le suppliait de retourner à sa place, se précipita vers la sortie. Il localisa la porte bien que la torche eût cessé de brûler depuis un bon moment, traversa l'enfilade de pièces par laquelle ils étaient arrivés, entrevit des silhouettes figées dans l'obscurité, buta sur un objet qu'il écarta d'un coup de pied, parcourut le couloir en quelques foulées et passa sur la terrasse d'où partaient plusieurs passerelles.

Le cœur battant, il ne décela pas un mouvement, pas un frémissement dans la nuit si noire qu'il ne voyait pas à cinq pas devant lui. Hernaculum n'était qu'un gouffre insondable d'où émergeaient les taches grisâtres des habitations les plus proches.

Il franchit une passerelle au pas de course, déboucha sur une deuxième terrasse, s'engouffra dans un escalier tournant qui donnait sur une ruelle pentue. À la moiteur des heures précédentes avait succédé une fraîcheur piquante, aussi pénétrante qu'une bise de la saison de l'ur-jen. Seke ne discerna rien dans la ruelle ni dans les suivantes, ni sur le pont aux arches élégantes qui enjambait la faille ni sur l'autre bord. Il se concentra sur les cris en espérant qu'ils lui indiqueraient une direction, mais ils s'éloignaient désormais comme les échos d'un orage finissant.

Seke explora plusieurs places et ruelles sans résultat. Le silence se posait à nouveau sur la nuit déserte et, avec lui, la moiteur familière du continent Nube. Balançant entre soulagement et frustration, il décida de rebrousser chemin. Il se trompa de pont à plusieurs reprises et mit un temps fou à retrouver la maison d'Olphan. Les lumières rallumées de chaque côté de la faille transformaient les parois en ciels fuyants et parsemés d'étoiles.

Des mines rongées par l'inquiétude l'encerclèrent lorsqu'il poussa la porte de la pièce. Pas seulement Olphan, Ezmaïda et Jaïfe, mais des voisins qui l'avaient entendu sortir et qui étaient venus aux nouvelles. Les yeux brillants, son condisciple l'accueillit avec une ferveur qui lui réchauffa le cœur.

« Tu serais parti un tout petit peu plus tôt, il ne resterait pas grand-chose de toi, maugréa Olphan. C'est de ma faute. J'aurais dû te prévenir : les cris des déchus agissent sur certains comme des chants de sirène, comme des envoûtements.

— Tu les as… vus ? » demanda Jaïfe.

Seke secoua lentement la tête. Les hommes commentèrent l'événement avec Olphan. Ezmaïda et une autre femme plus âgée, vêtue d'une robe grise, se lancèrent dans une conversation silencieuse en se servant de leurs mains et de leurs yeux. Une gourde de peau atterrit dans les mains de Seke. Encouragé par ses vis-à-vis, il en porta le goulot à ses lèvres et but une gorgée d'un alcool amer qui lui incendia la gorge et lui emplit les yeux de larmes. À peine eut-il tendu la gourde à Jaïfe qu'une chaleur intense, à la limite du supportable, se diffusa dans sa tête, dans son corps, que les formes se mirent à tanguer, non seulement les flammes des torches, mais aussi les murs, les meubles, les corps, le sol… Il vacilla, entendit des rires avant de s'affaisser, prit encore conscience que des bras le retenaient, le portaient dans un coin de la pièce, l'allongeaient sur une couche confortable, lui retiraient ses chaussures, étalaient une couverture sur ses jambes.

Il sombra dans un sommeil hanté par les cauchemars.

Une sensation prolongée de chaleur et de mouvement le réveilla. La nuit se peuplait de ronflements et d'expirations sifflantes. Un charivari nauséeux, douloureux, régnait sous son crâne ; sa langue, le « goûteur curieux » des enfants du Tout, avait triplé de volume.

Un frottement insistant s'exerçait sur son lung empêtré dans ses vêtements. Il glissa la main sous la couverture, entra en contact avec une peau souple et brûlante, épousa l'arrondi d'une hanche, le haut d'une fesse, le creux d'une aine, la surface légèrement bombée d'un ventre. Il pensa qu'il errait encore dans l'un de ces songes confus qui lui dérobaient des plaisirs impalpables. Sa main s'égara entre des cuisses entrouvertes, merveilleusement lisses, se fourvoya dans des replis humides et chauds. Interdit, il la retira et la maintint suspendue jusqu'à ce qu'une autre main saisisse son poignet et l'invite à caresser deux rondeurs souples et tendres. Puis, tandis qu'il explorait enfin ces attributs féminins qui l'avaient tant fasciné avant le passage des déchus, des doigts se faufilèrent à l'intérieur de son pantalon et s'emparèrent de son lung. Des ondes fulgurantes lui irradièrent le bas-ventre. Il se mit à trembler, mais ne chercha pas à se soustraire à ce contact. De même il se laissa faire lorsque les doigts dégagèrent son lung de sa prison de tissu et le guidèrent vers les replis humides qu'il avait effleurés quelques secondes plus tôt. Maintenant, il sentait la pression de deux fesses contre son basventre. La femme – Ezmaïda ? – accomplissait cette succession de gestes en lui tournant le dos. Ils s'emboîtaient l'un dans l'autre comme les enfants du Tout lors de leurs transes de fécondation. Le lung de Seke s'insinua dans un conduit souple et moite qui l'enserrait avec une douceur incomparable. Il ne savait toujours pas s'il évoluait dans un rêve ou la réalité, il devinait seulement que la femme l'avait accueilli en elle. Elle bougeait lentement contre lui. Chacun de ses mouvements s'accompagnait d'un frottement à peine perceptible et d'une expiration bruyante. La main posée sur la poitrine de sa partenaire, il se sentait tout entier contenu dans son souffle, dans son battement, il baignait dans une chaleur voluptueuse, euphorique, comparable à celle de Danseur-dans-la-tempête dans les tourbillons de sable.

La jouissance les surprit tous les deux comme une tempête des flâneurs imprudents. Elle poussa un interminable gémissement, remua frénétiquement le bassin et fut parcourue de tremblements avant de s'abandonner contre lui. Il eut la sensation de se projeter tout entier en elle, puis, hors d'haleine, abasourdi, il flotta un long moment entre rêve et réalité.

La femme sortit de sa torpeur, souleva la couverture et s'évanouit dans les ténèbres de la pièce. Bien que saisi par une désagréable fraîcheur, Seke n'essaya pas de la retenir. La violence du plaisir rôdait déjà en lui comme un souvenir insaisissable. La boisson offerte par les voisins d'Olphan n'était sans doute pas étrangère à son inertie. Il mit pourtant du temps à se rendormir, harcelé par une nuée de questions sans réponses.

À son réveil, un flot de lumière vive s'engouffrait par la fenêtre. Le regard complice d'Ezmaïda, vêtue d'une robe blanche et assise près de la table basse, le ramena aux événements de la nuit. Les frémissements qui couraient sur sa peau et l'odeur inhabituelle de son corps indiquaient qu'il n'avait pas rêvé, qu'il s'était réellement passé quelque chose entre cette femme et lui. Il remonta son pantalon tire-bouchonné à ses pieds et emprisonna son lung, tendu et douloureux comme tous les matins. Un bruit d'écoulement attira son attention. Il aperçut les vêtements de Jaïfe posés sur le paravent tiré devant le bassin circulaire et le bec métallique. À l'étroit dans son enveloppe d'homme, il lui tardait maintenant de rejoindre son maître Marmat. Seul le griot pourrait démêler les sentiments qui l'encombraient et l'empêcher de s'engager dans des chemins sans issue.

Olphan dormait toujours à poings fermés sur la large couche installée dans un recoin sombre de la pièce. Son ronflement dominait le brouhaha des habitations contiguës. Seke dut vaincre ses réticences pour rejoindre Ezmaïda près de la table basse. Il sentait confusément que leur rapprochement nocturne, même furtif, était une double trahison envers le conteur et envers Jaïfe. Il comprenait désormais l'enthousiasme de Yorgäl quand il évoquait les plaisirs prodigués par les femmes. Il saisit les fruits secs qu'Ezmaïda lui présentait sans la fixer dans les yeux ni lui rendre son sourire. Le frôlement des doigts de l'épouse du conteur déclencha une série de frissons sur son avant-bras. Son corps manifesterait son besoin d'exulter à chaque occasion, parce que la fulgurance du plaisir était maintenant fichée dans sa mémoire. Chaque fois que son lung se dresserait, il repenserait à cette nuit, à la douceur ensorcelante du nid secret des femmes, à l'ivresse magnifique de la fusion.

« Bien dormi ? »

Vêtu de son ensemble vert sombre, coiffé de sa calotte, Jaïfe s'avançait vers la table basse. Seke ne répondit pas, pétrifié par l'apparition du disciple d'Eyland Volgen. Un tumulte violent s'était levé dans son esprit, où se mêlaient les incertitudes et les remords.

« Si tu veux prendre un bain, c'est libre. »

Comme il ne bougeait pas, Ezmaïda saisit Seke par la main, l'entraîna vers le paravent, lui montra le bassin de pierre et, d'un geste du bras, lui ordonna de se déshabiller. Il mourait d'envie de se baigner. L'eau emporterait peut-être les spectres nocturnes, le rendrait à son innocence originelle. Il commença à retirer ses vêtements.

Ezmaïda attendit que le bassin fût entièrement vide pour actionner une petite vanne placée sous le bec métallique. L'eau jaillit en force, se pulvérisa sur le fond de pierre lisse et souleva une légère brume dont la fraîcheur surprit Seke. Par signes, la femme du conteur lui montra comment refermer la vanne et l'invita à enjamber le bord du bassin. Elle eut un sourire énigmatique quand son regard tomba sur le lung de l'apprenti griot, puis elle ramassa les vêtements, les posa sur la tranche du paravent et se retira.

« Hé ! Hé ! »

Consternés, Seke et Jaïfe virent la silhouette de Yorgäl se détacher de la foule massée sur la petite place. Ils n'avaient pas parcouru beaucoup de chemin depuis qu'ils avaient franchi le pont jeté au-dessus du précipice. Ils avaient décidé de visiter la ville pendant la journée et de regagner la maison du conteur au crépuscule. Mal réveillé, grincheux, Olphan s'était contenté de leur rappeler leur promesse de lui parler de leurs mondes. Il leur avait également donné le moyen de se repérer dans Hernaculum : il leur suffirait de demander aux passants la direction de l'archipel des Xous, puis de l'île des Sergs, « c'est là où vous avez passé la nuit ». Hernaculum était divisée en deux parties, la rive orientale et la rive occidentale, et découpée en quartiers dont les noms correspondaient à leur situation géographique : les hauts, les médians, les bas, les fonds, les archipels et la Chute sans fin, la source chaldrienne.

La mine chiffonnée de Yorgäl trahissait le manque de sommeil et une humeur exécrable. Des taches maculaient sa veste boutonnée sur le côté et son pantalon de coton épais.

« J'en pouvais plus de vous attendre hier soir. Vous avez eu tort de ne pas venir. Moi, j'ai passé une sacrée nuit ! »

Il soulignait ses propos d'un sourire entendu et d'un regard salace, mais le son de sa forme exprimait la tristesse et la frustration.

« Et vous ? Vous avez dormi où ? »

Jaïfe répondit qu'un habitant d'Hernaculum avait consenti à les héberger.

« Vous avez eu de la chance. Vous avez entendu les cris des déchus ? Ça fout les jetons, pas vrai ? Dire que mon vieux jaquebout m'engueule à chaque fois que j'aborde le sujet... Je vous cherchais depuis un bon moment.

— Comment nous as-tu trouvés ?

— Je suis revenu à la place où je vous ai laissés hier soir. Un homme m'a dit qu'il vous avait vus du côté de l'archipel des Xous.

— Pourquoi nous cherchais-tu ? »

Yorgäl se pencha vers eux avec une mine de conspirateur.

« Nous avons rendez-vous avec nos maîtres au fond de Cadect, murmura-t-il. Il paraît qu'il se passe de drôles de trucs là-bas.

— Quels trucs ? »

Yorgäl haussa les épaules.

« J'en sais rien. Le messager expédié par nos maîtres m'a seulement dit que nous devions nous y rendre de toute urgence. »

Seke se concentra sur le son de l'apprenti de Zaul, mais il n'entendit rien d'autre qu'un chant diffus imprégné de lassitude et de tristesse.

« Je me suis renseigné, reprit Yorgäl. Si nous partons maintenant, nous y serons avant le zénith d'Ur. »

Seke et Jaïfe se consultèrent du regard et, sans prononcer un mot, se mirent d'accord pour suivre leur condisciple.

Ils parcoururent d'abord la faille sur toute sa largeur par le réseau des passerelles et des ponts qui reliaient les archipels et les îles. Ils traversaient parfois des gouffres si profonds qu'on n'en voyait pas le fond et qu'on se demandait comment les bâtisseurs étaient parvenus à monter et étayer les tabliers. Au-dessus d'eux, la ville s'évasait de chaque côté comme un cône et se coiffait, tout en haut, de son éternel couvercle nébuleux émaillé d'argent par les rayons d'Ur. Des colonnes étincelantes s'évanouissaient et se reformaient au gré des vents et des mouvements des nues.

« On dirait un grand temple éphémère des mondes du Kölk », murmura Jaïfe d'un air songeur.

À peine esquissé dans l'obscurité, le gigantisme d'Hernaculum se révélait dans toute sa dimension à la lumière du jour. Les constructions, claires pour la plupart, s'étendaient à perte de vue sur les pentes grises et le long du fond obscur de la gorge. La topographie de la ville avait nécessité une quantité invraisemblable d'ouvrages suspendus. On apercevait dans le lointain, enlisée dans les ténèbres, une tache blanche qui était sans doute le temple du nœud chaldrien. Les communautés agricoles du Nube devaient abattre un travail titanesque pour alimenter l'agglomération totalement démunie de ressources, hormis l'eau puisée dans les nappes phréatiques et acheminée vers les habitations par des aqueducs et des conduits souterrains. Si les conteurs gagnaient leur subsistance par l'exercice du verbe, comment se nourrissaient ceux qui n'avaient rien à échanger ? Étaient-ils condamnés à grossir les rangs de ces pauvres hères qui hantaient les ruelles des bas-fonds et croupissaient dans leur désespoir en attendant le passage des déchus ?

La rive orientale ressemblait comme une jumelle à sa sœur occidentale. Même enchevêtrement de constructions, de venelles, de terrasses, d'escaliers, de passerelles. Les seules différences étaient la couleur des pierres des façades, légèrement plus jaune, ainsi que l'agencement des rues, larges et pavées de dalles ocre.

Ils suivirent d'abord un chemin perpendiculaire à la faille dans la direction du nord, puis ils entamèrent leur descente par un escalier en spirale foré dans la roche. Ils atteignirent la ceinture des quartiers médians où régnait une grande agitation devant les étals dressés par des paysans de l'Anube. Affamé, Jaïfe n'eut qu'à faire valoir sa condition de disciple pour recueillir des fruits, des galettes, des morceaux de viande séchée et une gourde d'une boisson parfumée que Yorgäl appela le « vin d'herbes ». Un vieillard vêtu d'un ensemble et d'un bonnet de laine grossière lui baisa la main avec une ferveur embarrassante. Puisque les traits et les vêtements de ces trois-là ne ressemblaient pas à ceux des natifs de Logon, et que les moyens de communication étaient depuis longtemps interrompus entre les peuples humains disséminés dans la Galaxie, ils ne pouvaient être que des apprentis griots, des privilégiés qui avaient vogué sur les flots de la Chaldria. Et le simple fait de les toucher était une bénédiction, la promesse d'une bonne récolte ou d'une année faste. Aussi les trois disciples rencontrèrent-ils les pires difficultés à se dépêtrer de la foule rameutée par le vieil homme. Ils s'en tirèrent par de vagues promesses d'intercession auprès de leurs maîtres griots et, lorsqu'ils seraient devenus des visiteurs célestes à part entière, auprès de la Chaldria elle-même. Après qu'on leur eut attribué à chacun une besace bourrée de vivres et une gourde de vin d'herbes, ils s'engagèrent enfin dans une ruelle déserte avec l'impression persistante d'avoir effectué un long séjour dans les tentacules d'une hydre céleste des mythes de la Dispersion.

Ils atteignirent les bas-fonds au moment où les rayons d'Ur, déjà haut dans le ciel, teintaient d'or la chape nuageuse. Dans cette partie de la ville régnait une odeur tenace de décomposition. Les hommes qu'ils croisèrent, les uns vêtus de hardes, les autres entièrement ou partiellement nus, ne leur prêtèrent aucune attention. Seke ne captait plus le chœur lointain des profondeurs dans l'atmosphère hostile, étouffante. D'ailleurs, il n'entendait pratiquement plus les formes, ni les chants individuels qui évoluaient tout près de lui, ni les chœurs à l'amplitude magnifique, encore moins les chuchotements des grands cycles de temps. Peut-être son rapprochement avec la femme avait-il altéré la qualité de ses perceptions. Olphan n'affirmait-il pas qu'il suffisait du chant d'une femme pour épuiser toute l'énergie de la Chaldria ?

Yorgäl repoussa sèchement un mendiant qui le suivait depuis un bon moment en marmottant ses suppliques. L'homme roula à terre et poussa un glapissement suraigu qui retentit comme un signal. Une troupe menaçante surgit aussitôt des ruelles et des places adjacentes. Les lames de couteaux brillaient dans les mains de quelques-uns, d'autres agitaient des bâtons, d'autres encore brandissaient des pierres aux arêtes tranchantes. Cheveux emmêlés, yeux immenses et fiévreux, hardes nauséabondes. Des squelettes habillés de peau.

« Chierie ! souffla Yorgäl. Ces sacs d'os sont beaucoup trop nombreux pour nous. »

Ils ne vouaient pas non plus aux apprentis griots la même vénération que les paysans de l'Anube. Avaient-ils seulement la faculté de comprendre qu'ils agressaient de futurs voyageurs célestes ?

Seke se remémora le comportement des tritrilles acculés devant leur nid, l'énergie farouche avec laquelle ils combattaient bien que l'issue de la chasse ne fît aucun doute. Les yeux de Jaïfe, écarquillés par la terreur, l'imploraient d'intervenir, de renverser le cours d'une destinée qui semblait se briser dans les bas-fonds d'Hernaculum. Leur seule chance, c'était de frapper vite et fort, d'exploiter la confusion pour prendre la fuite.

Seke se défit de sa besace, de sa gourde, puis les projeta de toutes ses forces sur le groupe déployé dans la ruelle. Les squelettes s'éparpillèrent en bruissant comme des épis desséchés. Il se jeta à la gorge du moins rapide et referma les mâchoires sur ses cartilages. Le goût du sang le projeta des années en arrière, ranima cette tension irréelle de la chasse, cette vibration particulière des muscles et des nerfs. Il relâcha sa première proie et en frappa une deuxième au bas-ventre, avec une force telle qu'il sentit craquer les os au bout de son pied. Surexcité par les cris, dans un état second, il esquiva une lame qui sifflait vers sa poitrine, saisit le bras qui passait à portée de main, le tira en arrière et le brisa comme du bois mort.

« Seke ! Seke ! »

Les agresseurs avaient reculé, et Yorgäl et Jaïfe s'étaient déjà engouffrés dans la brèche. Seke percuta une ombre qui se dressait devant lui et se lança à toutes jambes sur les traces de ses condisciples.

Talonnés par la peur, ils coururent sans s'arrêter jusqu'à ce qu'ils n'entendent plus rien d'autre que le crépitement de leurs pas. Quand ils eurent semé leurs poursuivants, ils reprirent leur souffle au milieu d'une passerelle étroite qui surplombait un ensemble de constructions entassées sur un éperon rocheux. La lumière d'Ur peinait à s'immiscer entre les parois et les habitations resserrées.

Ils partagèrent le contenu des deux besaces et des deux gourdes restantes. Bien qu'amer, le vin d'herbes s'associa aux aliments pour les revigorer. Plusieurs gorgées furent nécessaires à Seke pour chasser le goût du sang de sa gorge et dissiper sa frénésie. Adossés à la rambarde de la passerelle, Jaïfe et Yorgäl lui jetaient des regards intrigués.

« Tu l'as égorgé comme un siumphe, finit par lâcher le disciple de Zaul. On aurait dit un putain de grand fauve. Y a pas grand-chose d'humain dans ta façon de te battre.

— Ta lâcheté, elle, est très humaine ! » siffla Jaïfe.

Un rictus de colère déforma les lèvres de Yorgäl. Seke crut un moment qu'il allait s'emparer de son condisciple et le jeter dans le vide.

« Tu ne t'es pas précipité non plus dans la bataille, il me semble…

— Peut-être, mais moi, je ne montre pas mes gros muscles à la première occasion ! Pour une fois qu'ils pouvaient servir à quelque chose ! »

Yorgäl considéra Jaïfe d'un air torve puis désigna Seke d'un coup de menton.

« Il a été trop rapide pour moi. J'ai même pas eu le temps de me servir de ça. »

Il tira de la poche de sa veste un couteau à la lame courbe et au manche sculpté dans une matière blanche et lisse.

« Ils étaient trop nombreux, poursuivit-il en passant délicatement la pulpe de son index sur le fil de l'acier. La seule solution, c'était de profiter de l'ouverture. Mais t'inquiète pas pour moi : je sais ouvrir des brèches quand y a pas d'autre choix.

— Il était comment, ton monde ? »

La question de Jaïfe eut pour effet de désamorcer l'agressivité de Yorgäl.

« En quoi est-ce que ça t'intéresse ?

— Je suis curieux de savoir quelle planète a pu enfanter des hommes de ton genre. »

Yorgäl balaya d'un revers de main le ton sarcastique de son interlocuteur et dit, avec un sourire crispé :

« Un monde où les hommes de *ton* genre ne font certainement pas de vieux os. »

Le fracas de la chute les avertit qu'ils s'approchaient du fond de Cadect. Cela faisait un bon moment qu'ils avaient laissé derrière eux les habitations des fonds et qu'ils n'avaient pas croisé de passant. Le chemin, taillé dans le roc, s'était resserré pour se faufiler entre les reliefs. Aux façades et aux terrasses des maisons, aux arches et aux parapets des passerelles et des ponts, avait succédé un roc nu, gris, tout en angles et en lames. La pénombre s'imprégnait d'une brume humide et froide qui rendait le sol glissant.

La chute se dévoila subitement derrière un repli de la paroi. Majestueuse, elle tombait d'une hauteur que Seke évalua à plus de deux mille pas et s'abîmait dans un bouillonnement d'écume qui occultait en partie le bassin de retenue d'où s'évadaient deux canaux. Ils s'en approchèrent jusqu'à ce que les premières gouttes leur cinglent le visage et les épaules.

Seke ne vit personne dans les environs.

« Je croyais que nos maîtres nous avaient donné rendez-vous dans le coin ! »

Yorgäl se retourna et lui décocha un regard étrange.

Un regard de fou.

« Pas besoin de nos maîtres pour régler certaines affaires. Nous sommes deux, c'est bien suffisant, tu ne crois pas ?

— Deux ? Qu'est-ce que tu fais de… »

Le disciple de Zaul tira son couteau de sa poche, saisit Jaïfe par la taille, le plaqua contre lui et lui posa la lame sur le cou.

« Les hommes de *son* genre n'ont rien à faire dans les rues d'Hernaculum. »

## CHAPITRE X

# JAÏFE

*Les Guerres de la Dispersion ont fait plusieurs dizaines de milliards de morts, mais elles ont eu l'incontestable mérite de pousser les hommes à explorer la Galaxie, à ouvrir de nouvelles voies stellaires, à découvrir de nouvelles planètes habitables. Mon propos n'est pas ici de porter un jugement sur la guerre, mais de constater que la technologie utilisée à des fins militaires, destructrices donc, a radicalement changé le cours de l'histoire, entraînant l'humanité – les humanités ? – dans une nouvelle évolution dont nul ne sait encore où elle la – les ? – mènera.*

*Les techniciens ont conçu des vaisseaux toujours plus performants, toujours plus autonomes ; les militaires ont engagé des combats toujours plus loin dans l'espace. Ils sont d'abord sortis du système solaire originel, qui comptait deux planètes et trois satellites habités ainsi qu'une vingtaine de stations spatiales, ils se sont installés sur des mondes qu'ils ont transformés afin de les rendre aptes à recevoir la vie humaine, ils y ont établi des bases où ils pouvaient fabriquer de nouveaux appareils, de nouvelles armes, déporter des populations bardées de nanotec qui leur servaient à la fois de cobayes, de main-d'œuvre et d'armées de réserve. Puis les grands vaisseaux qui traversaient l'espace grâce à la technologie dite de la « courbique » (courbe ubique) sombrèrent l'un après l'autre au cours des grandes batailles disputées dans un espace d'environ vingt années-lumière (une année, dans cette unité de mesure, correspond à une révolution complète de la planète étalon autour de son étoile). Les bâtiments qui avaient échappé aux missiles à très longue portée se fourvoyèrent dans les champs de mines invisibles ou, victimes d'avaries, se perdirent à jamais dans les labyrinthes inextricables de l'espace-temps.*

*Les populations déportées, elles, continuaient de croître sur leurs mondes d'adoption. Coupées des autres rameaux de l'humanité, elles se crurent abandonnées et commencèrent à forger leurs propres mythes, à s'inventer leur propre histoire. Il serait passionnant, d'ailleurs, d'étudier l'influence du milieu sur l'inconscient collectif, la façon dont l'être humain s'est inséré dans son nouvel environnement tout en conservant les mythes et les archétypes originels. Et aussi de comprendre pourquoi les acquis technologiques se sont délités si rapidement.*

*Comment avez-vous eu connaissance de tous ces faits, me demanderez-vous, puisque vous êtes vous-même le rejeton d'une de ces communautés humaines isolées sur leurs mondes ? À question pertinente, réponse évidente : les griots célestes.*

*Le griot, plus exactement, qui m'a accordé l'immense privilège d'une longue conversation en tête-à-tête, lui, le grand voyageur, et moi, le petit historien en quête désespérée de formes et de couleurs pour compléter ma fresque. Ainsi donc, puisque nous avons perdu le secret du voyage interstellaire, puisque les gouvernements antagonistes de notre planète n'ont pas la volonté de construire ni d'entretenir des flottes célestes, puisque nos savants n'ont ni les capacités ni les moyens de concevoir de nouveaux systèmes de transport, les griots sont les vestiges très précieux des Grandes Guerres de la Dispersion, les derniers liens entre les populations humaines. Eux ont percé le secret du voyage, du transfert quasi instantané (avec, selon mon interlocuteur, les insolubles problèmes de temps qui s'associent au déplacement plus rapide que la lumière).*

*C'est dire leur importance. S'ils venaient à disparaître, nous perdrions davantage que des porteurs de nouvelles, que des témoins de notre évolution, nous serions privés des symboles mêmes de l'unité humaine, nous entrerions dans une nouvelle période de régression dont nous aurions sans doute beaucoup de mal à nous remettre. Car, j'en suis persuadé, bien que nous soyons séparés des autres rameaux par des années-lumière, nous conservons notre creuset commun, notre matrice unique, nous restons solidaires en toute chose, en bien et en mal, en développement et en recul. Nous connaître, nous comprendre, c'est aussi connaître et comprendre nos frères humains perdus dans la Galaxie, c'est observer leur évolution et la rapporter à la nôtre, c'est leur permettre d'observer la nôtre et de la rapporter à la leur. Aussi, je vous conjure de renoncer à ce projet absurde de fermer nos portes aux visiteurs célestes – et de condamner avec la plus grande sévérité les apôtres de l'Anquizz, qui proposent de sacrifier les griots sur l'autel d'une autonomie planétaire aussi dangereuse qu'illusoire. Au moins, au moins jusqu'à ce que nous ayons déchiffré à notre tour le mystère du voyage sur les flux cosmiques, ou que nous ayons inventé une nouvelle manière d'affronter le vide. Contrairement à ce qu'affirment les manipulateurs de l'Anquizz, l'isolement ne signifie pas la souveraineté. Je pense au contraire qu'il nous entraînerait sur la pente fatale de la déchéance, de l'oubli et de la disparition. Comme une branche qui se détache du tronc et se condamne au pourrissement.*

Discours sur la nécessité des griots,
Redw'n Aphordian,
historien de Jables, capitale du continent Noir,
planète Tar Nov.

« SI TU BOUGES, je le crève ! »

La lame sinueuse s'enfonça dangereusement dans le cou de Jaïfe. Seke guetta le moment propice. La pénombre estompait les formes, les saillies rocheuses, le sol inégal et luisant, les rideaux gris et bouffants soulevés par la chute. L'eau ruisselait sur les visages, plaquait les étoffes sur les corps, les cheveux, les fronts et les joues.

« Je devrais dire : je *la* crève ! »

La voix rauque de Yorgäl se perdit dans le grondement de la cataracte. De sa main libre, il entreprit de dégrafer les attaches de la tunique vert sombre de Jaïfe, l'empêcha de regimber en maintenant la lame appuyée sur sa veine jugulaire, lui dénuda les épaules, abaissa les manches l'une après l'autre, arracha le vêtement et découvrit la large bande de tissu blanc qui lui enserrait le torse.

Le contraste entre l'apparence fragile de Jaïfe et le physique épais de Yorgäl bouleversa Seke. Il tressaillit lorsque le bandage s'affaissa et libéra deux rondeurs semblables à celles d'Ezmaïda. Abasourdi, il lui fallut un bon moment pour prendre conscience que le disciple d'Eyland Volgen était une femme.

« Belle paire de nichons, hein ! ricana Yorgäl, ravi de son effet. Et nous n'avons pas affaire à un mutant : si je lui retirais son pantalon, y a fort à parier qu'on lui trouverait qu'un joli petit creux entre les jambes ! »

Tout se mettait en place tout à coup, la fragilité et la finesse de Jaïfe, le trouble que Seke avait ressenti lors de leur première rencontre, la confusion de ses perceptions, son attirance inexplicable… La fonction de griot étant strictement réservée aux hommes, Jaïfe avait dissimulé ses attributs de femme afin d'être admise comme apprenti d'Eyland Volgen. Mais comment un voyageur céleste, un maître griot, avait-il pu se laisser abuser par un simple déguisement ?

« Certaines de ses réactions m'ont mis la puce à l'oreille, reprit Yorgäl. Elles ressemblaient foutrement à celles de mes sœurs. Seule une fille a l'idée de se recoiffer en se regardant dans une flaque d'eau. Seule une fille s'isole pour pisser. J'aurais été vraiment curieux de voir sa réaction dans la maison des plaisirs. Malheureusement, je ne pouvais plus vous attendre hier soir, j'avais peur d'arriver devant une porte close. »

Il s'interrompit pour contenir un soubresaut de Jaïfe et cracha par terre avant de poursuivre :

« Je suis arrivé d'ailleurs devant une porte close, chierie ! J'ai rebroussé chemin, je vous ai suivis à distance quand ce goulard des rues vous a invités chez lui. Je me suis glissé dans une maison voisine et j'ai passé la nuit dans un débarras. Une putain de mauvaise nuit, vous pouvez me croire ! Je vous ai filé le train ce matin. Fallait que je sache. Et maintenant je sais.

— Pourquoi as-tu inventé cette histoire de rendez-vous avec nos maîtres ? demanda Seke.

— Vous êtes des disciples obéissants, et je voulais être bien sûr que vous me suivriez.

— Et qu'est-ce que tu comptes faire de… d'elle ? »

Le regard brûlant de Jaïfe léchait la face de Seke. Des frissons lui parcouraient l'échine, lui disaient que c'était elle qui l'avait rejoint sur sa couche au milieu de la nuit, elle qui s'était frottée contre lui, qui l'avait accueilli en elle et entraîné dans les convulsions du plaisir. La peau qu'il avait explorée, la poitrine qu'il avait caressée, le nid secret qu'il avait investi n'appartenaient pas à Ezmaïda, mais à Jaïfe, son condisciple.

*Sa* condisciple.

« Deux solutions, répondit Yorgäl. Soit la livrer au conseil nubial de Logon : ils lui couperont la langue, comme à toutes les femmes. Soit l'emmener à nos vieux jaquebouts. Les griots n'aiment pas les femmes. Tels que je les connais, ils la feront égorger par un exécuteur des bas-fonds. »

Il dévisagea Seke avec intensité avant d'ajouter :

« Y a une troisième solution : jouer un moment avec elle et se charger directement de la sentence. Après tout, elle s'est foutue de nous, on a bien le droit de prendre une petite revanche. C'est que j'ai pas eu ma dose, moi, hier soir. »

Les yeux de Jaïfe lançaient la même supplique muette que face aux miséreux des bas-fonds d'Hernaculum.

« La quatrième solution serait de la relâcher et de la laisser repartir chez son maître. »

Seke avait injecté toute la force de sa conviction dans sa voix, mais le langage, il en était conscient, ne réussirait pas à briser la détermination de Yorgäl. Tout au plus pourrait-il, avec un peu de chance, endormir sa vigilance.

« Et risquer d'assécher la source de la Chaldria ? T'es dingue ? J'tiens pas à passer toute ma vie sur cette planète pourrie !

— Elle a fait le voyage entre Kölk et Logon, et la Chaldria ne s'est pas asséchée…

— Je l'ai dit hier : elle était sous la protection de cet épouvantail d'Eyland Volgen. »

Seke se remémora la conversation de la veille entre Jaïfe et Olphan. Il comprenait maintenant pourquoi il… elle avait défendu les femmes avec une telle conviction. Les réactions d'Ezmaïda lui apparaissaient également sous un jour nouveau : l'épouse du conteur avait deviné que Jaïfe et elle appartenaient au même sexe, et elle lui avait témoigné sa solidarité et sa complicité d'une caresse sur la joue. De même, au matin, elle avait instantanément compris ce qui s'était passé entre ses deux jeunes hôtes au cours de la nuit.

« On ne peut pas condamner quelqu'un au nom d'une vague superstition.

— Elle savait qu'elle violait la loi des griots. J'appelle ça une vraie saloperie, pas de la superstition. »

Les yeux rivés sur la lame, Seke sentait monter en lui une colère noire, une envie féroce de se jeter sur Yorgäl. Sa respiration et son rythme cardiaque s'étaient accélérés, la tension de son corps l'élançait jusqu'aux extrémités de ses doigts. Maintenant il trouvait magnifiques les traits de Jaïfe, même déformés par la souffrance et la peur, maintenant il avait un besoin urgent d'elle, besoin de l'étreindre, de jouir sans entrave de sa présence, de sa différence.

« Donne-lui au moins la possibilité de se défendre. »

La lame de Yorgäl glissa avec une lenteur crispante sur la poitrine de Jaïfe. Le gémissement de terreur qui s'échappa des lèvres de la jeune fille arracha un sourire à son bourreau.

« Tu parles comme un vieux radoteur de chez moi, un de ces mollassons qui ont permis aux non-humains de s'emparer du pouvoir. Quand on remarque une mauvaise herbe, on la coupe tout de suite ou elle prolifère et étouffe les fleurs du jardin.

— Mon maître Marmat dit que c'est la Chaldria, et elle seule, qui choisit les disciples. Elle n'a pas pu se tromper.

— Ton maître, il se planque derrière la Chaldria pour justifier ses caprices ! Les chaldrans ne sont que des portes ouvertes sur les flux cosmiques. Et les jaquebouts ne sont pas pressés de les ouvrir à leurs disciples.

— Tu devrais peut-être les ouvrir toi-même. »

Yorgäl suivit des yeux la danse de sa lame sur la peau blême de Jaïfe. Elle tremblait de la tête aux pieds. Sa calotte avait glissé sur l'arrière de son crâne et s'était coincée entre son cou et son épaule. Le halo doré de sa chevelure tranchait sur le fond gris de la chute.

« Je… je ne prendrai pas le risque de devenir un déchu. J'ai encore besoin de mon vieux jaquebout pour apprendre à les franchir.

— Allons tous les trois au temple du nœud chaldrien, et laissons nos maîtres décider », proposa Seke.

Il discerna très nettement la crispation des traits de Yorgäl ainsi que les lueurs sombres qui brasillèrent dans ses yeux. Il n'entendait pas le son de sa forme, mais il captait sa peur, si dense qu'elle en était presque visible, presque palpable.

« T'as qu'à foutre le camp. Je m'occuperai d'elle tout seul. »

Le disciple de Zaul leva la main pour appuyer ses paroles. Le couteau resta suspendu dans les airs un bref instant. Seke s'engouffra aussitôt dans l'ouverture. Il se détendit comme un ressort, franchit l'intervalle d'un bond, saisit le poignet de Yorgäl au-dessus de la tête de Jaïfe et s'arc-bouta sur ses jambes pour l'empêcher d'abaisser son bras.

« Sale petit… »

L'attaque obligea Yorgäl à relâcher son étreinte et permit à Jaïfe de se dégager.

« Cours ! » hurla Seke.

Elle fila comme une ombre le long de la paroi humide. Le grondement de la chute absorba rapidement le claquement précipité de ses semelles sur la roche.

Rassuré, Seke se concentra sur l'épreuve de force à laquelle l'invitait Yorgäl. En mauvaise posture, glissant sur le sol humide, il ployait dangereusement sous le poids et la pression de son condisciple. Il se concentrait pour l'instant sur la lame suspendue quelques pouces au-dessus de sa tête. Le disciple de Zaul avait pour seule tactique d'imposer sa puissance décuplée par la rage, d'exploiter le double avantage offert par son poids et son arme. Seke l'encouragea dans cette voie tout en déplaçant peu à peu ses points d'appui, puis, après avoir résisté encore pendant quelques instants, il se déroba brusquement d'un pas de côté. Yorgäl trébucha, se rétablit d'un coup de reins, amorça un mouvement de pivot en imprimant une trajectoire circulaire à son bras. Seke esquiva la lame d'un retrait du torse et mit à profit le déséquilibre de son adversaire pour lui sauter sur le râble, lui passer les bras autour du cou et lui planter ses dents sous la nuque. Ses mâchoires n'étaient pas aussi puissantes que celles des enfants du Tout, mais elles avaient appris à broyer les os et déchirer les cuirs les plus coriaces.

Il continua à serrer et à mordre malgré les gesticulations maladroites de Yorgäl. Fou de douleur, ce dernier laissa tomber son couteau, se secoua comme un forcené, se dirigea en titubant vers les rideaux épais de la chute dans l'espoir que la violence de l'eau obligerait Seke à lâcher prise, mais ses jambes se dérobèrent et il s'effondra de tout son long. Des craquements retentirent, une douleur fulgurante lui lacéra le crâne, un voile rouge lui glissa sur les yeux. Il sombra lentement dans une nuit glaciale.

Exténué par la violence du combat, Seke se releva après s'être assuré que son adversaire avait rendu son dernier souffle. Le craquement des vertèbres de Yorgäl résonnait toujours dans sa bouche imprégnée d'une âpre saveur de sueur et de sang. La cascade lui fouettait la tête, les épaules, le dos, le baignait d'une amertume qui avait déjà le goût des remords. Même s'il était intervenu pour secourir Jaïfe, rien ne serait plus comme avant, il aurait jusqu'à la fin des temps la mort d'un condisciple sur la conscience. Peut-être était-il devenu un déchu, un paria de la Chaldria, une âme condamnée à errer la nuit dans les ruelles d'Hernaculum en poussant des hurlements déchirants.

La vision d'une tache verte le tira de sa torpeur. Il ramassa la calotte de Jaïfe puis, plus loin, sa tunique et son bandage imbibés d'eau, et partit à sa recherche.

Il ne la trouva pas de l'autre côté du repli de la paroi, ni dans les premiers méandres du chemin. Son inquiétude augmenta lorsqu'il avisa les toits des premières habitations au-dessus des arêtes rocheuses. Prise de panique, Jaïfe avait couru sans s'arrêter, comme les krav'll, les grands emplumés du désert qui galopaient jusqu'à épuisement dès qu'ils détectaient l'odeur d'un prédateur. Elle avait oublié qu'elle ne portait plus de tunique ni de bandage et que les femmes n'avaient pas le droit de paraître dans les rues d'Hernaculum. Il accéléra l'allure dans la pente, franchit un premier pont, assez court, donnant sur un archipel. Un rayon d'Ur perçait le couvercle nuageux et plaquait un vernis mordoré sur l'ocre des façades. Seke ne rencontra que deux hommes âgés qui marchaient d'une allure paisible le long d'un muret.

Il traversa plusieurs quartiers déserts, puis un grondement lointain souffla sur son inquiétude comme une rafale de vent sur un brasier. La rumeur venait d'un ensemble de constructions empilées les unes sur les autres au sommet d'une île proche. Il couvrit la distance à toute allure, mais il lui sembla qu'une éternité s'était écoulée lorsqu'il s'engagea sur la passerelle jetée au-dessus du vide. Des bourrasques écharpaient les nues, tout là-haut, et une multitude de colonnes brillantes criblaient la faille, qui s'éteignaient avant d'en avoir atteint le fond, incapables de vaincre la nuit perpétuelle de l'abîme.

Guidé par le tumulte, Seke se dirigea sans hésiter dans le labyrinthe des ruelles et des escaliers. Il déboucha enfin sur une place circulaire prise d'assaut par une multitude vociférante, composée pour partie d'hommes habillés en griots et pour partie de paysans des communautés de l'Anube. Ne distinguant pas l'objet de leur fureur, il tenta de gagner le centre de la place, mais ne parvint pas à se frayer un passage. Il ne lui restait plus qu'à imiter les plus jeunes juchés sur les balcons, sur les terrasses, sur les toits de pierres plates. Il abandonna la tunique, le bandage et la calotte, escalada un mur en se servant des saillies et atteignit une balustrade sur laquelle il s'installa à califourchon.

Il découvrit alors un spectacle qui lui glaça le cœur. Les vagues tumultueuses rejetaient régulièrement un corps nu et inerte.

Jaïfe.

Elle vivait encore comme en témoignaient ses yeux fous de souffrance et de terreur. Elle ne poussait aucun cri, aucun gémissement. Il en comprit la raison lorsqu'il aperçut les filets de sang qui lui barbouillaient le menton et la poitrine : ils lui avaient coupé la langue, comme à toutes les femmes de Logon. La révolte pétrifia Seke sur la balustrade, puis souleva en lui une colère d'une violence inouïe. Il regretta de ne pas avoir ramassé le couteau de Yorgäl. Ses ongles et ses dents ne suffiraient sans doute pas à ouvrir un passage jusqu'à Jaïfe, mais il ne pouvait pas rester impassible devant le supplice de celle qui avait défié l'ordre millénaire des griots et lui avait appris la beauté du rapprochement.

Il croisa le regard de la jeune fille, qu'un homme corpulent maintenait à bout de bras. Il y lut de la résignation, de la tristesse, un soulagement de même nature que celui de Danseur-dans-la-tempête au moment de passer dans l'au-delà. Il crut déceler, sur ses lèvres ensanglantées, un sourire qui confirmait et prolongeait leur pacte secret, qui nouait un lien entre le monde des formes et l'univers invisible. Au bord des larmes, il vit le cercle s'élargir autour de l'homme corpulent, il vit ce dernier projeter Jaïfe de toutes ses forces sur sa jambe repliée, il vit le corps de la jeune fille se désarticuler et se briser comme du bois mort, puis ses yeux se brouillèrent et il s'effondra en sanglots derrière la balustrade.

Quand il eut épuisé son chagrin, les colonnes étincelantes s'étaient estompées et la faille baignait dans une pénombre crépusculaire, fragmentée par les lumières figées des minosoles et celles, vacillantes, des flammes des vasques.

De Jaïfe il ne restait que sa tunique, son bandage et sa calotte au pied du mur, des taches de sang et des bouts de tissu épars sur les pavés de la place déserte. Les vestiges de son pantalon.

Les vestiges d'un rêve.

Le portail se dressait à l'autre extrémité du pont de pierre, surmontée de son linteau triangulaire. Seke captait à nouveau le chant des profondeurs, aussi lointain et serein que les sons des grands cycles. Les fûts rainurés des colonnes affleuraient la nuit comme des songes. Il sut, juste avant de s'aventurer sur le pont, que le temple du nœud chaldrien ne se trouvait pas sur les mêmes plans spatial et temporel que les autres quartiers d'Hernaculum.

Il avait couru sans se demander où l'emmenaient ses pas, enfilant au hasard les fonds, les médians et les îles. Fou de chagrin, hanté par l'image du corps pantelant de Jaïfe, aiguillonné par une haine farouche envers ces hommes qui l'avaient mutilée et assassinée, il avait fendu des grappes humaines suspendues aux récits des conteurs, bousculé des promeneurs dans les ruelles étroites, renversé un étal sur une place. Il s'était retenu à grand-peine de se jeter sur les paysans qui l'avaient injurié, de les égorger, de les éventrer, de leur broyer les vertèbres. Hors d'haleine, il s'était arrêté au milieu d'une passerelle, avait entrevu la tache blanche du temple du nœud chaldrien et entendu de nouveau cet appel diffus qui l'avait enchanté le premier soir. Désemparé, il s'était rendu sur l'île d'où partait l'escalier monumental taillé dans la roche.

À l'image du corps de Jaïfe se superposait désormais celle du corps de Yorgäl. À la colère succédaient les remords et la détresse. Les habitants d'Hernaculum avaient brisé la vie de Jaïfe, il avait brisé la vie de Yorgäl. Son maître Marmat répétait souvent que chaque existence avait une valeur capitale, qu'en prendre une seule était un drame à l'échelle de l'univers, quelles qu'en fussent les raisons. On ne devait pas pour autant rejeter les criminels, ajoutait-il, parce qu'un crime regardait l'ensemble des hommes, pas seulement le groupe, la communauté, le peuple, mais toutes les branches de l'humanité dispersées dans les étoiles.

« Telle est la grandeur de la fonction de griot : rappeler aux hommes que chacun de leurs actes engage l'espèce tout entière malgré les distances, malgré les différences. »

Le cœur battant, les jambes flageolantes, Seke s'avança sur la passerelle. En se dirigeant vers cette porte énigmatique, plus sombre que les ténèbres pourtant profondes de la faille, il avait l'impression de se couper du chœur universel, de franchir une frontière intangible, de pénétrer dans un sanctuaire inviolable, d'aller au-devant de sa propre mort. Le chant des profondeurs avait maintenant des accents de complainte funèbre.

Une vague de panique le recouvrit au milieu du passage et le rejeta glacé de terreur contre un montant du parapet. Il ne distinguait plus rien autour de lui, ni les colonnes du temple, ni les lumières d'Hernaculum, ni même l'extrémité de la passerelle. Il s'agrippa de toutes ses forces à une saillie de l'ouvrage de pierre pour ne pas céder à la tentation de rebrousser chemin, convaincu désormais qu'une retraite se traduirait par un échec définitif. Il lui fallait continuer, pénétrer coûte que coûte dans cet autre espace-temps, quitte à s'attirer les foudres de son maître, à être frappé de la malédiction des déchus de la Chaldria. Il se redressa et s'approcha lentement de la porte, écartelé entre le courant qui l'entraînait et les chaînes intérieures qui l'entravaient.

Des souvenirs oubliés resurgissaient à la surface de son esprit.

Un ciel scintillant d'où tombe une chaleur éprouvante...

Un visage d'homme penché sur lui, des traits tourmentés où se disputent la colère et la compassion. Le sourire d'une femme aussi jeune que Jaïfe, aussi belle que Jaïfe, aussi triste que Jaïfe.

Il fit encore quelques pas chancelants avant d'être saisi par une spirale de lumière éblouissante.

## CHAPITRE XI

# BEL SIEF

*Gloire à celui qui franchit le premier la porte,*
*Il rendit possible l'impossible, réel l'irréel,*
*Il ouvrit pour les siens l'espace et le temps,*
*Il permit à ses frères de porter le Verbe,*
*Il empêcha les hommes de sombrer dans l'oubli.*
*Gloire à lui et à ses successeurs,*
*Ils voguèrent sur les flots de la Chaldria,*
*Ils se consacrèrent à la mémoire humaine,*
*Ils visitèrent les mondes le cœur plein d'amour,*
*Ils enseignèrent les vertus du pardon,*
*Gloire à lui, gloire à eux, gloire à toi, gloire à moi.*

L'hymne du griot, recueilli par El Phari,
historien chanteur de Kölkan 7.

ROUGE était le ciel, rouges étaient les dunes, rouges étaient les roches.

L'astre, haut dans le ciel, dispensait une chaleur torride qui semblait cuire et recuire chaque caillou, chaque grain de sable.

« Qu'est-ce que tu fiches là ? »

L'homme, coiffé d'un turban, avait tiré des replis de son vêtement un poignard à la lame courbe. Ses yeux clairs brillaient comme des pierres transparentes dans son visage assombri par une barbe noire. Derrière lui s'agitait un animal à la robe baie dont l'odeur forte saturait l'air brûlant.

« Si tu ne te couvres pas mieux que ça, les rayons de Source de vie d'en haut te réduiront en cendres ! maugréa l'homme en brandissant son arme. Mais je peux t'épargner une longue agonie. »

Source de vie d'en haut ? Ce désert était donc le Mitwan ?

Qui-vient-du-bruit n'entendait pas les chants de sable, ni les craquements des rochers, ni les grattements des tritrilles, ni les autres bruits familiers.

« Où… où sont les autres ? »

Sa voix avait eu du mal à se frayer un passage dans sa gorge desséchée.

« Quels autres ? » demanda l'homme.

Tracassé par le sentiment que l'univers tout entier avait vacillé pendant son rêve, Qui-vient-du-bruit essaya en vain de remuer ses membres.

« Mes compagnons…

— Ton expédition s'est perdue dans le désert ?

— Non, non, les enfants du Tout », ajouta-t-il devant la mine perplexe de son interlocuteur.

L'homme se retourna pour calmer, d'une pression sur la longe, l'animal qui renâclait et poussait des cris plaintifs, puis il remisa son poignard dans son vêtement et sortit une gourde de peau.

« Seuls ceux qui sont nés dans le désert connaissent la légende des enfants du Tout. De quel bel viens-tu ? »

Qui-vient-du-bruit ne répondit pas. Il ne comprenait pas ce qu'il fabriquait là, étendu sur ce sol craquelé et brûlant. Un cycle entier de temps s'était glissé entre le moment où il avait perdu connaissance et celui où il s'était réveillé, qui avait englouti ses souvenirs. Il gardait seulement à l'esprit que son vis-à-vis et lui-même se trouvaient dans le cœur du Mitwan, où, en principe, les faiseurs de bruit ne s'aventuraient jamais et les enfants du Tout ne séjournaient qu'en de très rares occasions.

« Ne réponds pas : tu n'es pas en état de parler. »

L'homme se pencha sur Qui-vient-du-bruit, lui glissa le goulot de la gourde entre les lèvres, le contraignit à boire une gorgée d'eau imprégnée d'une âpre saveur de cuir, lui passa ensuite les bras sous les jambes et le dos, le souleva et le jucha en travers sur l'échine de l'animal.

« Bel Sief, mon bel, n'est pas loin d'ici. »

La joue posée sur le flanc rêche, ballotté par l'allure cahotante de sa monture, Qui-vient-du-bruit fixa sans le voir le pas lancinant de l'homme qui marchait à ses côtés et soulevait de petites gerbes de sable à chaque foulée.

Bel Sief était une oasis fortifiée, une tache de verdure et de fraîcheur entre les reliefs rougeâtres qui lui servaient de murailles naturelles. On y pénétrait par un passage étroit surveillé par des hommes en armes aux yeux soupçonneux. Leurs éclats de voix tirèrent Qui-vient-du-bruit de son inconscience. Il lui fallut un bon moment pour comprendre qu'ils se disputaient à son sujet, certains des gardes n'étant pas chauds pour laisser entrer un inconnu ramassé dans le désert. Ils finirent par se ranger aux arguments de son sauveteur après qu'il leur eut déclamé une strophe tirée d'un texte sacré appelé le *Livre de Vérité des Wehud*.

Les rayons de Source de vie d'en haut se brisaient sur les frondaisons majestueuses des grands arbres d'où pendaient des grappes de fruits noirs. Qui-vient-du-bruit perçut un murmure apaisant qui n'était pas un chant de formes, mais le babil d'une fontaine dressée au centre d'une place ombragée. L'eau jaillissait de la bouche d'une statue représentant un garçon nu et accroupi, disparaissait ensuite dans un puits circulaire autour duquel étaient assises des silhouettes vêtues de turbans et d'amples robes, ornées pour certaines de broderies. Des enfants, également couverts de la tête aux pieds, se poursuivaient en riant dans les allées sombres.

Cette profusion de verdure et d'eau en plein cœur du Mitwan étonna Qui-vient-du-bruit. Les enfants du Tout n'avaient jamais évoqué la présence d'un groupe de faiseurs de bruit dans le désert profond. Les caravanes ne s'écartaient pas des pistes qui reliaient les oasis situées en lisière. L'homme dirigea sa monture vers l'entrée d'une maison troglodyte, lui donna une tape sur la croupe et attendit qu'elle se fût agenouillée pour prendre son protégé dans ses bras et le porter à l'intérieur de l'habitation.

La fraîcheur de la pièce fit l'effet d'un baume à Qui-vient-du-bruit. Des silhouettes accroupies dans la pénombre s'agitaient devant de grands récipients en bois. On l'allongea sur une couche de branches tressées, on lui tendit une coupe de pierre emplie d'un liquide blanc à l'odeur suffocante, on le força à en boire quelques gouttes qu'il recracha malgré sa soif. Il se débattit avec sauvagerie lorsque des mains le plaquèrent sur la couche et lui entrouvrirent les lèvres. Les faiseurs de bruit ne provoquaient pas cette répulsion qu'il avait ressentie lors des expéditions dans les oasis. Autre-mère lui avait certes révélé qu'il était un petit d'homme, mais, hormis son origine, il n'avait rien en commun avec les êtres qui l'avaient abandonné dans le désert. Pourtant, les sons de leurs formes ne le dérangeaient plus, il comprenait et parlait leur langage, il ne se sentait pas étranger à leur monde.

Il devina que le liquide blanc lui redonnerait ses forces, se calma et accepta d'en avaler une gorgée. Il sombra ensuite dans une période de somnolence, pendant laquelle il perçut des voix lointaines, aiguës ou graves, entrelacées au-dessus de lui comme des volutes de poussière. Un visage de femme, toujours le même, se penchait sur lui et le fixait avec une expression qui évoquait le chant d'Autre-mère quand elle le serrait contre son abdomen écailleux. Il se rendit vaguement compte qu'on le dépouillait de ses vêtements trempés de sueur, qu'on lui passait un linge humide et parfumé sur le corps, qu'on le contraignait encore à ingurgiter ce breuvage au goût affreux. Il aimait les effleurements des mains et des souffles sur sa peau. Des rires étouffés résonnaient au-dessus de lui comme des sphères musiciennes, mais leurs éclats le rafraîchissaient, le régénéraient.

Les sphères...

Il se souvint de la pluie de sphères transparentes déferlant sur le désert, de leur fracas meurtrier, de la fuite éperdue des enfants du Tout, de l'agonie de ses compagnons, Autre-mère, Danseur-dans-la-tempête... Une vague de révolte le souleva de sa couche. À nouveau des mains l'immobilisèrent, le rassurèrent, l'apaisèrent, et il finit par plonger dans un sommeil agité qui l'emmena jusqu'à l'orée du crépuscule.

« Je m'appelle Salima, je suis soltane. »

Assise à côté de sa couche, elle ressemblait à la femme des visions de Qui-vient-du-bruit : même chevelure ondulée, même peau mate, mêmes grands yeux noirs, mêmes traits à la fois ronds et fins. Elle avait retiré le turban et l'ample robe brodée communs à toutes les femmes, et révélé, en dessous, une tunique courte d'où s'évadaient deux longues jambes brunes. Les autres membres de la famille s'étaient rendus à l'assemblée de la grande katwa, avait-elle expliqué, pour purifier leur corps et leur âme dans le bain de vapeur brûlante.

« Soltane ? » bredouilla-t-il.

Elle le dévisagea pendant quelques instants avec perplexité.

« Tu ne connais donc pas les soltanes ? Ni Kaleh, la première d'entre elles, la mère du Wehud, Celui qui viendra un jour délivrer ses frères de Jezomine des griffes du dragon écarlate ? »

Il se redressa sur un coude, un mouvement qui repoussa le drap léger tiré sur son corps et lui dénuda le torse. Un rai de lumière se pulvérisait en poussière cuivrée sur le sol lisse, les meubles bas, les couches et les ustensiles de cuisine.

« Jawal nous a pourtant dit que tu connaissais le secret des skadjes », reprit-elle.

Il savait que ce mot, « skadjes », désignait les enfants du Tout.

« Que... que sont-ils devenus ? »

Elle lui agrippa l'épaule et, d'une pression, le contraignit à s'allonger.

« Jez, Source de vie d'en haut, t'a vraiment tapé sur la tête ! Ça fait plus de trois siècles que les skadjes ont disparu ! »

Trois siècles ?

« Le Livre de Vérité des Wehud dit : "Celui qui viendra, le fils de Kaleh, les ressuscitera d'entre les morts et leur restituera leur terre sacrée, le désert du Mitwan. Alors nous, les enfants des bels, les fils des Wehud, nous reprendrons la Cité des Nues, nous chasserons les noirs angïeux, les serviteurs du dragon écarlate, et nous referons de Jez'mine un monde de paix et d'harmonie." »

Elle avait fredonné ces phrases d'un air absent. Les mots semblaient jouir d'une autonomie propre et se servir d'elle comme d'une caisse de résonance. Elle se figea tout à coup, renversa la tête en arrière, émit un gémissement, revint à sa position initiale au prix d'un effort qui lui gonfla les veines des tempes et lui cisela les tendons du cou.

« Mon soltan s'agite beaucoup ces temps-ci. »

Chacun de ses mots se prolongeait en soupir, des gouttes de sueur perlaient sur son front et aux commissures de ses lèvres.

« Si je ne le domine pas, il va finir par me voler de nombreuses années de vie. »

Elle retroussa sa tunique jusqu'à hauteur de son menton et observa les ondulations qui parcouraient ses seins et convergeaient vers le cercle pigmenté de l'aréole comme des courants s'échouant sur une île.

« Vous, les hommes, la jouissance vous torture lentement ; nous, les soltanes, elle nous tue avant notre quarantième année. Plus vite encore si nous tombons enceintes : les soltans deviennent plus virulents après chaque grossesse. Le Livre de Vérité dit que c'est grâce à Ezabel, la première des Wehud, qu'ils ont muté. Avant, ils interdisaient aux femmes d'avoir des enfants. Kaleh elle-même a mis au monde son fils avant qu'on lui greffe son parasite. Ma mère est morte après l'accouchement de mon frère, son troisième. Elle venait tout juste d'atteindre ses vingt-six ans. J'en ai dix-sept et, même si j'ai choisi d'être soltane, je ne tiens pas à finir comme elle. J'attendrai au moins trente ans avant de concevoir. Je saurai bien faire patienter celui qui deviendra mon mari. »

Salima rabattit son vêtement après que les ondulations eurent cessé et qu'elle eut furtivement passé sa main entre ses cuisses.

« De quel bel es-tu ? » demanda-t-elle, les yeux mi-clos, au bout d'un long moment de silence.

Qui-vient-du-bruit décida que l'ignorance était la meilleure des réponses :

« Je… je ne sais pas, je ne me souviens plus. »

Salima désigna le petit tas de vêtements pliés au pied de la couche.

« Tu n'es pas habillé comme un Wehud. Si tu ne connaissais pas la légende des skadjes, on aurait pu penser que tu venais de la Cité des Nues ou d'une autre cité du continent royal.

— Et alors ? »

Le rire musical de la jeune fille le fit frissonner.

« Alors tu ferais bien de retrouver rapidement la mémoire ! Tu te souviendrais au moins du sort réservé aux citadins qui s'aventurent dans le Mitwan : on les enterre vivants, le châtiment que les angïeux infligèrent à Kaleh. Tu te souviendrais aussi que les cités expulsent leurs condamnés hors de leurs remparts. Le dragon rouge nous a déclaré la guerre, mais ses serviteurs sont bien contents de nous trouver pour accomplir leurs basses besognes.

— Rien ne vous oblige à…

— Les citadins ont tué Kaleh, la mère de Celui qui viendra ! »

La colère retroussa la lèvre supérieure de Salima sur ses dents fortes et blanches.

« Ils ont chassé de la Cité des Nues son frère Helal et sa belle-sœur Ezabel qui demandaient des comptes ! Chacune de leurs morts, même celle de leurs rebuts, nous venge du supplice de Kaleh et de l'humiliation de Helal ! Celui qui viendra nous aidera à abattre leurs remparts, à les chasser de leurs maisons, à les exterminer, il nous guidera vers… »

Le son prolongé d'une trompe l'interrompit. Elle se redressa comme un animal aux abois et lança un regard inquiet vers la porte.

« Lève-toi !

— Pourquoi ? Qu'est-ce qui… »

Un deuxième coup de trompe retentit, suivi de hurlements et de bruits de cavalcade.

« Les sphères de poison. Leurs gaz toxiques tuent en moins d'un vingtième de Source de vie d'en haut. Nous devons nous réfugier dans les katwas. Vite. Vite. »

Elle le saisit par le poignet et l'entraîna dehors. Il se retrouva entièrement nu dans la lumière rouille du crépuscule, au milieu des nuages de poussière soulevés par les hommes, les femmes et les enfants qui se précipitaient vers les bouches circulaires de puits.

Une nuée scintillante se déployait sur le fond enflammé du ciel au-dessus des cimes des arbres.

Salima ne lui laissa pas le temps d'observer le phénomène. Elle le tira sans ménagement vers les entrées des katwas, autour desquelles se pressaient les occupants du bel surpris dans leurs ablutions ou d'autres activités de la nuit tombante. Si certains avaient eu le temps de se revêtir d'un pan de tissu, d'autres d'un pagne, quelques-uns allaient entièrement nus comme Qui-vient-du-bruit. Un crissement prolongé dominait à présent les hurlements des fuyards et les frottements des pieds sur la terre battue ; il rappelait la stridulation étourdissante d'un essaim de ces gros insectes inoffensifs que les enfants du Tout désignaient sous la forme des Volants-qui-habitent-l'autre-face-du-monde-d'en-bas.

Poussées par les rafales d'un vent brûlant, les sphères transparentes se rapprochaient à grande vitesse. Tout en s'insérant dans une file, Qui-vient-du-bruit leur jeta de fréquents coups d'œil par-dessus son épaule. Elles ressemblaient comme des sœurs jumelles aux sphères musiciennes, mais aucune ne se désintégrait pour l'instant, comme si elles attendaient d'être au-dessus du bel pour libérer leurs substances vénéneuses. Elles évoluaient à la façon d'une escadre groupée, cohérente, programmée. Après avoir sonné l'alerte, les guetteurs dévalaient les murailles naturelles et sautaient avec agilité d'une saillie à l'autre.

Il ne restait plus grand monde alentour quand Qui-vient-du-bruit s'engouffra à la suite de Salima dans le conduit cylindrique et commença à dévaler les barreaux métalliques scellés dans la paroi concave. Les cris entremêlés paraissaient surgir du ventre profond de la terre. La lumière crépusculaire n'éclairait que le haut de l'échelle, le puits plongeait ensuite dans une obscurité totale qui les obligeait à progresser à tâtons.

Salima se transforma en une ombre grise et fuyante quelques pas sous Qui-vient-du-bruit. Il perdit rapidement toute notion de distance et se suspendit aux claquements réguliers des semelles de l'homme qui le suivait. La fraîcheur des lieux l'enveloppa, humide, agréable. Parfois son pied ripait sur un barreau et l'entraînait dans un déséquilibre qu'il rattrapait avec une dextérité acquise auprès des enfants du Tout. Le silence étouffait les derniers cris.

Une lumière vacillante en contrebas avertit Qui-vient-du-bruit qu'il arrivait dans la katwa. Dans les katwas plus exactement, puisque les salles souterraines communiquaient entre elles, éclairées par des torches ou des pierres brillantes. Des mouvements désordonnés, contradictoires, agitaient les habitants du bel encore saisis par la soudaineté de l'alerte.

Des claquements vibrants et prolongés dominèrent le brouhaha.

« Les trappes d'étanchéité, chuchota Salima. Elles sont refermées. Plus de danger maintenant. »

Elle rajusta sa tunique, adressa un petit signe de complicité à une vieille femme, prit Qui-vient-du-bruit par la main et le conduisit, à travers une succession de petites pièces et de galeries, dans une salle emplie de vapeur brûlante. Les flammes des torches et les éclats des pierres révélaient des corps entre les volutes et projetaient sur les parois luisantes des ombres étirées et immobiles.

« La grande katwa. Puisque tu es déjà prêt, autant en profiter pour te purifier. »

Salima fit passer sa tunique par-dessus sa tête, la jeta en boule au pied d'une paroi, lui intima de la suivre d'un geste de la main et s'enfonça dans l'étoupe de vapeur. Il lui emboîta le pas, mais une rumeur enfla derrière lui qui le retint sur place. Une troupe hurlante déboucha de la galerie d'accès et déferla dans la grande katwa avec la violence d'un torrent. La fureur déformait les visages, embrasait les yeux, fermait les poings.

Qui-vient-du-bruit sut, bien avant qu'elle ne l'encercle, que la colère de cette foule le prenait pour cible. Des hommes se placèrent de manière à lui interdire de rejoindre Salima, et il fut cerné par une ronde de regards haineux et de lames scintillantes. Les parois et les voûtes de la katwa amplifiaient leurs vociférations. Leurs rangs s'épaississaient sans cesse, grossis par les hommes et les femmes qui accouraient des autres salles ou surgissaient du bain de vapeur.

Un homme coiffé de son turban et armé d'un poignard réclama le silence d'un hurlement strident. Quand il l'eut obtenu, il se détacha de la multitude et désigna Qui-vient-du-bruit :

« Il s'est introduit à Bel Sief pour diriger sur nous les sphères de poison !

— Absurde ! fit une voix grave en écho. Il connaît la réalité des skadjes, et aucun espion des angïeux ne la connaît ! »

La foule s'écarta et livra passage à un homme nu et ruisselant, Jawal, le faiseur de bruit qui avait secouru Qui-vient-du-bruit dans le désert et l'avait transporté dans sa maison de Bel Sief. La blancheur de son corps sillonné de longues cicatrices offrait un contraste étonnant avec la peau tannée, burinée, de son visage, de ses mains et de son cou.

« Nous n'en sommes pas certains, répliqua l'homme au turban. Jadis la Cité des Nues lançait des expéditions dans le Mitwan. Les angïeux connaissent peut-être la réalité des skadjes. »

Son intervention déclencha une salve de grognements et de glapissements.

« Le Livre de Vérité dit : "Honneur à toi si tu répands le sang de l'angïeux ou de l'ami de l'angïeux, malheur à toi si ton poignard transperce le cœur de l'innocent ou de l'ami de l'innocent !" » gronda Jawal.

Juste derrière lui se tenait Salima. Elle avait profité de la brèche pour s'approcher des premiers rangs. Malgré la vapeur, Qui-vient-du-bruit remarqua la pâleur et la crispation de ses traits ainsi que les ondulations qui parcouraient sa poitrine perlée de sueur.

« Il dit aussi : "Malheur à celui qui introduit la serpique parmi les Wehud." Tu n'as pas fait preuve d'une très grande clairvoyance, Jawal, tu as mis en danger la population du bel. »

Qui-vient-du-bruit capta des vérités contradictoires dans le son de la forme de l'homme au turban. Son langage n'était pas la traduction de son chant intime. Sans doute se servait-il du prétexte de la sécurité de Bel Sief pour régler une querelle ancienne, exercer une vengeance personnelle.

« J'ai sondé l'âme de ce garçon, et je n'y ai pas rencontré de traîtrise. »

Les mots de Jawal, pourtant chuchotés, résonnèrent un long moment au-dessus des têtes.

« Tu n'es pas un josbet, cracha l'homme au turban. Seuls les rêveurs peuvent sonder les âmes.

— J'ai quand même sondé la tienne, et j'y ai vu de la colère envers ma famille, envers ma sœur Alzira.

— Il n'est pas temps de parler de moi, mais de celui que tu as recueilli dans le désert. C'est mon droit de réclamer sa vie si je prends sur moi la responsabilité de son sang. »

Une nouvelle bordée de hurlements ponctua l'intervention de l'homme au turban. Qui-vient-du-bruit comprit, aux regards désespérés que lui lancèrent Jawal et Salima, qu'ils n'avaient pas d'autre choix que de s'effacer devant la loi. Cependant, Jawal tenta une dernière fois de raisonner ses compagnons du bel :

« S'il est innocent, Omir, son sang souillera tes descendants jusqu'à la vingtième génération. »

L'homme au turban haussa les épaules, tira son poignard avec un petit sourire de triomphe et, sortant du cercle, s'avança d'un pas en direction de Qui-vient-du-bruit.

« Je parie que, si nous le dépeçons, nous trouverons dans son corps la perle d'obédience, la marque des angïeux, ajouta-t-il tout en armant son bras. C'est elle qui guide les sphères empoisonnées. »

Il frappa une première fois, de haut en bas. Surpris par la soudaineté de l'attaque, Qui-vient-du-bruit esquiva la lame d'un bond sur le côté qui l'envoya percuter la haie des spectateurs. Des mains et des pieds le repoussèrent aussitôt vers le centre du cercle. L'homme au turban, humilié par ce premier échec, le fixait avec l'œil féroce d'une grande krav'll du Mitwan. Qui-vient-du-bruit prit conscience qu'il n'avait pas une chance de s'en tirer. Même s'il parvenait à se débarrasser de son adversaire, il finirait par succomber sous le nombre. Il y avait une solution pourtant, mais elle ne se trouvait pas dans l'affrontement, elle se terrait ailleurs, dans un recoin de sa mémoire, dans ce glissement de temps qui avait enseveli ses souvenirs. Il consacra son énergie à éviter la lame sans chercher à riposter, dans l'espoir que chaque instant gagné sur la mort, chaque sursis, soulèverait un coin du voile, le rapprocherait de la porte dérobée. Son agilité, sa vivacité décontenancèrent Omir qui, empêtré dans les plis de sa robe, transpirait à grosses gouttes. L'humidité étouffante de la katwa favorisait celui des deux adversaires qui ne portait pas de vêtements.

Qui-vient-du-bruit se méfiait autant des crocs-en-jambe lancés par les spectateurs que des attaques de l'homme au turban, vives mais prévisibles. Il écrasa d'un revers de main les gouttes de sueur qui lui dégoulinaient dans les yeux. Les cris suraigus des femmes lui vrillaient les tympans. Tous hurlaient et agitaient les bras, hormis Jawal et Salima, ombres brunes et immobiles comme des îles au-dessus des tourbillons nuageux.

Où donc avait-il entrevu cette mer de nuages ? Elle ne ressemblait à aucun paysage du Mitwan.

Le poignard siffla à quelques pouces de son oreille et lui incisa le creux de l'épaule. Une clameur étourdissante enfla dans la katwa. Il lui avait suffi d'un cycle infime de distraction pour offrir une opportunité à son adversaire. Il se ressaisit et repoussa la tentation d'examiner la plaie. L'offensive suivante d'Omir se perdit dans le vide.

Cet affrontement réveillait l'écho d'un autre combat dans l'esprit de Qui-vient-du-bruit, le tumulte de la foule lui rappelait un autre grondement, plus sourd et régulier. L'issue se cachait quelque part dans les tréfonds de sa mémoire. Le cercle des spectateurs excédés par la maladresse d'Omir se resserrait sans cesse, lui laissait de moins en moins d'espace, de moins en moins d'air. Leurs mains, leurs genoux, leurs pieds, leurs souffles l'effleuraient, la marée humaine le submergeait.

L'image d'un corps désarticulé et rejeté par une autre vague en furie lui traversa l'esprit. Les yeux larmoyants de Salima se superposaient à d'autres yeux chavirés de douleur et de terreur.

À qui appartenaient-ils déjà ? Ja... Jaïfe ?

La lame d'Omir le toucha à deux reprises, une fois dans le pli de l'aine, une fois au front. Aveuglé par la sueur et le sang, il céda à une impulsion de panique, courut droit devant lui, parcourut des ruelles pentues et sombres, traversa des passerelles tendues au-dessus d'un vide insondable, dévala un interminable escalier taillé dans la roche, s'avança vers une bouche mystérieuse qui s'ouvrait entre deux immenses colonnes.

Il franchit la porte de la source chaldrienne. Le flot cosmique s'empare de lui dans un éclat fulgurant, le précipite sur Jezomine, dans les paysages de son enfance. La fresque lui apparaît soudain dans sa totalité, en un éblouissement, pas seulement sa vie d'apprenti griot ni son passé d'enfant du Tout, mais son lien avec les Wehud, avec ceux-là mêmes qui s'apprêtent à le sacrifier. Des siècles se sont écoulés depuis son départ et, ô dieux, il est celui qu'ils attendent, ce petit garçon représenté par la statue de la fontaine.

« Je suis Seke, le fils de Kaleh la soltane ! » cria-t-il.

Il n'eut ni la volonté ni le courage de se révolter quand Omir fondit sur lui.

« Je suis le voyageur céleste, celui que vous attendez », gémit-il encore avant de s'effondrer.

Alors, tandis que l'homme au turban levait le bras pour achever cette insaisissable proie, une bouche de lumière aveuglante s'ouvrit au centre du cercle, frappant de stupeur la population de Bel Sief. Happé par le flot d'une puissance phénoménale, Seke s'abandonna avec reconnaissance à la volonté de la Chaldria.

Seke entrouvrit les paupières et distingua, dans la pénombre, les yeux et le sourire chaleureux de Marmat Tchalé. Des sensations contradictoires le traversaient, générant une souffrance à la fois diffuse et mordante. Il continuait de se déplacer avec une merveilleuse fluidité sur le courant chaldrien, son corps subissait l'écrasement, la confrontation avec la matière. Ses blessures à l'épaule, à l'aine et au front avaient cessé de saigner mais continuaient de l'élancer. Il n'avait qu'une envie, repartir immédiatement sur les flots cosmiques, goûter à nouveau l'enchantement du voyage céleste.

Les lois de la gravité l'en empêchaient. Dans cette opposition résidait la souffrance indicible de la Chaldria décrite par Marmat Tchalé. Il lui fallait « revenir sur terre », réinvestir son corps, lui permettre de se régénérer, le préparer à un nouveau départ. Des jours, des mois, peut-être même des années de pesanteur pour quelques fugues éblouissantes dans un univers libéré de l'espace-temps.

Il reposait sur un socle de pierre dont les irrégularités lui irritaient le dos. Il entrevit, au-dessus du visage de Marmat, les chapiteaux de colonnes qui semblaient soutenir le ciel étoilé. Il se demanda où étaient passés les confrères de son maître, Eyland Volgen et Zaul Samari. Leur absence avait-elle quelque chose à voir avec la mort de Jaïfe et de Yorgäl ?

« Je suis… je suis tellement désolé, maître… » balbutia-t-il.

Marmat lui posa l'index sur les lèvres et dit :

« Nous parlerons plus tard. Repose-toi. Bienvenue dans le monde des griots, mon frère Seke. »

## CHAPITRE XII

# ZELINE

*Aussi loin que nous remontons dans l'histoire, nous trouvons une trace de l'Anquizz, jadis appelée Anguiz. Ses légions nous terrifient parce que, apparues en pleine lumière – en pleine obscurité, devrais-je dire –, elles revendiquent leur idéal – le néant – avec une violence dévastatrice. Mais, au moins, nous pouvons les localiser, éventuellement les combattre. Elles s'étaient jusqu'alors maintenues dans la clandestinité, tissant leur gigantesque toile avec la patience des grandes archanées des bords du Sudre, infiltrant les partis politiques, les mouvements religieux, les groupements d'opinion, les cercles scientifiques, militaires, ésotériques et financiers des deux continents.*

*Aussi révoltante que puisse paraître cette hypothèse, il semble que l'Anquizz soit arrivée sur Agellon en même temps que les hommes. Nous ne parlons pas ici de l'un de ces mythes protohistoriques nés de l'inconscient collectif des premières vagues de colons, nous estimons l'apparition de l'Anquizz antérieure à l'essaimage des peuples humains dans la Galaxie, antérieure sans doute aux Grandes Guerres de la Dispersion.*

*Il nous faut ici rappeler que nous regardons les Guerres de la Dispersion comme un fait historique et non comme une légende ; en cela nous nous opposons de manière catégorique au courant néo-évolutionniste ou endo-planétaire initié par notre confrère Joal Hamboukra (lui-même fortement influencé par les thèses religieuses du Quetzalt). Nous en déduisons que l'Anquizz provient du système des origines et que, si nous avions le bonheur de renouer le contact avec les autres humanités, nous découvririons probablement sa trace sur l'ensemble des planètes habitées, sous une forme plus ou moins éloignée de « notre » Anquizz ou Anguiz. Et cela nous conduit à formuler d'autres hypothèses qui, même établies sur des bases fragiles, ouvrent des perspectives vertigineuses. Nous devrions interroger les griots célestes à ce sujet lors de leur prochaine visite (et en profiter pour mettre un terme définitif au courant endo-planétaire, qui n'a pas d'autre but que de préparer l'opinion au règne désespérant du « Dragon de la fin des temps »).*

Les organisations secrètes des deux bords du Fumereux,
archives gouvernementales de Faliz,
Agellon.

« ON NE SE MÉFIE PAS d'enfants de douze ans. »
C'est du moins ce qu'avaient affirmé des hauts responsables du temple quetzalt de Chimle, la métropole du continent rouge. Il semblait pourtant à Zeline que les passagers du bondisseur les fixaient, Irko et elle, d'un air soupçonneux. Mais sur Agellon, en guerre depuis plus de cent ans, la méfiance était le comportement usuel, et ses inquiétudes, vraisemblablement sans fondement.

Les écrans pp – psychophysiologiques – dont on les avait équipés trois jours plus tôt masquaient parfaitement le dispositif détonique greffé sur leur rythme cardiaque. Il suffirait aux deux enfants, une fois parvenus à destination, de suspendre les battements de leur cœur pendant une trentaine de secondes pour déclencher l'explosion, puis la réaction en chaîne.

Zeline et Irko s'étaient exercés à contrôler leur système respiratoire et cardio-vasculaire depuis leur naissance – ils n'avaient rien appris d'autre, hormis les commandements du Quetzalt, le serpent aux plumes de sang. Placés à l'âge de deux ans sous l'autorité des qualts, les gardiens des temples, ils avaient été éduqués dans le culte du sacrifice, dans la certitude qu'ils n'atteindraient pas l'âge adulte. Ils n'avaient éprouvé aucun sentiment d'injustice et de révolte lorsque le qualt de Chimle les avait désignés pour cette mission « de la plus haute importance ». Ils auraient une part glorieuse dans l'avènement du Quetzalt, avait expliqué le responsable du temple, ils se dissoudraient bientôt dans le silence éternel, et cela représentait une chance, une grande chance. Rassemblés autour d'eux, les membres de leur légion les avaient enveloppés d'un regard envieux – Zeline avait entrevu dans leurs yeux un soupçon d'inquiétude et de tristesse qui, bien que contraire aux principes du Quetzalt, lui avait réchauffé le cœur.

Ils n'avaient rencontré aucune difficulté à franchir les barrages douaniers et les contrôles du bondiport. Les écrans pp avaient parfaitement joué leur rôle de leurre : pour les sondeurs, Zeline et Irko étaient des jumeaux qui, profitant de la grande trêve céleste, rendaient une visite à un oncle installé sur le deuxième continent, le jaune. Ils n'étaient pas jumeaux, ni même frère et sœur, seulement deux enfants abandonnés, recueillis par les qualts et dédiés au culte du serpent aux plumes de sang. Leurs cheveux blancs, leurs yeux rubis et leur peau claire révélaient leurs origines orows, mais ils ne savaient rien de leurs parents biologiques. Peut-être avaient-ils été enlevés, comme une multitude d'enfants des plaines de l'Orow, par l'une de ces bandes de déserteurs qui écumaient les couloirs temporels, peut-être avaient-ils été battus et violés avant d'être vendus – la matrone du temple avait affirmé à Zeline que son ventre avait été forcé puisqu'elle n'avait plus son hymen, sa « petite cloison » de vierge –, mais on ne leur avait pas prélevé d'organe. Et, en comparaison de certains de leurs coreligionnaires, cette intégrité physique représentait aussi une grande chance.

Après avoir pris de la hauteur, le bondisseur fonça vers l'entrée du couloir temporel, délimitée par des balises lumineuses flottantes. C'était la première fois que Zeline et Irko voyageaient à bord d'un transcontinental, un appareil de forme cylindrique d'une capacité de cinq mille passagers. Jusqu'à présent, ils n'étaient sortis de Chimle que pour se rendre aux assemblées du Quetzalt dans les marais gazeux de l'Ilith, où l'air chaud et toxique nécessitait le port de combinaisons isolantes et de masques.

Zeline colla son visage contre le hublot. Un silence pénétré de crainte étouffait le ronronnement des moteurs du transcontinental. Plus d'un millier de voyageurs s'entassaient au sixième niveau – la dernière classe – divisé en compartiments d'une centaine de sièges. Malgré sa toute-puissance financière, le Quetzalt n'avait pas jugé nécessaire d'offrir une traversée luxueuse à ses deux petits soldats. La lumière du jour déclinant empourprait la surface du Fumereux, l'océan parcouru de tourbillons incessants dont les plus violents se transformaient en chaînes de geysers. La métropole de Chimle se nichait sur les collines de la baie des Premiers, protégée des émanations délétères par le « cristal gardien », un rempart de trois kilomètres de haut, étanche et transparent, qu'on venait admirer des quatre coins du continent.

Une boule douloureuse gonfla dans la gorge de Zeline. Le qualt disait qu'il ne fallait s'attacher ni aux choses ni aux êtres, parce que l'univers des formes, principalement constitué de vide, se destinait à retourner au vide, mais quitter la ville qui avait abrité son enfance l'emplissait de chagrin. Elle se rendait compte, en la découvrant du ciel, qu'elle avait noué une relation quasi charnelle avec Chimle. Ses élans affectifs, jugulés par les prêtres du Quetzalt, s'étaient reportés sur cet enchevêtrement de constructions blanches étagées sur quatre ou cinq niveaux. Elle avait aimé flâner dans ses rues, sur ses places, respirer son air sulfureux, se reposer à l'ombre de ses arbres, s'immerger dans sa lumière, sa rumeur, ses odeurs, sa poussière. Elle n'avait pas connu d'autre paysage hormis les horribles marais de l'Ilith, et ce départ équivalait à un arrachement, à une expulsion du ventre nourricier.

Au bord des larmes, elle observa Irko, assis sur le siège d'à côté. La nuque renversée sur l'appuie-tête, les yeux fermés, il paraissait plongé dans un sommeil paisible, mais il ne dormait pas, il s'appliquait seulement à surmonter la frayeur que suscitait en lui l'envol du bondisseur. Elle avait constaté à plusieurs reprises qu'il souffrait de vertige. Par exemple sur le faîte de l'ancien rempart, où son orgueil l'avait poussé à rejoindre ceux qui le défiaient de la voix et du geste. Sa pâleur, la crispation de ses traits, ses tremblements, ses pertes d'équilibre avaient trahi une panique qu'il s'était efforcé de dissimuler sous des dehors fanfarons. L'explication de ses crises de violence se trouvait probablement dans ce contraste entre l'apparence et l'être. Plutôt grand et costaud pour son âge, il lui arrivait de battre jusqu'au sang les garçons et les filles qui partageaient ses activités à l'intérieur du temple. Comme les qualts n'intervenaient pas, estimant que la terreur était une matière essentielle à la formation d'un légionnaire, il revenait à Zeline de négocier près d'Irko la grâce de ses victimes. Elle-même n'avait jamais subi ses foudres, un privilège qu'elle devait à leurs origines communes, mais elle ne se sentait pas tranquille à ses côtés et elle se demandait pourquoi les responsables du Quetzalt avaient choisi un élément aussi peu fiable pour une mission d'une telle importance. Il leur faudrait déployer un calme à toute épreuve pour se frayer un chemin jusqu'au griot céleste sans éveiller les soupçons, puis, une fois introduits dans le bâtiment du Cosmocant, pour déclencher le dispositif détonique, et il était permis de douter du sang-froid d'Irko.

Zeline entrevit une dernière fois les collines de la baie des Premiers maculées des taches blanches de Chimle, puis la formidable accélération du bondisseur la plaqua contre le dossier de son siège. Les formes et les couleurs s'estompèrent, et elle sombra dans une sensation à la fois grisante et effrayante de vitesse pure.

« ... vous le dis, moi, ce satané serpent ouvrira la gueule tant qu'il ne nous aura pas tous gobés. Nos véritables adversaires, ce ne sont pas les indépendantistes du continent rouge, mais ceux qui les soutiennent dans l'ombre, les fanatiques du Quetzalt...

— ... visite du griot céleste devrait mettre un terme à ces...

— ... espérons que toutes les précautions ont été prises pour assurer sa sécurité...

— ... n'oseraient tout de même pas s'attaquer au griot...

— ... fanatiques, vous dis-je ! Prêts à tout pour imposer le culte du néant. Le Quetzalt n'est que l'autre nom de l'Anquizz des mythes originels, l'Anquizz dévastatrice qui s'est cachée dans l'arche des pionniers...

— ... mouvement endo-planétariste a prouvé que le mythe de l'arche ne revêtait aucune réalité historique...

— ... des crétins ! La visite du griot céleste démontre toute la stupidité de leurs théories. Et le Quetzalt ressemble trait pour trait à l'Anquizz des mythes premiers...

— ... retrouvé des fossiles sur les bords du Fumereux qui pourraient très bien avoir servi de modèle au Quetzalt...

— ... gens comme vous qui préparent l'avènement du serpent aux plumes de sang. Souvenez-vous de la prophétie : "Quand ils ne croiront plus à leur propre existence, ils se précipiteront dans la gueule ouverte de l'Anquizz, et le dragon étendra ses ailes écarlates d'un point à l'autre de l'espace et du temps ; alors s'achèvera le rêve humain et commencera le non-règne du froid infini et silencieux..."

— ... aucun rapport avec la guerre d'indépendance. Les rouges ont en plus qu'assez d'être sous les ordres du gouvernement jaune. Et Chimle ferait une aussi belle capitale que Faliz...

— ... sympathisant indépendantiste, je me trompe ? »

Par l'interstice entre les deux sièges, Zeline jeta un coup d'œil aux deux hommes dont les voix graves l'avaient réveillée. Leur embonpoint, leurs moustaches recourbées et leurs tenues – amples costumes de coton clair et toques de peau – les désignaient comme des marchands de la colline aux oiseaux de Chimle. Des gens aisés dont l'avarice proverbiale les poussait à voyager en compagnie des moins fortunés. Leurs fesses et leurs ventres débordaient sous les accoudoirs des sièges exigus.

« Chimle la rouge a été capitale planétaire au siècle dernier, et je ne crois pas que les choses se soient améliorées sur Agellon...

— On ne lui en a pas laissé le temps. Les jaunes ont fait sécession au bout de trois ans et ont lancé une attaque surprise par les couloirs temporels. Le griot donnera raison à nos représentants.

— Il ne résoudra pas tous nos problèmes. Apprenons à nous passer de lui, à ne compter que sur nous-mêmes.

— Vous parlez comme si les griots célestes devaient un jour interrompre leurs visites...

— La prophétie. Une strophe dit : "Quand les portes de la Chaldria se seront refermées, les hommes devront apprendre à raviver en eux les étincelles créatrices, ou le dragon étendra ses ailes écarlates, et l'univers sombrera dans le froid infini." Mais, si vous adhérez aux thèses endo-planétaires, je suppose que vous n'accordez aucun crédit à ce genre de...

— Je n'ai jamais dit que j'approuvais la théorie endo-planétaire ! Ou alors il faudrait qu'elle propose une explication satisfaisante au phénomène des griots. »

Des flots de lumière s'engouffraient par les hublots. Irko gardait les yeux fermés, mais sa respiration haletante trahissait l'emprise de la peur. Le bondisseur survolait une gigantesque barrière rocheuse noire sur laquelle se fracassaient les vagues brûlantes et jaunes de l'océan Fumereux.

La conversation des deux marchands avait soulevé des remous dans l'esprit de Zeline. Elle ne connaissait du Quetzalt, l'être pour lequel elle s'apprêtait à sacrifier sa jeune existence, que les histoires rapportées par les responsables des temples. Elle en avait retenu que le vide infini et froid valait mille fois mieux que la fureur et les larmes, que seule la dissolution dans le néant pouvait réparer les offenses humaines. Elle s'était souvent assise au pied de la statue géante du temple de Chimle, elle avait contemplé jusqu'au vertige le ventre et le cou écailleux, les extrémités arrondies des rémiges, le bec immense et béant, les quatre pattes munies de griffes puissantes, et elle s'était sentie en sécurité, apaisée, immergée déjà dans ce vide où la pensée elle-même, cette source permanente de désir et de souffrance, se tarissait. Le Quetzalt la transportait dans un au-delà où elle cessait d'être une petite fille torturée par l'envie d'être regardée, admirée, cajolée. Alors elle n'existait plus pour elle-même, elle se laissait envahir par le néant niché au cœur des choses, elle devenait le silence bercé par les lents battements d'ailes du serpent aux plumes de sang. Lorsqu'elle revenait parmi les légionnaires, elle jetait sur leurs agissements un regard à la fois distancié et empreint de tristesse. Elle n'avait jamais cherché à explorer une autre voie, ni même envisagé qu'il en existât d'autres, mais un grand nombre d'êtres humains restaient imperméables à la beauté du silence éternel. Comme ces riches marchands par exemple, pour qui le Quetzalt était l'ennemi suprême et le griot céleste l'envoyé providentiel.

Pourquoi défendaient-ils avec un tel acharnement leur misérable existence, leur petit bruit ? Ne comprenaient-ils pas qu'ils avaient accompli leur temps, les fauteurs de troubles ? Qu'ils devaient s'effacer, les voleurs d'enfants, les vieillards lubriques, les marchands opulents, les semeurs de haine ?

« On est bientôt arrivés ? »

Irko avait lâché ces quelques mots sans rouvrir les yeux ni desserrer les lèvres. Zeline se pencha sur le hublot et aperçut des édifices de pierre noire perchés au bord de la falaise, trop proches sans doute des émanations du Fumereux pour être habités. Une voix grave tomba des haut-parleurs et annonça que le transcontinental entamait sa descente vers Faliz.

La capitale des deux continents se terrait au fond d'un cirque dont les parois, d'une hauteur de plus de deux mille mètres, offraient une protection naturelle contre les vents toxiques soufflant du Fumereux. Autant elle avait semblé minuscule observée du ciel, autant elle paraissait gigantesque vue d'en bas. La pierre noire, qui avait servi à la construction de la plupart des bâtiments, absorbait la lumière et engendrait une atmosphère sombre très différente de celle, chaude et vibrante, de Chimle. Les ravages provoqués par les explosions dans certains quartiers accentuaient cette impression de désolation.

« Le Cosmocant », dit Odom, « l'oncle » de Zeline et d'Irko, l'homme d'une quarantaine d'années qui les avait accueillis au bondiport de Faliz.

Les écrans pp avaient déjoué les sondeurs des douanes avec une facilité déconcertante. Pourtant, même si les belligérants des deux continents s'entendaient pour respecter la grande trêve céleste, l'accélération brutale des échanges au-dessus du Fumeux avait entraîné chez les douaniers de Faliz une nervosité qui dégénérait parfois en hystérie. Ils fouillaient les bagages, les vêtements et les corps des ressortissants du continent rouge avec un zèle névrotique. Zeline avait dû se déshabiller entre deux rideaux de toile et s'exhiber, les jambes écartées, devant une femme qui avait inspecté ses orifices sans ménagement.

Odom et les deux enfants avaient pris, au sortir du bondiport, une navette aérienne qui s'était laissé porter par les courants descendants jusqu'au fond du cirque. Elle venait d'atterrir sur une place circulaire où se dressait un édifice imposant en forme de dôme. Une foule nombreuse se pressait dans les allées bordées de fontaines, d'arbres et de massifs de fleurs.

Zeline, Irko et leur guide descendirent de la navette et se frayèrent un chemin vers l'entrée principale du Cosmocant. Il régnait sur la place une ambiance joyeuse qui contrastait avec l'austérité apparente de la ville. Hommes, femmes, enfants s'interpellaient et s'embrassaient à grand renfort de gestes et de rires. Cette liesse débordante évoquait une explosion de vie après une interminable période de gel. Les vêtements étaient chatoyants, les chapeaux extravagants, les bijoux rutilants.

« La trêve, expliqua Odom. Les gens sortent sans craindre d'être cueillis par une charge explosive lancée d'un couloir temporel. Les détecteurs les neutralisent le plus souvent, mais quelques-unes passent au travers du filet. »

Un sourire en coin éclaira son visage émacié, et il ajouta, à voix basse :

« Il n'y aura plus de trêve quand il n'y aura plus de griot. Alors tous les hommes recevront la révélation du Quetzalt. »

Il portait une veste grise ornée de rubans colorés, tout comme son couvre-chef, une sorte de tarbouche qui comprimait tant bien que mal sa chevelure exubérante et grise. Zeline se demanda à nouveau si les qualts avaient pris une bonne décision en les choisissant, Irko et elle, pour cette mission. Ils attiraient sur eux des regards chargés de réprobation. Sans doute fallait-il trouver dans la guerre permanente entre les deux continents la raison principale de cette hostilité, mais leur physique différent – leurs yeux rouges en particulier – déclenchait une réaction spontanée de rejet chez les habitants de Faliz. Zeline se rassura comme elle le put : personne ne s'aviserait de violer la trêve imposée par la visite du griot, un forfait immédiatement puni de mort sur les deux continents.

Un double cordon de militaires protégés par des boucliers à haute densité fermait l'accès à l'allée qui, plus loin, se resserrait entre deux rangées de colonnes noires. On devinait, dans la pénombre du péristyle, le portail métallique encadré de sculptures monumentales. Du dôme on n'apercevait qu'un pan légèrement convexe et fuyant au-dessus du fronton et de la frise. À Chimle, les bâtiments les plus imposants, le siège du gouvernement rouge, la grande arche de la religion des Premiers, l'ancien palais de Rolpho le sanguinaire, ne dégageaient pas cette impression de majesté écrasante, de démesure, d'orgueil.

« Les portes s'ouvriront dans trois jours, murmura Odom.

— Tout le monde ne pourra pas entrer, fit observer Irko.

— Mille pierres prioritaires ont été distribuées. Nous vous en remettrons deux. À vous de vous débrouiller ensuite pour vous rapprocher du griot. Il ne faut pas lui laisser la moindre chance d'être escamoté par la Chaldria.

— Il n’y aura pas de sondeurs ? demanda Zeline.

— Bien sûr que si, et même les plus performants, mais vos écrans pp devraient suffire à les mystifier. Et puis nous avons prévu… » L’irruption d’un couple et de ses deux enfants l’interrompit. Il attendit qu’ils se fussent éloignés pour ajouter, dans un souffle : « Des diversions.

— Pourquoi les qualts nous ont-ils choisis, nous deux ? demanda Irko d’une voix sourde. Ils n’auraient pas mieux fait de prendre des plus vieux que nous ou des fidèles du continent jaune ? »

Des braises s’allumèrent dans les yeux sombres d’Odom.

« Douterais-tu du jugement de la hiérarchie ? Hésiterais-tu à confier ton corps et ton âme au Quetzalt ? »

Irko baissa la tête et garda les yeux rivés sur le bout de ses bottines. Zeline se rendit compte qu’une peur intense, plus forte encore que son vertige, le possédait. Elle espéra qu’il reprendrait empire sur lui-même quand le moment serait venu de passer à l’action.

« Tous rêvent de se voir offrir une telle chance, reprit Odom d’un ton sec. Et puis évite de parler si fort. À Faliz, chaque pierre a au moins deux oreilles. »

Il s’exprimait avec l’autorité d’un qualt, mais Zeline percevait une faille entre ses paroles et ses pensées : contrairement à ce qu’il affirmait, il s’accrochait à sa misérable existence, il retardait le plus possible le moment de se jeter dans le bec du serpent aux plumes de sang. Ainsi se comportaient la plupart des adultes fidèles du Quetzalt, y compris les gardiens des temples, prompts à expédier les enfants dans le silence infini et glacé, peu pressés de les y rejoindre, atteints sans doute de ce qu’ils appelaient eux-mêmes la « chaleur fascinante du Verbe » ou « l’envoûtement matériel des sens ».

« Je vous conduis au logement que nous vous avons réservé, proposa Odom. Deux de nos sœurs s’occuperont de vous. Je vous apporterai les pierres demain en fin d’après-midi. »

« On ne rentrera jamais », soupira Irko.

La pierre brûlait la main de Zeline. C'était une sphère transparente de la taille d'un petit œuf qui, dès qu'elle l'avait sortie de son écrin en bois, s'était fixée à sa paume comme un coquillage myriapode sur le cristal gardien de Chimle. Selon Odom, les habitants du continent jaune les appelaient les « perles de reconnaissance ». Elles adhéraient à la peau de leur possesseur pendant une durée déterminée, puis elles s'opacifiaient et se détachaient d'elles-mêmes, abandonnant une marque rouge qui s'estompait au bout de quelques jours. Elles provenaient d'un principe mère conservé dans une pièce souterraine du palais planétaire. Si les gouvernements successifs de Faliz s'opposaient sur de nombreux points, tous se rejoignaient dans l'utilisation des perles de reconnaissance : en posséder une, c'était être officiellement admis dans l'élite d'Agellon – on se livrait aux pires trafics, on allait jusqu'à s'entre-tuer pour forcer l'entrée de la citadelle –, et qu'Odom eût réussi à s'en procurer deux exemplaires – probablement davantage, si on prenait en compte les fidèles chargés des éventuelles diversions – démontrait mieux que tout discours l'influence grandissante du Quetzalt sur le continent jaune.

Zeline se haussa sur la pointe des pieds pour évaluer la distance jusqu'à la porte du Cosmocant. Au rythme où s'écoulait la multitude, ils devraient encore patienter trois ou quatre heures avant d'atteindre l'entrée du grand dôme. Le crépuscule de l'étoile du Sudre posait un couvercle écarlate sur le cirque de Faliz.

L'aile du serpent aux plumes de sang, songea Zeline, plus grande et flamboyante que dans le ciel de Chimle.

Un bon présage.

Elle n'avait pas dormi de la nuit, mais elle s'était levée avec le cœur, le corps et l'esprit légers, déjà conquise par le néant. Elle avait refusé le petit-déjeuner proposé par les sœurs mises à leur disposition, deux vieilles femmes ridées, desséchées, emplies de vide elles aussi. Elle n'avait pas ressenti l'envie de manger, de s'alourdir, de faire une dernière concession à la matière. Irko, lui, avait englouti une dizaine de galettes avec un appétit qui révélait une rage de vivre tardive et douloureuse. Il n'avait pas prononcé un mot pendant les trois jours passés dans le petit appartement d'un quartier populaire de Faliz, il s'était contenté de manger, de rouler de sombres pensées, de pleurer par instants, omettant même le bain rituel du soir, une négligence inhabituelle chez ce maniaque de la propreté. Pour Zeline, les trois jours avaient glissé à la vitesse d'un songe, comme sa courte existence d'ailleurs. Elle n'éprouvait aucun regret, sans doute parce qu'il ne lui était pas très difficile de sortir d'une vie qui ne lui avait apporté que des déceptions. Pressée maintenant de se fondre dans l'immensité apaisante du Quetzalt, elle maudissait cette foule qui refusait d'avancer, qui la maintenait dans sa prison de chair et d'esprit. Ses jambes étaient lourdes, ses vêtements lui collaient à la peau, sa vessie menaçait de déborder, elle craignait à tout moment la désertion d'Irko dont elle croisait de temps à autre le regard tourmenté. Ils avaient besoin l'un de l'autre pour déclencher la réaction en chaîne. Autonome, chacun des deux dispositifs détoniques greffés sur leur cœur pouvait à lui seul causer des dommages considérables, mais leur puissance et leur efficacité se trouvaient multipliées par vingt ou trente s'ils se déclenchaient l'un près de l'autre en même temps. Et, pour être bien certains que l'explosion pulvériserait l'ennemi suprême du Quetzalt et réduirait le Cosmocant en cendres, Zeline et Irko devraient agir avec un synchronisme parfait.

« Vous deux, comment se fait-il que vous ayez reçu une pierre de reconnaissance ? »

Une main agrippa l'épaule de Zeline, qui tressaillit et se retourna. Deux personnes la toisaient, un homme et une femme entre deux âges, vêtus de capes et de chapeaux aux couleurs éclatantes.

« Vous êtes des Orows du continent rouge, hein ? » reprit l'homme, les sourcils froncés.

Zeline consulta Irko du regard avant d'acquiescer d'un hochement de tête.

« Où avez-vous eu vos pierres ? intervint la femme. Ça fait mal au cœur, tout de même, de voir des gamins orows prendre la place d'habitants de Faliz ! »

Des grognements d'approbation s'élevèrent derrière eux. L'attente aiguillonnait l'agressivité de la foule. Malgré l'obscurité naissante, la fatigue et la tension se devinaient sous les larges bords des chapeaux. Seuls les traits des gardes, effleurés par les lueurs de leurs boucliers à haute densité, demeuraient impassibles. L'homme et la femme s'arc-boutèrent sur leurs jambes pour contenir une poussée convulsive de la multitude.

« C'est notre oncle Eldon Jusser qui nous les a données », répondit Zeline.

Odom leur avait suggéré – imposé – cette réplique précise si des questions de ce genre leur étaient posées.

« Ah, vous êtes apparentés à la famille Jusser ? »

Le changement subit dans l'attitude et la voix de la femme prouvait que le nom d'Eldon Jusser n'avait pas été choisi au hasard. Zeline mit fin à la discussion en lui tournant le dos. Le sourire complice d'Irko la soulagea : il ne renoncerait pas, il l'accompagnerait jusqu'au bout du chemin glorieux tracé par les qualts du temple de Chimle.

La nuit chargée d'étoiles était tombée depuis un long moment lorsqu'ils atteignirent l'entrée du Cosmocant. Les « pièces d'argent », la chaîne des cinq satellites d'Agellon, se déployaient à l'est du cirque de Faliz et déposaient une clarté maladive sur les pierres noires de l'édifice. Un vent glacial soufflait par bourrasques, imprégné d'une forte odeur de soufre.

Irko pressa l'avant-bras de Zeline et désigna d'un coup de menton les sondeurs postés devant la porte. Une dizaine, reconnaissables à leurs têtes disproportionnées que des cagoules de tissu brillant dissimulaient aux regards, ainsi qu'à leurs tenues traditionnelles, de longues chasubles blanches serrées à la taille par des chaînes métalliques aux maillons sertis de gemmes. D'eux on savait seulement qu'ils étaient originaires de la seule île habitée de l'océan Fumereux et qu'ils jouissaient de facultés télépathiques nettement supérieures à la normale. Surnommés les *visprits* (une contraction des mots « vigile » et « esprit »), ils surveillaient les frontières, les douanes et les sites stratégiques des deux continents. Impossible pour un voyageur de soustraire ses intentions cachées, inavouables, à leurs investigations, sauf pour un adepte du serpent aux plumes de sang : les écrans pp mis au point par les qualts et réservés au seul usage de leurs fidèles aiguillaient les sondeurs sur de fausses pistes. Ce procédé biotechnologique expliquait comment le Quetzalt avait pu se développer sur les deux continents sans jamais sortir de la clandestinité. Cependant, les visprits qui se tenaient devant l'entrée du Cosmocant étaient d'une autre trempe que leurs confrères des douanes et frontières, et Zeline dut juguler une petite montée de panique.

Des frissons coururent sur sa nuque et son dos lorsque l'espace se dégagea devant elle et qu'une nouvelle convulsion de la foule la projeta devant la chasuble d'un sondeur. Éblouie par la lumière qui jaillissait de l'intérieur du Cosmocant, elle perdit de vue Irko, s'affola, se souvint qu'un esprit apaisé rendait les écrans pp plus efficaces, s'évertua à maîtriser son souffle et ses tremblements. Une vague de chaleur lui irradia le crâne et roula jusqu'aux extrémités de ses membres. Les yeux baissés sur le bas de la chasuble et la mosaïque du sol, elle resta immobile pendant l'investigation de son vis-à-vis, à peine consciente des mouvements et des bruits autour d'elle.

Le sondeur revint à la charge à quatre reprises, comme un insecte obstiné se cognant à une vitre. Zeline contint comme elle le put une envie folle de tourner les talons et de s'enfuir à toutes jambes. Pas seulement à cause de sa peur, incommensurable, mais parce que le viol de son esprit s'accompagnait d'une douleur atroce. Un fer chauffé à blanc la transperçait de part en part.

Les plis de la chasuble blanche remuèrent légèrement. Une voix jaillit de la cagoule, grave, si puissante que Zeline ne comprit pas ce qu'elle disait. Des claquements de bottes retentirent derrière elle, des silhouettes se déplacèrent dans son champ de vision. Elle releva la tête juste à temps pour voir des gardes munis de leurs boucliers à haute densité converger dans sa direction. Elle croisa le regard du sondeur, ses yeux aux iris délavés, des pierres au fond d'un ruisseau.

« Qu'est-ce qui se passe ? lança un garde.

— Je ne sais pas au juste. Quelque chose de bizarre dans l'esprit de cette fille », répondit le sondeur d'une voix lointaine, traînante.

À cet instant, un bruit sec retentit derrière Zeline, suivi aussitôt de cris d'effroi et d'un tumulte qui alla s'amplifiant. Pendant quelques secondes, la plus grande confusion régna devant la porte du Cosmocant.

Quelqu'un saisit la main de Zeline et la tira vers l'avant. Elle résista avant de reconnaître la chevelure blanche d'Irko. Les deux enfants exploitèrent le flottement des gardes et des sondeurs pour se faufiler à l'intérieur du bâtiment.

## CHAPITRE XIII

# COSMOCANT

*Orow,*
*Tu n'as pas vieilli trop souvent,*
*Tu n'as pas pleuré trop longtemps,*
*Yeux rouges, peau blême, cheveux blancs,*
*Tu erres sur les plaines du grand continent,*
*Tu es un enfant de la neige et du vent,*
*Un être de glace et de sang,*
*Orow.*

Chant des plaines de l'Orow,
continent rouge, Agellon.

« … l'histoire de Jewon et des grandes archanées des bords du Sudre. Moi, Marmat Tchalé, du cercle des griots, j'ai traversé l'espace et le temps pour vous chanter leurs hauts faits. Souvenez-vous que les damnés de la Dispersion descendirent de la grande arche et ordonnèrent aux maîtres des deux continents de leur remettre leurs réserves de grain ainsi qu'un millier de jeunes filles, leurs futures épouses et esclaves. Les maîtres des deux continents refusèrent : quel père aimant consentirait à sacrifier la chair de sa chair ? Quel chef digne de ce nom accepterait de réduire son peuple à la famine ? Les damnés firent alors pleuvoir un déluge de feu et de cendres sur les villes des deux bords du grand océan. Il y eut un grand nombre de morts, ô dieux, des milliers et des milliers de cadavres sur la terre fumante. Les damnés réclamèrent encore leur butin, les maîtres des deux continents leur opposèrent un nouveau refus, et moi, Marmat Tchalé, je viens par ce chant rendre hommage au courage de vos ancêtres, oh, ce qu'il faut de courage pour rester droit et fier dans l'adversité. Cependant, au cinquième déluge de feu et de cendres, les mères se rassemblèrent au cirque de Faliz et, la mort dans l'âme, résolurent de livrer mille de leurs filles aux damnés de la Dispersion : plutôt couper mille fleurs que transformer Agellon en désert ! Plutôt amadouer le dragon que d'être anéanti par ses flammes ! Ma voix saura-t-elle célébrer la générosité des mères ? Le cœur d'un homme sera-t-il un jour assez grand pour contenir l'amour d'une femme ? Parmi ces mille vierges, il y avait Ahulla, la sœur adorée de Jewon… »

Amplifiée par les notes de la kharba, la voix puissante de Marmat Tchalé transperçait le brouhaha qui emplissait le grand auditorium du Cosmocant. Malgré le gigantisme du dôme, les spectateurs n'avaient pas besoin de s'approcher pour l'entendre. Son chant résonnait avec la même force dans les coins les plus reculés. Il valait mieux d'ailleurs : il était presque impossible de se frayer un passage jusqu'à la scène centrale. Les invités continuaient de s'entasser dans la salle déjà bondée. Le flot s'était tari un moment – ce qui avait incité Marmat à entamer son récital –, puis il s'était remis à couler lentement au travers des barrages filtrants des sondeurs et des gardes.

Seke n'était pas encore rétabli de la renaissance, contraste douloureux entre la fluidité du voyage chaldrien et la gravité d'Agellon, membres engourdis, coordination déficiente entre le cerveau et les muscles, pensées confuses, perceptions altérées des chants des formes. La lumière éclatante du dôme jaillissait de sources enfouies dans le plafond et lui agressait les yeux.

Marmat et lui avaient repris connaissance dans une pièce aux murs et au sol noirs appelée la *cryptaldre*. Une trentaine de personnes les y avaient accueillis, membres du gouvernement et notables d'Agellon, mais aussi créatures à la tête énorme recouverte d'une cagoule brillante. Seke avait trouvé pénibles, presque blessantes, les manières obséquieuses et la grandiloquence de leurs hôtes. Leur prévenance excessive, si elle s'expliquait par la rareté des visites des griots célestes – plus de cent quarante années locales s'étaient écoulées depuis leur dernier passage, cent quarante-quatre exactement selon Marmat –, était insupportable au sortir d'un transfert sur les flots de la Chaldria. Seke aurait préféré un peu moins de servilité et un peu plus de tranquillité, un peu moins d'admiration et un peu plus de respect.

Une question le tracassait, qu'il avait posée à Marmat dès qu'il avait recouvré l'usage de la parole :

« Comment ont-ils été prévenus de notre arrivée ?

— Ils se basent sur la régularité des visites. Certains d'entre eux y consacrent toute leur existence. La peur de manquer une visite impromptue. On les appelle les gardiens célestes. Ils se répartissent dans les villes majeures et mineures des deux continents et utilisent des systèmes complexes de détection vibratoire. Ils te débusqueraient n'importe où sur Agellon, Seke. Et c'est la même chose sur la plupart des mondes. Plus jamais tu ne pourras te balader incognito.

— Est-ce que… est-ce que la souffrance de la Chaldria s'apaise un peu avec le temps ? »

Marmat avait secoué la tête d'un air las.

« Elle ne te quittera pas. Au dernier voyage comme au premier. Elle fait partie de la condition de griot, elle te dévorera sans répit comme elle me dévore depuis plus de cinquante ans de Log. »

Cependant, sur la scène du Cosmocant de Faliz, Marmat Tchalé n'était plus l'ombre tourmentée qui avait hanté pendant cinq ans la masure de Logon : le chant le transfigurait, estompait ses rides, lui redressait les épaules, lui enflammait le regard, lui donnait une énergie et une noblesse qu'il n'avait jamais déployées sur le continent Nube.

« … se révolta, car il éprouvait pour Ahulla les tendres sentiments d'un frère. Aussi, pendant que les mille vierges se lamentaient dans le cirque de Faliz, il courut dans le pays des grandes archanées des bords du Sudre. Il avait joué, enfant, dans leurs enchevêtrements de toiles. D'autres auraient été effrayés par leurs immenses corps velus, leurs dards gigantesques, leurs pattes démesurées et griffues, mais Jewon entrevoyait leur beauté intérieure sous leur laideur apparente. Elles avaient subi la violence des hommes à leur arrivée sur Agellon. Elles, les premières habitantes de la planète, aussi vieilles que les roches et les eaux, elles avaient dû se réfugier sur les bords du Sudre, l'océan du Septentrion emprisonné dans les glaces. Elles accueillirent Jewon comme un fils, elles qui ne procréaient pas, elles dont les cycles de temps sont plus longs que le cycle tout entier de l'humanité. Elles l'écoutèrent et s'émurent de ses larmes, bienheureuses les âmes attendries par les pleurs d'un frère, d'un fils, d'un ami ou d'un étranger. Elles décidèrent de secourir ces hommes qui les avaient tant haïes, s'envolèrent par centaines des glaces du Sudre et gagnèrent le cirque de Faliz. Elles tissèrent au-dessus des mille vierges une toile si solide et serrée que les damnés de la Dispersion ne purent poser leur navire, repartirent vers la grande arche et firent pleuvoir sur Agellon un nouveau déluge de feu et de cendres, oh, la cruauté des dragons cracheurs de flammes ! Le cœur des mères et des mille vierges déborda de reconnaissance pour les archanées, mais les autres, les maîtres des deux continents et leurs sujets, tournèrent leur colère contre Jewon et ses alliées. Ils les chassèrent de Faliz, brûlèrent les toiles protectrices, reçurent une délégation des déchus de la Dispersion avec le faste réservé aux hôtes de marque et leur livrèrent les mille vierges promises ainsi qu'une grande partie de leurs réserves de nourriture et d'eau. Ce jour-là, dans toutes les cités d'Agellon, on versa des larmes de chagrin et de honte qui auraient pu remplir le cirque de Faliz. Et si fort retentirent les sanglots des mères qu'ils parvinrent aux oreilles de Jewon réfugié sur les bords du Sudre… »

Un frémissement parcourut Seke lorsque Marmat évoqua les dragons cracheurs de flammes des mythes premiers d'Agellon. Les brumes qui lui emprisonnaient l'esprit s'étaient dissipées, une vibration sourde s'était dégagée de l'enchevêtrement des rumeurs. Il captait maintenant la forme d'une créature à deux têtes et huit membres qui traçait un sillon tortueux dans la foule massée autour de la scène.

« … une deuxième fois Jewon réclama leur aide aux archanées du Sudre, une deuxième fois elles oublièrent leurs griefs contre les hommes. Elles volèrent par centaines dans le ciel d'Agellon et fondirent sur le navire des damnés qui s'élevait vers la grande arche, lourd de ses tributs. Elles l'obligèrent à redescendre en l'enveloppant d'une toile serrée, mais, tandis qu'il perdait de l'altitude, une tempête subite le précipita dans le grand océan qui sépare les terres. On dit que les mille vierges périrent dans le naufrage, mais moi, Marmat Tchalé, j'affirme que beaucoup d'entre elles survécurent, qu'elles fondèrent une cité avec les damnés survivants et que leurs descendants se métamorphosèrent en virgnes, ces créatures légendaires qui peuplent les eaux profondes… »

Le chant de la créature abritait une menace sinueuse et rampante. Seke s'appliqua à l'isoler du chœur des formes, mais il avait encore un peu de mal à se concentrer. Cette renaissance se révélait nettement plus pénible que les autres.

« C'est un grand saut qui nous attend cette fois-ci, avait annoncé Marmat. Le plaisir sera plus long et l'atterrissage plus délicat. »

Entre Logon et Agellon, ils avaient effectué un court séjour sur Shlaam, unique planète tellurique du système d'Ios, un monde minéral, pelé, qui n'abritait que des formes primitives de vie. Des vagues humaines avaient tenté de s'y établir, mais elles s'étaient rapidement retirées, abandonnant derrière elles des structures métalliques, des pistes et des bâtiments ensevelis peu à peu sous une épaisse couche de poussière jaune. Les deux griots n'y étaient restés que le temps de se reposer, se nourrissant exclusivement de gros insectes patauds aux carapaces noires dont la chair, une fois grillée sur les pierres brûlantes, s'avérait savoureuse. En veine de confidences, Marmat racontait qu'il avait connu ce monde habité, qu'un jour il était arrivé au beau milieu d'une bataille et que son apparition avait frappé de terreur les belligérants.

Il avait désigné les rochers voisins torturés, que les rayons obliques d'Ios éclaboussaient de lumière bleutée.

« Ça s'est passé ici. Là où nous venons de renaître. À l'emplacement du nœud chaldrien.

— Les nœuds chaldriens peuvent changer de place ?

— Ça arrive. Lorsque les grands équilibres sont bouleversés. Et le voyageur passe parfois une grande partie de son existence à essayer de retrouver la porte. Des confrères sont restés prisonniers d'une planète jusqu'à leur mort.

— Comment le sais-tu puisqu'ils sont morts ?

— La Chaldria n'est pas seulement un moyen de transport, elle est également une mémoire.

— Que sont devenus Zaul Samari et Eyland Volgen ?

— Ils ont quitté Logon pendant ton séjour sur Jezomine.

— Ils ont appris pour… Yorgäl et Jaïfe ? »

Accroupi devant une pierre brûlante, Marmat avait posé un regard pénétrant sur Seke et hoché lentement la tête.

« Leurs disciples étant morts, ils n'avaient plus rien à faire sur Logon.

— Ils… ils savent comment Yorgäl et Jaïfe sont morts ?

— Ils ne me l'ont pas dit. Mais tu pourras leur poser la question à la prochaine assemblée du Cercle des griots. » Marmat avait ajouté, devant l'air interrogateur de Seke : « Elle a lieu tous les quinze ans, au début de l'alignement chaldrien. Quelle que soit la planète de départ, quelle que soit la porte franchie, tous les voyageurs célestes se retrouvent au Cercle. C'est un retour aux sources et un échange. Et l'occasion, pour les nouveaux griots, de recevoir leur kharba. Mon horloge biologique m'indique que l'alignement ne devrait plus tarder maintenant. »

Ils avaient parlé de choses et d'autres, autant pour dissiper la solitude, oppressante dans le silence désolé de cette planète, que pour apprendre à se connaître, mais Marmat était toujours resté à la surface des choses, se rétractant dès que s'amorçaient des sujets plus intimes. Seke n'avait pas trouvé l'ombre d'une explication à la tristesse persistante de celui qu'il considérait toujours comme son maître. Ils avaient décidé de repartir au bout d'une quinzaine de jours. Un départ brusqué par leur impatience de revivre l'expérience du voyage sur les flots cosmiques et de gagner un monde un peu plus accueillant. Cette précipitation expliquait sans doute en partie les difficultés de la renaissance de Seke.

La voix du griot glissait sur Zeline comme un songe. Elle consacrait toute son énergie à s'ouvrir un chemin au milieu de l'assemblée, craignant à chaque instant qu'on les saisisse par les épaules, Irko et elle, et qu'on les éloigne de la scène centrale. Plus elle approchait du but, plus elle s'avançait vers la dissolution sublime dans le néant, et plus elle redoutait l'échec. Des rubans de sueur glacée s'étiraient le long de sa colonne vertébrale. Ébranlée par les battements de son cœur, fermement agrippée à la main d'Irko, elle s'efforçait de garder le contrôle de sa respiration. Ses dix ans de formation au temple de Chimle l'avaient préparée à cet instant où elle devrait chasser les pensées parasites et suspendre ses pulsations cardiaques, mais elle doutait maintenant de ses capacités.

En elle s'imposa la réponse à la question qu'elle s'était posée quatre jours plus tôt – et qu'Irko avait posée à Odom à leur arrivée à Faliz : de tous les enfants recueillis par le temple, Irko et elle s'étaient montrés les plus efficaces, les plus réguliers dans l'exercice de l'arrêt du cœur. Leurs aptitudes avaient vraisemblablement quelque chose à voir avec leurs origines orows. Malgré leur jeune âge, malgré leur physique peu banal, les qualts n'avaient pas trouvé de soldats plus *qualifiés* pour l'élimination du griot – des griots – et la destruction du Cosmocant, l'événement qui donnerait le signal aux légions tapies dans l'ombre et inaugurerait l'ère du Quetzalt.

Zeline s'appuya sur l'avant-bras d'Irko pour rester campée sur ses jambes flageolantes. Si la plupart des invités ne leur prêtaient pas attention, les deux Orows s'attiraient parfois des regards chargés de réprobation. Il leur fallait franchir de véritables barrières de tissu dressées par les robes, les manteaux ou les bords tombants des chapeaux. Leur petite taille et leur souplesse leur permettaient de passer là où un adulte n'aurait pas glissé le bras.

Quelques instants plus tôt, ils avaient exploité la confusion pour s'introduire dans le dôme. Accaparés par les cris et les bruits, les gardes et les sondeurs s'étaient désintéressés d'eux. Il s'agissait sans doute de l'une de ces diversions dont avait parlé Odom. Le Quetzalt, qui ne laissait rien au hasard, s'était arrangé pour dégager la route à ses deux légionnaires. D'autres adorateurs du serpent aux plumes de sang se tenaient sans doute au milieu de l'assemblée, prêts à intervenir en cas de nécessité.

En franchissant l'entrée du Cosmocant, Zeline avait pénétré dans un autre monde. Elle n'avait pas pris le temps d'admirer les mosaïques qui étalaient leurs motifs complexes sur le sol et les murs, ni les fresques picturales de la mythologie du continent jaune, ni les bas-reliefs de bois précieux, elle avait seulement eu la sensation de basculer dans un univers irréel, dans un rêve. Des flots de lumière tombaient du plafond et éclaboussaient le griot sur la scène centrale.

Ou plutôt *les* griots. Les qualts n'avaient parlé que de l'homme à la peau brûlée, à la barbe blanche et au verbe maléfique.

L'ennemi suprême du Quetzalt.

Les notes aigrelettes qui montaient de l'instrument posé contre sa poitrine donnaient à sa mélopée une résonance poignante. Des larmes roulaient sur les joues de spectateurs pétrifiés ; d'autres s'agitaient et bruissaient pour masquer leur émotion. Zeline restait imperméable à l'envoûtement maléfique du visiteur céleste en gardant ses pensées focalisées sur le Quetzalt du temple de Chimle : elle allait bientôt s'étendre sous l'aile pourpre du grand serpent, refermer la parenthèse douloureuse de sa vie, goûter l'apaisement éternel.

Les ongles d'Irko lui griffèrent brusquement le dos de la main. Elle étouffa un cri avant de se rendre compte qu'ils étaient arrivés à quelques mètres de la scène. Les rangs des spectateurs, de plus en plus serrés, leur interdisaient désormais d'avancer. Des gouttes de transpiration criblaient le visage d'Irko, si pâle qu'on distinguait le réseau de ses veines sous sa peau. Des mèches de sa chevelure blanche se collaient à ses tempes, à ses joues et aux commissures de ses lèvres, le rouge profond de ses yeux avait viré au brun sale.

La terreur d'Irko frappa Zeline comme un coup au plexus solaire. Battue elle-même par une vague d'épouvante, elle crut que le contenu de ses intestins et de sa vessie allait se répandre dans ses vêtements. Elle se ressaisit et, d'un clignement de paupières, indiqua à Irko qu'ils devaient maintenant déclencher les dispositifs détoniques, l'explosion, la réaction en chaîne. Il la fixa d'un regard fuyant, implorant. Il se laissait reprendre par la peur au seuil de la mort. Peur de la dissolution, peur du vide, peur de perdre cette parcelle misérable de l'espace et du temps qu'occupait l'individu, le moi.

L'idiot ! Comment pouvait-il trouver de l'attrait à une existence aussi futile, aussi absurde ? N'était-il pas impatient de connaître la révélation éternelle du Quetzalt ?

D'une grimace autoritaire, Zeline tenta de raffermir la résolution de son compagnon. Il se détourna et leva ses yeux larmoyants sur le griot, non pas le chanteur à la peau noire, mais l'autre, le jeune homme à la peau claire et aux cheveux bouclés qui se tenait légèrement en retrait sur un côté de la scène. Zeline saisit Irko par le poignet pour lui rappeler les raisons de leur présence dans l'enceinte du Cosmocant. Une violente crise de sanglots le secoua, à laquelle les autres spectateurs, eux-mêmes en larmes, ne portèrent aucun intérêt.

Zeline décida d'accorder un sursis à son compagnon. Rongeant son frein, elle s'appliqua à descendre sa respiration dans le bas-ventre et à diriger ses pensées vers la statue géante du Quetzalt, mais la voix du griot sapait sa concentration telle une vague inlassable, et ses mots s'insinuaient en elle comme des poissons au travers des mailles déchirées d'un filet.

« … responsable de la mort des mille vierges, Jewon fut jugé par les maîtres de deux continents et condamné à mort. Oui, il fut renié par les siens parce que, pour l'amour d'une sœur, il préféra la guerre au déshonneur. Auraient-ils fait preuve de clémence, les maîtres des deux continents, s'ils avaient su que leurs filles avaient survécu et engendré une nouvelle forme de vie ? Moi, Marmat Tchalé, je n'en suis pas certain : on pardonne difficilement à ceux qui vous tendent le miroir cruel de la faiblesse. Les ingrats d'Agellon occultèrent de leur mémoire que Jewon et les archanées avaient volé jusqu'à la grande arche et chassé définitivement de leur ciel les damnés de la Dispersion… »

La vigilance de Zeline se relâcha, se changea en une curiosité dévorante. Gênée par les rangs hauts et serrés des spectateurs, elle se haussa sur la pointe des pieds pour contempler à son tour les griots. Elle observa d'abord le chanteur, l'homme à la peau noire et à la barbe blanche. Elle découvrit en lui une grandeur qu'elle n'avait jamais vue chez les autres hommes, pas même chez les qualts : la lumière qui l'auréolait ne provenait pas des sources ruisselantes du dôme, mais de sa bouche, de ses yeux, de ses mains, de la conque de son instrument. Sa voix grave se propageait dans le corps de la petite Orow comme un rayonnement suave et réveillait des émotions oubliées. Les mises en garde des qualts contre la fascination sensorielle revinrent crever la surface de sa mémoire. Elle tenta encore de se défaire de l'emprise du verbe, mais la statue du temple de Chimle demeura floue, insaisissable. Le Quetzalt n'était plus qu'une tache pourpre et figée, une blessure qui cessait de saigner.

« … lié à un rocher du cirque de Faliz. Les maîtres des deux continents invitèrent les pères des mille vierges à le flageller avec les fils restants des toiles archanéennes jusqu'à ce qu'il rende son dernier souffle. Ils affluèrent des villes des deux continents afin d'exécuter la sentence, le cœur débordant de haine. Et les mères, se rendant compte qu'ils perpétraient une injustice, crièrent et versèrent des larmes qui gonflèrent en rivières et se jetèrent dans le grand océan qui sépare les terres. Les eaux grossies par leur chagrin changèrent de couleur et devinrent acides, telle est la puissance de la désolation des mères. C'est à cet instant, en vérité, que le grand océan prit le nom de Fumereux. Ern, le père de Jewon, se présenta au cirque de Faliz, oh ! la détresse d'un père qui a déjà perdu sa fille et que la loi humaine contraint à exécuter son fils. Moi, Marmat Tchalé, je viens d'un monde lointain pour vous raconter l'histoire d'Ern, l'homme écartelé entre son amour paternel et son devoir... »

Zeline ne se sentait plus isolée dans sa minuscule parcelle d'espace et de temps. Une fresque immense se déployait en elle, une ronde de visages, de scènes et de paysages l'entourait, inconnus et familiers, étranges et proches. La voix du griot avait le pouvoir de ressusciter des mondes où elle trouvait une place, sa place. De ce tourbillon d'images et de sensations se détachaient des souvenirs de courses échevelées dans les plaines enneigées...

Odeurs de bois brûlé, de viande grillée, douceur d'une paume sur son front, chaleur des peaux qui se frottent, caresses glacées des bourrasques, grondement des troupeaux lancés au galop, craquements du fleuve en débâcle, hommes, femmes et enfants aux cheveux aussi blancs que la neige, aux yeux aussi rouges que les fleurs des prairies...

Orow...

Elle pleurait.

Elle avait déjà versé des larmes de colère, de dépit, de douleur, mais c'était la première fois qu'elle baignait ainsi dans un flot d'émotion pure. Le serpent aux plumes de sang, en maître exigeant, ne tolérait pas la moindre faiblesse, le moindre apitoiement sur soi-même. Les commandements des qualts avaient fait d'elle une parfaite servante du néant, une enveloppe déjà vide.

Le chant du griot proclamait qu'elle appartenait à un tout, pas seulement au peuple nomade des plaines de l'Orow, mais à la grande famille humaine, et cela, cela la réchauffait, la bouleversait, la remplissait. Une mère et un père l'avaient arrosée de tendresse avant l'irruption des pillards du couloir temporel.

« … cependant, les archanées du Sudre perçurent les lamentations de Jewon et s'abattirent par nuées sur les pères, qu'elles piquèrent de leurs dards et déchiquetèrent de leurs griffes. Ainsi mourut Ern, père de Jewon, ainsi se perpétua la malédiction d'une famille abandonnée des hommes et des dieux. Les cadavres jonchèrent par centaines le fond du cirque de Faliz, se muèrent en une poussière noire que le vent projeta sur les roches… »

Zeline revit les visages des pillards enduits de cette poudre noire qui flottait dans les couloirs temporels et se fixait sur les fuselages des transcontinentaux. Ils empruntaient des passages connus d'eux seuls. Ils n'utilisaient aucun appareil ni aucune combinaison protectrice, une témérité qui les rendait imprévisibles. Ils s'abattaient régulièrement sur les plaines du continent rouge, massacraient les adultes des clans et emportaient les enfants. Les Orows avaient tenu des conseils mais n'avaient pas trouvé de parade efficace à leurs incursions.

Les pillards avaient surgi à l'intérieur de la wekka éclairée par les braises du foyer central et enlevé Zeline dans les ténèbres glaciales. Elle ne savait pas ce qu'il était advenu de ses parents et de ses deux frères. Le silence de la nuit avait étouffé ses sanglots, puis elle s'était débattue, elle était tombée, elle avait heurté quelque chose de dur sous le tapis neigeux et perdu connaissance. Elle s'était réveillée avec un atroce mal de tête dans une pièce sombre. Un homme était entré, vêtu d'une robe noire ornée sur le devant d'un drôle d'animal écarlate. Il l'avait observée un long moment avec une expression indéchiffrable, puis il s'était penché sur elle et avait promené sur sa peau des mains sèches et froides. Elle n'était plus protégée par ses vêtements, par ses parents, par son clan.

« Bienvenue dans les rangs du Quetzalt, avait murmuré l'homme. Ton nom sera désormais Zeline, “la porte” ou “le gouffre” dans un vieux dialecte du continent jaune. »

Il lui avait écarté les jambes, s'était allongé sur elle et l'avait blessée profondément au ventre. Il l'avait martyrisée un long moment avant de l'abandonner en sang et en larmes sur le matelas, aux prises avec une douleur intolérable. Elle comprenait aujourd'hui que le viol faisait partie de la formation du légionnaire du Quetzalt, parce qu'il poussait le corps à rejeter les émotions, à devenir aussi insensible que la pierre, aussi froid et sec que les mains du qualt.

« … ce bâtiment s'élève à l'endroit même où Jewon fut supplicié. Les archanées l'emportèrent sur les glaces du Sudre et, lorsqu'il fut rétabli, tissèrent un fil qui s'éleva très haut, si haut qu'il finit par se perdre dans l'immensité cosmique. Les astres m'ont confié, à moi, Marmat Tchalé, du Cercle céleste des griots, que le fil des archanées conduisit Jewon sur un monde où lui fut révélé le secret de l'immortalité… »

La haine des hommes inoculée par le qualt déferla en Zeline comme une vague acide du Fumereux.

*La porte, le gouffre…*

Le qualt n'avait pas choisi son nom au hasard. Elle ne pouvait plus se rendre à l'invitation du griot, s'insérer dans cette humanité qu'on avait arrachée de son corps. Elle n'avait pas d'autre choix que de suivre la voie tracée pour elle depuis son réveil dans cette pièce lugubre du temple de Chimle. L'oubli, le néant valaient infiniment mieux qu'une foule de souvenirs nauséeux, que le dégoût de soi-même. Le serpent aux plumes de sang s'était engouffré dans la blessure infligée par le qualt et avait déposé en son sein une bombe à fission d'une puissance phénoménale. Trop tard pour envisager une autre route, pour reculer, pour remuer les regrets.

Elle agrippa à nouveau le bras d'Irko et le contraignit à la fixer dans les yeux. Son expression résignée disait qu'il avait suivi le même cheminement qu'elle, qu'il renonçait lui aussi à changer le cours du destin. Il s'essuya les joues d'un revers de manche avant de cligner des paupières à deux reprises en signe d'acquiescement. Seule la mort avait le pouvoir de réparer cette erreur tragique qu'était leur existence.

Face à face, main dans la main, ils fermèrent les yeux et amorcèrent le processus respiratoire et mental de l'arrêt cardiaque.

Le dragon montait de deux formes humaines réunies près de la scène. Seke le distinguait désormais avec netteté : tête ronde, gueule étirée en bec, corps allongé et couvert de plumes, pattes repliées et griffues, queue recourbée et équipée d'un dard. Il vivait avec une telle intensité à l'intérieur des deux corps humains qu'il en devenait palpable. Sa forme s'associait à une couleur rouge intense, un flot de sang qui grossissait sans cesse et paraissait sur le point de submerger le dôme.

Plongé dans la transe, Marmat Tchalé ne remarqua pas le regard alarmé que lui lança son disciple. La confrérie d'Hernaculum affirmait que la Chaldria volait au secours des griots fourvoyés dans des situations inextricables. Seke supposait qu'elle percevait les réactions de ses serviteurs de la même manière que les enfants du Tout captaient les sons des formes, mais comment pouvait-elle intervenir si un griot n'était pas conscient de la menace ? Marmat disait qu'un grand nombre de ses confrères avaient disparu ces dernières années. Leurs ennemis avaient compris que leurs meilleures chances de succès reposaient sur l'effet de surprise. Sans son apprentissage pourtant sommaire de la perception des formes, Seke lui-même n'aurait pas décelé le danger.

Les lumières coulaient du plafond comme des ruisseaux de sang. Seke dirigea son attention vers les deux formes humaines qui avaient introduit le dragon. Une gueule immense était sur le point d'engloutir l'assistance et les murs du Cosmocant.

« ... que le dragon cracheur de flammes, avant de quitter l'espace, souffla des myriades d'étincelles qui allèrent se loger dans le cœur de chaque être humain. Ainsi continua-t-il d'influencer les hommes, ainsi réussit-il à les diviser et à étendre son règne. Car il suffit d'une simple brise pour souffler sur les braises, embraser les cœurs, les jeter les uns contre les autres. Oh, frères d'Agellon, quand comprendrez-vous que l'étincelle semée par le dragon couve encore dans votre chair, dans votre âme ? Oh, mes frères, quand suivrez-vous l'antique fil tissé par les grandes archanées des bords du Sudre ? Quand rejoindrez-vous Jewon sur son monde de pureté et d'harmonie ?... »

Les porteurs du dragon se cachaient derrière les haies figées de chapeaux extravagants, de coiffures sophistiquées, de visages en larmes. Seke capta un désespoir absolu dans leurs chants extraordinairement purs, dépouillés de toute note superflue. Le dragon avait besoin de cette désolation pour grandir et englober le Cosmocant. Seke consulta à nouveau Marmat du regard, mais n'obtint aucune réaction. Le contraste entre l'immobilité de l'assistance et sa panique galopante lui coupa le souffle. Il contint comme il le put une violente envie de hurler et resta pendant quelques instants paralysé par l'indécision. Il n'osait pas interrompre le chant de son maître par crainte de lui infliger un surcroît de souffrance et de soulever la colère de l'auditoire. Pourtant, s'il n'intervenait pas dans les plus brefs délais, ils seraient tous emportés par la pluie de ténèbres et de sang qui s'apprêtait à engloutir le dôme.

Marmat marqua un temps de pause à la fin de l'histoire de Jewon tout en continuant de gratter les cordes de sa kharba. Seke exploita aussitôt ce répit. Il s'approcha à grandes foulées du bord de la scène, sauta au milieu des spectateurs pétrifiés, fendit la multitude dans la direction des deux formes humaines qui nourrissaient le dragon. L'assistance s'écarta devant lui comme une eau frémissante sous l'étrave d'un navire. Les froissements des vêtements et les murmures extasiés estompaient les notes de l'heptacorde. La plupart étaient plus grands que Seke, y compris les femmes, élancées, parées de leurs bijoux qui tintaient discrètement à chaque mouvement.

La foule s'ouvrit sur deux silhouettes minuscules que Seke prit d'abord pour des vieillards. Immobiles, les yeux clos, elles se tenaient par les mains. La blancheur de leurs cheveux, la pâleur et la fixité de leur visage leur donnaient l'allure de statues taillées dans cette roche blanche qu'on trouvait en abondance dans certains cirques du Mitwan. Des enfants, Seke s'en rendit compte à la rondeur de leurs traits et aux proportions de leur corps, vêtus tous les deux de vestes droites fermées par des attaches latérales et de pantalons légèrement bouffants, des tenues sobres en comparaison de celles des autres spectateurs.

« Des Orows, chuchota une femme.

— Qu'est-ce qu'ils fabriquent ici ? demanda un homme.

— Comment ces petits serpents ont-ils obtenu leurs pierres de reconnaissance ? » s'étonna un autre.

Seke n'entendait plus les chants des enfants. Il en déduisit que leur effacement était volontaire, indispensable à l'envol du dragon. Il s'approcha du garçon, posa le pouce et le majeur sur ses jugulaires. Le contact ne déclencha aucun réflexe de surprise ou de défense chez le petit Orow. Son cœur ne battait pas, ou si faiblement que Seke ne discerna aucune pulsation.

Il prit le pouls de la fille, sentit des palpitations affolées sous la pulpe de ses doigts, se rendit compte au bout d'un moment qu'il percevait son propre rythme cardiaque. Sa nervosité était telle que ses battements se propageaient jusqu'aux extrémités de ses membres.

Il dut se rendre à l'évidence : les deux enfants étaient… morts.

## CHAPITRE XIV

# OROWS

*Soyons des portes de la vie, des combattants de la beauté. Apprenons à voir autrement qu'avec nos yeux, à entendre autrement qu'avec nos oreilles, à sentir autrement qu'avec notre nez, à toucher autrement qu'avec nos mains, à goûter autrement qu'avec notre langue. Les portes de la vie s'ouvrent sur l'innommable, sur les arcanes de l'inconnaissable, sur l'amour sans cesse en mouvement. Celui que nous désignons comme notre ennemi n'est pas notre ennemi, il est seulement un reflet de nous-mêmes, une autre manière d'appréhender la complexité de la création. Aimer son ennemi, c'est plonger dans ses propres turpitudes, apprendre à se regarder avec compassion, comprendre que chacun de nous porte à la fois l'ensemble des tourments humains et la floraison perpétuelle du bien. Celui que tu exècres, que tu combats, n'est autre que toi-même. T'enfuir, te réfugier dans les dogmes et dans les jugements ne servirait à rien : tu vis seul et nu dans tes fosses profondes. Il n'y a ni héros ni salaud, seulement des âmes qui explorent les différentes faces de l'être. Tu es la goutte infime qui renferme l'océan, l'étincelle qui accueille l'énergie du feu, le souffle qui contient la puissance infinie de l'esprit, la note qui exprime le chœur universel. Cesse donc de trembler : tu ne perdras pas cela en mourant, car la mort n'est que le pays qui s'étend de l'autre côté de la porte, la mort n'est qu'une autre façon de célébrer la vie. Tu rejettes ces paroles, car elles ébranlent les constructions de tes pensées ; tu les entendras quand tu ne chercheras plus à les comprendre.*

Le sermon sur les glaces.
Erya Majaël, la femme au cœur redoutable,
tradition orale des plaines de l'Orow.

Un silence tendu retomba sur l'auditorium du Cosmocant. Intrigué par le comportement de son disciple, Marmat était sorti de sa transe et avait cessé de jouer de son heptacorde.

Le cercle s'élargit autour de Seke et des deux enfants. Les spectateurs devinaient confusément que le jeune griot n'était pas descendu de la scène dans l'intention de prendre un bain de foule ou de violer la règle séculaire interdisant à quiconque d'interrompre le chant d'un visiteur céleste (mais peut-être cette loi ne s'appliquait-elle pas aux griots eux-mêmes). Et puis l'attitude étrange des deux petits Orows confirmait cette rumeur qui prêtait des pouvoirs inquiétants aux tribus nomades des plaines du continent rouge.

Seke chassa la peur qui grondait en lui avec la force d'un orage. Il avait cru capter les chants des enfants au-delà de la rumeur des formes, si lointains et faibles qu'il doutait de ses sens. Ce garçon et cette fille avaient déjà franchi la frontière de l'au-delà. Il lui fallait trouver le moyen d'entrer en contact avec eux. Il leur secoua l'épaule sans aucun résultat : leurs corps n'étaient plus que des enveloppes vides. Il n'avait pas besoin de se concentrer sur le chœur des formes pour deviner que le dragon planait désormais de toute son envergure dans les cieux de Faliz. Lui-même ne craignait pas de passer dans l'autre monde où l'avaient précédé sa mère, ses ancêtres, Jaïfe, Autre-mère, Danseur-dans-la-tempête et les compagnons du nid, mais l'humanité perdrait une bataille décisive si le dragon parvenait à détruire le Cosmocant de Faliz et à tuer Marmat Tchalé. Les sons ténus des enfants se dispersaient dans l'immensité noire et froide. Personne ne leur avait enseigné la splendeur des cycles universels, personne ne leur avait appris à reconnaître l'importance et la qualité de toute forme. On les avait empêchés de développer leur propre chant pour les investir d'un son funeste et semer en eux les germes de la destruction.

À cet instant, les souvenirs des danses dans les tempêtes effleurèrent Seke. Il eut d'abord le réflexe de les refouler, le moment lui paraissant mal choisi pour s'abandonner aux arabesques fascinantes des tourbillons de sable, puis il comprit qu'il n'y avait qu'une seule façon de rattraper les enfants sur le chemin de l'au-delà : imiter Danseur-dans-la-tempête quelques instants avant sa mort, transférer dans leur esprit le contenu de sa mémoire. Il ferma les yeux et se concentra sur le chant des deux Orows, cette double vibration insaisissable qu'il s'efforça de suivre comme un fil dans un labyrinthe.

Il perçut enfin les contractions de leurs cœurs, ralenties, indécelables, étouffées peu à peu par l'entité qui les possédait. Ils cesseraient bientôt de battre, et l'énergie maléfique tapie dans leurs ventricules déchaînerait sa puissance dévastatrice. Leurs chants s'entrelaçaient, traçaient un sillon unique, façonnés par un destin identique. Ils parlaient tous les deux de séparation brutale, de souffrance inconsolable, de haine pour cette humanité qui les avait rejetés. Regardant eux aussi les hommes comme d'insupportables faiseurs de bruit, ils s'étaient consacrés à l'avènement du silence.

Seke aurait pu devenir comme eux un concentré de haine, un ennemi du Verbe. Il oublia le Cosmocant, ses années d'apprentissage sur Log, et se remémora son enfance dans le Mitwan. Les chuchotements des sables et les suppliques envoûtantes des sources d'eau l'émerveillèrent, ainsi que l'harmonie sans cesse renouvelée de la spirale des cycles, les nuances infinies des roches éclairées par les rayons de Source de vie qui vient d'en haut, le murmure enchanteur des nuits froides, le ballet chatoyant des astres sur le fond obscur de la voûte céleste, l'ivresse des glissades et des chasses sur les pentes des collines. Et puis la griserie indescriptible des danses dans les tempêtes, cet accord parfait entre les évolutions du danseur et les tourbillons… C'était la première fois qu'il s'immergeait sans retenue dans la mémoire de Danseur-dans-la-tempête, et il ne faisait aucune différence avec ses propres souvenirs. Son corps tournoyait entre les tornades, passait d'un courant aérien à l'autre sans toucher terre, porté par la sarabande joyeuse des éléments, débordant de cette joie pure qui était l'essence même de l'univers.

Des coups sourds et répétés dominèrent les sifflements du vent et le ramenèrent dans l'auditorium du Cosmocant : les battements précipités des cœurs des enfants, un martèlement encore chaotique, encore incertain, mais qui déjà éloignait le dragon.

Revenus à eux, les enfants étaient restés un long moment tremblants et hagards avant de recouvrer l'usage de la parole. La fille s'appelait Zeline et le garçon Irko. Enlevés par une bande de pillards sur les plaines de l'Orow, ils avaient été recueillis et élevés par les qualts du temple de Chimle.

« Pas recueillis : achetés ! avait précisé le responsable de la sécurité du continent jaune. Les qualts ont passé des accords, disons… commerciaux, avec les bandes de déserteurs. »

La terreur déformait les yeux rubis des Orows tandis qu'ils répondaient aux questions de leurs interlocuteurs, une trentaine de dirigeants d'Agellon assistés d'une poignée de sondeurs. On les avait transportés dans une navette aérienne sous bonne escorte et enfermés dans une pièce blindée du neuvième sous-sol de l'ancien palais de Faliz. Puisque les sondeurs s'étaient montrés incapables de déjouer les manœuvres du Quetzalt, puisqu'il avait fallu la clairvoyance du jeune griot pour faire échouer l'attentat, on avait prié les deux visiteurs célestes d'assister à l'interrogatoire – avec les circonlocutions obséquieuses d'usage. L'évacuation du Cosmocant s'était déroulée dans un calme relatif, même si chacun dans l'assistance avait dû se plier à une minutieuse inspection physique et mentale. Les gardes avaient arrêté plusieurs suspects qu'on avait aussitôt placés en détention et soumis aux investigations des sondeurs. On avait décrété le couvre-feu dans les rues de Faliz et les agglomérations majeures du continent rouge. Il avait fallu moins d'une heure locale pour transformer la capitale planétaire, habituée aux alertes, en une ville morte.

« Je ne comprends pas comment il est possible de déclencher une explosion par la simple suspension des battements du cœur, dit la préside, une femme menue dont le visage anguleux, encadré d'une coiffe blanche et volumineuse, portait les traces des luttes permanentes qu'elle devait mener pour s'imposer aux responsables militaires. Je ne comprends pas non plus comment on peut arrêter son cœur à volonté.

— Une technique mise au point par les qualts, tout comme les leurres psychologiques, avança le rahim, le chef des armées, un homme au menton et aux yeux fuyants. Quant aux bombes, leur dispositif détonique est couplé au rythme cardiaque : il interprète la suspension des pulsations comme un signal déclencheur.

— Une arme redoutable, intervint un homme encore jeune et vêtu d'une longue pièce de tissu rouge (sa fonction demeurait obscure aux yeux de Seke). Pratiquement indécelable. Et d'une puissance phénoménale, surtout quand le souffle est multiplié par deux ou trois. »

La préside enveloppa les petits Orows d'un regard où se mêlaient l'horreur et la compassion. Chacun de ses mouvements, y compris les plus furtifs, arrachait des gémissements à sa robe empesée. Elle dévisageait ses interlocuteurs avec une insistance dérangeante, comme si elle tentait de cerner leur identité réelle dans le jeu des apparences.

« Seigneur, que sommes-nous devenus pour transformer ainsi nos enfants en bombes vivantes ? »

Le rahim tira à deux reprises sur la manche de sa veste d'uniforme, puis se frotta énergiquement le lobe de l'oreille.

« Une nouvelle guerre vient de commencer, déclara-t-il. Nos ennemis ne sont plus les indépendantistes du continent rouge, mais les adorateurs du Quetzalt. Il ne suffit plus de surveiller les couloirs temporels. Nous devons trouver rapidement un moyen de détecter ces bombes ambulantes. À moins que… (il se tourna vers Seke) notre jeune visiteur céleste ne consente à nous enseigner sa méthode de détection, veuillez me pardonner mon audace. »

Méthode ?

Seke interrogea Marmat du regard. Le griot semblait aussi perplexe que les autres adultes rassemblés dans cette pièce. L'interruption brutale de sa transe lui avait voûté les épaules et creusé les traits. La lumière crue des projecteurs sertis dans le plafond durcissait les visages, maltraitait les couleurs des vêtements, enflammait les cagoules des sondeurs.

« Serions-nous capables de l'appliquer ? soupira la préside. Cela fait des siècles que les griots nous rendent visite, et nous restons englués dans nos conflits comme les chuingres dans les marécages du Sud !

— On peut toujours essayer… »

Le chef des armées adressa un sourire engageant à Seke. Les regards s'étaient détournés des Orows pour converger vers l'apprenti griot. Les décisions qui concernaient les deux continents d'Agellon se prenaient dans ce cercle restreint, et pourtant, à cet instant, la plupart des membres du gouvernement étaient aussi désemparés que des enfants. Pour certains d'entre eux cependant, cette confusion apparente dissimulait des intentions précises. Quelqu'un avait parlé de leurres psychologiques quelques instants plus tôt. L'animal à quatre pattes et à la queue recourbée, qui continuait de résonner en sourdine à travers les Orows, comptait d'autres fidèles dans cette pièce.

Seke se tourna à nouveau vers Marmat qui, d'un signe de tête, l'autorisa à s'exprimer. L'apprenti griot désigna le garçon et la fille prostrés sur leurs chaises.

« Que comptez-vous faire d'eux ?

— Les garder jusqu'à ce que nos techniciens aient trouvé le moyen de désamorcer leurs bombes », répondit le rahim.

Seke secoua la tête.

« Remettez-les en liberté.

— Certainement. Dès que nous les aurons débarrassés de leur…

— Maintenant ! »

Marmat adressa à son disciple un regard à la fois étonné et sévère. Avec un sourire crispé, le chef des armées lissa ses cheveux ondulés et gris du plat de la main.

« Remettre en liberté deux fanatiques du Quetzalt qui peuvent tout faire sauter à chaque seconde ? Cette suggestion n'est pas très… convenable, malgré le respect et la gratitude que nous vous devons !

— Si vous les maintenez enfermés, vous les empêcherez de reprendre espoir. Si vous les empêchez de reprendre espoir, ils arrêteront leurs cœurs. Et s'ils arrêtent leurs…

— Nous ne prendrons pas le moindre risque : nous leur grefferons un simulateur cardiaque. C'est la première fois que nous capturons vivants deux adeptes du Quetzalt. Nous pouvons maintenant analyser leurs écrans psychologiques, les mécanismes de leurs bombes. Nous pouvons prévenir des catastrophes. Nous serions fous de les laisser partir. »

Il ponctua cette dernière phrase d'un coup de talon sur la dalle de pierre noire. D'une démarche hésitante, Seke vint se placer entre les chaises des deux Orows. Il se considérait toujours comme un apprenti et se demandait s'il avait ainsi le droit de monopoliser la parole en présence de son maître (d'autant que ce dernier lui avait parfois reproché son manque de diplomatie). Cependant, même s'il n'avait pas été officiellement intronisé dans le Cercle, la Chaldria l'admettait d'ores et déjà comme un griot puisqu'elle l'avait expédié sur Agellon en compagnie de Marmat et que seuls les griots pouvaient voyager sur les flots cosmiques.

« Ce ne sont pas les bombes ou les écrans psychologiques qui provoquent les catastrophes, mais ce qui se passe dans les esprits, dit-il. Remettez-les en liberté, et vous ferez davantage pour ce monde que toutes vos analyses et toutes vos précautions. Le vent du renouveau ne peut souffler qu'à travers les esprits libres.

— Libres ? Ces petits démons albinos seront récupérés par les qualts dès qu'ils auront remis les pieds sur le continent rouge ! »

Seke leva un regard pénétrant sur le rahim.

« Vous vous y connaissez en récupération… »

Le chef des armées eut un mouvement de recul, comme s'il avait reçu un coup à la poitrine. La préside fondit sur Seke avec une vivacité qui emplit la pièce de tintements et de froissements.

« Voulez-vous préciser votre pensée, jeune homme ?

— Le dragon chante à travers cet homme comme à travers ces deux enfants.

— Le dragon ?

— Celui que vous appelez le Quetzalt. »

Une tension irrespirable, presque palpable, envahit la pièce.

« C'est une accusation grave, jeune homme. Qu'est-ce qui vous permet d'affirmer cela ? »

Les yeux, l'attitude de la préside d'Agellon étaient ceux d'un oiseau de proie qui a détecté un mouvement ou une minuscule tache de couleur quelques centaines de mètres en contrebas. Elle s'engouffrait dans une porte qu'elle avait entrebâillée depuis bien longtemps. Les autres dirigeants d'Agellon, les militaires sanglés dans leurs uniformes sombres, les civils drapés dans leurs toges colorées ou serrés dans leurs ensembles clairs, les sondeurs enfouis dans les plis de leurs robes et de leurs cagoules, retenaient leur souffle.

« On peut tricher avec la parole et même avec les pensées, mais pas avec le son des formes, répondit Seke.

— Le son des formes ? »

Il sentit le poids du regard de Marmat sur sa joue. Il n'avait jamais abordé ce sujet avec lui. Il comprit tout à coup pourquoi son maître répugnait à l'entretenir de ses souvenirs : l'évocation de leur passé aurait noué entre eux des liens affectifs incompatibles avec les exigences de la vie de griot.

« Chaque forme a un son ou un chant. Les enfants du Tout, les skadjes du Mitwan, m'ont appris à les entendre. »

Le chef des armées poussa un soupir excédé, haussa les épaules et s'avança d'un pas vers la préside.

« Vous n'allez tout de même pas ajouter foi aux allégations de ce… »

Elle l'interrompit d'un geste de la main.

« Vous alliez blasphémer, rahim. Vous parlez d'un griot, d'un visiteur céleste, d'un juge des âmes.

— Justement. Qu'est-ce qu'un visiteur céleste peut connaître à notre monde, à notre histoire ? »

La préside eut un sourire qui dévoila de petites dents pointues et souligna les angles de son visage.

« Les lois et les coutumes changent, rahim, mais pas les hommes. Les visiteurs célestes viennent nous rappeler les immuables lois humaines. Les éternelles tragédies humaines. La même grandeur, la même bassesse, les mêmes penchants pour… la trahison. »

Le rahim blêmit.

« Dois-je comprendre, madame la préside, que vous m'accusez de trahison ?

— Comment appeler autrement votre allégeance au Quetzalt ?

— Elle n'est pas prouvée… »

La tête baissée, les yeux mi-clos, la préside marqua un long temps de pause avant de répondre.

« Vous avez donc oublié certains points de notre constitution, rahim ? Ceux qui élèvent la parole d'un visiteur céleste au rang de preuve, par exemple. Nous n'avions jusqu'alors que des soupçons à votre sujet, le jeune griot nous a donné les réponses que nous attendions.

— Il n'a pas encore révélé que vous étiez vous-même une abomination. »

Le chef des armées saisit un pan de la coiffe de la préside, la lui arracha d'un coup sec, dévoila son crâne énorme, bosselé, parcouru de veinules sombres et parsemé de mèches claires. Elle se rua sur lui, toutes griffes dehors, mais il la repoussa d'un coup d'épaule qui la déséquilibra et l'envoya rouler sur les dalles de pierre noire.

« Vous avez vous-même violé cet article de la constitution qui réserve les responsabilités planétaires aux seuls êtres humains, cracha-t-il avec force. Vous êtes la fille d'un sondeur et d'une… d'une putain, d'une folle ! Vous êtes une mutante ! Puisque vous parliez de preuve, vous et les vôtres avez lancé la mode des coiffes pour dissimuler les… preuves de votre mutation. »

Repoussant les bras secourables de deux assistants, la préside se dépêtra des plis de sa robe, se releva et remit un peu d'ordre dans sa tenue.

« Je n'ai pas violé la constitution, rahim. » Sa voix restait ferme et claire. « Leur mutation n'empêche pas les sondeurs d'appartenir à la famille des hommes.

— Peu importe dans le fond. Ces monstres sont comme les autres des offenses au Silence, à la magnificence du Vide. »

Le rahim tira une arme de sa ceinture – une boule souple munie d'une détente mécanique et d'un canon court, Seke n'en avait jamais vu de pareille – et la braqua sur les deux Orows pétrifiés sur leurs chaises.

« Puisque ces deux imbéciles ont échoué, je servirai le Quetzalt d'une autre manière. Je vous invite tous à la dissolution glorieuse. Quand les cœurs de ces deux-là auront cessé de battre, il ne restera rien de vous, rien de Faliz. Pas même des cendres. Pas même un souvenir.

— Vous êtes en état d'arrestation, rahim, riposta la préside d'un ton calme.

— Ne soyez pas stupide, madame. C'est votre vie qui va bientôt s'arrêt… »

Le rahim tituba soudain, lâcha la coiffe, leva la main pour agripper le bras ou l'épaule de la préside. Il avait les gestes saccadés et maladroits d'un homme ivre. Il essaya encore de braquer son arme en direction des Orows, de presser la détente, mais il n'en eut pas la force, il s'effondra de tout son long sur les dalles noires.

La préside attendit qu'il ait cessé de bouger, lui donna de petits coups répétés sur le bras de la pointe de sa chaussure, puis elle ramassa sa coiffe et lui rendit une forme acceptable avant de la remettre sur son crâne et de la nouer sous son menton.

« Nous n'avons pas de leurre pp, rahim, mais nous avons nous aussi nos armes secrètes. Ces sondeurs que vous méprisez tant ont des pouvoirs que vous ne soupçonnez pas. Ils ont pris le contrôle de votre système nerveux. Vous resterez paralysé jusqu'à ce que nous puissions vous interroger plus longuement. Vous et vos complices. »

À peine eut-elle prononcé ces mots que trois hommes, deux militaires et un civil, s'affaissèrent à leur tour. Les claquements de leurs os sur les dalles de pierre noire résonnèrent un long moment dans le silence assourdissant.

Irko et Zeline tremblaient de froid malgré les combinaisons fourrées qu'ils avaient achetées à Diankl, « le dernier îlot de civilisation avant les plaines de l'Orow », proclamait l'enseigne lumineuse du comptoir marchand. Le bondiport de Diankl n'était plus desservi que par des appareils hors d'âge, des bondisseurs déglingués qui vibraient à fendre l'âme dans les couloirs temporels. Rien à voir avec le transcontinental qui les avait rapatriés sur le continent rouge. D'autant que, sur l'intervention de la préside de Faliz, la Compagnie des deux continents leur avait attribué un compartiment de luxe où ils avaient goûté des mets délicieux et passé une bonne partie du voyage dans une baignoire presque aussi grande qu'une piscine.

Zeline n'avait pas ressenti d'émotion particulière au moment de l'atterrissage à Chimle. Elle avait fait ses adieux une dizaine de jours plus tôt à la ville qui l'avait vue grandir et, même si elle était revenue du pays de la mort, elle n'avait pas envie de renouer avec ses amours anciennes, ni avec le labyrinthe des rues et des places où elle avait connu ses premiers émois, ni avec le serpent aux plumes de sang qui avait abrité sa détresse de petite fille. Le jeune griot lui avait révélé la beauté du monde, les chœurs splendides et fascinants des formes. La création n'était pas une insulte lancée au Vide glorieux, mais un jeu magnifique et complexe dont les règles s'adaptaient sans cesse à ceux qui le jouaient. Elle voulait maintenant explorer son univers, prendre sa place, vivre au rythme de son cœur, ce cœur dont les battements étaient doublement synonymes de vie.

Les chirurgiens les plus éminents de Faliz les avaient examinés, Irko et elle, et avaient estimé trop élevés les risques d'une opération. (« Risquée pour qui ? » avait ironisé la préside. Ils n'avaient pas répondu.) Jusqu'à la fin de leurs jours, les deux « miraculés du Cosmocant » resteraient à la merci des bombes tapies dans leurs ventricules et des tueurs lancés à leurs trousses par les adorateurs du Quetzalt.

Le responsable du comptoir leur avait fourni un antique traînivole, « cinq cents misérables jewons, une affaire », un traîneau mû par un système complexe de voiles phototrophes, ainsi que les vivres et le matériel nécessaires pour rejoindre le campement d'hiver des tribus. Ils avaient très rapidement appris à manœuvrer le traînivole, « comme si vous aviez toujours eu ça dans le sang, hé ! » avait commenté le marchand avec un zeste de mépris. Il ne leur restait pratiquement rien du pécule que leur avait remis la préside. Ils s'en moquaient, ils filaient en direction de l'est sur les plaines enneigées, ils suivaient la piste presque effacée qui les conduisait au grand rassemblement des peuples de l'Orow. Malgré le vent glacial qui s'engouffrait dans leurs capuches et leur mordait le visage, ils renouaient avec des sensations anciennes, à peine esquissées, la griserie de la liberté, le bonheur à la fois simple et indicible de faire corps avec les éléments, de se fondre dans l'immensité des plaines et du ciel. Une flamme nouvelle éclairait les yeux d'Irko. Il barrait le traînivole avec une maîtrise étonnante.

Zeline comprenait maintenant d'où lui étaient venus ses accès de violence et ses vertiges entre les murs du temple de Chimle : la rage et la détresse de l'animal en cage. Ils ne pourraient jamais rendre grâce au griot qui leur avait ouvert la porte. Entre les examens des chirurgiens du palais gouvernemental, les interrogatoires menés par la préside et ses conseillers, les diverses sollicitations dont ils avaient fait l'objet, ils n'avaient pas trouvé le temps de lier connaissance avec le jeune voyageur qui les avait ramenés du pays de la mort. Un appel, un écho lointain et ravissant les avait tirés de leur inconscience et empêchés de sombrer définitivement dans les ténèbres. Ils avaient dansé au milieu des tourbillons, entrevu l'ordre secret et bouleversant de la création, oublié les années de conditionnement dans le temple, violé leur serment d'allégeance au néant. Leurs cœurs s'étaient remis à battre, follement, joyeusement, les dispositifs détoniques s'étaient désamorcés, le Quetzalt était rentré dans sa tanière.

Ils voguèrent jusqu'au crépuscule, montèrent leur tente isotherme près de l'un des très rares bosquets dressés comme des toits effilés au milieu des plaines et mangèrent de bon appétit le contenu pourtant insipide de deux boîtes autochauffantes.

« Comment il a fait pour entrer en contact avec nous ? » murmura Irko.

Zeline lui ébouriffa les cheveux avec un rire, puis désigna les myriades d'étoiles qui enluminaient la nuit des plaines.

« C'est un griot, dit-elle. Un être tombé des cieux pour nous apprendre à voir.

— Je… j'ai eu si peur, je ne voulais pas mourir. »

Elle lui passa le bras autour des épaules et l'attira contre elle. Il résista un peu avant de se laisser aller sur son épaule.

« Nous allons vivre, Irko. Vivre ! Les bombes dans nos cœurs nous rappellent que nous devons jouir de chaque instant qui nous est donné. »

Ils s'endormirent enlacés pour lutter contre un froid qui transperçait le matériau pourtant isolant de la tente, bercés par les ululements du vent et les hurlements des bêtes sauvages.

Lorsqu'ils se levèrent, le lendemain matin, une tempête de neige effaçait la piste. Elle dura toute la journée, et ils durent à plusieurs reprises dégager la tente et le traînivole ensevelis sous une couche épaisse.

Le soir, alors que les nuages désertaient le ciel et que les premières étoiles apparaissaient dans les déchirures, ils virent approcher une silhouette enfouie dans un ample vêtement de fourrure claire. Chaussée de longues raquettes de bois, elle glissait sur la poudreuse en donnant régulièrement de petites impulsions vers l'avant ou sur les côtés. Elle portait les armes traditionnelles orows, le bâton noueux en forme de croc et le lance-air, un tube taillé dans une pierre translucide qui transformait le souffle en une onde redoutable, parfois mortelle.

Le visiteur s'arrêta à quelques pas des enfants dans un dernier panache de neige et les observa avec attention. Les rides profondes et les cheveux blancs trahissaient son grand âge et dissipaient l'illusion de jeunesse entretenue par sa souplesse et sa vigueur. Ses yeux sombres et renfoncés luisaient de malice sous les arcades saillantes et les sourcils broussailleux.

« Je suis Lam Majaël, finit-il par dire d'une voix légèrement enrouée. Je suis le wakt des tribus orows, et je vous cherchais.

— Le… wakt ? releva Irko.

— Ceux de Chimle et du continent rouge préfèrent dire sorcier. Ou magicien.

— Pourquoi nous cherchais-tu ? demanda Zeline.

— Un rêve m'a annoncé la venue de deux enfants au cœur redoutable, au cœur de dragon. Un garçon et une fille. Il m'a dit aussi qu'ils avaient besoin d'un guide, d'un tuteur, jusqu'à ce qu'ils fassent souffler le vent du renouveau sur les deux continents d'Agellon. Le campement d'hiver des tribus n'est qu'à dix jours d'ici. Nous partirons demain à l'aube. En attendant, il me serait agréable que vous m'invitiez à partager votre repas.

— On n'aura pas assez de vivres pour tenir dix jours », protesta Irko.

Le vieil homme écarta les mains. Une bourrasque rageuse décolla une fine poussière de neige de ses gants et des plis de sa fourrure.

« Jamais les plaines n'ont laissé mourir de faim un de leurs enfants. »

Zeline s'avança vers lui et, renouant avec des traditions enfouies dans les tréfonds de sa mémoire, elle posa la main sur son front et baissa la tête en signe de respect. Ils partagèrent le repas puis, assis dans le traînivole, les yeux levés sur le ciel étoilé, ils devisèrent une bonne partie de la nuit.

Comme un père et ses deux enfants.

À l'aube, les perles de reconnaissance se détachèrent enfin des paumes de Zeline et d'Irko.

## CHAPITRE XV

# EZ KKEZ

*Regardez-vous, observez votre métamorphose. On discerne encore des vestiges humains sur vos traits, dans votre organisme, mais l'autre partie de vos gènes est à l'œuvre. Vous vous éloignez de l'être humain, inexorablement. Vous en avez souffert au départ, car il vous fallait, il vous faut encore vous habituer à votre nouvelle apparence. À cet épiderme rugueux qui supplante peu à peu la peau fine, douce et lisse de vos ancêtres. À ces dents qui se chevauchent, débordent de votre bouche et retroussent vos lèvres. À ces membres supérieurs qui raccourcissent et ces membres inférieurs qui s'allongent. À ces poils rêches qui ont remplacé vos cheveux. À ces borborygmes et ces hésitations qui parsèment vos phrases… Cette liste, non exhaustive, suffit à démontrer l'horreur dans laquelle vous tenez notre double appartenance.*

*Ce rejet, à mon sens, a une cause – outre cette tendance naturelle à douter de l'intelligence et de la générosité de notre mère Nature : les griots célestes. Car, en tant que gardiens exclusifs de la mémoire humaine, ils nous ont imposé les valeurs qu'ils défendent. Si grand est leur prestige, si souveraine leur autorité que nous nous sommes emparés de ces modèles qui ne sont pas nôtres, que nous avons privilégié l'humain en nous, que nous avons méprisé notre ascendance kkez. Nous avons fui notre présent, nous avons sacrifié notre nature, nous avons tendu vers un avenir inaccessible, creusant entre notre réalité et notre idéal un gouffre de mépris dans lequel une grande partie des nôtres ont sombré.*

*Pour en finir avec la mémoire humaine,*
texte conservé sur parchemin en peau de serpent de vase,
attribué à Thellion,
fondateur du mouvement Mutation souveraine,
Ez Kkez.

« IL Y AVAIT une ville ici… »

Des nuages enflammés s'effilochaient dans un ciel d'une couleur indéfinissable. Des taches sombres se formaient et s'agrandissaient sur la voûte céleste, les yeux de cyclones aériens. Le vent tourbillonnant écharpait les panaches de fumée ocre qui montaient du sol et répandaient une suffocante odeur de soufre. L'air brûlant, délétère, agressait les narines, la gorge et les poumons.

Marmat s'assit sur un rocher et s'absorba un long moment dans ses pensées, la tête penchée sur le côté, les yeux perdus dans le vague.

« Ez Kkez n'a jamais été une terre facile, reprit-il d'une voix lasse. De nombreux épisodes funestes ont jalonné son histoire depuis que les premiers colons humains s'y sont installés. Mais, lors de mon dernier passage, sa population avait atteint un équilibre qui semblait présager d'un avenir viable, sinon radieux. Il ne faut s'attacher à… »

Ses mots se perdirent dans le grondement lointain d'un geyser. Seke vint s'asseoir à ses côtés et secoua sa tunique collée à sa peau par la transpiration. C'était un sentiment étrange que d'être habité par la Chaldria : outre la sensation de chaleur intense qui ne le quittait plus, il avait l'impression que l'univers entier était contenu en lui, que l'illimité avait réussi à se comprimer dans ses limites. Il lui était impossible de la définir avec précision. « Énergie » était sans doute la notion qui s'en rapprochait le plus, mais on aurait également pu parler de respiration cosmique ou encore d'intelligence omnisciente. Présence impalpable et vigilante, la Chaldria décelait les intentions, les devançait même, comme si elle se tenait dans l'intervalle infime entre la naissance et le cheminement de la pensée.

Ils étaient restés près d'une année planétaire sur Agellon. La préside avait demandé à Seke d'enseigner aux sondeurs la perception du son des formes. Il avait accepté, pensant que la connaissance des enfants du Tout devait être transmise au plus grand nombre, mais ses interventions n'avaient abouti à aucun résultat. La perception du chœur des formes requérait une écoute totale, une vigilance dépouillée de toute intention, et leur potentiel télépathique était un obstacle pour les sondeurs, qui cherchaient seulement à accroître leur efficacité, à renforcer leur pouvoir. Il fallait avoir l'esprit simple, un esprit d'enfant, comme les deux petits Orows, pour s'émerveiller devant la beauté révélée de la Création.

Objets de vénération, traités avec tous les égards, les griots avaient mené l'existence ennuyeuse des élites de Faliz dans une suite fastueuse du palais gouvernemental. Marmat s'était éclipsé à plusieurs reprises, parfois plus de deux semaines. Il n'avait pas daigné fournir d'explication à ces mystérieuses disparitions d'où il revenait les vêtements tachés, déchirés, l'œil renfrogné et vitreux. Il avait également donné une vingtaine de récitals sur la scène du Cosmocant. On avait accouru des deux continents pour l'entendre chanter, et le prix des pierres de reconnaissance, indispensables pour pénétrer dans le dôme, avait atteint des sommets vertigineux.

Un matin, Marmat avait réveillé son jeune confrère et lui avait suggéré de partir. Seke avait accepté sa proposition avec joie : la vie commençait à lui peser sur Agellon, il ressentait le besoin de changer d'air, de s'envoler sur les flots chaldriens. Ils avaient traversé le palais endormi pour se rendre dans la cryptaldre. Les gardes et les sondeurs de faction leur avaient ouvert les portes et s'étaient écartés sans poser de question. Les voyageurs célestes n'avaient de compte à rendre à personne, pas même aux puissants de ce monde.

La renaissance leur avait coûté quelques heures d'immobilité, de nausée, de migraine, d'élancements et de fourmillements. Le flot chaldrien les avait déposés dans une salle souterraine hérissée de piliers dont ils avaient mis du temps à trouver la sortie.

« La Chaldria et toi, vous formez désormais un couple indissociable, dit Marmat (il en avait parlé une première fois sur Agellon, mais s'était contenté d'effleurer le sujet). Elle a modifié ton organisme, tes cellules, lorsque tu as franchi sa porte. Si tu n'avais pas supporté la métamorphose, tu n'aurais jamais recouvré la mémoire sur Jezomine, la Chaldria ne serait pas venue à ton secours, et tu aurais succombé dans la katwa du bel. Les déchus ne sont pas ces monstres issus de l'imagination des bonimenteurs d'Hernaculum, mais des voyageurs qui n'ont pas retrouvé le chemin de leur mémoire.

— Mais ces cris sinistres qu'on entend la nuit…

— Un simple phénomène acoustique et visuel lié aux particularités de la faille.

— Pourquoi ne pas l'expliquer aux gens d'Hernaculum ? »

Marmat marqua un petit temps d'hésitation.

« Cette légende nous arrange dans le fond. Sans la terreur qu'elle suscite, nombreux seraient les inconscients à vouloir défier la Chaldria. Leur physiologie ne le supporterait pas. La peur est parfois le plus efficace des garde-fous.

— La physiologie d'un griot a quelque chose de spécial ?

— Je suppose que ce sont nos particularités, physiques ou mentales, qui dictent les choix de la Chaldria, mais je ne sais pas lesquelles. Un proverbe de chez moi dit que le présent échoit à celui qui peut le recevoir.

— C'est où, chez toi ? »

Marmat secoua la tête et garda le silence. Seke observa les panaches de fumée qui jaillissaient à intervalles réguliers des reliefs habillés d'une végétation rampante et brune, presque noire. La voix grave de son maître le fit sursauter.

« Galban la sèche, le monde jaune, la sixième planète du système de Scyrt, la deuxième habitable. C'est si loin maintenant, si loin… Il n'y a pratiquement plus personne là-bas. Un confrère m'a dit que le peuple de Galban était un rameau en train de pourrir, de se détacher du tronc.

— Tu n'y es jamais retourné ?

— Je n'en ai pas eu l'occasion. Elle est située dans un secteur éloigné de la Galaxie. Très rares sont les griots qui se voient offrir une opportunité de retourner sur leur monde.

— Pourquoi ? Qui en décide ? »

Marmat se leva, défroissa les plis de sa toge et resserra la cordelette autour de sa taille, des gestes destinés à masquer la détresse qui assombrissait ses yeux globuleux.

« L'assemblée du Cercle. En accord avec les lois de la Chaldria.

— Quelles lois ?

— Les décisions du Cercle doivent se conformer au dessein de la Chaldria. Ou il peut y avoir… comment dire ? des contretemps, des différences entre l'intention de départ et la réalité à l'arrivée. Certains de mes confrères sont allés contre sa volonté et sont restés très longtemps en pénitence sur le même monde. Parfois même, ils y sont morts.

— Et comment sait-on qu'on est en conformité avec le dessein de la Chaldria ?

— Il suffit de s'examiner avec sincérité. On ne peut pas tricher avec sa conscience. »

Marmat dégagea sa kharba, la posa contre sa poitrine et gratta machinalement les cordes. Les notes cristallines s'envolèrent dans la désolation d'Ez Kkez, porteuses d'une nostalgie qui bouleversa Seke.

« Quelle est la véritable nature de la Chaldria ?

— Est-ce que je sais quelle est la véritable nature du temps qui façonne l'univers ? Est-ce que je sais quelle est la véritable nature de l'espace où se meut l'univers ? Est-ce que je sais ce qui se cache derrière le grand mystère de la vie ? »

La voix grave de Marmat se lança dans cette scansion qui donnait un rythme lancinant à son chant.

« Oh, j'ai connu ce monde plein de vie, je l'ai connu plein de bruit, ô la beauté du chœur des hommes et des femmes d'Ez Kkez. Ils avaient du cœur à l'ouvrage, ils luttaient chaque instant pour tirer leur subsistance quotidienne de cette terre ingrate. Chacun d'entre eux était le maillon d'une grande chaîne de solidarité, de générosité. Jamais ils n'auraient laissé l'un des leurs mourir de faim, jamais ils n'auraient laissé l'un des leurs croupir dans sa misère, oh non. Ils avaient bâti une cité sur ce continent pelé et fumant, ils avaient creusé profond pour déterrer les pierres. Ils l'avaient d'abord baptisée Bord de l'Espoir, car l'espoir était leur manne, puis, au fil du temps, elle s'est appelée Bordeles, et encore Bordles. J'ai connu Bordles, j'ai vu se transformer la petite communauté d'origine en une ville orgueilleuse, ô les ponts, les bâtiments, les jardins suspendus, les remparts et les rues grouillantes de Bordles. Plusieurs fois elle fut renversée par les forces naturelles, secousses telluriques, déluges de pluie enflammée, tornades aériennes, plusieurs fois elle fut rasée par les conflits, ô dieux ! la folie des guerres, mais à chaque fois elle se releva de ses cendres, plus grande, plus belle, plus rayonnante, fierté de ses bâtisseurs, perle précieuse arrachée du ventre de leur terre, symbole de la pérennité humaine. »

Les bourrasques hachaient la voix de Marmat, l'envoyaient se répercuter sur les maigres reliefs. Seke capta, au-delà de son chant, au-delà du chœur désolé d'Ez Kkez, des sons de formes aussi changeants et insaisissables que des ruisseaux d'eau vive.

« L'ingratitude de leur mère nourricière contraignit les hommes à faire preuve d'ingéniosité. Avec quel talent ils exploitèrent ses maigres ressources ! Ils domestiquèrent la force des geysers, des éruptions de gaz, des tourbillons célestes, ils inventèrent des systèmes de transformation de l'énergie qui auraient émerveillé les autres peuples humains dispersés dans la Galaxie. Telle fut la grandeur de la communauté humaine d'Ez Kkez, la grandeur des humains lorsqu'ils agissent en pionniers, en défricheurs, en créateurs. Ez Kkez portait d'autres enfants, aussi légitimes que les humains, davantage même puisqu'ils occupaient déjà ce monde quand se posèrent les vaisseaux des Grandes Guerres de la Dispersion. De ces autres enfants on ne sut rien pendant des siècles, ils vivaient retirés sur un continent lointain inaccessible à l'homme. Puis il advint que les deux communautés entrèrent en contact, oh ! c'était leur destinée que de se rencontrer. Et il advint ce qu'il advient presque toujours lorsque deux communautés s'entrechoquent, un mur de peur et d'incompréhension se dressa entre elles, et ce fut le début d'une longue série de guerres meurtrières qui se prolongèrent pendant six siècles. Il advint également que des kkez et des humains s'unirent et, par l'un de ces miracles dont est coutumière notre mère Nature, donnèrent naissance à des enfants. Est-il quelque chose de plus noble et beau que la naissance d'un enfant ? »

Seke se concentra sur les sons des formes. Dans le lointain, trois geysers crachaient leurs panaches à plus de cent pas de hauteur et abandonnaient des colonnes de fumée aspirées par les tourbillons aériens. La terre et le ciel s'épousaient à l'horizon dans un lit de brume verdie par la lumière de l'astre encore invisible.

« Dix, vingt fois je suis venu sur ce monde. Dix, vingt fois j'ai porté le Verbe aux hommes, dix, vingt fois je leur ai dit qu'ils n'étaient pas seuls dans l'univers, dix, vingt fois ils ont oublié mes paroles ou, s'ils les ont retenues, les ont transformées en lois, en instruments de douleur, dix, vingt fois ils m'ont regardé avec les yeux de l'incompréhension ou de la haine, dix, vingt fois ils ont entendu le chant de ma kharba, dix, vingt fois ils ont pleuré et m'ont fait le serment du souvenir, dix, vingt fois ils se sont parjurés, l'éternelle tragédie humaine, l'oubli, la perte de la conscience, de la vigilance, et voici ce qu'il en résulte aujourd'hui, une terre en ruine en lieu et place d'une belle et grande cité, une lèpre végétale en lieu et place des jardins suspendus, un silence funèbre en lieu et place du bruit de la vie. Et moi, Marmat Tchalé, du Cercle des griots, je n'ai pas pu empêcher cela, je n'ai pas su trouver les mots et les intonations justes, j'ai failli à mon…

— Là ! »

Seke se détendit comme un ressort et pointa le bras en direction d'une colline. Il avait entrevu un mouvement proche, si furtif qu'il doutait de ses perceptions. Les yeux exorbités, la barbe en bataille, Marmat eut besoin de quelques instants pour reprendre pied dans la réalité. Quelqu'un qui ne le connaissait pas l'aurait à cet instant pris pour un fou.

« Eh bien quoi ? »

Seke évitait d'habitude d'interrompre la transe de son maître, conscient qu'il risquait d'en être perturbé pendant plusieurs jours, mais il avait observé les environs avec une attention soutenue et remarqué – ou cru remarquer – ce déplacement dans la végétation brune.

« Quelque chose a bougé derrière cette colline.

— Il n'y a plus de vie sur ce monde, grogna Marmat.

— J'entends des sons de formes… »

Le griot lança un regard mi-courroucé, mi-intrigué à son disciple.

« Ah oui, les sons des formes… »

Seke ne s'offusqua pas de l'ironie de son maître. Les silhouettes grises qui émergeaient de la terre au pied de la colline accaparaient toute son attention.

Les guetteurs avaient donné l'alerte dès que les notes et le chant avaient retenti. Le griot, l'homme dont Thellion le Grand avait annoncé la visite deux siècles plus tôt, était venu bien qu'il ne restât plus un seul humain sur Ez Kkez. Deux siècles d'attente prenaient fin tout à coup, deux siècles consacrés à ralentir la métamorphose, à maintenir coûte que coûte les fonctions biologiques héritées des ancêtres humains, à survivre dans les souterrains insalubres des ruines de Bord'z.

Le signal avait déclenché une vague d'euphorie chez Erbillion le Jeune, affairé à chasser les serpents de vase. Il ne serait pas contraint, comme ses aïeux, de passer toute son existence sur ce territoire où les humains décimés avaient abandonné leurs déchets, leurs odeurs et leurs traces. Les mutants souverains regagneraient enfin le continent d'où étaient issus leurs ascendants kkez, ce paradis mythique situé sur l'autre rive du Ba'ïl, la mer de boue brûlante. Une foule de dangers les attendraient sur la route de leur rêve, tornades aériennes, tempêtes d'équinoxe, spirales de vase, éruptions de soufre, créatures des grands fonds, mais ils partiraient après avoir réglé leurs comptes avec le héraut de la condition humaine, ils s'engageraient dans la voie déchiffrée par Thellion le Grand et réaliseraient le grand rêve de la métamorphose.

Erbillion le Jeune était revenu d'un pas joyeux dans sa tanière afin d'annoncer la bonne nouvelle à sa mère, Anzillia, qu'il maintenait en vie depuis plus de dix années d'Ez Kkez. Il n'avait pas obéi à cette loi pourtant formelle qui commandait aux enfants de tuer les parents incapables de subvenir à leurs besoins. Il ne s'était jamais résolu à ouvrir la gorge de sa mère à l'aide d'une de ces aiguilles de pierre arrachées aux voûtes des galeries. Les gardiens sacrés de la mémoire de Thellion, les ankkates, prétendaient que ce genre de comportement relevait de l'irrationnel humain et conduisait à terme dans l'impasse où s'étaient déjà fourvoyés les hommes. Les faibles, les impotents n'avaient pas leur place dans les ruines de Bord'z, où la nourriture se raréfiait. Une fois que les parents avaient joué leur rôle, mettre des enfants au monde et veiller à ce qu'ils atteignent l'âge adulte, ils devaient s'effacer quand ils perdaient leur autonomie. On aidait à partir ceux qui s'accrochaient à la vie et qui, parfois, se réfugiaient dans les méandres de l'ancien réseau d'égouts de la cité humaine. Des groupes se chargeaient d'inspecter régulièrement les conduits souterrains et d'éliminer les bouches inutiles nourries clandestinement par un enfant ou un proche.

Erbillion participait régulièrement à ces expéditions avec un zèle qui, supposait-il, écartait de lui les soupçons et éloignait le danger de sa mère. Lorsqu'il la contemplait, pauvre créature décharnée immobile sur son lit de terre, son cœur se serrait, il ne pouvait se résoudre à lui donner le coup de grâce. Alors il consacrait deux fois plus de temps à la chasse aux serpents de vase, se faufilait dans des passages que leur délabrement rendait dangereux, explorait sans relâche les fonds boueux au risque d'être happé par les spirales voraces. Il avait tellement arpenté les entrailles de Bord'z qu'il en connaissait les moindres recoins, qu'il pouvait se rendre d'un bout à l'autre des ruines par des itinéraires détournés qui évitaient les rencontres indésirables. Il n'oubliait pas de se montrer aux assemblées où les adeptes de la Mutation souveraine célébraient la beauté de la métamorphose, il se joignait aux volontaires qui déblayaient des passages obstrués ou nettoyaient les tanières inondées par les sources souterraines, il paraissait autant que possible aux fêtes mensuelles données en l'honneur de Thellion le fondateur, il participait aux joutes où les jeunes mâles tentaient de séduire des femelles en âge de féconder. Plusieurs d'entre elles l'avaient remarqué et enveloppé d'odeurs ensorcelantes, mais il avait repoussé leurs avances pour consacrer toute son énergie à sa mère. L'une d'elles, Sombillia, ne s'était pas découragée et l'avait relancé à plusieurs reprises ; il avait dû se débarrasser d'elle malgré les spasmes de désir qui le secouaient de la tête aux pieds. Elle finirait bien par perdre patience et jeter son dévolu sur un autre mâle.

Son existence, toutes les existences avaient basculé lorsque le signal s'était propagé dans les galeries. Il avait entendu les cris stridents bien que sa chasse aux serpents de vase l'eût entraîné à plusieurs lieues du périmètre de la communauté. Rebroussant chemin aussi vite que possible, il avait oublié d'observer les précautions habituelles et failli tomber dans une bouche fumante ouverte sous ses pas. Il avait réussi à regagner sa tanière malgré l'agitation fébrile qui régnait dans les conduits.

Il hésitait devant le corps recroquevillé de sa mère. Elle gardait posés sur lui ses grands yeux sombres où ne brillait plus qu'une infime parcelle de vie. Ses os étaient sur le point de crever son épiderme crevassé et criblé de taches noires. Le silence redescendait progressivement sur les galeries voisines. Taraudé par son envie de rejoindre les autres, Erbillion ne se résolvait pas à abandonner celle qui lui avait donné le jour. Il ne la reverrait jamais s'il sortait maintenant. Après avoir réglé son affaire au griot, les mutants entameraient immédiatement leur périple vers les terres glorieuses de l'autre rive du Ba'ïl, pressés de se débarrasser du complexe humain, d'évoluer vers la nouvelle espèce promise par Thellion et ses successeurs, de resserrer le lien distendu entre Ez Kkez et ses enfants.

Quel sentiment le retenait donc dans cette pièce dérobée de sa tanière tandis que son peuple vivait un moment historique ?

Les ankkates, les gardiens de la mémoire de Thellion le Grand, les serviteurs du draak, l'auraient certainement accusé de fascination humaine et condamné à être jeté dans un puits acide. Des individus comme lui ne se contentaient pas d'entretenir les fonctions indispensables au dernier échange avec le visiteur céleste, ils se laissaient entraîner sur la pente de leur conditionnement humain, ils exécraient toujours leur part kkez, ils trahissaient la Mutation souveraine et se montraient indignes de fouler les terres légendaires de la rive occidentale du Ba'ïl.

À cinq reprises, Erbillion le Jeune se dirigea d'une allure traînante vers l'ouverture qui donnait sur l'étroit boyau d'accès. À cinq reprises, il commit l'erreur de jeter un dernier coup d'œil à sa mère, et la vue de son pauvre corps ratatiné lui intima de revenir sur ses pas. Il se pencha et, d'un revers de son membre supérieur, écrasa les larmes qui lui embuaient les yeux. De tous les mutants qu'il fréquentait, il était sans doute celui qui versait le plus facilement des larmes, au point que certains l'avaient surnommé « Rrrbillion geïserrr » ou « Rrrbillion kkikoule ». Il s'assit près de la couche de terre de sa mère et lui promena délicatement les extrémités de ses doigts sur la face, puis sur la poitrine. Son pauvre sourire remonta ses dents déchaussées et creusa une multitude de plis entre son nez et sa lèvre supérieure. Elle ne prononçait plus un mot depuis plus de cinq ans, victime d'une sclérose des cordes vocales appelée « baïon lancien ». Elle communiquait par gestes, par grimaces, un langage amplement suffisant pour pourvoir à ses besoins fondamentaux et manifester son affection. Il la désaltérait, nettoyait ses déjections, la lavait de temps à autre à grande eau, et, quand il discernait de l'inquiétude ou de la tristesse dans ses yeux ternes, il restait près d'elle jusqu'à ce qu'elle s'endorme.

Il résolut une nouvelle fois de rejoindre les autres, décida d'épargner une longue agonie solitaire à Anzillia, s'empara d'une aiguille de pierre qui jonchait la terre battue et qui, d'habitude, servait à vider les serpents de vase de leur boue. Elle l'observait sans aucune expression dans son regard ni sur ses traits usés. Il serra les doigts autour de l'aiguille qu'il tint un moment levée au-dessus de la gorge cerclée de rides. Il ne parvint pas à maîtriser ses tremblements et finit par s'effondrer de tout son long sur la terre, secoué de sanglots, roulant dans une vague de souffrance et de colère dont l'écume lui brûla la gorge.

« Besoin aide, hein ? »

Cette voix lui fit l'effet d'un plongeon dans une source glacée des quartiers orientaux de Bord'z. Il sauta sur ses membres inférieurs et se retourna, l'aiguille dissimulée dans son dos. Une silhouette élancée franchit l'ouverture basse et se redressa dans l'obscurité de la pièce. Habitué à évoluer dans les ténèbres, il ne lui fallut pas longtemps pour distinguer les traits et le corps de Sombillia, la jeune femelle qui l'avait accompagné à plusieurs reprises jusqu'à l'entrée de sa tanière. Les battements de son cœur s'accélérèrent, un spasme de désir lui laboura le bas-ventre.

« Si attendrrre plus, jamais partirrr, jamais partirrr, non, non. »

Elle crachait ses mots du fond de la gorge, mais sa prononciation restait plus claire que chez la plupart des autres mutants. D'elle émanait un charme troublant, un envoûtement accentué par l'odeur puissante et musquée qu'elle répandait avec générosité. De l'humain elle avait conservé la finesse des traits malgré les canines qui retroussaient sa lèvre supérieure et montaient presque jusqu'à hauteur de son nez. La peau de ses mamelles n'avait pas la même apparence que les autres parties de son corps. Plus claires, plus lisses, sans doute plus douces au toucher, nettement plus attirantes en tout cas que les mamelles de sa mère, qui l'avaient nourri pendant plus de quatre ans et empêché de mourir de faim durant la grande disette (son père, Erbillion l'Ancien, n'avait pas survécu à la disparition soudaine et tragique des serpents de vase : probablement dévoré par ses compagnons, on avait retrouvé ses restes dans une galerie secondaire).

Sombillia se rapprocha d'Erbillion le Jeune, lui glissa le bras autour de la taille et lui arracha l'aiguille des doigts.

« Pas dirrre aux ankkates. Non, non. Venirrr avec moi autre côté du Ba'ïl. Féconder moi. »

Il ne chercha pas à s'opposer à la jeune femelle.

« Ssss… sssais, sssssais dd'puis kkkan ? »

Bien qu'il eût soigné son élocution, ses mots n'étaient qu'une bouillie sonore en comparaison de ceux de Sombillia. Elle émit un petit rire de gorge dont les éclats restèrent un moment suspendus dans les ténèbres.

« Entrrrer là quand parti chasse. Voirrr Anzillia, elle inutile. Toi trrrop humain. Comme moi. Comme moi, oui, oui. Nourrirrr aussi pèrrre inutile. Lui mourirrr année Kkez derrrnière.

— Veuffff… airrre kkkoi ? »

Elle désigna l'aiguille d'un mouvement de menton.

« D'abord tuer Anzillia. Aider à partirrr elle, à partirrr toi. Venirrr l'autre côté du Ba'ïl, venirrr moi, féconder moi. »

Une nouvelle salve de phéromones tissa autour de lui un filet olfactif dont il ne chercha pas à se dépêtrer. Sombillia s'accroupit près d'Anzillia, lui caressa le front en un geste empreint d'une tendresse oubliée et, d'un seul coup, lui enfonça l'aiguille de pierre sous la mamelle gauche. La mère d'Erbillion n'esquissa aucun mouvement dans un premier temps, puis elle tenta d'expulser ce corps étranger qui lui fouaillait le cœur, elle se débattit avec toute la rage injectée par son instinct de survie, implora des yeux son fils pétrifié, se recroquevilla autour de son exécutrice. Arc-boutée sur ses membres inférieurs, Sombillia continua de pousser la pointe de l'aiguille entre ses côtes et d'agrandir le trou par où s'enfuyait la vie de l'ancienne.

Les larmes ruisselaient sur les joues d'Erbillion le Jeune. Secoué de convulsions, il devait se mordre jusqu'au sang pour ne pas se jeter sur Sombillia. Cette étreinte confuse entre celle qui lui avait donné le jour et celle qui donnerait le jour à ses enfants était l'épreuve à surmonter pour la préservation de l'espèce. Un pic de souffrance le déchirait de la tête aux pieds. Mort et vie sont les éléments indissociables de notre cycle, disait Thellion le Grand, l'être qui avait jeté les bases de la nouvelle évolution.

Anzillia cessa subitement de gémir et retomba inerte sur la couche de terre. De la plaie s'échappait un sang visqueux qui s'étirait en rigoles sombres sur son épiderme grisâtre.

Sombillia se releva, l'aiguille en main, et fixa Erbillion d'un air provocant. Une colère terrible l'embrasa, faillit le projeter sur la jeune femelle, puis il se rendit compte qu'un désir encore plus violent le tendait vers elle.

La présence de la mort exaltait la puissance de la vie.

« Pas maintenant, non, non, soupira-t-elle. Aller avec les autrrres, entendrrre griot, partirrr, partirrr. »

CHAPITRE XVI

# MUTANTS

*Il n'existe pas une porte de la Chaldria, mais autant de portes qu'il y a de mondes peuplés par les humains. Peut-être même autant qu'il y a d'êtres humains. La Chaldria n'est pas destinée à l'usage des seuls griots mais à tous les hommes. Elle est apparue après les Grandes Guerres de la Dispersion pour permettre aux êtres humains de recréer un espace commun. Elle serait en quelque sorte le fruit du désir inconscient de l'humanité effrayée à l'idée de quitter le système d'origine et d'affronter l'immensité sidérale. Ce qui nous conduit à nous poser les questions suivantes : l'esprit humain peut-il exercer une influence sur la matière ? La Création serait-elle à l'écoute, au service des hommes et des autres êtres vivants ?*

*Les dernières avancées scientifiques tendraient à prouver que nous sommes de modestes accidents biologiques, une chaîne de coïncidences heureuses qui ont engendré et prolongé la vie. Eh bien, au risque de vous choquer, cette modestie ne me convient pas ! Et je m'appuierai sur la Chaldria pour étayer mon argumentation. Les griots nous rendent visite tous les deux siècles environ ; or les transcriptions de leurs paroles et de leurs conversations, précieusement gardées dans nos archives, nous apprennent qu'ils ont l'impression d'avoir espacé leurs visites de quelques semaines là où se sont écoulés deux cents ans. C'est dans cette différence de plans temporels que je décèle l'influence de l'esprit sur la matière. Comment pourrions-nous autrement expliquer ces déplacements en théorie impossibles ? Est-ce que l'univers ne transgresse pas lui-même ses propres règles pour s'adapter aux exigences de ceux qui le peuplent ? Est-ce qu'il n'est pas aussi souple et fluide que l'esprit de ses créatures ? Est-ce qu'il n'existe pas tout simplement parce que nous… croyons qu'il existe ?*

*En d'autres termes, voici que se lève la vieille lune, la question à laquelle nul n'a jamais trouvé de réponse : qui, de la matière ou de l'esprit, a engendré l'autre ? Vous avez deviné, je pense, auquel des deux camps, matérialiste ou spiritualiste, j'appartiens.*

Elbor Al Mitalian,
De la nature de la Chaldria,
Kölkan 2, ou deuxième monde du Kölk.

« DIEUX », souffla Marmat.

Il s'était levé à son tour après avoir glissé machinalement sa kharba dans un repli de sa toge. Les yeux exorbités, la bouche entrouverte, il se grattait le cuir chevelu sous le tarbouche qu'il tenait soulevé de l'autre main.

Les créatures surgissaient de la végétation brune par d'invisibles ouvertures et se resserraient autour des deux griots en un cercle infranchissable et bruyant. Impossible pour l'instant de lire leurs intentions sur leurs faces allongées, surmontées pour la plupart d'une poignée de poils blancs et rêches. Ni leurs yeux entièrement sombres ni leur allure dandinante ne confirmaient l'impression de férocité suscitée par les dents qui débordaient de leurs mâchoires et leur plissaient les lèvres. Ils auraient pu ressembler à des êtres humains si leurs jambes n'avaient pas été aussi longues, presque le double de leur tronc, et leurs bras aussi courts. Leurs doigts étirés, trois à chaque extrémité, s'achevaient en ongles saillants apparentés à des griffes. Ils se tenaient debout mais voûtés, la tête rentrée dans les épaules, comme s'ils avaient passé la majeure partie de leur existence dans une cage au plafond trop bas. On reconnaissait les femelles à leurs mamelles un peu plus claires que leur épiderme gris et rugueux, les mâles à leur torse presque creux, à l'appendice rugueux qui reposait sur leurs testicules hypertrophiés.

Ils se pressaient maintenant par centaines autour des griots. Leur chœur éveillait en Seke une tristesse profonde. Le malheur, la dégénérescence et la mort étaient inscrits dans les sons de leurs formes.

« Des mutants, murmura Marmat. Les habitants de Bordles m'avaient parlé d'eux la dernière fois que je suis passé. »

Seke n'entrevit aucune brèche, aucune possibilité de battre en retraite.

« Tu ne m'avais pas dit que la barrière entre les espèces était infranchissable ? demanda-t-il.

— Si, et c'est la raison pour laquelle je n'avais accordé aucun crédit à cette histoire. Je croyais que c'était un fantasme, une pure création de l'inconscient. Le temps m'a donné tort. Comment, comment des êtres aussi dissemblables que les hommes et les kkez ont-ils pu s'unir et engendrer ces… une postérité ? »

Les créatures des premiers rangs s'étaient arrêtées à quelques pas des griots. Au second plan, les panaches de geysers s'élevaient et s'affaissaient au-dessus des ruines en soulevant des colonnes hachées de fumée ocre. L'œil noir d'un cyclone s'était ouvert entre deux bancs de nuages scintillants. De ce monde, pourtant plus fécond que les étendues désertiques du Mitwan, émanait une impression suffocante de désolation, de malédiction.

« Ils… ils ont tué les hommes ? » demanda Seke.

Marmat Tchalé haussa les épaules avant de désigner les mutants d'un mouvement de menton.

« Eux seuls pourraient nous le dire, mais ont-ils gardé l'usage de la parole ?

— Que comptes-tu faire ?

— Chanter. Leur remémorer leur histoire. Essayer de les repiquer dans l'étoffe humaine.

— Ils n'en ont peut-être pas le désir… »

Marmat dévisagea son disciple avec un sourire amer.

« Possible. J'accomplis seulement mon devoir de griot. »

Joignant le geste à la parole, il dégagea à nouveau sa kharba, la cala contre son ventre et posa l'extrémité de ses pouces sur les cordes.

L'œil du cyclone, là-haut, avait aspiré les bancs de nuages et triplé de volume, comme s'il avait l'intention d'avaler le ciel tout entier. Un sifflement assourdissant domina pendant quelques instants les grondements sourds des geysers et les premières notes de l'heptacorde de Marmat.

« Moi, Marmat Tchalé, du Cercle des griots, je viens du fond des âges pour vous porter le Verbe, frères d'Ez Kkez, je viens relier les fils qui tissent la grande étoffe humaine, oui, je suis le tisserand de l'âme humaine, je comble les vides creusés par le temps, j'exhume le passé, j'embellis le présent, je ménage l'avenir, tel est mon devoir, tel est mon honneur, telle est ma fierté. »

Les mutants des premiers rangs reculèrent, saisis par la voix du griot. Seke décela de la terreur dans leurs yeux sombres et dans l'agitation continue de leurs membres supérieurs – des bras atrophiés ?

« Moi, Marmat Tchalé, je suis venu sur Ez Kkez, huitième monde du système d'Ez, en ami, en frère, j'ai traversé l'espace et le temps pour vous rendre visite avec un esprit d'amour et de paix. Le temps s'est écoulé depuis ma dernière visite, oh, les vides creusés par le temps ! Vos ancêtres avaient bâti une ville splendide à cet endroit, oh, la magnificence de Bordles ! Ils m'ont accueilli les bras ouverts, ils m'ont traité en frère de l'espace, en fils du ciel. Je les revois encore, rassemblés en haies colorées et joyeuses dans les rues, j'entends leurs clameurs enthousiastes, je trempe mes lèvres dans la coupe de l'eau de bienvenue, je serre dans mes bras les enfants qui m'apportent un peu de boue chaude et un serpent de vase, les symboles de la planète et de la cité, je bénis les couples sur le point de s'unir, je chante l'histoire d'Ez Kkez devant une assemblée immense et fervente, je raconte l'arrivée des premiers hommes à bord des grands vaisseaux. Ils étaient las de la guerre, ils avaient fui les combats, ils aspiraient à une existence paisible sur une terre vierge, ils voulaient croître à l'abri des haines et des divisions. Voilà ce qu'étaient tes ancêtres, peuple d'Ez Kkez, des hommes et des femmes à la poursuite de leur rêve, les piliers d'une civilisation de prospérité et de partage. »

Les créatures avaient cessé de s'agiter. L'œil du cyclone aérien s'ouvrait en grand sur le fond verdâtre du ciel et gobait les dernières traînes nuageuses qui disparaissaient dans un mouvement accéléré de spirale.

« Ils affrontèrent les colères de leur monde d'adoption, une ère qui resta dans les mémoires sous le nom des quarante plaies d'Ez Kkez. Ils périrent par milliers dans les éruptions volcaniques, dans les tempêtes de soufre, les tremblements de terre, les inondations de boue brûlante. Oui, ce monde où ils aspiraient à vivre en paix ne se donna pas à vos ancêtres sans exiger des sacrifices. Les mères pleurèrent leurs enfants, les enfants leurs parents, les épouses leurs maris, les époux leurs femmes, et c'est sur une terre encore imprégnée de leurs larmes et de leur sang que les survivants édifièrent la cité du bord de l'espérance, Bords de l'Espoir, Bordeles, Bordles. Moi, Marmat Tchalé, le guérisseur de mémoire, la voix de l'espace, je n'ai rien oublié de ces moments à la fois glorieux et tragiques, je n'ai rien oublié de cette période d'exaltation et de deuil, je n'ai rien oublié de la souffrance et de la fierté de vos ancêtres. »

Les créatures s'étaient remises à bouger et à bruisser comme des herbes secouées par le vent. L'œil du cyclone aérien crachait dans le ciel toute sa noirceur, toute sa fureur. Une bourrasque happa le tarbouche de Marmat qui ne parut même pas s'en apercevoir.

« Je n'ai pas oublié non plus la beauté de Bordles, la splendeur des jardins suspendus, l'élégance des bâtiments sur pilotis. La ville de vos ancêtres célébrait la pérennité et la puissance du génie humain, oh, la constance du génie humain ! Elle abritait une activité intense, elle résonnait des rires et des cris, elle croissait au rythme de sa population comme le ventre d'une femme enceinte, oui, comme le ventre d'une femme enceinte. À plusieurs reprises elle fut détruite, une fois par un cyclone aérien, une fois par un tremblement de terre, une fois par l'éruption simultanée de cent geysers, une fois par une vague de boue brûlante, mais toujours elle se releva de ses ruines. Ô dieux, qui aura un jour le talent de narrer l'ardeur et la vaillance des humains d'Ez Kkez ? »

Les bourrasques répandaient une terrible odeur de soufre. Un murmure s'amplifiait, qui estompait peu à peu le chœur des formes. Seke luttait contre les coups de boutoir du vent qui lui retroussaient sa tunique par-dessus la tête. Les plantes s'arrachaient du sol et se tendaient comme des mains implorantes vers l'œil écarquillé du cyclone.

« Puis il advint que les enfants humains d'Ez Kkez rencontrèrent ses autres enfants, les kkez, qui vivaient sur le continent de l'autre côté de Grande Bahille, la mer de boue chaude. Il advint que le choc de leur rencontre les entraîna dans une nouvelle et longue guerre où les deux camps se rendirent coup pour coup. Longtemps ils eurent peur les uns des autres, longtemps ils refusèrent d'adopter un langage commun, longtemps ils pensèrent que ce monde ne pouvait pas porter deux peuples, deux espèces, comme si une mère ne pouvait pas nourrir deux enfants, oh, la folie des enfants qui doutent de la générosité de leur… »

Un cri strident jaillit de l'assemblée des créatures et interrompit le chant de Marmat. D'autres hurlements, de plus en plus rapprochés, le tirèrent définitivement de sa transe.

« Qu'est-ce qui leur prend ? » demanda Seke.

Marmat posa sa kharba sur le muret, rabattit les pans de ses vêtements et, tout en tentant de les maintenir plaqués contre ses jambes, se concentra sur les hurlements des créatures.

« Ils essaient de nous parler. »

On pouvait effectivement discerner dans le tapage des mutants des associations de syllabes qui formaient des bribes de phrases. Un langage sommaire apparenté au terranz. Le ciel virait au noir, les plantes arrachées par le vent s'envolaient en cercles tourbillonnants, les bourrasques éparpillaient les gouttelettes brûlantes des geysers dont les panaches ébouriffés s'élevaient à plus de deux cents pas de hauteur.

Seke percevait d'autres présences sous ses pieds, des formes qui semblaient évoluer dans la terre. La toge de Marmat ne tenait plus que par un pan enroulé autour de son bras. Sa barbe crépue dansait comme une collerette instable sous son visage. Il rencontrait d'insurmontables difficultés à discipliner sa longue tunique bariolée qui se retroussait par à-coups sur ses jambes épaisses et chaussées de sandales.

« On dirait qu'ils prononcent un nom ! »

Seke avait dû s'époumoner pour dominer le vacarme. Marmat acquiesça d'un mouvement de tête.

« Thellion. Celui qu'ils appelaient le fondateur de la Mutation souveraine.

— Thellion, Thellion, mmtamorrrphozzz, parrradis, baïïee, morrrt, morrrt, hommmmm… »

Le charivari s'amplifia encore pendant quelques instants avant de s'interrompre subitement, comme vaincu par les ululements des rafales et les grondements des geysers. Deux créatures, deux mâles, se détachèrent du cercle et s'avancèrent vers les griots. De près, on distinguait nettement les ruines d'humanité sur leurs traits, la colère dans leurs grands yeux noirs, la maladresse dans leur dandinement, la méfiance et la peur dans leur attitude hostile. Ils portaient, suspendu à leur cou par un collier de tiges tressées, un pendentif de pierre vaguement sculpté qui représentait sans doute un animal. Le premier, à l'épiderme plus terne et rugueux, se frappa la poitrine avec deux de ses trois doigts et dit :

« Ankkkate, draak, mmmoi.

— Ankkkate, draak, mmmoi », répéta le second.

Marmat écarta les mains, les paumes levées vers le ciel, pour leur signifier qu'il ne comprenait pas. Le vent s'engouffra dans sa tunique et faillit le déséquilibrer. L'œil agrandi du cyclone aspirait des formes indéfinies, des éclats de rochers ou des plaques de terre.

« Thellion grrrrand, mmmutation », reprit celui des deux mutants qui paraissait le plus âgé.

Le reste de sa phrase se perdit dans une succession d'onomatopées, de raclements, de sifflements.

« Attendrrr griot parrrtirrr, ajouta l'autre. Dirrr griot : pas hommes nous, nnnonnon, nous mmmutants, nous êtrrr nouveaux, nous pas hommes, nnnonnon, nous kkez, parrrtirrr Ba'ïl, griot parrrtirrr, plus revenirrrr, jamais. »

Marmat s'inclina avec exagération pour leur montrer qu'il les avait entendus. Le vent exploita son mouvement pour lui passer sa tunique par-dessus la tête. L'espace d'un instant, il ne fut plus qu'un corps nu et sombre empêtré dans une étoffe récalcitrante, une silhouette aux gesticulations peu compatibles avec la dignité de sa fonction. Seke n'eut pas le réflexe de rattraper le rire qui s'échappa de ses lèvres. Le mutant plus âgé saisit son pendentif de pierre entre ses griffes et le leva à hauteur de son front. Un mouvement de sa mâchoire dégagea et allongea ses canines.

« Draak dirrr ankkkate cccom…plirrr volonté Thellion. Draak dirrr : griot mourrrirrrr. »

Une formidable clameur souligna son intervention.

« Draak dirrrr : hommes plus Ez Kkez ! Hommes mourrrirrr ! Mourrrirrr ! »

Marmat parvint enfin à rabattre sa tunique, leva les bras pour réclamer le silence, mais son geste ne parvint pas à enrayer l'agressivité croissante de la multitude.

« Ils ne veulent rien savoir ! hurla Seke. Si la Chaldria ne nous vient pas en aide…

— Elle ne se manifestera pas pour l'instant. Notre physiologie n'est pas prête à supporter un deuxième transfert.

— Si elle attend trop longtemps, il n'en restera pas grand-chose, de notre physiologie ! »

L'œil du cyclone aspirait les derniers rayons d'Ez. Une brume d'un gris soutenu avait supplanté les nuages enflammés et le vert sale du ciel, qui ressemblait à une nappe plissée et tirée par une invisible main.

Impossible d'ouvrir une brèche dans les rangs serrés des créatures, plus nombreuses et vigoureuses que les miséreux des bas-fonds d'Hernaculum. Seke n'envisagea pas d'autre issue que le cyclone aérien, même si la voracité avec laquelle il avalait les roches pour les recracher des lieues et des lieues plus loin ne laissait pratiquement aucun espoir de sortir vivant de sa gigantesque spirale. Des éclairs tombaient de la tourmente par vagues de cinq ou six, répartis sur toute la largeur du ciel, précédés de coups de tonnerre qui ébranlaient la terre.

Les deux mutants excitaient la multitude de la voix et du geste, associaient leur fureur au déchaînement des forces naturelles. Quelques-uns, mâles et femelles, brandissaient maintenant des pics transparents ou des pierres. Les plus jeunes, plus petits de taille, à la peau plus claire, trépignaient et lançaient des glapissements suraigus.

« Il faut tenir encore quelques instants ! cria Seke en pointant le bras sur l'œil du cyclone.

— Nous finirons en bouillie, là-dedans ! » protesta Marmat.

D'une grimace, Seke indiqua qu'il préférait courir la chance, aussi minime fût-elle, plutôt que d'être réduit en charpie par les mutants. Il lut du soulagement dans le regard de Marmat. Son maître ne serait pas fâché de se débarrasser du fardeau de la vie. La tristesse persistante de son chant et sa souffrance n'étaient pas seulement dues au contraste entre la fluidité des flots chaldriens et la pesanteur des mondes visités. Seke lui posa la main sur l'avant-bras et le fixa droit dans les yeux.

« Quoi qu'il arrive, je suis heureux d'avoir eu un maître tel que vous. »

Il avait prononcé ces quelques mots presque à voix basse, mais il vit, au large sourire qui éclaira son visage, que Marmat les avait entendus malgré le vacarme.

« Et moi, je rends grâce à la Chaldria de m'avoir donné un disciple tel que toi. »

Les mutants reprirent leur marche en avant et comblèrent en partie la distance qui les séparait des griots. Une première pierre atterrit aux pieds de Seke, puis une aiguille transparente lui frôla la joue. Des ombres s'envolèrent au second plan, des buissons ébouriffés qu'il prit un temps pour des silhouettes implorantes.

Seke s'aperçut alors qu'il avait été trompé par les perspectives. Le cyclone aérien s'abattait plus loin qu'il ne l'avait estimé. Les mutants n'accordaient aucune attention à la tempête : ils savaient sans doute qu'elle épargnerait Bord'z, qu'elle passerait au large ou se briserait sur une barrière naturelle.

Une pluie de pierres et d'aiguilles dégringola sur les deux griots. Ils se protégèrent comme ils le purent des bras et des mains. La vague les aurait submergés dans quelques instants, et la Chaldria les abandonnait à leur sort parce qu'elle ne pouvait pas transgresser ses propres lois, qu'elle choisissait de laisser mourir ses serviteurs plutôt que de les condamner à cette peine terrible qu'on appelait « l'errance perpétuelle ».

La pointe d'une aiguille se ficha au-dessus de l'arcade sourcilière de Seke. Étourdi, il tomba à genoux et tenta de juguler le sang qui s'écoulait de la plaie. Des pierres le frappèrent à la nuque, au dos, à la poitrine, le vidèrent de ses dernières forces, le couchèrent sur le sol. Il sentit ou crut sentir le corps de Marmat s'allonger contre le sien, devina ou crut deviner que son maître essayait de le protéger des projectiles, des griffes ou des dents des mutants. Le crâne lacéré par leurs cris, il fut encore traversé par les souvenirs de Danseur-dans-la-tempête, par la légèreté infinie de ses évolutions entre les tourbillons de sable, puis il eut la sensation d'un déplacement soudain, d'une chute vertigineuse, comme s'il était happé par les flots de la Chaldria.

À moins encore qu'il ne fût aspiré par la bouche de la mort.

## CHAPITRE XVII

# SOMBILLIA

*Je me suis souvent demandé où les griots puisaient leur inspiration. Je crois le savoir maintenant : dans cette masse fantastique de données qu'on appelle la bêtise humaine !*

Inscription anonyme,
bas-relief du temple solarien de Xantor,
Siltaïr.

« VITE ! Vite ! »

Les galeries succédaient aux galeries, étayées à intervalles réguliers par des poutres en métal, envahies par une végétation translucide qui se déchirait aussi facilement que des toiles d'arak, traversées de sources bouillonnantes à l'odeur familière de soufre.

Erbillion croyait connaître tous les souterrains de Bord'z, mais il n'avait jamais emprunté ces passages. La silhouette claire de Sombillia écartait les ténèbres devant lui. Un mâle le suivait, qui lui donnait de temps en temps un coup sur le dos ou les fesses pour l'obliger à forcer l'allure.

Sombillia et lui avaient croisé un groupe surexcité dans un passage proche de sa tanière. Il avait craint d'être tombé sur l'une de ces phalanges chargées de maintenir l'ordre et d'éliminer les bouches inutiles, mais leur attitude l'avait rapidement détrompé : traitant la jeune femelle avec une déférence que les membres de la communauté réservaient d'habitude aux seuls ankkates, ils avaient tenu un bref conciliabule auquel il n'avait pas compris grand-chose, sauf qu'ils appartenaient à un mouvement clandestin opposé à l'autorité des serviteurs du draak et qu'ils projetaient de sauver les deux griots de l'injuste courroux du peuple des mutants.

Sombillia avait fixé Erbillion le Jeune avec une intensité qui lui avait dressé les poils sur la tête.

« Choisirrr, maintt'nant. Venirrr avec nous ? »

Oui, bien sûr, avec eux. Pas seulement parce qu'ils l'auraient tué sur-le-champ s'il avait répondu par la négative, mais parce que, ensorcelé par son odeur, il aurait suivi jusqu'au fond des enfers humains la jeune femelle qui venait tout juste d'égorger sa mère.

Mais alors, le grand rêve des mutants, le voyage vers le Ba'ïl, l'accomplissement de la métamorphose ?

« Oui, oui, grrrand rêvvv, mais pas comme dirrr ankkates, façon nous, comme dirrr vrrrai Thellion. »

Les ankkates ne disent pas la vérité ?

« Ankkates peurrr. Peurrrr draak. Nous pas vivrrr dans peurrr. Pas parrradis dans peurrr, pas mm'tamorphoz peurrr. »

Était-il nécessaire de tuer ma mère ?

De l'extrémité de ses doigts, Sombillia avait caressé la face d'Erbillion avec une douceur et une sensualité qui avaient déclenché de longs frissons sur sa nuque et son échine.

« Tuer Anzillia à cause griots, ou toi rrrester, pas suivrrr moi, manquer nouveau déparrrt. »

Les griffes acérées de la femelle avaient délicatement effleuré son torse et son ventre.

« Choisirrr toi féconder moi. »

Alors Erbillion le Jeune avait rejoint les rangs des clandestins qui combattaient l'influence des ankkates, de mauvais interprètes, selon eux, des volontés de Thellion le Grand. Ils avaient enfilé une série de galeries aux bouches camouflées par des leurres de terre ou de végétation. Malgré l'obscurité, Erbillion avait repéré les cavités creusées par les serpents de vase dans les parois et la voûte des conduits.

Le petit groupe s'était arrêté dans une salle souterraine très basse. Agenouillés ou accroupis, les vingt clandestins avaient entrepris d'effriter le plafond à l'aide d'aiguilles et de pierres aux arêtes tranchantes. Erbillion n'avait pas deviné où ils voulaient en venir jusqu'à ce que le plafond s'effondre dans un grondement prolongé. Plusieurs corps étaient tombés au milieu des éboulements de pierres et de terre. Des cris avaient retenti, une grande confusion avait régné pendant quelques instants, puis Sombillia avait tiré Erbillion par le bras et ils s'étaient lancés en courant dans le réseau des galeries souterraines.

« Vite ! Vite ! »

Des glapissements suraigus dominaient régulièrement les expirations et les bruits de pas. Les poursuivants semblaient peu à peu perdre du terrain, au grand soulagement d'Erbillion, qui n'avait pas l'habitude de courir et commençait à s'essouffler. Sombillia ne manifestait aucun signe de fatigue et le distançait parfois d'une dizaine de pas. Aiguillonné par le mâle qui le suivait, il devait alors puiser dans ses réserves pour combler l'intervalle. Il se demandait à quoi rimait cette cavalcade interminable dans les anciens égouts de Bord'z. Qu'avaient-ils donc commis de si terrible qui les obligeait à fuir comme des lâches ?

« Vite ! »

Sombillia s'engouffra dans une galerie étroite dont la bouche était surmontée d'une avancée jonchée de grosses pierres. Erbillion ne tiendrait pas longtemps à ce rythme. Des aiguilles enflammées lui transperçaient la poitrine, un voile lui tombait sur les yeux, il ne maîtrisait plus les tremblements de ses membres inférieurs. Il avait parcouru une vingtaine de pas dans le passage quand un grondement retentit derrière lui. Une odeur de poussière se répandit dans le boyau et l'informa que le dernier de leur petite troupe avait provoqué l'éboulement des pierres entassées au-dessus de l'entrée. Entre leurs poursuivants et eux, ils avaient placé un obstacle qui leur offrait un appréciable moment de répit. D'ailleurs l'allure se ralentit aussitôt, et c'est en marchant qu'ils gagnèrent une grande salle dont le plafond en forme de cône s'ouvrait sur le ciel. Des éclats lumineux se glissaient par l'ouverture circulaire et révélaient par intermittence les parois et le sol vêtus de cette matière écaillée et ancienne qu'on appelait saïton. Là-haut, un cyclone céleste déroulait ses tentacules jusqu'au sol et enfournait plantes et minéraux dans son immense gueule.

Erbillion sentait sur sa peau les effleurements des bourrasques et les piqûres caractéristiques des gouttes de geyser. Jamais il n'avait eu l'occasion de contempler le cœur d'un cyclone. Il restait d'habitude terré avec sa mère dans leur tanière jusqu'à ce que le calme revienne et que le ciel recouvre son apaisante couleur verte. Il vit des rochers traverser comme des comètes mortes le cercle assombri de la pointe du cône, des éclairs perforer le ciel barbouillé de noir. Assourdi par le fracas de l'orage, il parvint d'abord à contenir sa terreur, puis elle le déborda et le poussa à se recroqueviller sur lui-même, le menton rentré dans la poitrine, les mains posées sur les oreilles. Il ne sut combien de temps il resta dans cette position, mais, quand Sombillia vint se frotter contre lui, il pensa qu'il émergeait d'un cauchemar de plusieurs jours.

« Cyclonnn parrrti… »

Il releva la tête et enfouit sans le vouloir sa face dans ses mamelles. Le contact avec sa peau effaça toutes ses peurs et réveilla son désir. Elle le repoussa avec un soupir de regret.

« Voirrr. »

Elle le saisit par l'extrémité d'un membre supérieur et l'entraîna vers un angle de la salle. De l'ouverture du cône tombait désormais un rayon de lumière qui teintait le sol d'un vert lumineux. Des plantes avaient poussé dans les fissures et parsemé de taches brunes le gris sombre des parois. Le cyclone s'était dissipé, emporté par sa propre spirale. D'autres yeux sombres s'ouvraient sur la plaine céleste. Ils continueraient de grandir et s'avaleraient les uns les autres jusqu'à ce qu'il n'en reste qu'un, qui finirait par s'abattre à la surface de la planète et lui arracher d'autres morceaux d'elle-même. Les ankkates disaient qu'il fallait à la fois craindre et vénérer les cyclones aériens parce qu'ils avaient un rôle régulateur, qu'ils étaient l'expression de la volonté du draak. Ils avaient transporté les terribles aragnelles, les virus qui tissaient une toile desséchante autour du cerveau, et provoqué l'extinction des hommes, preuve pour les serviteurs du draak que leur mère Ez Kkez avait choisi ses enfants.

« Voirrr », répéta Sombillia.

Elle désigna deux corps allongés vêtus d'étoffes déchirées et ensanglantées. L'un avait une peau sombre, des poils serrés et blancs sur la tête et en bas du visage ; de son vêtement ne subsistaient que des lambeaux qui lui couvraient le ventre et le haut des membres inférieurs. La peau de l'autre était plus claire, ses membres et son corps plus fins, ses poils noirs, épais et ondulés ; des taches pourpres s'épanouissaient sur son front et sur l'étoffe claire enroulée autour de son bassin et de son torse.

La finesse de leurs traits bouleversa Erbillion.

« Griots… »

Sombillia observa avec attention, avec un brin d'amusement aussi, les réactions de son compagnon. D'autres mutants, mâles et femelles, s'assemblèrent en demi-cercle autour d'eux et fixèrent les deux hommes avec une expression qui oscillait entre crainte et adoration.

La poitrine des griots se soulevait régulièrement. Erbillion le Jeune prit conscience que les visiteurs venus du lointain espace devaient leur vie à l'intervention d'une poignée de clandestins. L'organisation mise en place par Sombillia et les siens avait fait preuve d'une remarquable efficacité.

« Longtt…temps ? »

Elle haussa les épaules pour lui montrer qu'elle n'avait pas compris le sens de sa question. Comme à chaque fois qu'il lui fallait préciser une idée, une petite vague de panique le traversa, qui embrouilla ses pensées et ses mots. Il reporta son attention sur les griots dans l'espoir absurde qu'ils l'aideraient à recouvrer l'usage de la parole. Même s'ils étaient très différents l'un de l'autre, il fut une nouvelle fois émerveillé par la beauté de leurs traits.

« Vous dirrr ankkates pas dirrr vrrrai... » essaya-t-il.

Sombillia eut un large sourire qui dégagea ses canines montantes et lui plissa la lèvre supérieure.

« Longtemps, longtemps. Plein générations pas vivrrr dans peurrr draak, pas vivrrr dans peurrr ankkates. Pèrrre moi, pèrrre eux, lutter ankkates. Beaucoup eux tués. » Elle marqua un temps d'hésitation. « Pèrrre toi, pas morrrt grrrande disette, non, non, morrrt tueurrrs ankkates. »

Erbillion se rappela alors qu'une petite troupe menée par un ankkate avait ramené à la tanière le cadavre à demi dévoré de son père. Sombillia lui apprenait que sa mère et lui s'étaient trompés de chagrin. Les ankkates ne l'avaient pas seulement privé de son père, ils lui avaient interdit de partager son mystère, de jeter un regard différent sur la vie. Des larmes roulèrent sur ses joues. Cette stupide manie de pleurer.

« Pourrrquoippp... pas dirrr moi avvv... avvvant ? »

Sombillia lui posa son membre supérieur sur l'épaule.

« Pas connaîtrrr toi. Peurrr toi dirrr ankkates. Attendrrr mo... »

Un gémissement du griot à la peau claire l'interrompit. Il remuait comme un serpent de vase sur le béton écaillé et prononçait des successions de syllabes qui ressemblaient à un langage. Le sang séché avait collé quelques-uns de ses poils noirs sur le côté de sa tête.

Par l'ouverture circulaire du plafond, Erbillion contempla les nuages enflammés qui paressaient dans le vert du ciel. Depuis qu'il avait vu ces deux hommes, l'envie le tenaillait de sortir des égouts de Bord'z, de relever la tête, de vivre enfin dans la lumière.

« Ba'ïl, pas autrrr côté grrrande merrr de boue chaude, ajouta Sombillia. Ba'ïl, intérieurrr nous. Comprendrrr. Et griots venirrr montrrrer autrrr côté nous. Donner signal déparrrt.

— Ppp...artirrr où ? »

Elle se frappa à plusieurs reprises sous la mamelle gauche.

« Pas partirrr merrr de boue, non, non. Partirrr cœurrrr, esprrrit, intérieurrr. Entendrrr chant griots, puis accomplirrr nouvelle mm'tamorphoz dirrr vrrrai Thellion. »

Erbillion évacua une nouvelle crise de larmes. Chez lui, les difficultés de compréhension, d'assimilation, se traduisaient aussi par des écoulements incontrôlables. Des brindilles et des particules scintillantes, vestiges du cyclone aérien, flottaient dans la colonne de lumière dont la base s'écrasait en mare étincelante sur le sol.

« Grrrande chance, Rrrbillion, nous entendrrr chant griot, chant griot. »

Des gloussements de joie ponctuèrent les paroles de Sombillia. L'homme à la peau claire ouvrit des yeux hagards sur les mâles et femelles du petit groupe qui se pressait devant lui.

Il n'y avait pas d'hostilité dans le regard ni dans le comportement des mutants. Immobiles, ils fixaient Seke avec une attention respectueuse, quasi religieuse. D'une ouverture du plafond tombait une colonne aveuglante qui habillait de lumière verte les parois et le sol de la salle souterraine.

Seke crut que l'aiguille de pierre était toujours fichée au-dessus de son arcade sourcilière, mais ses doigts ne palpèrent qu'une plaie recouverte d'une croûte de sang séché. Ses gestes pourtant anodins réveillèrent les innombrables douleurs assoupies dans ses membres. Il avait un jour glissé sur la pente d'une montagne dans le Mitwan, et il avait repris connaissance dans le nid avec la même impression d'avoir roulé une journée entière sur un lit de cailloux. Il faillit se rallonger, fermer les yeux, replonger dans l'oubli du sommeil, puis il se souvint que Marmat était couché contre lui lorsque le sol s'était dérobé, tourna la tête, découvrit le corps de son maître étendu à deux pas de lui, dénudé, ensanglanté, inerte. Oubliant la douleur, il s'en approcha à quatre pattes et posa l'oreille sur sa large poitrine. Il discerna les battements de son cœur, si lointains, si ténus qu'ils semblaient sur le point de s'éteindre à chaque instant. La Chaldria ne se manifesterait pas tout de suite : Marmat était encore trop faible pour supporter le voyage du retour.

Gagné par le découragement, Seke resta un long moment prostré à côté de son maître avant qu'un murmure lui fasse reprendre conscience de la présence des mutants. Il se redressa, les observa, se laissa emporter par un flot de dégoût et de colère, puis il se dit que ceux-là n'avaient pas participé à la folie meurtrière de leurs congénères, qu'au contraire ils leur avaient sauvé la vie, à Marmat et à lui, qu'il devait les regarder avec gratitude.

Il essaya de redonner une allure acceptable à ses vêtements déchirés, puis il se leva et s'efforça de rester campé sur ses jambes flageolantes. Il entrevit un pan de ciel vert découpé par l'ouverture centrale du plafond en forme de cône.

« Je suis… nous sommes du Cercle des griots, et nous venons de mondes lointains pour vous porter le Verbe, frères d'Ez Kkez. »

Ces mots, empruntés à son maître, étaient sortis tout seuls de sa gorge. Les mutants commencèrent à s'agiter, à bruisser, à pousser des glapissements. Il lui fallut faire un effort pour entrevoir l'humain dans leurs traits grotesques, tout comme lui-même avait éprouvé de grandes difficultés à se glisser dans son corps et son esprit d'homme.

« Chant, chant, chant… »

Une femelle s'avança d'un pas et tendit les bras dans sa direction. Bien qu'un poil blanc, rêche, clairsemé, habillât son crâne et ses membres, le patrimoine humain se distinguait chez elle davantage que chez ses congénères. Hormis la teinte et la texture de la peau, son corps avait à peu près gardé les proportions d'un corps de femme.

« Chant, chant, chant… »

Elle l'implorait de chanter. Ils avaient sans doute attendu ce moment depuis toujours, entretenant dans la clandestinité la flamme de la vigilance afin de soustraire les visiteurs célestes à la colère de leurs congénères. Il lança un regard désespéré à Marmat, toujours inconscient sur le sol. Selon les règles du Cercle, seuls les griots qui avaient reçu leur kharba étaient autorisés à porter le Verbe, et il ne recevrait la sienne que lors de la prochaine assemblée chaldrienne. Pourtant, les survivants d'Ez Kkez exprimaient le désir urgent et sincère d'entendre la voix de l'espace, de se réinsérer dans la grande famille humaine dispersée dans les étoiles. Lorsque Seke demandait à son confrère où il puisait son inspiration, Marmat répondait invariablement qu'il entrait dans la transe, qu'il devenait la caisse de résonance du Verbe. Il n'existait pas de technique proprement dite, seulement un état de réceptivité absolue, un effacement de cette enveloppe à la fois dérisoire et encombrante qu'on appelle le moi, ou le « petit soi ».

« Un bon griot, ce n'est pas celui qui impose sa volonté, c'est celui dont l'écoute est totale, qui ne fait pas de bruit… »

Les enfants du Tout ne désignaient-ils pas les hommes comme des faiseurs de bruit ? Ne l'avaient-ils pas appelé, lui, le petit d'homme, Qui-vient-du-bruit ?

Alors Seke ferma les yeux et se concentra sur les sons. Les cris des mutants l'irritèrent dans un premier temps, mais il se remémora les leçons de ses compagnons de nid, affina son écoute et perçut au bout de quelques instants les chants des formes, les vibrations émises par les grains de matière, les cordes intimes qui s'enchevêtraient en chœurs tantôt monotones, tantôt chatoyants.

Les mutants ne savaient pas encore tirer des accords harmonieux d'une gamme à laquelle s'étaient ajoutés et retranchés des tons, ils vivaient dans la répulsion d'un passé qui les fascinait et dans la hantise d'un avenir qui les effrayait.

Mi-humains, mi-kkez ; ni humains, ni kkez.

Un grand vide se fit en Seke, un silence grandit en lui, qui n'étouffait pas les chants des formes mais les sous-tendait, un peu comme s'il plongeait dans un sommeil profond tout en gardant les sensations de son corps. Alors il rouvrit les yeux, contempla les mutants qui dansaient d'allégresse et laissa le Verbe jaillir à travers lui.

« Je suis Seke, de la confrérie des griots, je viens du lointain espace pour vous donner le baiser du salut, frères d'Ez Kkez. »

Sa voix ne blessait pas le silence, elle coulait de sa gorge comme une source puissante et paisible. Les mutants se turent et levèrent sur lui des regards brûlants d'espérance.

« J'ai franchi des distances et des temps inconcevables pour vous porter le Verbe, vous dire que vous n'êtes pas seuls dans cet univers, que vous n'avez pas sombré dans l'oubli, que vous appartenez à la grande famille de tout ce qui vit. Je viens vous dire l'immensité de l'univers, oh, l'immensité de l'univers, vous dire la diversité de l'univers, oh, la diversité de l'univers. Mais je vous le dis aussi, gens d'Ez Kkez, la beauté de l'univers n'est rien en comparaison de votre beauté intérieure, la beauté de l'univers n'est que le pâle reflet de votre beauté intérieure. »

Les mots glissaient sans effort de la bouche de Seke. Porté par la même légèreté, la même ivresse que lors de ses voyages sur les flots chaldriens, il était le temple d'une présence omnisciente, un point qui renfermait tout l'espace, un puits sans fond où se déversaient les courants du temps.

« J'ai vu des hommes et des femmes se lancer sur la grande mer de boue bouillante, j'ai vu leurs frêles embarcations secouées par les vagues gigantesques, je les ai vus sombrer dans les tourbillons, j'ai vu s'ouvrir les gueules terribles des monstres des grands fonds, j'ai vu des kkez voler à leur secours, je les ai vus sauver, soigner, nourrir ces êtres humains qu'ils combattaient depuis des siècles, j'ai vu une grande amitié se nouer entre les anciens ennemis. Ces hommes et ces kkez furent considérés comme des traîtres et rejetés par les autres, ils durent fuir les représailles des deux camps, se cacher dans les entrailles d'Ez

Kkez, survivre dans l'obscurité et la terreur. Je les ai vus s'aimer, hommes et femelles kkez, femmes et mâles kkez, ils s'aimèrent si fort qu'ils découvrirent la beauté dans l'autre et renversèrent la barrière des espèces. Et voici qu'ils engendrèrent des enfants, des hybrides, voici que le peuple kkez et le peuple humain décidèrent d'exterminer ces fruits de l'amour, voici que des escouades des deux camps explorèrent les souterrains afin de massacrer ceux qu'ils appelaient les fils de l'abomination, voici que les mutants tombèrent dans la clandestinité et qu'on crut leur engeance définitivement éteinte. »

Des larmes roulaient sur les joues des mutants pétrifiés. Emporté par le rythme lancinant de sa voix, Seke ne savait pas si ses paroles reflétaient une quelconque vérité, mais les images et les mots qui le traversaient, qui s'imposaient à lui, lui paraissaient justes et nécessaires, ils jaillissaient d'une source qui ne concernait pas seulement le passé des habitants d'Ez Kkez, mais l'ensemble des humanités dispersées, la totalité des êtres vivants.

« Alors vint Thellion le Grand, qui rassembla les mutants et affirma leur existence aux yeux du monde. Thellion ne prêcha ni la haine ni la vengeance, il redonna l'espoir aux siens, oh, la nécessité de l'espoir, il les exhorta à relever la tête, à regarder vers le ciel. Les hommes le capturèrent et le persécutèrent, les hommes parfois n'acceptent pas de se contempler dans les miroirs tendus par les autres vivants, les hommes s'empressent de détruire ce qui ne leur ressemble pas. Thellion mourut dans d'atroces souffrances, mais il accepta son sacrifice, le prix à payer pour que les siens continuent de regarder vers l'avenir… »

Une brûlure au visage ramena brutalement Seke à la surface des choses, à la perception de son corps, aux douleurs qui fredonnaient dans ses membres, à l'odeur de soufre saturant l'air de la salle. Adossé à la paroi, Marmat Tchalé l'observait attentivement, avec dans ses yeux globuleux une lumière intense qui pouvait aussi bien passer pour de la réprobation que de l'étonnement. La tête basse, les mutants pleuraient sans un bruit, comme pour éviter de perturber le silence des griots.

« Je… je suis heureux de te… de vous voir revenu à la vie, maître », bredouilla Seke, dégrisé.

Marmat lança des regards étonnés autour de lui, comme s'il cherchait d'invisibles personnages.

« Maître ? »

Le tremblement de sa voix et le gris étonnamment clair de sa peau traduisaient son extrême faiblesse.

« Je ne vois pas de maître ni de disciple ici. Seulement deux confrères voyageurs. »

Si Seke avait tiqué devant la nourriture offerte par les mutants, Marmat, lui, ne s'était pas fait prier pour manger. Deux mâles avaient rapporté de leur expédition des reptiles aux écailles grises dont ils avaient ouvert l'abdomen à l'aide d'aiguilles transparentes, puis qu'ils avaient vidés de leur terre, de leurs viscères et de leur sang. Ils leur avaient ensuite retroussé la peau avant de les couper en petits morceaux et de les présenter aux deux hommes assis juste sous l'ouverture circulaire du plafond.

« Tu n'as pas idée de tout ce que j'ai avalé au cours de mes voyages, dit Marmat. Le partage de la nourriture est, à mon avis, un aspect essentiel de la fonction de griot. »

L'attention avec laquelle les mutants observaient les visiteurs démontrait mieux que tout discours la justesse de son raisonnement. Seke surmonta donc son aversion pour saisir un morceau de serpent et l'enfourner dans sa bouche. Une fois dissipés les relents de terre, le goût de la viande le surprit. Plus ferme que celle des tritrilles, plus tendre que la chair humaine, elle dévoilait des saveurs inattendues sous sa fadeur première. Il mangea de bon appétit, et les mutants, rassurés, s'autorisèrent alors à l'accompagner.

« Il m'a semblé, quand ils nous ont lapidés, que… que tu ne tenais pas vraiment à cette existence… »

Perturbé par la remarque de Seke, Marmat porta à sa bouche une coupe de pierre emplie d'une eau tiède et trouble. Une grimace lui étira les lèvres et lui plissa les yeux après qu'il en eut avalé deux gorgées.

« L'existence est un sac parfois bien lourd à porter, répondit-il. Et la mort nous apparaît comme une délivrance, comme un soulagement. Je l'ai désirée très souvent, mais c'est une maîtresse capricieuse et elle n'a jamais daigné exaucer mes souhaits.

— Comment peut-on souhaiter mourir ? »

Marmat dévisagea Seke d'un air pénétrant.

« Tu n'as jamais aimé quelqu'un ?

— Si, Autre-mère, Danseur-dans-la-tempête, les compagnons du nid… »

Seke se retint au dernier moment d'ajouter le nom de Jaïfe.

« Aimer plus que toi-même, je veux dire, aimer au point de vouloir donner ta vie pour l'autre ? »

Seke ne répondit pas. Il n'avait jamais envisagé l'amour sous une forme aussi extrême. Il avait joui de l'affection des enfants du Tout et de la différence de Jaïfe, mais il n'avait pas songé à les rejoindre dans l'autre monde. Il y avait encore tellement de choses à explorer dans l'univers des formes qu'il n'était pas pressé de découvrir les territoires de l'informe, le Pays où le souffle change de sens, selon les perceptions d'Autre-mère.

« Ne tombe jamais amoureux, fit Marmat. Interdis-toi formellement de tomber amoureux. L'amour ne t'apporterait que des désillusions, des déceptions. Je ne parle pas bien sûr de l'amour universel, de la compassion pour tout ce qui vit, celui-là nous est insufflé par la Chaldria, je parle de l'amour exclusif, de l'amour qui fait battre le cœur, qui rend idiot, qui emprisonne. Un griot n'a pas le droit de s'attacher. Pas le droit. »

Les mutants, assis quelques pas plus loin, suivaient la conversation avec intérêt. Même s'ils ne comprenaient rien ou pas grand-chose, les voix des griots qui se chevauchaient, qui se répondaient, résonnaient à leurs oreilles comme la plus douce des musiques. Le ciel avait pris une teinte vert sombre traversée de fulgurances rougeoyantes. L'avènement de la nuit peut-être, ou l'imminence d'un nouveau cyclone.

« Tu as connu un amour de ce genre ? » insista Seke.

Marmat but encore une gorgée d'eau, puis il s'allongea, la nuque posée sur ses mains croisées.

« Ne tombe jamais amoureux, mon jeune ami, ou tu serais projeté jusqu'à la fin dans l'enfer des regrets.

— Une dernière chose : pourquoi m'as-tu appelé Seke ?

— Un surnom de Galban la sèche. Il m'est venu dès que je t'ai aperçu sur la scène du théâtre de Jezomine. Ça veut dire "l'inespéré" en vieille langue galbane. »

Erbillion le Jeune ne se lassait pas de contempler les visages des griots endormis. Le sommeil donnait encore davantage de noblesse à leurs traits. Il avait frémi de joie lorsque le groupe lui avait demandé de rapporter des serpents de vase afin de les offrir aux deux visiteurs célestes. Il avait démontré son utilité aux clandestins et sa valeur à la femelle qui l'affolait de ses odeurs. Il s'était révélé nettement plus efficace que d'habitude dans sa chasse, parcourant les galeries voisines au pas de course, ramenant une pleine poignée de reptiles dont certains atteignaient la longueur et l'épaisseur de ses membres supérieurs. Aucun d'eux ne l'avait mordu – heureusement, car le venin des grands serpents de vase pouvait entraîner une paralysie progressive des muscles.

Il devait cette habileté et cette audace à l'influence des griots. La voix du visiteur céleste à la peau claire avait soulevé en lui des sensations et des émotions inconnues, ou plutôt endormies, comme si elle l'avait conduit dans une pièce oubliée de son esprit. Et ses larmes avaient exprimé la joie plutôt que la douleur ou l'embarras. Une porte s'était entrebâillée, qui s'ouvrait sur un autre monde. Il n'était plus cet être sans passé ni avenir, condamné à errer jusqu'à la fin de ses jours dans les anciens égouts de Bord'z, il avait entrevu le Ba'ïl intérieur, il était prêt pour un nouveau départ, pour cette exploration du cœur et de l'esprit à laquelle le conviait Sombillia. Il repensait à Erbillion l'Ancien, ce père qu'il avait si peu connu, à tous ceux qui avaient préparé le voyage et qui n'avaient pas eu la chance d'entendre le chant des griots.

Une volée d'odeurs l'avertit que Sombillia s'approchait dans son dos. La lumière ténue qui se glissait par le cercle étoilé du plafond se volatilisait dans l'obscurité.

« Venirrr. »

Elle l'invita à se relever d'une pression sur l'épaule. Il obtempéra, le cœur battant, un peu inquiet soudain à l'idée d'affronter l'inconnu, de se dépouiller des ultimes lambeaux de son ancienne vie. Ils louvoyèrent entre les autres kkez endormis et s'engagèrent dans une galerie dont l'étroitesse les contraignit à marcher l'un derrière l'autre. Elle se jetait dans un passage plus large, traversé en son milieu d'une rivière qui croupissait dans un lit de béton.

Des frémissements de l'eau trahissaient la présence de louvognes, des créatures aquatiques absolument immangeables. La mère d'Erbillion lui avait expliqué, avant son déclin, que les aragnelles, les virus qui avaient décimé les hommes et les kkez, s'étaient développées dans les œufs des louvognes. Il n'avait pas vraiment cru à cette histoire, d'autant que les ankkates donnaient une tout autre explication à l'origine de l'épidémie – eux prétendaient que les aragnelles avaient été transportées par le draak aux ailes rouges et ses fils les cyclones aériens –, mais il veilla à ne pas poser l'extrémité de ses membres inférieurs dans l'eau et constata que Sombillia observait les mêmes précautions que lui.

Ils marchèrent pendant un temps qu'il aurait été incapable d'évaluer. Il se métamorphosait en un bloc de désir dans le sillage odorant de la femelle, et il se serait jeté sur elle sans la petite voix intérieure qui lui ordonnait de contenir ses pulsions. Sans la peur également d'écraser des œufs de louvogne et d'être contaminé par l'aragnelle, même si le virus n'avait pas d'effet mortel sur les derniers descendants de Thellion le Grand.

Il devina, au courant d'air chaud qui lui caressa la face, qu'ils s'approchaient de la sortie des égouts. Ils débouchèrent quelques instants plus tard dans une salle souterraine hérissée de piliers cylindriques. La rivière disparaissait au loin dans un bruit de cataracte, et Erbillion entrevit les remous des louvognes qui remontaient à contre-courant pour éviter d'être entraînées dans la chute. Sombillia le guida vers un escalier en colimaçon, en parfait état contrairement aux marches métalliques disséminées dans les galeries et rongées par la rouille. L'ascension lui donna la sensation étouffante d'être enfermé dans une cage.

« All… aller où ? »

Elle ne répondit pas, mais le simple fait d'avoir posé la question lui avait permis de desserrer la gorge. Il respira encore un peu mieux lorsqu'ils arrivèrent sur un palier cerné de hauts murs à demi éboulés. Ils pénétraient sans doute dans l'une de ces constructions en ruine qui témoignaient du passage des hommes sur Ez Kkez. Il n'y avait jamais mis les pieds, parce que la loi des ankkates l'interdisait formellement, et aussi par superstition, craignant que le moindre contact avec les vestiges humains n'attire la malédiction sur sa famille et lui.

« All…ller où ? »

Sombillia se retourna et l'exhorta à la patience d'un petit sourire qui lui fronça le nez. Ils traversèrent plusieurs pièces en enfilade, contournant parfois les monticules de gravats qui surgissaient de la nuit, spectres ventrus et pâles. Les rayons des satellites d'Ez Kkez se faufilaient par les ouvertures et s'étalaient en nappes blafardes sur les dalles fendillées.

« Voirrr maintt'nant », dit Sombillia.

Elle se pencha pour franchir une ouverture basse, et Erbillion l'imita après un petit moment d'hésitation. Le spectacle qu'il découvrit de l'autre côté lui coupa le souffle : au milieu d'une profusion végétale déjà en soi admirable se devinaient les contours légèrement brillants d'une silhouette assise sur un socle. Il resta pétrifié par la stupeur et l'appréhension jusqu'à ce que Sombillia l'entraîne vers le centre de la pièce. Il ne s'agissait pas vraiment d'une pièce, d'ailleurs, mais d'un espace à ciel ouvert entouré de quatre hauts murs. Tout là-haut se découpait un carré de firmament où les étoiles semblaient orbiter autour des yeux noirs des cyclones aériens et des satellites. Ils se frayèrent un passage au milieu d'une végétation dont la densité les obligea à se livrer à d'incessantes contorsions.

Erbillion ne connaissait du monde végétal que les branches souples et les feuilles brunes des buissons qui dévoraient les ruines de Bord'z et s'aventuraient par endroits dans les tanières ou les passages souterrains. Ces arbres, ces plantes paraissaient surgir tout droit d'un autre monde, comme les visiteurs célestes. Ils grimpaient jusqu'en haut des murs d'où ils retombaient en cascades vertes et frissonnantes. Sans doute très âgés, aussi âgés que les bâtiments, ils avaient survécu aux cyclones aériens, protégés par leurs remparts de pierre ou encore implantés dans l'une de ces zones épargnées par les tourmentes célestes.

« Voirrr, voirrr », haleta Sombillia.

Ils étaient arrivés à l'intérieur d'un cercle dégagé et jonché de feuilles mortes autour du socle. Elle désignait la silhouette assise avec dans les yeux, dans l'attitude, une ferveur intense. Les marques plus ou moins profondes semées par la végétation zébraient sa peau plus claire et tendre que celle d'Erbillion.

La consistance du socle et de la silhouette le dérouta. Ce qu'il avait pris pour une statue taillée dans une matière légèrement brillante n'était en fait qu'un jeu de transparences, une image sans épaisseur, des lignes esquissées et soulignées par une invisible source lumineuse. Le tout figurait un corps qui aurait pu appartenir à un humain ou à un mutant. On ne distinguait ni les traits ni les membres, seulement cette forme globale arrachée de la nuit comme un songe.

« Thellion ! » s'exclama Sombillia.

Il ne réussit pas à partager l'enthousiasme de la femelle. Quelque part au fond de lui, il était écrit que ce phénomène lumineux n'était pas aussi extraordinaire qu'il le paraissait.

« Thellion », répéta-t-elle.

Comment pouvait-elle être certaine que cette silhouette était celle du fondateur de la Mutation souveraine ?

« Thellion, venirrr passé annoncer venue griots », précisa-t-elle comme si elle avait deviné ses doutes.

Les paroles de Sombillia, pourtant crachées avec force, ne le convainquirent pas. Un trouble subsistait au fond de lui, qui l'empêchait d'exprimer son enthousiasme par un bond de joie ou une mine émerveillée Il avait besoin d'une confirmation, d'une preuve. Et cette preuve, seuls les griots, eux qui venaient du temps, eux qui parcouraient le vaste univers, eux qui ouvraient les portes de la mémoire, pouvaient la lui fournir. Il résolut de les conduire dans cet endroit, avec ou sans l'accord des clandestins, de les interroger sur la nature de l'apparition, mais, comme il ne voulait pas déplaire à Sombillia, il s'efforça de déployer la fougue qu'elle attendait de lui.

« Thellion », s'exclama-t-il d'un air extasié.

Elle poussa un cri de triomphe et l'enveloppa aussitôt dans un filet d'odeurs irrésistibles.

CHAPITRE XVIII

# KHARBA

*Pourquoi, ma sœur, scruter le ciel à toute heure du jour et de la nuit ?*

*Je ne veux pas manquer la venue de celui qui vient.*

*De qui parles-tu ? Aucun homme n'a le pouvoir de descendre du ciel pour t'emporter avec lui.*

*Je ne le connais pas, mais je sais qu'il vient, et je l'attends.*

*D'où tiens-tu cette certitude, ma sœur ?*

*De mon cœur, le gardien de mon âme.*

*Que dirai-je aux hommes qui assiègent la maison de notre père ? Tous te veulent pour épouse.*

*Qu'ils se marient avec mes autres sœurs et toi.*

*Tu es l'aînée, pas une d'entre nous ne prendra de mari tant que tu n'auras pas fait ton choix. Ô dieux, la sécheresse de ton cœur nous condamnera-t-elle à la stérilité ? Condamnera-t-elle notre famille à l'extinction ?*

*Et toi, me condamnerais-tu à l'horreur d'une existence sans amour véritable ? Ignores-tu, petite sœur, que le manque d'amour véritable est la malédiction suprême des êtres humains ?*

*Comment le saurais-je, puisque ton intransigeance m'interdit d'aimer ?*

*Comment le saurais-tu, en effet, puisque ta soif te pousse à boire l'eau amère de la désillusion ?*

L'amour par-delà les temps,<br>théâtre cathartique de Grande-Île des Fresles,<br>Frater 2, ou Petit Frère.

BIEN QU'IL FÛT encore trop faible pour accompagner Seke dans ses recherches du nœud chaldrien, l'état de santé de Marmat s'améliorait de jour en jour.

« Il n'y a qu'une porte par monde, avait-il déclaré. Si nous ne la trouvons pas, nous ne manquerons pas seulement l'alignement chaldrien et l'assemblée du Cercle, nous serons condamnés à rester sur Ez Kkez jusqu'à la fin des temps. »

Les tremblements de terre, les éboulements, les éruptions de soufre et les rondes incessantes des troupes des ankkates compliquaient l'exploration des sous-sols de Bordles.

Les mutants avaient tenté d'expliquer aux griots l'organisation de leur société et, surtout, le rôle prépondérant joué par les gardiens de la religion du draak, le dieu des cyclones aériens. L'excès d'autorité des ankkates avait poussé une partie de la population à entrer dans la clandestinité. Les dissidents avaient exhumé l'enseignement originel du fondateur de la Mutation souveraine et interprété les paroles de Thellion d'une façon radicalement différente : là où les prêtres du draak affirmaient qu'il fallait se débarrasser de tout vestige humain pour entamer la métamorphose, leurs opposants pensaient au contraire qu'ils devaient préserver leurs patrimoines humain et kkez, qu'ils ne défricheraient leur voie d'évolution qu'en cultivant l'un et l'autre. Les premiers avaient attendu le passage des griots pour trancher les derniers liens avec l'humanité et voguer ensuite vers la rive opposée de la grande mer de boue ; les seconds, pour entendre le chant des visiteurs célestes et entreprendre le voyage vers le Ba'ïl intérieur.

Seke s'était également appuyé sur les souvenirs de Marmat pour reconstituer le passé d'Ez Kkez. Des ruines des deux civilisations qu'avait portées la planète, la kkez et l'humaine, était issu un peuple qui ne s'était pas encore affranchi de ses déchirements, qui continuait de porter en lui le conflit.

« La mémoire profonde, avait expliqué Marmat. Les mécanismes anciens s'adaptent, se présentent sous des formes nouvelles.

— Qu'est-ce qu'on peut faire pour les arrêter ?

— Pourquoi vouloir les arrêter ? Nous ne sommes là ni pour changer le cours des choses ni pour prononcer une sentence, mais pour aider les êtres vivants à prendre conscience de leurs pensées et de leurs actes. Ils avanceront sur leur chemin en toute liberté, en toute lucidité. Nous devrions porter la flamme, nous nous contentons trop souvent d'être des soldats du bien et du mal. Voilà pourquoi, sans doute, nous rencontrons de plus en plus de haine sur les mondes que nous visitons. Nous cédons trop souvent à la facilité d'adopter un parti ou un autre. Porter la flamme exige une compassion et un désintéressement de tous les instants, et nous sommes des êtres intéressés, Seke, peut-être les pires de tous, ceux qui se déguisent en vêtements de sage, ceux qui cultivent dans le secret de leur âme le mérite, l'attachement ou le mépris pour tout ce qui vit. Mon ami Zaul a raison : la Chaldria, ce présent somptueux, nous sera bientôt retirée.

— Vous êtes plusieurs à en être conscients. Si vous essayiez de convaincre les autres de repartir sur de nouvelles…

— La volonté de convaincre est probablement la cause principale de tous les égarements. Ton chant était beau l'autre jour parce qu'il ne cherchait pas à convaincre, il invitait à regarder, à comprendre. Les civilisations les plus sophistiquées, les plus évoluées, se sont toutes effondrées lorsqu'elles ont un jour cessé de servir pour imposer, conquérir. »

Seke avait écarté les bras et levé des yeux excédés sur l'ouverture circulaire du plafond.

« Qu'est-ce qu'il faut faire, alors ?

— Être. Simplement. »

Les actes de Marmat ne correspondaient pas à ses discours : il « n'était » plus depuis qu'il avait perdu sa kharba. Il avait prié les mutants de tout mettre en œuvre pour retrouver son heptacorde, et ils envoyaient, dans les ruines de Bord'z, de régulières expéditions qui n'avaient pour l'instant donné aucun résultat. La tradition du Cercle voulait qu'à chacun de ses membres correspondît un seul instrument ; si les circonstances conduisaient un voyageur céleste à être séparé de sa kharba, il perdait *de facto* son statut et ses prérogatives de griot. Marmat ne redoutait pas la mort – il l'appelait parfois de ses vœux, comme il l'avait reconnu les jours précédents –, mais il ne voulait à aucun prix subir l'humiliation publique de la destitution. Aussi exhortait-il sans cesse les mutants à partir à la recherche de son instrument sans tenir compte des dangers que de telles incursions leur faisaient courir. À plusieurs reprises, les troupes des ankkates avaient failli surprendre les clandestins affairés à fouiller l'éboulis de la salle basse où les deux griots étaient tombés.

« Je n'ai pas eu besoin de kharba pour chanter l'autre jour », avait avancé Seke.

Marmat lui avait décoché un regard d'où était exclue la moindre trace d'aménité.

« Ne sois pas présomptueux, mon jeune ami. Nous pouvons tous chanter un jour ou l'autre sans kharba, mais, la plupart du temps, nous sommes sans elle aussi expressifs que des oiseaux à qui on aurait arraché le bec.

— Ce n'est qu'un instrument après tout.

— Tes mains, ta bouche, ta voix, ton corps ne sont aussi que des instruments. Accepterais-tu de t'en séparer ? »

Les mutants avaient supplié les deux hommes de chanter à plusieurs reprises. Marmat avait refusé de s'exécuter sans son heptacorde et, en tant qu'aîné de la confrérie du Cercle – de maître à disciple, la relation était passée d'aîné à cadet, ou d'ancien à novice, un glissement qui, dans le fond, relevait de la même logique hiérarchique –, il avait formellement interdit à Seke de le faire à sa place.

« Venirrrr. »

Le mâle était seul, les autres s'étant dispersés pour la chasse aux serpents ou la toilette dans les sources soufrées qui coulaient dans les galeries voisines. Seke avait tenté de s'y laver la veille, mais la chaleur et la corrosivité de l'eau l'en avaient dissuadé. De même la curiosité exacerbée dont il avait fait l'objet lorsqu'il s'était dévêtu – les plus hardis des mutants avaient pendu leur drôle d'appendice nasal à quelques pouces de son bas-ventre – ne l'avait pas incité à renouveler l'expérience.

Le mâle, un jeune comme l'indiquaient sa face lisse, ses poils courts et son aspect frêle, jetait d'incessants regards autour de lui.

« Venirrr. »

Il s'appliquait à détacher ces deux syllabes du torrent sonore qui s'échappait de sa bouche dès qu'il entrouvrait les lèvres. Les extrémités de ses membres supérieurs, des « doigts » longs et fins à quatre phalanges, s'ouvraient et se fermaient dans un mouvement incessant de préhension ou d'imploration.

« Khaaa...arrrba. »

Une lueur s'alluma dans les yeux de Marmat.

« Ma kharba ? Tu sais où elle est ? »

Surexcité tout à coup, il avait parlé un peu trop rapidement pour son interlocuteur. Un léger voile de panique glissa sur les yeux du mâle, qui se ressaisit et retroussa sa lèvre supérieure en une caricature de sourire.

« Khaaa...arrrba. Venirrrr. Montrrrer.

— C'est loin ?

— Nnnonn. Suivrrre. Mmm...ontrrrer. »

Marmat se leva et rabattit sur ses jambes les pans de sa tunique collés par l'humidité à son ventre et à son bassin. Le cercle du sommet du cône s'était assombri, signe qu'un cyclone aérien allait bientôt fondre sur les ruines de Bordles. Les sifflements rageurs des bourrasques estompaient les bruits familiers.

« On devrait lui demander pourquoi, s'il l'a trouvée, il ne l'a pas ramenée ici », suggéra Seke.

L'écoute des sons des formes ne lui avait pas montré de hiatus entre les paroles du jeune mutant et son chant intime, entre ses intentions et ses actes, mais la nervosité de ses gestes et de ses regards appelait la méfiance. Pourquoi avait-il attendu d'être seul avec eux pour les inviter à le suivre ? Pourquoi agissait-il à l'insu des autres membres du groupe ?

La remarque de son confrère provoqua chez Marmat une réaction d'agacement.

« On ne le saura sans doute jamais ! Peu importe. Je ne suis pas en position de négliger la moindre piste. »

En dépit d'une claudication marquée, il emboîta le pas au mutant qui se dirigeait vers l'entrée d'une galerie. Seke se leva à son tour et s'engagea dans le passage où avaient disparu Marmat et son guide.

Erbillion désigna les remous à la surface de la rivière qui coulait paresseusement dans le lit de l'ancien égout.

« Looouuvoggnnes. Ppp...as ttt... tttoucher, nnnon. Œufs rrrr... rrragnelle. »

Les deux hommes marchaient derrière le mutant sur la bordure de béton éclatée par endroits. Ils s'arrêtèrent à leur tour pour observer les tourbillons. Depuis quelques instants, une lumière encore faible s'était faufilée dans le large passage pour effleurer la voûte, les parois et le miroir frissonnant de l'eau. Les griots tinrent une brève conversation dans laquelle Erbillion saisit les mots « aragnelle », « virus », « peur », « œufs », « hommes », « Bord'z ». Son évolution s'était accélérée ces derniers jours : il comprenait de mieux en mieux les visiteurs célestes, il convertissait plus rapidement ses pensées en mots. La présence des griots avait sans doute un lien avec sa métamorphose, mais l'influence de Sombillia n'y était pas étrangère non plus. Il avait découvert le bouleversement des sens avec la jeune femelle. Ils s'étaient tenus à l'écart du groupe pour explorer jusqu'à l'épuisement les territoires du plaisir. Entrer en elle, c'était comme plonger dans un puits de délices, trancher tout lien avec la réalité, se réduire tout entier au fil voluptueux qui se déroulait en lui. Dans le noir absolu des galeries, les effleurements du souffle, des ongles et des poils devenaient des caresses inouïes, des invitations affolantes, des préludes impérieux au choc des corps.

Il était ressorti différent, régénéré, des nuits passées dans l'odeur et la moiteur de Sombillia. Et plus efficace : il avait réussi là où les autres avaient échoué, il avait retrouvé le précieux instrument du griot. Subodorant que les ankkates l'avaient récupéré dans l'intention d'en faire un appât, il ne l'avait pas cherché dans les décombres du sous-sol, il était retourné dans le périmètre de la communauté comme s'il n'avait jamais quitté sa tanière. Personne n'ayant remarqué son absence, un ankkate lui avait ordonné de participer aux patrouilles et aux opérations dirigées contre les dissidents. Il avait compris, à cette occasion, comment les compagnons de Sombillia étaient parvenus à garder leurs refuges inviolés : outre les leurres qui masquaient les entrées des réseaux parallèles, ils avaient criblé les galeries de pièges d'apparence naturelle, boues mouvantes, puits profonds, eaux brûlantes, végétation inextricable…

Erbillion avait exploité la confusion engendrée par les préparatifs du grand départ vers l'autre rive du Ba'ïl pour explorer les tanières des ankkates et découvrir, dans une petite pièce, la précieuse kharba posée sur un lit de peaux de serpent de vase. Il avait évité de poser les yeux sur la statue terrifiante du draak, le dieu badigeonné de sang à la peau écailleuse, aux pattes griffues, aux plumes et au bec d'oiseau.

Erbillion ne savait pas s'il avait pris la bonne décision – avait-il le droit de manœuvrer ainsi les visiteurs célestes ? –, mais il n'avait pas trouvé d'autre moyen d'attirer les griots dans l'endroit extraordinaire où l'avait conduit Sombillia. Eux seuls détenaient la réponse à ses interrogations, eux seuls pouvaient dissiper de manière satisfaisante le mystère de l'apparition. Il avait besoin de leur éclairage pour s'engager dans le chemin défriché par les dissidents.

Il frémit de soulagement lorsque la galerie déboucha enfin sur la grande salle hérissée de piliers. Un mot s'échappa de la bouche du plus foncé des griots, qu'il entendit clairement –

« fondation » – mais qu'il ne comprit pas. Les autres clandestins ne les avaient pas pris en chasse. Il ne les avait pas informés de ses intentions, pas même Sombillia. Ils n'auraient pas admis ses doutes sur l'authenticité de l'apparition. En cela ils ressemblaient à ceux qu'ils combattaient, les ankkates, qui ne toléraient aucune déviance ; en cela ils faisaient preuve d'une étroitesse de vue qui finirait par les enfermer dans les mêmes nasses. Galvanisé, Erbillion gravit quatre à quatre les premières marches de l'escalier tournant, puis il se souvint que le plus foncé des griots était encore mal remis de ses blessures et réfréna tant bien que mal son impatience dans les salles intermédiaires.

« Là, kkk...harrrba », dit-il avant de se pencher pour franchir l'ouverture basse.

Ils ne rencontrèrent aucune difficulté à se frayer un passage dans la végétation puisque, la dernière fois qu'il y était venu, Erbillion avait lié entre elles les branches tombantes avec des lanières tressées de buissons.

« Là, là. »

Il avait posé la kharba juste devant le socle, de sorte que les griots n'avaient pas d'autre choix que de contempler la silhouette de lumière. Par chance, le cyclone aérien avait obscurci le ciel et déposé une pénombre nocturne sur les lieux. Les contours de l'apparition se distinguaient avec netteté, et Erbillion constata avec satisfaction qu'elle frappait de stupeur les visiteurs célestes, au point que le plus foncé des deux en oubliait de ramasser son précieux instrument. Les griots restèrent silencieux pendant un long moment avant de se lancer dans un conciliabule animé. Erbillion entendit les mots « phénomène », « lumière », « vestige », mais ne parvint pas à donner une cohérence à l'ensemble.

« Ccc...omprrrendrrre, ccc...omprrrendrrre... »

Les deux hommes s'interrompirent, lui jetèrent des regards à la fois intrigués et agacés, puis le plus foncé hocha la tête et, d'un signe de la main, réclama son attention. Une consigne inutile : Erbillion l'écoutait déjà de tout son corps, de toute son âme.

« Ça… (le griot désigna la silhouette lumineuse) ce n'est pas naturel, pas naturel, compris ? »

Il détachait chacune de ses syllabes et observait avec attention les effets de ses paroles sur les traits et dans les yeux de son interlocuteur. Le mutant acquiesça d'un grognement.

« Ce n'est pas extraordinaire non plus, pas une apparition non plus, compris ? »

Erbillion eut une petite hésitation. Quel choix restait-il si le phénomène n'était ni naturel ni surnaturel ? Les mots restaient bloqués dans sa gorge, il ne pouvait plus émettre qu'un son prolongé et geignard traduisant sa perplexité.

« La science des anciens… »

Un hurlement couvrit la voix du griot. Les branches des arbres s'agitèrent tout à coup comme si le cyclone s'était engouffré entre les hauts murs. Des ombres gesticulantes tombèrent des frondaisons, surgirent des troncs, cernèrent Erbillion et les visiteurs célestes. Des mâles de la Mutation souveraine guidés par des ankkates, armés de pics translucides ou de bâtons.

Le griot à la peau claire se rua sur l'un d'entre eux. Il fut aussitôt submergé par les autres, roué de coups de bâton, rejeté à l'intérieur du cercle. Des larmes roulèrent sur les joues d'Erbillion : il n'avait pas trouvé la kharba par hasard, mais parce qu'on l'avait posée là à son intention. On s'était servi de lui pour attirer les visiteurs célestes dans un piège. Lorsqu'ils les auraient exécutés, les ankkates et leurs troupes n'auraient plus qu'à se répandre dans les galeries du réseau parallèle pour égorger les clandestins. Il serait celui par qui les serviteurs du draak auraient tranché le dernier lien avec les humanités dispersées, éliminé toute opposition et assuré leur triomphe. Ils pourraient ensuite entraîner les derniers survivants d'Ez Kkez dans une traversée absurde et faire de leur monde une planète éteinte. Et lui, Erbillion le Jeune, ne connaîtrait plus jamais l'ivresse de l'union avec Sombillia.

Le griot plus foncé saisit sa kharba, la plaqua contre sa poitrine et en tira des notes d'une tristesse poignante. Sur l'ordre d'un ankkate, deux mâles le saisirent par les bras et l'immobilisèrent.

« Draak dirrr griots mourrrirrr », gronda le prêtre.

Erbillion aurait voulu protester, crier que jamais le fondateur de la Mutation souveraine n'avait prononcé une telle sentence, mais aucun son ne sortait de ses lèvres qu'un geignement grotesque. Et les siens lui apparurent pour ce qu'ils étaient, des monstres incapables d'appréhender la grandeur et la beauté de l'univers, indignes de vivre. S'ils exécutaient les griots, ils se donneraient eux-mêmes le coup de grâce, ils se condamneraient eux-mêmes à l'anéantissement.

Des éclairs se coulèrent entre les hauts murs et scintillèrent dans les frondaisons. Le cyclone aérien, tout là-haut, avait commencé son orgie de terre, de végétation et de roche. Les trois ankkates s'approchèrent à pas craintifs de la silhouette de lumière, les doigts crispés sur leurs statuettes du draak badigeonnées de sang.

« La science des anciens », avait dit le griot.

Si Erbillion ignorait la signification du mot « science », il devina que le phénomène n'était qu'une survivance du savoir des hommes qui avaient édifié la ville de Bord'z. Cette esquisse lumineuse, semblable aux dessins gravés dans le béton de galeries oubliées du réseau d'égouts, n'avait rien à voir, de près ou de loin, avec Thellion le Grand. Les clandestins s'étaient hâtés de l'élever au rang de symbole pour consolider leurs croyances et justifier leur action, mais ils parlaient au nom d'un être à jamais disparu.

Le griot à la peau claire se redressa avec difficulté et chancela avant de se stabiliser sur ses jambes tremblantes. Les mutants brandirent leurs bâtons. Une nouvelle salve d'éclairs transperça l'obscurité.

Ébloui, Erbillion ne discerna plus autour de lui que des ombres éclaboussées de clarté, puis, quand la pénombre fut redescendue, il chercha du regard les visiteurs célestes.

En vain.

Les ankkates restaient pétrifiés devant la silhouette lumineuse tandis que leurs troupes, saisies d'étranges convulsions, semblaient se battre contre d'invisibles adversaires.

Les griots avaient... disparu. Escamotés par les éclairs. L'espace les avait expédiés sur Ez Kkez, l'espace les avait repris. De leur passage il ne restait que l'agitation absurde des fidèles du draak et de nouvelles perspectives. Le cyclone aérien s'éloignait déjà, crachant des traits étincelants et changeants par les premières trouées du ciel.

Rasséréné, Erbillion le Jeune prit une profonde inspiration et s'avança d'un pas alerte vers la silhouette lumineuse.

« Ça, ppp... pas Thellion, rrreste anciens hommmm. Thellion mort. Nnnous pas ppp...eurrr, nnnous vivants. »

Il lut de la réprobation dans les yeux des ankkates et de la perplexité sur les visages des autres. Les images de sa mère Anzillia et de Sombillia se superposèrent dans son esprit, et les derniers vestiges de sa peur s'envolèrent.

« Thellion morrrt, nnn...ous vivants », répéta-t-il.

Un ankkate leva son pendentif et, de la voix et du geste, ordonna à ses fidèles de s'emparer de l'impudent.

Pas un ne bougea. L'inexplicable disparition des griots avait produit sur eux une telle impression qu'ils voulaient d'abord entendre ce qu'Erbillion le Jeune avait à leur dire.

« Comment as-tu deviné qu'il y avait une trappe ? »

Les griots erraient dans un dédale de galeries éclairées à chaque intersection par des rampes de lumières clignotantes. Plutôt que de galeries, d'ailleurs, il aurait fallu parler de gaines ou de tubes. Leurs parois et leur voûte formaient un cercle parfait et lisse. L'étroitesse du sol, la seule partie plane, interdisait aux deux hommes de marcher de front. Contrairement aux anciens égouts occupés par les mutants, ce labyrinthe ne portait aucune trace des bouleversements incessants de la croûte planétaire d'Ez Kkez. Des grondements sourds mouraient dans le silence bercé par des souffles réguliers et puissants.

« Je me suis souvenu que les hologrammes dissimulaient les accès au réseau des passages souterrains de Bordles, répondit Marmat.

— Les… hologrammes ?

— Des représentations lumineuses en trois dimensions d'hommes et de femmes illustres. Pour les habitants de Bordles, c'était à la fois un hommage aux personnages-clefs de leur histoire et une façon pratique de signaler les entrées des passages. »

Exploitant la confusion engendrée par les rafales d'éclairs, Marmat avait saisi son confrère par le bras et l'avait tiré vers l'avant. Seke n'avait pas eu le temps de s'en étonner. Ils avaient pénétré dans le socle de la statue lumineuse sans rencontrer de résistance, le sol s'était ouvert sous leurs pieds, ils avaient glissé le long d'un toboggan qui les avait déposés en douceur dans une première galerie.

« Comment se fait-il que les mutants ne les aient jamais trouvés ? »

Marmat haussa les épaules. Les traits tirés par la souffrance, il boitait de plus en plus bas.

« J'imagine que les kkez considèrent l'hologramme comme la manifestation du divin. L'idée ne leur vient pas de s'en approcher, encore moins de le toucher.

— Ils vivent sous terre depuis des générations. Ils avaient toutes les chances de découvrir ces passages, même par hasard. »

Marmat tendit le bras et frappa du bout de l'index la surface concave du tube.

« Presque impossible de perforer ce genre de matériau. Surtout avec de simples pierres. Les mutants le prennent certainement pour une roche incassable.

— Il y a d'autres entrées, d'autres sorties ? »

Marmat s'appuya sur la paroi pour reprendre son souffle. Les lumières clignotantes peinaient à extraire son visage de l'obscurité. Coincée entre son flanc et son coude, sa kharba émettait de temps à autre un son étouffé.

« Des dizaines, des centaines sans doute. Mais je ne sais pas comment les retrouver. Et je ne sais pas non plus si nous serions capables de retourner sur nos pas. De toute façon, nous risquerions de retomber entre les pattes des mutants si nous remontions là-haut.

— Tu penses que ce mâle nous a volontairement trahis ? »

Marmat enveloppa son cadet d'un regard à la fois ironique et perçant.

« Les sons des formes ne te disent donc plus rien ? »

Ce genre de réflexion étonnait toujours autant Seke. L'étonnait et l'attristait : un homme comme Marmat, un homme généreux, sincèrement désireux de servir l'humanité, n'aurait pas dû se moquer de perceptions qu'il n'expérimentait pas. Seke n'avait pas décelé de traîtrise dans le comportement du mutant, mais la fatigue de la renaissance et les séquelles de sa chute dans les anciens égouts de Bordles avaient très bien pu altérer la qualité de son écoute.

« Je crois que les prêtres du draak l'ont manipulé, reprit Marmat.

— Il m'a semblé que les pierres qu'ils portaient au cou... »

Seke s'accorda un temps de réflexion avant de poursuivre. Toujours cette crainte que les mots ne trahissent le fond de sa pensée. « ... ressemblaient au Quetzalt d'Agellon.

— Et au dragon écarlate des angailleurs de Jezomine, renchérit Marmat. Et à l'anguiz de Galban la sèche... Les exemples sont maintenant trop nombreux pour qu'on puisse parler de coïncidence. On dirait qu'une créature unique et maléfique s'est levée au-dessus des mondes humains. Un dragon ou un serpent couleur de sang, pourvu d'un bec et de plumes. Son apparition coïncide avec les premières disparitions des griots.

— Il n'existe pourtant aucun moyen de communication entre les mondes habités.

— Aucun, à part la Chaldria. »

Marmat secoua la tête d'un air las et se remit à marcher en direction de l'intersection signalée par les lumières clignotantes.

« Il s'agit peut-être d'un simple phénomène de synchronicité, d'une création simultanée de la conscience collective, ajouta-t-il. Mais je n'y crois pas trop. Nous en saurons sans doute un peu plus à la prochaine assemblée. Si nous réussissons à atteindre Venter. Le Cercle d'origine était constitué de cent huit griots. Combien en restera-t-il ? Après tout, il est peut-être temps pour nous de nous effacer.

— Quand tu dis "nous", tu penses à l'humanité tout entière, n'est-ce pas ? »

Marmat ne répondit pas, mais Seke pensa avoir trouvé un début d'explication à la tristesse persistante de son aîné.

*Les sons des formes ne te disent donc plus rien ?*

Marmat n'avait pas posé cette question pour le simple plaisir de se moquer de son cadet, il l'avait invité à se servir de ses perceptions pour trouver la sortie du labyrinthe. Ils ne disposaient d'aucun autre repère que ces lumières clignotantes dont l'énergie provenait sans doute de batteries d'une autonomie de plusieurs millénaires. Accompagné de guides lors de son dernier séjour sur Ez Kkez, Marmat n'avait pas prêté attention à la manière de s'orienter dans le réseau souterrain de Bordles. De vagues relents de soufre imprégnaient l'air moite, filtré et renouvelé par un système silencieux.

Ils se fourvoyèrent à de nombreuses reprises dans des impasses, galeries fermées par des cloisons hermétiques, issues bouchées par des éboulis de pierre et de terre… En désespoir de cause, ils décidèrent de revenir sur leurs pas, mais se révélèrent incapables de retrouver le chemin qui conduisait à l'hologramme. Hors d'haleine, exténués, démoralisés, ils finirent par s'asseoir contre une paroi.

Sa soif dévorante réveillait en Seke les souvenirs des jours brûlants dans le désert du Mitwan. Le chœur des formes n'était plus qu'une rumeur sourde qui ne livrait aucune indication, qui n'ouvrait aucune porte. Ils ne pouvaient pas non plus se fier aux sifflements et grondements qui résonnaient en échos décroissants dans les galeries. Bien qu'assez douces, les lumières clignotantes agressaient les yeux et provoquaient des hallucinations.

« Certains mythes de la Dispersion parlent de l'anguiz, ou anquiz, murmura Marmat d'une voix hachée. Ou plutôt des anguiz, les ennemis de l'humanité, les soldats expédiés par les forces du néant pour détruire la création, le jardin des hommes. Les légendes reposent toujours sur un fond de vérité. Sans doute les anguiz ont-ils été imaginés par les acteurs de la Dispersion pour symboliser la peur de l'inconnu, la peur du vide ?

— Mais d'où vient cette forme de serpent ailé, de dragon ? »

La tête rentrée dans les épaules, la kharba posée entre les jambes, Marmat s'absorba dans ses pensées. Seke observa pendant quelques instants la silhouette de son confrère, puis ses yeux, irrités par les clignotements, se fermèrent tout seuls. Un long moment lui fut nécessaire pour apaiser son tumulte intérieur. L'image de la cage de verre où l'avaient enfermé les courtisans de Jezomine lui revint en mémoire. Il avait éprouvé une sensation d'enfermement et de désespoir identique à celle qu'il ressentait dans le labyrinthe souterrain des ruines de Bordles. Des hommes aux tenues noires et aux faces sinistres étaient venus l'observer. Il avait entrevu des taches rouges dans l'entrebâillement de leurs capes, comme des blessures sanglantes. L'angaille, le dragon écarlate, le Quetzalt tapi dans le cœur des deux petits Orows, le draak des prêtres mutants… Il portait un nom différent sur chaque monde, mais c'était bien le même serpent ailé à la puissance dévastatrice, la même créature qui s'acharnait contre les griots, qui semait la haine et la terreur dans le désert du Mitwan, sur les deux continents d'Agellon, dans les habitations souterraines d'Ez Kkez…

Une nuée de souvenirs se leva dans l'esprit de Seke, le corps inerte et ensablé de Danseur-dans-la-tempête, les yeux inquisiteurs de l'explorateur qui l'avait capturé dans le désert, le visage de l'homme qui avait tenté d'établir un contact avec lui à travers le verre de la cloche, le menton barbouillé de sang et le regard tragique de Jaïfe, le sourire lumineux de Salima, la jeune fille de

Bel Sief, les mines terrorisées des petits Orows... Des figures à peine esquissées, à peine effleurées, et déjà englouties par le temps. Il était interdit aux griots de s'attacher, Marmat avait raison sur ce point. Il leur fallait pactiser avec cette compagne parfois haïssable qu'était la solitude, dont les décalages temporels accentuaient l'amertume. La mère de Seke, Kaleh la soltane, selon le *Livre de Vérité des Wehud*, était probablement morte depuis plus de trois siècles de Jezomine. Trois siècles, un souffle, un rêve à l'échelle universelle, un vertige à l'échelle de son temps. Il ne l'avait pas connue, il ne se souvenait pas de son visage, mais elle occupait avec les autres disparus l'abîme de plus en plus important creusé par l'éloignement. Jamais elle ne le serrerait dans ses bras, jamais elle ne lui caresserait le visage, jamais elle ne lui chuchoterait des mots tendres. Il essuya machinalement les larmes qui lui roulaient sur les joues. Il eut la même pensée réflexe que lorsqu'il pleurait dans la fournaise du Mitwan : il perdait trop d'eau, il risquait de se dessécher.

« Veuillez me suivre, messieurs dames. »

Le cœur de Seke faillit s'échapper de sa poitrine. Il n'avait perçu aucun son de forme, or la voix, douce, dépourvue d'agressivité, avait résonné tout près de lui. Une silhouette diaphane luisait dans l'obscurité intermittente. Perdant de son éclat et de sa netteté quand la lumière s'allumait, elle semblait sculptée dans la même matière, ou la même absence de matière, que l'hologramme d'entrée du labyrinthe. Ses traits et son corps étaient ceux d'une femme qui se serait estompée pour ne garder d'elle qu'une épure brillante.

« Veuillez me suivre, messieurs dames. »

Les mouvements de ses lèvres servaient uniquement à donner un effet de synchronisme. Sa voix restait impossible à localiser, comme si elle surgissait de partout et de nulle part.

« Une aryane, fit Marmat. J'avais oublié leur existence. Elle a survécu à ses créateurs.

— Aryane de type Phyp-5, confirma la voix. Hongramme chargé de guider les personnes égarées dans le labyrinthe souterrain de Bordles. Veuillez me suivre, messieurs dames, s'il vous plaît.

— On dirait qu'elle… comprend ce que nous disons, s'étonna Seke.

— Les aryanes de type Phyp-5 sont équipées d'un système de décodage du langage et d'un mode d'interprétation interactif. Veuillez me suivre, messieurs dames, s'il vous plaît.

— La suivre où ? »

Marmat se releva en grimaçant, reconstitua sommairement le drapé de sa toge et resserra sa cordelette.

« Elle nous conduira peut-être vers la sortie. Si tu as une meilleure solution à proposer… »

Il n'attendit pas la réponse de son cadet pour se diriger d'une démarche pesante vers l'apparition de lumière.

L'aryane les conduisit devant plusieurs sorties condamnées par des éboulements. Elle remuait les jambes pour imiter la marche, mais ses mouvements s'enrayaient parfois ou s'interrompaient, et elle continuait d'avancer en flottant au-dessus du sol comme un tourbillon de poussière du Mitwan. Elle s'arrêtait quand l'un des deux hommes, Marmat principalement, éprouvait le besoin d'observer un moment de repos.

« Sortie du Leftan, enceinte primitive, quartier du Viofidèle. »

Ils parcouraient depuis un bon moment une galerie plongée dans les ténèbres. La faible luminosité de leur impalpable guide était dorénavant la seule source de clarté. Des gémissements se glissaient dans les expirations de Marmat. Seke avait tenté de lui venir en aide dans les galeries les plus larges, mais son aîné l'avait repoussé avec une rudesse presque blessante.

« Sortie du Leftan, répéta la voix de l'aryane. Enceinte primitive, quartier du Viofidèle. Si vous souhaitez emprunter une autre sortie, veuillez le signaler maintenant. »

N'importe laquelle fera l'affaire, songea Seke, découragé. Ils tournaient en rond depuis si longtemps qu'il avait pratiquement perdu tout espoir de s'échapper de ce dédale. Il se dit tout à coup que l'aryane pouvait sans doute les ramener à leur point de départ.

« Tu sais comment s'appelle l'endroit par où nous sommes entrés ?

— Aucune idée, répondit Marmat sans quitter des yeux la silhouette lumineuse qui flottait cinq ou six pas devant lui. Mais ça ne sera peut-être pas nécessaire. Tu ne sens rien ? »

Seke n'y avait pas prêté attention jusqu'à présent, mais une forte odeur de soufre lui irritait la gorge et les poumons.

« Et alors ?

— Nous approchons des anciennes mines des fleurs de soufre du Leftan. Nous pourrons remonter à la surface par les escaliers de secours.

— Il faudra encore trouver le chaldran…

— La zone du nœud chaldrien est strictement réservée aux membres du gouvernement de Bordles et aux griots célestes, dit l'aryane.

— Nous sommes les griots célestes ! s'écria Seke.

— L'usurpation d'identité est un délit passible de vingt ans d'immobilisation physique et psychique.

— Mais… »

D'un regard péremptoire par-dessus son épaule, Marmat ordonna à Seke de se taire. À l'issue d'une marche harassante et silencieuse, ils atteignirent l'extrémité de la galerie. Elle n'était pas fermée comme les autres par une paroi lisse et hermétique, mais par une grille métallique dont les barreaux cylindriques, effleurés par l'aura lumineuse de l'aryane, avaient une épaisseur de deux ou trois pouces.

« Encore un cul-de-sac ! gronda Seke.

— Sortie du Leftan. Veuillez emprunter les ascenseurs ou les escaliers de secours. Forte teneur en soufre, seuil encore tolérable. La compagnie des souterrains de Bordles vous souhaite… »

L'aryane s'évanouit avant d'avoir achevé sa phrase et la galerie plongea dans une obscurité totale. Les deux griots n'eurent pas le temps de s'en inquiéter : un grésillement à peine perceptible incisa le silence, une lumière s'alluma dans le lointain, dévoilant entre les barreaux une gigantesque excavation hérissée de piliers et tapissée d'une substance jaune.

« Les mines du Leftan, fit Marmat. D'ici, je n'aurai pas de difficulté à retrouver le chemin du nœud chaldrien.

— Oui, mais comment... »

La grille commença à se soulever sans un bruit.

# CHAPITRE XIX

## PARIAS

*Stance 12-1.*

*À celle ou celui qui lit les signes, il sera dit un jour que celle-ci ou celui-là doit partir à la rencontre de ceux qui voyagent sur les courants de temps. L'accompagneront celles et ceux dont le désir est sincère d'entendre le chant de l'espace. Celles-ci et ceux-là ne regarderont pas le faible qui n'a ni les forces ni le courage d'aller au bout du voyage, qui n'est pas digne de pénétrer dans la Zongrave des ancêtres, moins encore d'entendre les griots célestes.*

*Stance 12-2.*

*Que les envoyés de la montagne au grand œil prennent connaissance des dangers qui les guettent. Qu'ils sachent avant de se mettre en chemin, que leur départ soit en lui-même un acte de bravoure et de volonté. Qu'ils se méfient des grandes veuves, des polpes des roches, des monstres féroces et innombrables qui peuplent le pays d'Onœ, des tempêtes de poussière, des projections de lave et de pierres. Quand ils auront atteint la Zongrave, qu'ils prennent garde aux graves ennemis, aux éclairs permanents, aux animaux dressés pour tuer, aux arbres-pièges, aux plantes mangeuses de chair.*

*Stance 12-3.*

*Qu'ils se souviennent, les envoyés de la montagne au grand œil, que le poids de la Zongrave écrase les êtres vivants et les empêche de prendre leur envol. Qu'ils s'épargnent les discordes qui divisent et affaiblissent, qu'ils conservent au plus profond d'eux cette unité qui les relie comme les doigts d'une même main.*

Les stances prophétiques du grand Cycle,
peuple des parias, région du Cyclope,
Onœ.

« LES SIGNES... »

Les interminables jambelles d'Ellabore flottaient comme des traînes de poussière. Les autres la suivaient à distance sans oser la déranger, remuant de temps à autre bras et jambelles pour l'accompagner dans sa lente ascension vers le sommet du Cyclope. Le cratère baignait dans un clair-obscur que ne parvenaient plus à repousser les rayons mourants d'Alep, l'étoile du système. La nuit ne tarderait pas à tomber, et les parias devraient regagner leurs abris avant l'envol des veuves, les grandes noctules qui restaient tapies du matin au soir dans les grottes des flancs du volcan.

« Le temps est venu de gagner la Zongrave, déclara Ellabore. Les voyageurs célestes vont bientôt arriver ; nous devons aller à leur rencontre avant qu'il ne soit trop tard. »

Bœn fixa les étoiles naissantes avec intensité, mais ne discerna aucun signe, aucun phénomène annonciateur de la venue des griots. Il agita les jambelles pour combler l'intervalle qui le séparait de Loriale. Elle évoluait juste au-dessus de lui, vêtue d'une robe de branches et feuilles de sauvante, l'arbre luminescent qui poussait en abondance dans les cavités du pied du volcan, une véritable manne pour la communauté des parias. Tiges et feuilles avaient perdu de leurs propriétés photogènes en séchant, mais elles dessinaient encore des arabesques brillantes sur sa peau diaphane. Bœn, lui, s'était contenté de quelques feuilles plaquées au hasard sur sa poitrine et ses épaules, gagnant en liberté de mouvement ce qu'il perdait en élégance, en séduction.

Quelques jours plus tôt, il avait expérimenté en compagnie de Loriale la plus grande joie et la pire frayeur de son existence.

Elle s'était donnée à lui dans le Puits des Félicités, le bien nommé, un petit cratère voisin où les vagues de poussière changeaient de forme et de teinte selon la puissance des vents et la luminosité d'Alep. Il avait aimé plusieurs femmes dans l'ombre des abris, mais jamais sur les courants aériens, jamais dans cet état d'apesanteur où partenaire et plaisir se dérobaient sans cesse, où chaque geste déclenchait des figures imprévues, où les corps perdaient toute orientation, toute limite.

Des bruissements d'ailes les avaient avertis que la nuit était tombée. Ils n'avaient dû leur salut qu'à la proximité d'une faille trop exiguë pour les veuves. Jusqu'à l'aube, ils avaient subi les assauts des prédatrices géantes qui, une fois qu'elles avaient repéré une proie, se donnaient tous les moyens de la capturer et de la dévorer. Par bonheur, elles n'avaient pas réussi à désagréger la roche protectrice, et les deux amants distraits en avaient été quittes pour une interminable nuit de terreur.

Loriale tourna la tête en direction de Bœn, lui adressa un sourire complice par-dessous son épaule et s'arrangea pour lui frôler le visage des extrémités de ses jambelles. L'envie le traversa de saisir sa maîtresse par la main et de l'emmener à l'écart du petit groupe, mais les paroles d'Ellabore avaient engendré une atmosphère peu propice aux joutes amoureuses. Et puis les veuves allaient bientôt prendre leur envol, le moment était mal choisi de s'étourdir dans une fête des sens. Loriale et lui ne se verraient sûrement pas offrir une deuxième chance d'échapper aux griffes et aux crocs des grandes noctules.

« Il nous faut partir sans perdre un instant, reprit Ellabore. Dès cette nuit. »

Cette… nuit ?

Les sept compagnons de la senticielle se lancèrent des regards interdits. Partir cette nuit, cela signifiait la traversée de territoires hostiles, hantés de prédateurs nocturnes ; cela signifiait des adieux brutaux, tronqués, un arrachement auquel ils n'auraient pas eu le temps de se préparer ; cela signifiait enfin le retour à la fois espéré et redouté dans la Zongrave, le pays des graves, la terrible zone couverte d'où, des siècles plus tôt, avaient été chassés les ancêtres des parias.

« Voici ce que disent les signes : si nous manquons le rendez-vous, comme les générations qui vous ont précédés, les griots disparaîtront, et le lien avec les autres humanités sera définitivement tranché. »

Bœn eut beau scruter encore la voûte céleste, il ne vit rien de particulier dans l'agencement ou l'éclat des étoiles naissantes, ni dans le poudroiement scintillant du grand nuage du mage Ellan. Les senticielles, elles, détectaient des signes dans leur environnement, dans le ciel, les mouvements des ombres et des tourbillons de poussière. Les parias avaient une confiance totale en ces femmes qui exerçaient l'autorité morale sur la communauté. Choisissant et formant celles qui étaient appelées à leur succéder, elles vivaient à l'écart pour, disaient-elles, déployer une vigilance sans faille. Elles ne se mêlaient pas des problèmes quotidiens tels que le partage de l'espace et de la nourriture, mais elles étaient les derniers recours en cas de litige, et les anciens ne prenaient aucune décision majeure sans les consulter.

Une main effleura le poignet de Bœn. Loriale désigna d'un air inquiet Ellabore qui continuait de s'élever vers le sommet du Cyclope. Elle n'osait pas parler, de crainte de troubler la concentration de la senticielle, mais la peur agrandissait ses yeux clairs. Un voile ténébreux se déployait au-dessus du cratère et, bientôt, le petit groupe n'aurait plus la possibilité de regagner les abris avant l'éveil des grandes noctules.

« Pressons, dit Ellabore d'une voix forte. Les veuves ne s'aventurent jamais hors du cratère. Une fois que nous aurons franchi le sommet, nous serons tranquilles jusqu'à la faille des Échos. »

D'un bref échange de regards, Bœn et Loriale s'assurèrent qu'ils avaient bien compris la même chose : ils quittaient *maintenant* le refuge rassurant du Cyclope, le volcan éteint qui dominait le plateau de l'Atlante, ils partaient *maintenant* pour le long et périlleux voyage vers la mythique Zongrave.

Bœn se souvint qu'Ellabore avait paru à la fois pressée et déterminée dans la désignation de ses sept compagnons de quête des signes. Le ululement de la trompe avait invité le peuple des parias à se rassembler dans la cavité centrale. La senticielle était apparue sur le balcon des révélations éclairé par deux colonnes de lumière, elle avait prononcé sept noms dont celui de Bœn, fils de Sissia, avec une solennité inhabituelle, puis elle s'était élevée dans la cheminée principale sans ajouter un mot. Il se rappela sa joie lorsqu'il avait entendu le nom de Loriale, l'étonnante tristesse de sa mère lorsqu'il s'était lancé à son tour dans le large conduit, l'étrange pressentiment qui l'avait saisi lorsqu'ils avaient débouché dans le cratère comblé de lumière crépusculaire.

Ils partaient sans préparation, sans vivres, sans aucune des armes décrites par les prophéties du grand Cycle, les textes sacrés annonçant le retour à la Zongrave : pas de bâton cracheur d'éclairs ni d'armure scintillante, ni de prothèses solides qui leur permettraient d'affronter la gravité du pays des ancêtres. Les jambelles, les prolongements souples et translucides des vestiges de leurs membres inférieurs, ne leur seraient d'aucune utilité dans cette terrible pesanteur qui clouait au sol toutes les créatures vivantes.

Il y avait autant de peur que d'excitation dans les frissons de Bœn. Pas mal de fierté également : n'était-il pas l'un des envoyés des prophéties, l'un de ceux qui scelleraient la réconciliation entre les graves et les parias, qui feraient d'Onœ un monde à nouveau unifié, à nouveau fécond ? À l'exemple de Loriale, il battit des jambelles avec fougue pour atteindre le sommet du Cyclope avant la tombée de la nuit. Regroupés autour de la senticielle, les sept compagnons d'Ellabore s'élevèrent dans le cratère comme un vol de furtives, les proies favorites des veuves.

« Que c'est beau ! » s'extasia Loriale.

Bœn et elle évoluaient côte à côte en queue du petit groupe au-dessus de l'interminable plateau de l'Atlante. Un vent de face les empêchait de se maintenir dans la direction de Gem, l'étoile bleutée dont la magnitude éclipsait les onze autres astres du Rameau. Ils résistaient de leur mieux aux rafales et corrigeaient leur trajectoire à la faveur des accalmies. Peu habitués aux efforts soutenus, ils commençaient à ressentir de la lourdeur dans les bras, dans les épaules, dans la partie haute et dure des jambelles. Ellabore les exhortait de la voix et du geste : ils se reposeraient plus tard, lorsqu'ils seraient sortis du plateau de l'Atlante et qu'ils auraient atteint la rive de l'océan des Tourbillons. Ils se retournaient de temps à autre pour entrevoir le Cyclope assiégé par les ténèbres et effleuré par la lumière diffuse des étoiles. Le pic familier n'était plus qu'un spectre minuscule dans le lointain, un souvenir s'estompant peu à peu. Jamais ils ne s'étaient aventurés aussi loin du volcan et des crêtes arrondies qui l'entouraient comme une armée de subalternes. Depuis qu'elle s'était retirée dans ce refuge providentiel et difficile d'accès, la communauté des parias avait toujours refusé de s'en éloigner, par peur d'une attaque des phalanges exterminatrices des graves. De crainte également de manquer de nourriture et d'eau.

Des corolles lumineuses s'épanouissaient dans le ciel comme des traînées de poudre de sauvante. Les feuilles et les branches de leurs vêtements avaient cessé de briller. Au moins ils n'attireraient pas l'attention des prédateurs qui se fiaient surtout au sens de la vue. Une trentaine de pas plus bas – une distance suffisante, selon Ellabore, pour se tenir hors de portée des polpes de roche – se présentait un sol gris, nu, bosselé, d'une monotonie brisée par les bouches obscures des nids ou les lignes irrégulières des failles.

Sa transpiration collait les feuilles de sauvante à la peau de Bœn. Sa lassitude s'associait à une soif et une faim dévorantes. Le désespoir empoisonnait lentement ses pensées. Passé les premiers moments d'euphorie, il avait pris conscience que la senticielle les avait entraînés à leur insu dans une entreprise impossible. Une poignée de parias sans vivres ni armes n'avaient pratiquement aucune chance de parvenir aux portes de la Zongrave, encore moins d'en forcer le seuil. Même s'ils accomplissaient ce miracle – cette série de miracles –, ils devraient ensuite affronter les dangers de la zone couverte, la pesanteur, les millions de graves hostiles, les éclairs permanents, les animaux dressés à tuer, les arbres-pièges, les plantes carnivores...

Ellabore n'avait pas permis à ses sept compagnons d'embrasser leur famille, de saluer leurs amis, de contempler une dernière fois les paysages familiers de leur enfance. Sans doute avait-elle estimé que les effusions leur auraient coûté un temps et une énergie inutiles, sans doute ce départ à la sauvette avait-il facilité les séparations, mais Bœn gardait une rancune tenace envers la senticielle : qu'en était-il de la reconnaissance et de la gloire dues aux envoyés des prophéties ? De la fierté échéant aux familles et aux proches ? Quelle consolation pour les mères lorsqu'elles pleureraient leurs enfants disparus ?

« Bœn ! »

Le cri de Loriale le frappa avec la force d'un coup de poing. Perdu dans ses pensées, il avait atteint le seuil d'inertie, perdu de l'altitude, et il piquait tout droit vers la bouche ténébreuse d'une cheminée. Il battit machinalement des jambelles, mais la fatigue et l'hébétude se liguèrent pour rendre ses gestes confus, maladroits. Il parvint néanmoins à enrayer sa descente et resta un petit moment suspendu une dizaine de pas au-dessus du sol.

« Bœn ! »

Il releva la tête et rassura Loriale d'un sourire. Les six autres n'étaient déjà plus que des taches à peine visibles dans le lointain. Loriale lui cria encore quelque chose, mais sa voix se perdit dans le sifflement d'une rafale.

Bœn perçut un mouvement en dessous de lui. Un tentacule jaillit à la vitesse d'un éclair, s'enroula autour de ses jambelles et le tira vers le bas. Une masse indistincte du même gris que le sol émergea de la bouche de la cheminée.

Un polpe de roche.

Une dizaine d'autres tentacules convergèrent vers Bœn, qui, pris de panique, commença à se débattre. Chacune de ses contorsions ne réussit qu'à renforcer l'emprise du prédateur souterrain dont la gueule béante, presque aussi large que l'entrée de la cheminée, se garnissait de centaines de lamelles luisantes, tranchantes. Le vent désagrégeait les hurlements continus de Loriale. Bœn grêla le tentacule de coups de poing, avec pour tout résultat une nouvelle série de constrictions qui lui paralysa les jambelles. Alors il revit le visage de sa mère, Sissia, et des souvenirs oubliés resurgirent à la surface de son esprit. Ils avaient vécu heureux dans la minuscule cavité allouée par les anciens et éclairée par l'éclat perpétuel d'un sauvante. Sissia y avait reçu des hommes, comme toute femme en âge de séduire, mais elle avait toujours accordé la priorité à son fils. Elle n'avait pas conçu d'autre enfant et lui avait consacré un amour exclusif, témoignant même d'une jalousie féroce lorsqu'il s'était affranchi d'elle pour expérimenter ses premiers émois amoureux. Il l'entendit fredonner l'une des comptines qu'elle lui chantait pour l'endormir. Les paroles, auxquelles il n'avait jamais prêté attention, résonnèrent avec force dans son tumulte intérieur : *Si le polpe vient te prendre, n'essaie pas de te défendre, si le polpe t'enfourne dans sa gueule, enfonce-lui ton doigt dans l'œil, si le polpe vient te prendre, n'essaie pas de te défendre, si le polpe... ton doigt dans l'œil... l'œil...*

Il cessa de résister à la lente et inexorable traction du tentacule, s'efforça de maîtriser sa panique et observa le prédateur à demi émergé de la pénombre de la cheminée. Il ne remarqua rien qui ressemblât de près ou de loin à un œil sur le pourtour de la gueule béante, seulement une peau rugueuse, couleur de roche, incrustée de touffes éparses rappelant les plaques de mousse sur les parois et les voûtes des grottes du Cyclope. Une douleur aiguë monta de son bassin, se ramifia dans son torse, dans son crâne. Il leva les yeux sur Loriale. Elle remuait doucement les bras pour se maintenir hors de portée des autres tentacules, ombre pâle sur le fond étoilé, songe qui s'évanouissait comme le Cyclope au début de la nuit. Il voulut lui crier de rejoindre les autres, mais aucun son ne sortit de sa gorge. Elle emporterait de lui l'image d'un corps désarticulé, englouti par le polpe, et, curieusement, c'était cette pensée qui le navrait le plus. Puis les événements s'enchaînèrent à une vitesse telle que sa terreur le déserta. Le tentacule s'enroula sur lui-même et le tira vers la gueule dilatée.

Un petit orifice s'ouvrait par intermittence dans les replis supérieurs de la cavité, qui ressemblait à une orbite vide.

*Enfonce-lui ton doigt dans l'œil… ton doigt dans l'œil…*

Rien n'indiquait qu'il s'agissait réellement d'un œil, mais Bœn tendit le bras et attendit d'être suffisamment près pour ficher son index dans l'orifice. De l'autre main, il s'agrippa à une excroissance cartilagineuse et, plaqué contre l'épiderme rugueux et froid, il s'opposa de tout son poids à la traction du tentacule. Une odeur fétide, suffocante, le submergea. Des gouttes de sueur lui dégoulinèrent dans les yeux. L'extrémité de l'une de ses jambelles se prit dans les lamelles, qui entamèrent aussitôt leur œuvre de déchiquetage dans un concert de craquements et de gargouillements. Il n'éprouva aucune douleur, mais il dut contenir une nouvelle attaque de panique pour surmonter son dégoût et plonger son index, puis sa main tout entière, dans l'orifice. La substance molle et tiède ne lui opposa aucune résistance et, rapidement, il se retrouva enfoncé jusqu'au coude. Les lamelles cessèrent de s'agiter, un formidable grondement supplanta les craquements et les gargouillements, le tentacule se déroula subitement à la manière d'une lanière de sauvante, emporta Bœn loin de la gueule béante, le relâcha au bout de sa course avec une puissance telle qu'il fut projeté une vingtaine de pas au-dessus de Loriale.

Étourdi, il se laissa porter par les courants ascendants avant de retomber comme une feuille morte. Il voulut lutter contre la faible gravité, mais une douleur vive l'empêcha de remuer l'avant-bras qu'il avait plongé dans l'œil du polpe. Des cloques se formaient sur sa peau habillée d'une hideuse teinte rouge, des braises invisibles lui rongeaient les chairs, les tendons, les nerfs, les os. Il tenta de se révolter, de freiner sa chute, mais il ne maîtrisait plus ses mouvements, son corps ne lui obéissait plus, et il dérivait inexorablement vers les tentacules sifflants du prédateur souterrain.

« Accroche-toi. »

La voix de Loriale, aussi douce et rassurante que celle de Sissia.

Flottant à ses côtés, elle le tenait par une épaule et remuait les jambelles avec vigueur pour l'écarter de la zone dangereuse. Bien qu'elle parût aussi épuisée que lui, il fut incapable de l'aider et finit par sombrer dans une torpeur où les pensées se prolongeaient en rêves.

« Ils ne nous ont pas attendus… »

Les yeux levés sur le ciel, Loriale espérait encore le retour de la senticielle et de ses cinq compagnons. Alep se levait et arrosait le plateau d'une lumière rase, livide. Les dernières étoiles s'éteignaient sous le voile nuageux que trouait par endroits une bise froide et rageuse.

L'avant-bras de Bœn avait viré au violet, les cloques avaient éclaté et libéré un liquide séreux. Les lamelles de la gueule du polpe avaient rongé un tiers de sa jambelle. Il n'en souffrait pas, mais il lui faudrait compenser le déséquilibre pendant les deux bonnes semaines nécessaires à la repousse. Ils avaient passé la nuit dans le creux d'un grand rocher, gardien solitaire d'un paysage de désolation. Aussi loin que portaient leurs regards, ils ne distinguaient rien d'autre que la monotonie grise du plateau.

« Tu n'aurais pas dû m'attendre, soupira Bœn. La prophétie dit : “Ne regarde pas le faible, qui n'a ni les forces ni le courage d'aller au bout du voyage. Celui-là n'est pas digne de pénétrer dans la Zongrave, moins encore de rencontrer les griots célestes.”

— Nous pouvons encore les rattraper… »

Assise sur une saillie du rocher, Loriale épousseta d'un geste distrait les dernières feuilles et brindilles de sa robe éphémère. Elle n'était plus désormais vêtue que de ses cheveux clairs, une parure magnifique mais insuffisante pour lutter contre la bise mordante de l'aube. Ils ne souffraient jamais du froid dans les grottes du pied du Cyclope, où la température restait agréable et constante.

Bœn observa le corps de sa compagne et oublia pendant quelques instants la précarité de leur situation. Il admira une nouvelle fois la finesse de son cou, la rondeur de ses épaules, les courbes douces de sa poitrine, et puis la longueur insolite des vestiges de ses membres inférieurs, un critère loin de faire l'unanimité parmi les autres hommes du Cyclope. Chez elle, les jambelles se rattachaient à une articulation qui était une survivance de ce passé très lointain où les parias se déplaçaient sur le sol. Lorsqu'elle se donnait à lui, ses longs segments se resserraient comme les mâchoires d'un étau sur les flancs de Bœn. Il aimait leur frottement sur sa peau, leur complicité à la fois impérieuse et tendre.

« Je me demande si... s'il ne vaudrait pas mieux rentrer », avança-t-il.

Et s'aimer sans retenue plutôt que de courir après des chimères, pensa-t-il.

Loriale lui décocha un regard en biais où il crut entrevoir de la déception et du mépris.

« Rentre si tu veux, moi je continue, dit-elle d'une voix sourde. J'ai attendu ce moment depuis que je suis en âge d'entendre les prophéties.

— Les prophéties... Qu'est-ce qui prouve que les senticielles disent la vérité ? »

Elle posa la main sous son sein gauche.

« Je le sens là. C'est une preuve suffisante.

— Ellabore aurait dû nous donner le choix...

— Tu ne l'aurais pas suivie, les autres ne l'auraient pas suivie.

— Parce que je sais, parce qu'ils savent que nous n'avons aucune chance, mais vraiment aucune, d'atteindre la Zongrave ! »

Loriale frappa le rocher de ses deux mains, décolla et ondula des jambelles pour se maintenir en l'air. Sous sa peau transpercée par les rayons d'Alep se devinaient ses os et les arborescences de son réseau sanguin. Bœn eut l'impression pendant quelques instants de contempler une apparition de lumière.

« Ce que tu sais n'a aucune espèce d'importance, Bœn Sissia. Seul importe ce que tu crois.

— C'est que… je ne crois rien !

— Que tu crois ! » Les éclats du petit rire de Loriale planèrent au-dessus de lui avant d'être soufflés par une bourrasque. « On ne se méfie jamais assez de sa tête. Si Ellabore vous avait donné le choix, vous seriez passés à côté de la plus belle aventure de votre vie.

— Finir dans le ventre d'une veuve ou d'un polpe, mourir de faim ou de soif, c'est ça que tu appelles la plus belle aventure de notre vie ?

— Nous aurons au moins essayé de changer le cours des choses…

— Pourquoi vouloir changer quoi que ce soit ? Est-ce que nous n'avons pas connu des moments merveilleux dans le cratère du Cyclope ? »

Loriale se laissa tomber aux côtés de Bœn et l'enlaça avec une tendresse maternelle. Des nuages éthérés tendaient sur le ciel des voiles scintillants.

« Nous ne sommes pas seuls dans l'univers, Bœn. Nous ne sommes qu'un maillon de la grande chaîne humaine. Si un seul maillon se brise, c'est toute la chaîne qui se brise. Nous devons aller à la rencontre des griots.

— Laissons les autres… »

Elle l'empêcha de terminer sa phrase d'un baiser appuyé. Enflammé de désir, il oublia son épuisement et la douleur sourde à son bras. Elle garda pendant quelques instants les yeux baissés sur la manifestation la plus saillante de cet embrasement.

« J'ai vécu toute mon existence dans l'espoir d'entendre le chant des griots, murmura-t-elle d'une voix songeuse.

— Je ne te suffis donc pas ? »

La main de Loriale se posa avec la légèreté d'une furtive sur le sexe de Bœn.

« Tu te donnes beaucoup d'importance, Bœn Sissia ! Ce n'est pas parce que tu remplis mon creux que tu combles mes manques. Je t'aime beaucoup, je me sens bien avec toi, mais tu ne peux remplacer un rêve. »

Ils restèrent silencieux pendant un moment, blottis dans la chaleur de leurs corps et de leurs désirs, puis elle se détacha de lui et s'envola dans la lumière aveuglante d'Alep.

« Je vais rejoindre les autres. »

La voix de Loriale retentit avec force dans le silence matinal chahuté par les rafales. Saisi par la fraîcheur soudaine, Bœn comprit qu'elle ne reviendrait pas sur sa décision, qu'elle l'abandonnerait à son sort plutôt que de renoncer à son rêve.

« Mon bras me fait encore mal ! cria-t-il.

— Que tu crois ! répliqua-t-elle avec un petit rire.

— Il me manque la moitié d'une jambelle…

— Ton esprit est entier. Nous avons déjà perdu trop de temps. »

Il envisagea de regagner l'abri rassurant du Cyclope, de retourner dans la douceur de la cavité, de contempler le visage de Sissia sa mère, puis il vit décroître la silhouette de Loriale drapée dans la clarté aveuglante d'Alep.

Il n'avait pas envie de la perdre.

Alors il frappa rageusement le sol de son bras valide, s'éleva d'un ou deux pas, remua les jambelles pour prendre de l'altitude, partit dans la mauvaise direction, corrigea sa trajectoire, négligea la douleur qui irradiait son bras brûlé et, quand il l'eut en ligne de mire, se lança à la poursuite de sa compagne.

# CHAPITRE XX

# RENI

*Bien que l'être humain soit l'une des formes de vie les moins adaptées sur une planète telle qu'Onœ, son extraordinaire capacité à prospérer fait peser de nouvelles menaces sur notre projet.*

*Le rapport production/déperdition d'énergie plaide en faveur d'une restriction des libertés dans la zone couverte. Cette mesure, nécessaire à l'avènement de l'autre monde, est aisément justifiable devant les hommes : les filtres atmosphériques peinent de plus en plus à renouveler l'oxygène, les fosses de retraitement des déchets organiques s'engorgent, les structures métalliques s'oxydent et menacent de s'effriter dans un avenir proche. Si nous n'intervenons pas dans les plus brefs délais, nous risquons une brusque accélération de l'entropie, nous ne pourrons plus endiguer la dégradation, nous courrons vers un débordement incontrôlable de la civilisation onote. C'est notre devoir, à nous les veilleurs, de prendre le relais des instances dirigeantes de la zone couverte lorsque celles-ci s'avèrent incapables d'écouter nos conseils et d'assurer le maintien de l'ordre. C'est notre fierté que de favoriser l'émergence d'un écosystème basé sur une réalité objective, matérielle, et non plus sur un rêve, sur une illusion. Il nous faut d'urgence extirper l'émotion de l'évolution, tendre vers une civilisation de la neutralité, de l'efficacité.*

*Souvenons-nous que certains hommes réclamaient l'ouverture du toit en prétendant qu'ils pouvaient vivre en dehors de la zone couverte. Certes, cela se passait des siècles plus tôt, certes, nous avons éliminé ces germes de révolte et d'expansion, certes, aucune autre voix ne s'est élevée depuis, mais la nature irrationnelle des hommes ne nous met pas à l'abri de nouvelles chimères, de nouveaux troubles.*

*C'est la raison pour laquelle nous préconisons dès aujourd'hui le déclenchement de la phase suivante.*

Archives du premier corps des veilleurs,
zone couverte de Domile,
Onœ.

« VOUS AVEZ BESOIN d'un guide. »

L'homme émergea de la pénombre et s'avança vers Seke. Sans âge, des yeux clairs, des cheveux blond cendré, un visage avenant encadré d'une barbe courte. Sa combinaison brune révélait un torse et des membres massifs. Il paraissait supporter sans mal la gravité pourtant écrasante qui donnait à Seke l'impression d'évoluer dans un air solide.

Lorsqu'il avait repris connaissance, quelques heures – quelques jours ? – plus tôt, Seke n'avait pas vu Marmat à ses côtés. Son confrère s'était-il réveillé plus tôt que lui ? La Chaldria l'avait-elle expédié sur un autre monde ? Allongé sur une surface souple dans l'obscurité la plus totale, aux prises avec le vertige et la nausée typiques de la renaissance, il avait ressassé ces questions jusqu'à ce qu'il réussisse à esquisser quelques pas hésitants. L'effort lui avait coûté davantage d'énergie qu'une course de deux jours dans le désert du Mitwan. Exténué, il s'était rallongé en attendant que ses forces lui reviennent. Il ignorait combien de temps il était resté dans cette salle souterraine, alternant les tentatives de déplacement et les phases de récupération, luttant contre la sensation effrayante d'être à jamais prisonnier d'une gangue de matière dense. Il était parvenu à se relever et, essoufflé par chacun de ses gestes, il avait cherché la sortie à tâtons, une porte de fer qui donnait sur un escalier tournant lui-même plongé dans une obscurité profonde.

Gravir les marches lui avait pris un temps fou. Après une pause sur le palier, il avait traversé une enfilade de pièces criblées de rayons étincelants d'une extrême finesse, puis il avait emprunté un long couloir qui débouchait sur l'extérieur.

Bien qu'il y eût des arbres, des rues et des habitations, « extérieur » n'était pas le mot approprié. Des points scintillants figuraient les étoiles, mais leur agencement géométrique et leur défaut de nuances révélaient une facture artificielle, tout comme la régularité métronomique des courants d'air et les relents entêtants qui évoquaient l'odeur de renfermé. La cité endormie s'étalait sous un plafond suffisamment haut et vaste pour faire office de firmament.

Marmat Tchalé lui avait seulement précisé qu'Onœ était un monde hostile sur les quatre cinquièmes de sa superficie et qu'il fallait s'attendre à une renaissance difficile. Ils avaient retrouvé le nœud chaldrien d'Ez Kkez sans aucune difficulté dans les souterrains de Bordles. Ils n'avaient pas rencontré de mutants dans les parages, comme si la porte du réseau se situait sur un autre plan temporel.

« Disons qu'il ne leur vient pas à l'idée de s'aventurer par là », avait lancé Marmat avec un sourire.

Seke voulut aller au-devant de l'homme, mais ses muscles tétanisés refusèrent de lui obéir. Il avait espéré que la gravité se ferait moins oppressante hors des premières salles – une idée stupide, la gravité s'exerçait de la même manière sur la planète tout entière. Une sueur épaisse collait à sa peau ses vêtements sales et déchirés.

« Vous venez d'où ? demanda l'homme.

— Je... je m'appelle Seke, je suis un griot céleste... »

Le simple fait de remuer les lèvres avait exigé de Seke un effort épuisant. Il se demanda combien de temps il lui faudrait pour s'adapter. Aucune surprise ne troubla les yeux clairs de l'homme, qui continua de l'examiner avec une attention détachée, chirurgicale.

« Un griot. »

Pas de trace d'allégresse dans sa voix. Il avait prononcé ces mots avec la même neutralité qu'il aurait désigné un caillou ou un brin d'herbe. Les « étoiles » s'éteignaient par endroits et une « aube » teintait le faux ciel d'une lumière encore pâle. Les ouvertures des habitations, des constructions de forme cubique à deux ou trois étages, restaient pour l'instant closes et sombres. Les courants d'air arrachaient des gémissements aux ramures des arbres trapus et noueux qui bordaient les allées.

« Vous... vous n'auriez pas vu mon confrère ? demanda Seke.

— L'homme à la peau noire ? Je peux vous conduire à lui si vous voulez.

— Ça fait longtemps qu'il...

— Trois jours. »

Seke hocha la tête. Sa faiblesse s'expliquait peut-être par la longueur inhabituelle de sa renaissance. Trois jours que son corps n'avait pas reçu d'eau ni de nourriture – sans compter les heures perdues dans le labyrinthe souterrain de Bordles. Il supporterait probablement mieux la pesanteur après un bon repas. Et après un bon bain. Il mourait d'envie de se laver, de se raser, d'enfiler des vêtements propres.

Il devait d'abord retrouver Marmat. Sa disparition prolongée l'inquiétait malgré les paroles rassurantes de son interlocuteur. Même s'il lui arrivait parfois de s'éclipser pendant des semaines, Marmat n'aurait pas laissé croupir son cadet trois jours dans la salle de renaissance, un comportement qui ne lui ressemblait pas. Mais rien ne paraissait normal sur ce monde, comme si la gravité modifiait les repères, les attitudes.

Seke reporta son attention sur le chœur des formes. Il ne capta qu'une rumeur lointaine, à peine perceptible, une vibration étouffée, une énergie agonisante, quelque chose comme le râle d'un mourant.

D'un monde mourant.

« Il est de l'autre côté de la ville, insista l'homme. Je peux vous y emmener si vous le souhaitez. »

Seke n'entendait pas le chant intime de son vis-à-vis, pas davantage qu'il ne pouvait lire ses intentions dans ses yeux clairs, mais avait-il un autre choix que de lui accorder sa confiance ?

« Comment vous appelez-vous ?

— Reni.

— Vous nous attendiez ? »

L'homme eut un mouvement des lèvres qu'avec un peu de bonne volonté on pouvait interpréter comme un sourire.

« La date de votre passage n'était pas précisée, mais les probabilités restaient fortes, assez en tout cas pour que nous prenions nos dispositions.

— Quelles dispositions ?

— Celles que nous réservons aux visiteurs. Si vous voulez bien me suivre… »

Suivre Reni ne s'avéra pas une entreprise aisée. Bien que tentaculaire, Domile, la capitale de la zone couverte d'Onœ, ne disposait pas de moyen de transport, ni particulier ni collectif.

« Tout engin de transport dégage des émanations toxiques, expliqua Reni. Nous vivons dans un milieu fermé, nous sommes donc extrêmement attentifs à la qualité de notre air.

— Certaines machines fonctionnent pourtant avec les éléments naturels, l'air, la lumière, les muscles…

— Tout travail produit de la chaleur, donc de l'entropie, et risque de perturber gravement l'équilibre de notre atmosphère. La marche est le seul mode de transport autorisé en zone couverte. »

Seke avait essayé de se caler sur l'allure régulière de son guide avant de renoncer. Il risquait l'évanouissement ou pire s'il ne laissait pas à son cœur le temps de s'apaiser. Il s'arrêtait donc tous les dix pas environ et s'appuyait contre une façade ou le tronc d'un arbre pour reprendre son souffle. Ses inspirations pourtant profondes ne suffisaient pas à le régénérer, et il repartait en chancelant, repoussant à chaque pas la tentation de s'asseoir ou de s'allonger. La gravité d'Onœ était une invitation permanente au renoncement.

Des troncs des arbres, d'une épaisseur démesurée par rapport à leur hauteur, partaient des branches énormes qui ployaient et finissaient par s'écraser au sol. La raideur insolite des feuilles grises montrait qu'il fallait être robuste et compact pour survivre sur cette planète.

La lumière du faux ciel gagnait progressivement en intensité et révélait une voûte d'un gris blanc uniforme. Seke se demanda où les arbres et les autres plantes puisaient leur énergie puisqu'ils n'étaient pas arrosés par les rayons d'une étoile – Marmat lui avait expliqué que la photosynthèse était l'une des façons les plus répandues dans l'univers de produire de l'énergie, donc de la vie. La lumière artificielle avait-elle les mêmes propriétés que les étoiles ?

Les souffles d'air chaud léchaient le visage de Seke inondé de sueur. Reni, lui, se mouvait avec une aisance étonnante dans les allées pavées de dalles grises.

La ville ne s'éveillait pas, aucune porte, aucune fenêtre ne s'ouvrait, on ne croisait aucune silhouette dans les allées, on n'entendait aucun cri d'enfant, aucune rumeur, aucun autre bruit que les pas pesants des deux hommes.

« Il n'y a personne dans cette ville ? »

Adossé à un mur, Seke avait posé cette question d'une voix tellement basse et tremblante que la réponse de Reni le prit au dépourvu.

« Nous sommes régis par des lois très strictes. L'agitation n'est permise qu'à certaines heures. Règles de sécurité.

— Elles ne vous concernent pas, ces règles ? »

Reni marqua un petit moment de silence.

« Je suis chargé de les faire respecter. J'appartiens au corps des veilleurs.

— Quelle surface occupe la zone couverte ? »

Nouveau temps de silence.

Alignées de chaque côté de l'allée, les constructions, plus petites mais toujours cubiques, témoignaient d'une volonté farouche d'exploitation rationnelle de l'espace. Les fenêtres n'étaient pas équipées de verre ni d'un autre système d'isolation, c'étaient de simples ouvertures rectangulaires et vides qui bâillaient sur une indéchiffrable pénombre. Seke s'étonna de n'entrevoir aucun mouvement, aucune silhouette à l'intérieur des habitations. Reni et lui semblaient errer dans une ville fantôme.

« Environ un vingtième de la surface totale d'Onœ.

— Vous n'avez pas cherché à l'agrandir ? Ou à vivre en dehors de la zone couverte ? »

Reni observa un nouveau temps de silence avant de répondre.

« L'agrandissement nécessiterait un investissement phénoménal en énergie et en temps. La vie en dehors de la zone couverte est impossible : gravité très faible, mélange gazeux impropre au développement de la vie, hydrométéores pratiquement inexistants. »

Seke désigna le sol d'un mouvement de menton.

« Vous appelez ça une gravité… faible ? »

Silence.

« La force gravitationnelle n'existe qu'à l'intérieur de la zone couverte. On a augmenté la masse des particules tout en conservant leur force électromagnétique. Ou elles enfleraient jusqu'à remplir l'univers. Les premiers habitants humains d'Onœ ont emprunté ce système au vaisseau qui les a transportés sur leur nouveau monde.

— Il n'y a pas d'autre forme de vie sur la planète ? »

Silence.

« Les capteurs extérieurs ont détecté des mouvements sur les continents sud et est. Probablement des formes de vie primitive. Nous avons expédié des sondes de reconnaissance. Elles ne sont jamais revenues.

— Qu'est-ce qui sépare les continents ?

— Au sud, la Gueule du Dragon, une faille d'une largeur de sept cents kilomètres et d'une profondeur de cinq cents. Elle s'ouvre directement sur le manteau inférieur d'Onœ. Elle dégage un rideau de fumée permanent visible des observatoires du toit. Elle crache régulièrement des panaches de lave, les petites ou grandes colères du Dragon. À l'est, l'océan des Tourbillons, une ancienne mer où se forment des cyclones. Il contient probablement d'immenses réserves d'eau, mais les turbulences le rendent inaccessible.

— Votre eau, justement, vous la puisez où ? »

Silence.

La façade claire à laquelle Seke était adossé n'était pas faite de pierre ou de terre, mais d'une matière lisse rappelant le métal ou un bois très dur. Il concentra son regard sur l'une des fenêtres basses qui encadraient la porte renfoncée et surmontée d'un linteau triangulaire. Un rideau de ténèbres restait tiré en permanence sur l'ouverture et occultait l'intérieur de l'habitation.

« Dans des nappes phréatiques. Par des puits de forage. Mais les réserves sont pratiquement épuisées, et nous devons trouver une autre solution. »

Seke prit son courage à deux mains pour se remettre en marche.

« J'avancerais plus vite si j'avais le ventre plein…

— La nourriture est rationnée. À cause du retraitement des déchets organiques. Mais on vous servira un repas là où nous allons. »

La traversée de la ville s'apparenta à un calvaire pour Seke, d'autant que Reni l'entraîna dans un quartier accidenté où les ruelles se transformaient en escaliers aux marches étroites et raides. Une lumière vive éclaboussait le faux ciel et lui donnait une couleur légèrement orangée, censée reproduire la clarté d'une étoile. Bien que le « jour » fût levé depuis un bon moment, Domile restait toujours aussi silencieuse et figée. Seke n'avait plus la force de s'en étonner, concentré sur sa marche, taraudé par le besoin urgent de retrouver Marmat, de se raccrocher au regard et à la voix de son aîné.

La végétation se modifiait à mesure qu'ils s'enfonçaient dans la cité. Les branches des arbres trapus se garnissaient maintenant d'épines luisantes d'où exsudaient des gouttes épaisses et blanchâtres. Elles s'écoulaient sur l'écorce avec une telle lenteur qu'elles se solidifiaient avant d'atteindre le sol. D'énormes fleurs écarlates s'épanouissaient au-dessus de buissons noirs et s'agitaient au passage des deux hommes en émettant des murmures et des claquements menaçants.

« Les vores, précisa Reni. Ces fleurs sont originaires du vaisseau de colonisation. Elles n'étaient pas carnivores lorsqu'elles sont arrivées sur Onœ. Puis elles ont muté, sans doute parce qu'elles n'ont pas trouvé d'autre source d'énergie. Si on ne les nourrit pas régulièrement, elles peuvent happer les passants et les dévorer. Quand elles vous tiennent entre leurs pétales, vous n'avez aucune chance d'en réchapper.

— Avec quoi les nourrissez-vous ? »

Reni marqua encore une fois ce long temps de pause qui lui semblait nécessaire pour préparer ses réponses. Ils gravirent les dernières marches d'un escalier qui donnait sur une place dégagée, ornée en son centre d'un massif de vores et d'une plaque métallique à demi déchiquetée plantée dans un socle.

« Une pièce du fuselage du vaisseau de colonisation, précisa Reni, surprenant le regard interrogateur de Seke.

— Il est arrivé dans un drôle d'état !

— Si l'*Onœ*, le vaisseau, n'avait pas connu de sérieuses avaries, les hommes ne seraient pas restés sur ce monde. Il s'est posé sur cette planète en urgence, il n'en est jamais reparti. Ses passagers ont fondé la zone couverte en partant du vaisseau, en l'agrandissant peu à peu selon les besoins, en mettant bout à bout des pans de toit, en adaptant le système de gravité artificielle et en forant le sol pour atteindre les nappes phréatiques.

— Vous en parlez comme si vous y étiez.

— Veilleur, je suis tenu de garder l'histoire de notre peuple en mémoire. Nous allons bientôt arriver au quartier du Naufrage. Vous pourrez voir les vestiges de la structure d'origine. »

De la petite place où ils se trouvaient, ils avaient une vue d'ensemble de Domile, dont les artères principales convergeaient vers une colline sombre à l'interminable sommet en forme de vase. Seke restait incapable d'évaluer la hauteur du faux ciel, mais le gigantisme de l'ouvrage et le temps nécessaire à son achèvement lui donnaient le vertige, comme face aux innombrables ponts et passerelles de la faille d'Hernaculum. Combien de générations s'étaient échinées à agrandir la zone couverte, à métamorphoser cette planète ingrate en un monde habitable ? Où qu'ils fussent, les hommes éprouvaient ce besoin fondamental de transformer leur environnement, de l'adapter à leurs besoins. C'était cette même nécessité qui les avait poussés hors des remparts de la Cité des Nues de Jezomine, qui les avait entraînés dans le désert du Mitwan, qui avait précipité la disparition des enfants du Tout.

« Des animaux, dit Reni.

— Pardon ?

— Vous m'avez demandé tout à l'heure avec quoi on nourrissait les vores. Nous élevons des animaux, les cherfleurs, que nous lâchons régulièrement dans les rues. Avec un peu de chance, vous aurez l'occasion d'assister au spectacle. »

La colline qu'ils avaient aperçue de la petite place était en réalité la carcasse du vaisseau des origines. La lumière avait viré au pourpre lorsqu'ils l'atteignirent, sans doute une interprétation de la lumière crépusculaire d'une étoile couchante.

« Votre… jour touche à sa fin et je ne vois toujours personne dans les rues, fit observer Seke.

— Période fériée. La consigne est de rester chez soi jusqu'à la fin du repos collectif. »

Une gigantesque colonne s'élevait au-dessus de l'ancienne proue, s'élargissait peu à peu jusqu'à se fondre dans le toit et donnait à l'ensemble cette forme générale de vase.

« L'Ombilique, dit Reni. Le premier support de la zone couverte.

— Il y en a d'autres ?

— Il en a fallu sept cent douze pour soutenir l'ensemble du toit. Les sept cent douze piliers de la civilisation onote. »

Du vaisseau ne subsistaient que les éléments principaux de sa structure. Ils servaient à la fois de base à l'Ombilique et de treillage à l'armée de ronces et de vores qui le prenait d'assaut. Des escaliers, des échelles et des passerelles étaient les seuls vestiges du fuselage. Seke estima la proue perchée à plus de cinq cents pas, ce qui, si on ajoutait le double ou le triple pour la colonne, situait le ciel à une hauteur approximative de mille cinq cents à deux mille pas.

« D'où… d'où venait-il ? » souffla Seke.

Assis sur un muret pour détendre ses jambes, il douta d'avoir un jour la volonté de repartir. Il n'osait pas délacer ses sandales dont les lanières de cuir lui mordaient la peau.

« La majorité des Onotes sont persuadés qu'il est arrivé en droite ligne du système originel, répondit Reni. D'autres, du premier système colonisé. D'autres encore, d'une terre mythique appelée le Vodan.

— Marmat peut sans doute vous donner la réponse.

— Marmat ?

— Mon confrère, l'homme à la peau noire. »

Les sourcils de Reni se haussèrent légèrement, signe chez lui de perplexité. Debout près d'un buisson aux fleurs mauves, il ne transpirait pas, ni ne montrait le moindre signe d'essoufflement ou de fatigue. Il gardait les bras collés le long du corps et les yeux levés sur l'épave teinte de lumière écarlate, dans une attitude de soumission, d'adoration.

« Impossible. Le naufrage du vaisseau remonte à plus de cinq mille ans onotes.

— Les griots n'ont pas la même échelle de temps que vous. »

Seke n'avait plus assez de salive pour humecter sa gorge sèche. Il songea avec amertume que, dans le Mitwan, il avait été capable de résister plusieurs jours sans boire une seule goutte d'eau. Il avait oublié les leçons des enfants du Tout, cette quête permanente de l'union avec les éléments.

« L'espace et le temps, voilà ce qui sépare les hommes », reprit Reni. Des nuances de tristesse étaient perceptibles dans sa voix habituellement neutre. « En se divisant, l'humanité s'est affaiblie.

— Elle était divisée bien avant les Guerres de la Dispersion, objecta Seke.

— Elle restait consciente d'elle-même. L'espace et le temps ont généré l'indifférence, l'oubli.

— C'est justement pour relier les peuples humains que la confrérie des griots a été créée. »

Reni se retourna et posa sur son interlocuteur un regard empreint de mélancolie.

« Trop tard, je le crains.

— Il n'est jamais trop… »

Le ululement assourdissant d'une sirène interrompit Seke. Reni attendit qu'elle se fût tue pour ajouter :

« Vous avez de la chance : un lâcher de cherfleurs. »

Des grincements et des claquements retentirent, puis un tumulte enfla qui évoquait le crépitement cadencé de milliers de pieds sur le sol. Piqué par la curiosité, Seke oublia sa fatigue et se releva. Les vores du fouillis végétal habillant les structures de l'épave s'étaient animées. Leurs corolles, qui s'ouvraient et se refermaient en cadence, dévoilaient par intermittence un orifice d'où émergeaient des pistils d'un rouge encore plus vif et brillant que celui des pétales. Leur murmure sous-tendait le tumulte ambiant comme un bourdon grave et elles se trémoussaient avec frénésie sur leurs tiges.

« Ils arrivent, dit Reni. Ne bougez surtout pas. »

Seke entrevit des mouvements dans les ruelles voisines baignées de lumière rouge. Un cri de surprise s'échappa de sa gorge lorsque les premiers cherfleurs jaillirent sur l'esplanade.

## CHAPITRE XXI

# L'IMPITE

*Stance 32-7.*

*L'océan des Tourbillons prend soin de celle ou celui qui sait lui accorder son amitié ; pourvu que celle-ci ou celui-là ait un cœur sincère, il la ou le transportera sur la rive opposée. Par « rive opposée » il faut entendre sa destinée, qu'elle soit glorieuse ou cachée, douce ou terrible. Que les envoyés de la montagne au grand œil acceptent le sort qui leur échoit, qu'ils sachent bien que tous ne récolteront pas les fruits de la renommée, qu'ils soient conscients que certains d'entre eux n'iront pas au bout du voyage.*

*Stance 32-8.*

*Que celle ou celui qui entreprend le long voyage vers la Zongrave, que celle-ci ou celui-là consente à devenir un ou une autre, qu'elle ou il se dise qu'on n'arrive nulle part sans une grande volonté de changement, qu'elle ou il se défasse de ses désirs, de ses illusions, qu'elle ou il se laisse guider par la grande pensée qui créée les lois universelles, qu'elle ou il accède au cœur invisible des choses.*

*Stance 32-9.*

*Qu'il me soit permis ici de parler de l'impite, la redoutable sentinelle des archipels de l'océan des Tourbillons. Son silence est plus redoutable que le plus terrible des hurlements. Elle est plus véloce que le plus fulgurant des éclairs, plus sournoise et féroce que la plus ancienne des veuves. Garde-toi de croiser son chemin, toi qui prétends atteindre les portes de la Zongrave.*

« On ne les rattrapera pas ! soupira Bœn. On ferait mieux de rebrousser chemin. »

Ils n'avaient pas pris de repos depuis leur départ du grand rocher solitaire. Ils avaient apesanté tout le jour malgré un vent de plus en plus violent, ne s'arrêtant qu'une seule fois pour se désaltérer à une source d'eau au goût suspect. Les brumes lointaines avaient escamoté le disque déclinant et rougeoyant d'Alep.

« Je ne t'empêche pas de retourner dans l'œil du Cyclope, Bœn Sissia », lâcha Loriale entre ses lèvres serrées.

Elle observait avec attention les cyclones qui naissaient au fond de la gigantesque fosse et grandissaient en s'éloignant vers l'horizon. Du haut de la falaise, l'océan des Tourbillons ressemblait à une scène infinie peuplée de danseurs insaisissables. Si certaines stances du grand Cycle décrivaient le phénomène, elles ne traduisaient pas, ou mal, l'extraordinaire impression de puissance dégagée par ces mouvements incessants.

Bœn s'agrippa à un rocher pour résister aux bourrasques qui balayaient le sommet de la falaise. Son avant-bras brûlé par le polpe l'élançait toujours autant, et même davantage à l'issue de ces longues heures d'apesanteur. Il avait sollicité plus que de coutume ses membres supérieurs pour compenser la dissymétrie de ses jambelles. Éreinté, affamé, il ne se voyait pas affronter la violence dévastatrice des cyclones.

« Il existe peut-être un moyen de contourner l'océan », avança-t-il sans trop y croire.

Loriale se mordillait la lèvre inférieure avec nervosité, sa manière à elle de ruminer sa déception. Elle avait espéré rattraper la senticielle et les autres avant le littoral des Tourbillons, mais le groupe n'avait pas attendu les deux retardataires, et ce manque d'intérêt, pire, cette indifférence, l'humiliait, la révoltait. Ils les avaient abandonnés, Bœn et elle, comme s'ils n'avaient aucune importance, aucun rôle dans la réconciliation des peuples d'Onœ.

« Des milliers de kilomètres de chaque côté, répondit-elle d'un ton las. Il faut des semaines pour en faire le tour.

— Qu'est-ce qui nous prouve que nous sommes dans la bonne direction ? »

Loriale désigna Gem, l'étoile principale du Rameau, dont le point brillant et bleuté apparaissait déjà au-dessus des nappes de brume ensanglantées par le crépuscule d'Alep.

« Les stances prophétiques disent qu'il suffit de la suivre.

— Nous ne pouvons pas rester plus longtemps sans boire ni manger… »

Une moue réprobatrice étira les lèvres de Loriale.

« Le grand Cycle dit aussi que l'océan des Tourbillons prend soin des voyageurs.

— Je ne vois pas de sauvante. Ni aucun autre arbre pour nous donner ses fruits. »

Loriale rejeta l'argument d'un geste agacé.

« Ce qui est réclamé ici, Bœn Sissia, c'est un acte de confiance ! cria-t-elle en insistant sur les dernières syllabes.

— Je suis trop fatigué pour faire confiance à qui que ce soit.

— Même à moi ? »

Bœn ne réussit pas à soutenir le regard de Loriale, dont les mains se glissèrent autour de sa taille. Ils s'embrassèrent et se caressèrent un long moment, puis elle dénoua leur étreinte, poussa sur ses mains et décolla. Elle ne chercha pas à résister à la bourrasque qui l'emporta au-dessus de la falaise. De même, elle n'agita ni les jambelles ni les bras lorsque le vent l'entraîna vers le large, vers les tourbillons sombres qui montaient du fond de l'océan et s'élevaient en colonnes titanesques vers le ciel. Le hurlement de Bœn se perdit dans les sifflements et les grondements. Il regarda avec hébétude son sexe dressé puis, sans réfléchir, parce qu'il lui était intolérable d'assister sans réagir à la disparition de sa compagne, il lâcha le rocher et se laissa à son tour enlever par une rafale.

Il fut partagé entre plusieurs sentiments contradictoires, la frustration et la colère envers Loriale, la peur lorsque le courant aérien le brinquebala dans tous les sens, un début d'euphorie dû à la sensation de vitesse et de légèreté, une panique galopante quand il prit conscience que ses mouvements ne lui étaient d'aucune utilité, qu'il ne pouvait pas lutter contre la force du vent. Il s'éloigna de la falaise et survola des rochers habillés d'une lèpre brune. Des spirales de particules noires s'écrasaient sur les reliefs et se transformaient en gerbes majestueuses éparpillées par les bourrasques. Il entrevoyait dans le lointain la tache claire et fuyante de Loriale.

Aspiré tout à coup par un courant descendant, il perdit de l'altitude et se rapprocha des arêtes des récifs les plus élevés. Il tenta d'enrayer sa chute par d'amples battements des jambelles et des bras, mais il continua de descendre à une vitesse effarante et se recroquevilla dans l'attente du choc. Il fut repris par un tourbillon ascendant alors qu'il piquait tout droit vers une aiguille rocheuse. Il remonta aussi vite qu'il était tombé, dans un mouvement tournoyant qui lui fit perdre tout sens de l'orientation. Il tenta de se débattre dans un premier temps, puis une stance du grand Cycle lui revint en mémoire, récitée par une voix de femme, la voix d'une senticielle sans doute : *L'océan des Tourbillons prend soin de celle ou de celui qui sait lui accorder son amitié ; pourvu que celle-ci ou celui-là ait un cœur sincère, il la ou le transportera sur la rive opposée...*

Loriale s'était certainement souvenue de cette stance lorsqu'elle avait parlé d'un acte de confiance. Résister ne servirait à rien. De toute façon, il était à bout de forces, il n'avait même plus le courage de se demander ce que signifiait un « cœur sincère », il lui fallait accepter de ne pas avoir d'existence propre, de s'en remettre à une autre volonté, de mourir à lui-même.

Il se détendit et laissa ses membres flotter autour de lui, offrant le plus de prise au vent. Il tourbillonna un long moment dans la colonne qui s'élevait et filait vers les brumes du couchant, puis le cyclone se volatilisa aussi soudainement qu'il s'était formé, et Bœn fut projeté avec une violence phénoménale dans les airs. Le cri qui s'échappa de sa gorge exprimait à la fois la terreur et la jubilation. Il flottait avec une légèreté grisante sur les remous provoqués par le soudain évanouissement du cyclone. Il avait apesanté depuis son plus jeune âge, mais jamais il ne s'était éloigné du géant volcanique qui protégeait le peuple des parias de la fureur des éléments et de la férocité des graves, jamais il n'avait osé affronter l'immensité du monde. Il découvrait, dans l'océan des Tourbillons, qu'il n'avait pas apprécié l'apesanteur à sa juste valeur. La nature avait doté les parias de la Zongrave d'un don magnifique, d'un moyen formidable d'explorer leur planète, et ils se contentaient d'aller et venir dans l'œil rassurant du Cyclope et dans les cratères mineurs proches.

Un nouveau tourbillon le saisit alors qu'il arrivait dans une zone d'accalmie et le propulsa vers le large, dans la direction de Gem dont l'éclat se magnifiait au-dessus de la brume assombrie. Il perdit de vue la falaise déchiquetée. Outre l'étoile bleue et les autres astres du Rameau, son seul repère visuel restait la tache pâle et lointaine de Loriale.

La durée de vie des cyclones, très brève, ne leur permettait pas d'atteindre ces vitesses fantastiques qui auraient désarticulé leur passager. Ils tombaient après avoir parcouru une distance d'une demi-lieue, comme s'ils devaient s'effacer pour permettre à un autre de prendre la relève. Ce mouvement perpétuel entretenait l'illusion d'une forêt peuplée d'arbres éphémères. S'il n'en connaissait pas les causes – les stances du grand Cycle se bornaient à décrire les merveilles d'Onœ, pas de les expliquer –, Bœn prit rapidement conscience de la régularité du phénomène. Un tourbillon le happait, prenait de la vitesse, filait vers le large, se désintégrait dans un foisonnement de turbulences, puis une nouvelle tempête se formait dans le calme restauré, le saisissait dans sa spirale ascendante, le transportait toujours plus loin en direction de Gem. Il n'avait aucun effort à fournir, il se contentait d'accompagner les mouvements ou, au moins, de ne pas s'opposer aux courants.

La nuit tomba, et avec elle disparurent ses derniers repères visuels, l'horizon, les étoiles, Loriale. De même il lui fut impossible de se fier aux sifflements des bourrasques et aux grondements des cyclones. Les bruits prenaient une résonance insolite, trompeuse, dans la profondeur des ténèbres. L'humidité persistante lui indiqua qu'il traversait une région brumeuse. Un froid mordant le pénétra jusqu'aux os, et à nouveau il regretta la quiétude confortable de la cavité maternelle du Cyclope. Le vent ne faiblissait pas, au contraire, les tourbillons redoublaient de vigueur à mesure qu'ils s'enfonçaient dans le cœur de l'océan. L'obscurité décuplait les sensations, accentuait la rapidité des tournoiements à l'intérieur des spirales, les accélérations violentes qui accompagnaient l'effondrement des cyclones, l'amplitude des flottements dans les zones d'accalmie.

La nuit semblait receler une multitude d'obstacles invisibles, et Bœn se contracta à plusieurs reprises dans l'attente du choc. Il devait compenser la privation du sens de la vue, sa dernière perception, par un surcroît de confiance. Il ferma les paupières et trancha cette ultime corde qui le reliait à ses peurs. Le sentiment de liberté se fit aussitôt plus déroutant et plus fort. Il oublia les impressions contradictoires, la griserie, la faim, la soif, la peur, le froid, et baigna dans une paix intérieure accordée à la puissance de l'océan des Tourbillons. Le déchaînement des éléments dissimulait une harmonie sous-jacente qu'on ne pouvait pas discerner dans le vacarme de ses propres frayeurs.

*Que celle ou celui qui s'effraie des grondements du dragon, que celle-ci ou celui-là comprenne qu'il n'entend que les échos de ses peurs ; à celle ou à celui dont l'intention est de soumettre ses sœurs et ses frères à sa volonté, qu'il lui soit dit que sa volonté n'est que l'expression d'une très grande faiblesse…*

Une clarté dans le lointain frappa les paupières de Bœn. Il rouvrit les yeux. Une colonne de lumière trouait les nues et se jetait dans un pan de ciel étoilé. Il aperçut à nouveau les douze astres du Rameau. Gem brillait comme une perle bleue à la pointe d'un diadème. Plus courts, plus rageurs, les cyclones se succédaient à un rythme effréné.

Bœn ne souffrait plus du vertige qui l'avait tracassé au début de la nuit. Il n'était pas certain de s'être endormi, mais il avait les pensées engourdies de celui qui émerge d'un profond sommeil. Des gouttes d'eau froide ruisselaient sur sa peau, collaient ses cheveux à son crâne, à ses tempes, à ses joues. Les cloques de son avant-bras avaient crevé et libéré leur liquide séreux. La douleur, elle aussi assoupie, se réveillait en sursaut lorsque les gouttes d'eau cinglaient les chairs à vif.

Le cyclone qui l'emmenait vers la colonne de lumière faiblit beaucoup plus tôt que les autres. Il se pulvérisa à la périphérie d'un espace circulaire épargné par les tempêtes. Bœn continua de tomber, comprit qu'aucun autre tourbillon ne viendrait le soulever et ralentit sa chute. Il découvrit, quelques dizaines de pas plus bas, une bande de terre éclairée en abondance par des arbres qui ressemblaient aux sauvantes. C'était de leurs frondaisons éclatantes que montait la colonne de lumière. Il aperçut également Loriale allongée sur un rocher, immobile, plus pâle que d'habitude. Deux pensées s'entrechoquèrent dans son esprit : ils étaient arrivés sur l'autre rive de l'océan des Tourbillons, et Loriale était… morte.

Sa respiration se suspendit jusqu'au moment où ses jambelles entrèrent en contact avec le sol. Il se dirigea vers sa compagne avec une telle précipitation qu'il décolla à nouveau et se figea pour retomber le plus vite possible. Penché sur la poitrine de Loriale, il se détendit lorsqu'il entendit les battements de son cœur.

Des soubresauts ballottèrent sa tête, et un rire familier, moqueur, éclata au-dessus de lui.

« Je ne suis pas morte, idiot ! »

Elle le fixait avec ironie, avec un soupçon de reconnaissance également. Des gouttes s'échappaient de ses mèches détrempées, sillonnaient ses épaules et ses seins. Il l'aida à se relever et la serra contre lui avant de lui demander, d'une voix entrecoupée par les frissons :

« Nous sommes arrivés de l'autre côté de l'océan ? »

Le froid était moins vif au ras du sol que dans le ciel. Pas un souffle d'air n'agitait les frondaisons des arbres. Une invisible barrière maintenait les cyclones à l'extérieur du cylindre coiffé d'un cercle de ciel étoilé. Le silence paisible transformait le tumulte de l'océan en une rumeur sourde.

« Je crois plutôt que nous avons atterri sur une île. » Elle lui tapota le ventre avec des lueurs de malice dans les yeux. « Nous trouverons ici de quoi boire et manger. C'est ce que tu voulais, non ? »

Il ne savait plus très bien ce qu'il voulait. L'expérience merveilleuse qu'il venait de vivre dans l'océan des Tourbillons avait modifié ses perceptions. Il s'était délivré de la peur, cette prison sournoise qui l'avait maintenu dans l'œil du Cyclope, et ses besoins habituels lui paraissaient moins importants, presque dérisoires.

« Moi j'ai faim, en tout cas ! »

Loriale poussa sur ses bras et apesanta vers les premiers arbres. Saisi d'un pressentiment, Bœn faillit lui crier de revenir. Elle s'agrippa à une branche basse et cueillit deux gros fruits luminescents avant de se poser en douceur. Elle s'adossa confortablement au tronc, creva leur peau épaisse et souple à l'aide de ses ongles, les éplucha et sépara leur pulpe, d'une couleur jaune pâle, de leur fine enveloppe transparente. Elle tendit un quartier à Bœn pour l'inviter à venir la rejoindre.

Les fruits étaient de la même famille que ceux des sauvantes, mais plus épais, plus savoureux, plus nourrissants.

« Je n'étais pas sûre que tu me suivrais, Bœn Sissia, dit Loriale en essuyant d'un revers de main le jus qui lui dégoulinait sur le menton.

— Tu pourrais aimer un homme que tu prends pour un lâche, Loriale Ophilia ? » répliqua-t-il avec vivacité.

Elle le considéra pendant quelques instants d'un air pensif avant de glisser un autre quartier de fruit entre ses lèvres.

« Je ne te prends pour rien du tout, répondit-elle quand elle eut fini de mâcher. Je me sens bien avec toi. Et je suis contente que tu m'aies accompagnée jusque-là. Nous devons absolument rattraper les autres.

— Ils ont trop d'avance sur nous. Nous les retrouverons peut-être aux portes de la Zongrave. »

D'entendre ces paroles sortir de sa propre bouche le stupéfia. Maintenant qu'il avait affronté les tourbillons de l'océan, rien ne lui paraissait impossible, pas même le projet, inconcevable une poignée d'heures plus tôt, de pénétrer dans la mythique Zongrave.

« Je ne crois pas… » Loriale se mordilla la lèvre inférieure. « Je ne crois pas que nous devions retourner vivre dans la Zongrave.

— À quoi servirait ce voyage sinon ? »

Elle déploya ses jambelles et se renversa contre le tronc brillant. Ses joues avaient repris un peu de couleur depuis qu'elle avait mangé la moitié de son fruit. Elle paraissait plus vulnérable, plus désirable, sans ses parures de sauvante.

« Il faut la détruire, reprit-elle.

— Jamais je n'ai entendu une senticielle prononcer ce genre de…

— Moi non plus ! C'est juste une… »

Les yeux de Loriale, levés sur la frondaison, s'agrandirent d'horreur. Bœn suivit la direction de son regard et finit par distinguer entre deux branches une forme sombre à demi dissimulée par les feuilles. Il sut aussitôt que cette apparition immobile et silencieuse avait un lien avec la sensation de danger qui l'avait étreint quelques instants plus tôt.

« Une impite », souffla Loriale.

Bœn avait déjà entendu sa mère prononcer ce mot, mais il avait toujours cru qu'elle invoquait une créature imaginaire pour le contraindre à se tenir tranquille. Toutes ses terreurs d'enfant revinrent le harceler. *Si tu n'es pas sage, l'impite étirera ses grandes pattes pour te toucher et, quand tu ne pourras plus bouger, elle te mangera en commençant par les yeux.*

« Tu… tu en es certaine ? »

Les yeux toujours fixés sur la forme sombre, Loriale acquiesça d'un clignement de cils.

« Comment le sais-tu ?

— Ne bouge plus, ne parle plus… »

Elle avait à peine remué les lèvres pour chuchoter ces quelques mots. Son regard péremptoire rentra les questions de Bœn dans sa gorge. Il voulut s'installer dans une position plus confortable, mais une patte longue et noire, de l'épaisseur d'un doigt, se posa sans un bruit à quelques pouces de son bras. Un réflexe lui commanda de se lever et d'apesanter à toutes jambelles ; une deuxième puis une troisième pattes dégringolèrent de chaque côté de ses hanches et lui interdirent tout mouvement. Une sueur glacée commença à perler des pores de sa peau. Il contint tant bien que mal sa violente envie de prendre la main de Loriale, dont la silhouette blême et figée occupait le coin gauche de son champ de vision. Il ressentait le besoin urgent d'être rassuré par son contact. En lui ordonnant de ne pas bouger, de ne pas parler, elle lui avait à nouveau réclamé un acte de confiance. Après tout, les certitudes de Loriale ne reposaient peut-être que sur des frayeurs enfantines identiques aux siennes. Peut-être leur suffisait-il de décoller et de gagner un coin plus tranquille. Peut-être l'impite était-elle inoffensive, moins féroce en tout cas que ne le prétendaient les légendes.

L'écorce rugueuse de l'arbre mordait profondément les épaules et le dos de Bœn. Il perçut un frôlement sur son ventre, si délicat qu'il le prit d'abord pour un effleurement de la brise. Son regard tomba alors sur l'extrémité d'une patte qui remontait avec une grande vélocité sur sa poitrine. Il jugula, il ne sut comment, le hurlement qui montait de son ventre avec la violence d'un geyser. Du coin de l'œil, il vit ou crut voir d'autres lianes sombres se promener sur la peau de Loriale. Munie de filaments souples qui expliquaient sa douceur étonnante, l'extrémité de la patte se dirigea vers sa gorge, s'attarda sur son cou, puis elle escalada son menton et fureta un long moment sur ses lèvres. Il perçut d'autres effleurements, d'autres fourmillements, sur son bassin, son torse, ses épaules.

*Quand tu ne pourras plus bouger, elle te mangera en commençant par les yeux...*

Il ne pouvait plus bouger, elle se baladait sur l'arête de son nez, elle se rapprochait de ses yeux. Des rigoles froides se faufilaient sur sa nuque, le long de son échine, sur ses flancs. L'extrémité de la patte lui recouvrit l'œil droit. Tétanisé par l'épouvante, il s'attendit à ce que des griffes jaillissent entre les filaments souples et lui arrachent le globe oculaire. Une deuxième patte atterrit sur son œil gauche et finit de l'aveugler. Des picotements insupportables lui irritèrent les paupières, les arcades sourcilières et les pommettes.

*Elle te mangera en commençant par les yeux...*

De toutes ses forces, il repoussa l'idée que l'impite était en train d'entamer son repas. Il n'éprouvait aucune autre douleur que ces piqûres répétées qui lui criblaient les yeux et lui irritaient l'intérieur du crâne. Il pensa qu'elle essayait de pénétrer dans son esprit, que c'était sa façon à elle de communiquer, une idée absurde sans doute, mais elle l'aida à supporter sans broncher le contact prolongé avec les filaments.

Il eut tout à coup une sensation d'éblouissement. Il lui fallut un peu de temps pour se réaccoutumer à la lumière de la frondaison.

Les pattes de l'impite avaient disparu, ainsi d'ailleurs que la forme sombre entre les branches. En un geste machinal – et stupide, puisqu'il voyait –, il s'assura que ses globes oculaires étaient restés à leur place, puis il s'intéressa à Loriale et constata que, comme lui, elle avait conservé ses yeux. Elle tremblait de la tête aux jambelles, des gémissements sourds se glissaient dans ses expirations saccadées.

« Elle est partie, lui murmura Bœn à l'oreille. Partie... »

Loriale lui accorda un regard atone avant de se pencher brusquement sur le côté et de régurgiter toute la pulpe de fruit qu'elle avait avalée.

« Je connais plein d'histoires sur l'impite. Ma mère les tenait de sa mère qui les avait elle-même apprises de sa mère. Une tradition familiale. Elle remonte aux temps très lointains où plusieurs de nos ancêtres ont été retrouvés morts, mangés de l'intérieur. »

Blottie contre Bœn, Loriale ne parvenait pas encore à maîtriser les vagues de tremblements qui la chahutaient comme une brindille de sauvante. Des traces rouges étaient imprimées au-dessus de ses arcades sourcilières et sur ses pommettes. Bœn n'avait pas eu besoin de lui demander s'il présentait les mêmes marques : les démangeaisons sur le pourtour de ses yeux lui avaient déjà apporté la réponse.

« Comment sait-on qu'ils ont été tués par l'impite ?

— Une histoire raconte qu'une fillette a vu l'impite poser ses pattes sur un homme, lui arracher les yeux et lui aspirer le cerveau.

— Pourquoi nous a-t-elle épargnés ? »

Loriale se dégagea des bras de Bœn et lissa ses longs cheveux clairs d'un air songeur. Les arbres continuaient de briller au-dessus d'eux, et la colonne de lumière se perdait dans les ténèbres encore gouvernées par Gem, la reine du Rameau.

« Une autre histoire dit que les impites ne tuent que ceux dont les yeux mentent. Il faut croire que nos yeux ne mentent pas, Bœn Sissia.

— Tu crois que ça veut dire la même chose que… le "cœur sincère" des prophéties ? »

Un sourire pâle éclaira le visage de Loriale.

« Difficile à croire quand on te connaît ! » Elle pouffa de rire devant l'air penaud de Bœn. « Je plaisantais, idiot ! »

Et, pour se faire pardonner, elle lui déposa un baiser sonore sur les lèvres.

Ils scrutaient avec inquiétude les ramures des arbres lumineux. Ils agitaient les jambelles et les bras avec une lenteur inhabituelle, craignant à tout moment que leurs mouvements ne déclenchent l'intervention d'une autre impite – ou de celle qui les avait déjà auscultés, l'impression ne les quittait pas d'être observés et suivis. Les démangeaisons autour de leurs yeux s'étaient apaisées et les marques avaient pratiquement disparu. Ils avaient décidé de gagner la côte opposée de l'île où, du moins le supposaient-ils, ils pourraient à nouveau voguer sur les cyclones. Ils avaient trouvé au pied d'un rocher des restes d'épluchures encore fraîches qui témoignaient du passage récent de la senticielle et de ses accompagnateurs. Revigorés par cette découverte, ils avaient surmonté la torpeur qui avait suivi leur rencontre avec l'impite.

Les arbres lumineux couvraient la majeure partie de l'île, le reste étant occupé par des massifs rocheux ou des bancs de sable gris. Ils contournèrent une grande colline assaillie par une végétation touffue de buissons et d'arbustes au feuillage terne. L'eau devait couler en abondance sous le sol. Une légende voulait qu'un grave malveillant eût ouvert la bonde de l'océan des Tourbillons, que l'eau se fût déversée dans des cavités souterraines et qu'elle attendît le retour de la paix sur Onœ pour resurgir et fertiliser les terres en jachère.

« Mon Dieu », gémit Loriale.

Elle apesantait au pied de la colline, tout près du sol, les yeux rivés sur une forme pâle. Bœn crut qu'elle s'était frottée aux épines d'un buisson. Elle releva la tête et, d'un geste du bras, lui ordonna de descendre. Il s'approcha, aperçut un corps allongé dans les buissons, recroquevillé en position fœtale. Un homme paria, dont les jambelles étaient restées accrochées aux branches basses d'un arbuste.

« Delk », souffla Loriale.

Elle se posa en douceur à côté du corps, lui passa la main sous la nuque et lui releva la tête. Le hurlement soudain qu'elle poussa perfora le plexus solaire de Bœn. Il comprit les raisons de son horreur lorsqu'il fut assez près pour distinguer les orbites oculaires du cadavre : elles étaient creuses, et il en sortait des morceaux de chair qui étaient probablement les restes d'un cerveau. Les traits figés de Delk, l'un des cinq compagnons de la senticielle, ne s'étaient pas apaisés. Son épouvante et sa souffrance se prolongeaient au-delà de la mort, comme à jamais gravées dans sa chair. L'impite n'avait pas laissé d'autre trace de son passage, aucune égratignure, aucune morsure, rien d'autre que ces cavités béantes et quelques reliefs de son sinistre repas.

*Elle te mangera en commençant par les yeux...*

La comptine de Sissia n'était que l'exacte transcription de la réalité. Sans les recommandations de sa compagne, Bœn aurait sans doute connu le même sort que Delk.

Loriale, en larmes, prononça l'oraison funèbre traditionnelle du peuple des parias.

« La mort est parfois le plus bel hommage à rendre à la vie. Que ton corps revienne à la terre, que ton âme s'élève jusqu'aux cieux, que ta chair retombe en poussière, que ton esprit retourne près des dieux. »

Un autre corps gisait quelques pas plus loin, celui d'une femme nommée Helya dont l'impite avait gobé les yeux et le cerveau avec une telle voracité que le crâne de la malheureuse avait volé en éclats. Les épines des buissons avaient semé des griffures sur sa poitrine, ses hanches et le haut de ses jambelles. Elle arborait la même expression d'épouvante et de souffrance que Delk. Ce fut au tour de Bœn de prononcer l'oraison funèbre, puis ils repartirent en apesanteur, abandonnant derrière eux les deux cadavres sans sépulture.

Le bord opposé de l'île était dépourvu de végétation et plongé dans une obscurité effleurée par la lumière des arbres lointains. Loriale et Bœn se posèrent sur un promontoire rocheux battu par un vent violent et observèrent les tourbillons qui se formaient au fond de l'océan et s'éloignaient en direction du large.

Loriale tourna vers Bœn son beau visage baigné de larmes.

« Si nous ne trouvons pas les voyageurs célestes, Bœn Sissia, c'est l'univers entier qui sera vidé de sa substance. »

Bœn ne lui posa aucune des milliers de questions qui se bousculaient dans sa tête. Il se contenta de lui déclarer sa confiance d'un sourire chaleureux, attendit qu'elle fût emportée par un cyclone naissant pour pousser sur ses bras et monter à son tour en apesanteur.

## CHAPITRE XXII

# DOMILE

*J'ignore ce que signifient exactement les « phases », mais je suppose qu'elles ne gagent rien de bon pour notre avenir. Les veilleurs étaient nécessaires au développement et au maintien de la zone couverte, et il est très probable que, sans leur collaboration, nous n'aurions pas réussi à survivre sur un monde aussi difficile qu'Onœ, mais ils occupent désormais une place trop importante dans l'organisation de Domile. Ils ont outrepassé leur rôle, qui est de servir la communauté et non d'en contrôler l'évolution. Que savons-nous de leur organisation, sinon qu'ils sont comme nous issus du vaisseau et que leur dieu, le symbole qu'ils vénèrent, provient de croyances très anciennes, très probablement antérieures aux premiers voyages spatiaux ?*

*Je me suis intéressé à ce dieu, je me suis introduit dans leur lieu de culte où sont consignées leurs archives. De manière illégale, me reprocheront certains. À ceux-là je répondrai que l'illégalité est parfois le seul chemin vers la vérité, vers une vérité qui n'est pas toujours bonne à découvrir ni à entendre.*

*Que les veilleurs adorent un symbole me paraît incompatible avec leur nature, cette contradiction aurait dû nous alerter depuis longtemps. Mais, lorsque ce symbole revêt la forme d'un dragon, c'est-à-dire l'un des archétypes les plus anciens de nos mythologies, la contradiction se transforme en gouffre. Et c'est dans cet abîme que nous risquons de sombrer si nous ne nous opposons pas de toutes nos forces à leur influence, à leur volonté hégémonique.*

*Certains d'entre nous affirment qu'il est possible de vivre en dehors de la zone couverte. Attendez un peu avant de crier au fou. Les seules informations que nous avons recueillies de l'extérieur sont celles qu'ont bien voulu nous transmettre les capteurs et les sondes. Or qui entretient les capteurs et les sondes, sinon le corps des veilleurs ? Je fais partie des volontaires qui sont prêts à risquer leur vie pour explorer les territoires ouverts de notre monde d'adoption. Je fais partie de ceux qui aspirent à être réchauffés par la lumière de l'étoile, à respirer un air qui ne soit pas filtré, à sentir sur leur visage un vent qui ne soit pas envoyé par une soufflerie, à contempler l'immensité céleste comme nos ancêtres, comme tous ces peuples dispersés dans la Galaxie qui vivent sans un toit au-dessus de leurs têtes.*

Le manifeste de Jilf,
archives du corps des veilleurs,
zone couverte de Domile,
Onœ.

SEKE se réveilla en sursaut couvert de sueur. Cloué au lit par la gravité, il peina à redresser le torse. Malgré la faible luminosité de la niche murale, ses yeux douloureux ne parvinrent pas à déchiffrer l'obscurité. Il lui fallut un bon moment pour remettre de l'ordre dans ses pensées, puis les images du spectacle auquel il avait assisté la veille défilèrent dans son esprit comme les vestiges d'un cauchemar.

Les cherfleurs avaient surgi sur l'esplanade du Naufrage dans un grondement d'orage. Les animaux dont avait parlé Reni ressemblaient à des hommes. À des enfants qui auraient connu une croissante accélérée et chaotique. Visages bouffis, crânes et corps glabres, nez courts, yeux globuleux, inexpressifs, têtes directement vissées sur des troncs obèses, bras et jambes massifs, peaux claires, presque transparentes. Ils couraient sur leurs quatre membres, et leur difformité ne les empêchait pas d'avancer à vive allure, serrés les uns contre les autres à la façon d'un troupeau aveugle. Leurs mains et leurs pieds étaient munis de doigts épais et courts dont les ongles griffaient les dalles de pierre des ruelles et de l'esplanade.

Leur apparition avait suscité un profond malaise chez Seke.

« Vous… vous êtes certain que ce sont des animaux ? »

Reni lui avait décoché un regard teinté d'ironie.

« Ce sont des êtres vivants à l'intelligence limitée, ils ne possèdent pas de langage articulé, ils ne sont pas capables d'initiative individuelle. Dans quel autre règne voudriez-vous les classer ?

— Comment se reproduisent-ils ?

— Vous avez sans doute constaté que leurs organes sexuels sont atrophiés ou inexistants. »

Seke, qui n'avait pas remarqué ce détail jusqu'alors, avait affiné son observation et vérifié qu'il était effectivement difficile, voire impossible, de leur attribuer un sexe.

« Ils sont issus d'une matrice artificielle, reprit Reni. La matrice du vaisseau des origines. Elle a jadis permis aux passagers de ne pas mourir de faim, elle nourrit aujourd'hui les vores.

— Elle a toujours fabriqué ce genre de… créatures ? »

Des parfums capiteux s'étaient diffusés dans l'air confiné. Des cherfleurs s'étaient détachés du troupeau, avaient escaladé avec une agilité étonnante la muraille de végétation qui habillait la structure du vaisseau et s'étaient avancés vers les corolles. Les pétales les avaient enveloppés et tractés vers les orifices béants. À cet instant, les cherfleurs prenaient conscience qu'ils s'étaient précipités dans un piège, se débattaient, poussaient des cris déchirants, mais, malgré leurs convulsions, les pétales continuaient de les tirer dans les gueules dilatées qui les engloutissaient peu à peu dans un hideux bruit de succion.

« Disons que la matrice modifie ses paramètres en fonction des besoins », avait répondu Reni.

Seke avait baissé la tête pour ne plus voir les corps difformes et gesticulants disparaître entre les taches rouge vif des pistils.

Le troupeau s'était dispersé dans les autres rues de Domile, et le silence était peu à peu retombé sur les lieux. La lumière écarlate du faux ciel avait baissé d'intensité, signe que le jour artificiel de la zone couverte touchait à sa fin. Lorsque Seke avait relevé les yeux, il ne restait du passage des cherfleurs aucune autre trace que les calices hypertrophiés des vores qui entamaient leur travail de digestion.

Reni s'était dirigé vers l'entrée d'une ruelle proche.

« Venez, ou nous risquons de rater votre ami. »

Ils n'avaient pas trouvé Marmat dans la maison où son guide avait introduit Seke. Sans l'enseigne lumineuse qui brillait au-dessus de sa porte, l'habitation située dans un quartier périphérique de Domile, à environ trois lieues de la place du Naufrage, ne se serait pas distinguée de ses semblables, toutes de forme cubique et aux façades lisses. Elle faisait office d'hôtel et de restaurant à en juger par les enfilades de portes dans les couloirs et les tables disposées en ordre dans une grande salle commune, mais il n'y avait ni client ni personnel et, malgré une décoration riche et soignée, elle semblait abandonnée depuis des lustres. D'invisibles sources disséminées dans les murs et les plafonds distillaient une lumière bleutée qui accentuait cet aspect froid, impersonnel. Les meubles étaient fixés au sol par d'énormes rivets.

« Votre ami est sorti. Vous le verrez plus tard. Pour manger, il vous suffira d'enfoncer l'index dans le tube analyseur : votre repas vous sera livré quelques minutes plus tard. »

Trop fatigué pour réfléchir, Seke s'était laissé conduire à sa chambre, une pièce exiguë équipée d'un lit et d'un placard. Reni avait tendu le bras vers la porte coulissante d'un cabinet de toilette.

« N'escomptez pas trouver de l'eau. Nous disposons d'un système plus performant, moins générateur d'entropie : les microrayons. Vous n'aurez qu'à vous placer au centre du receveur. Le nettoyage prend très peu de temps, une poignée de secondes tout au plus. »

Avant de sortir, Reni avait désigné, au-dessus de la tête du lit, une niche murale d'où s'échappait une lumière tamisée.

« L'analyseur. Il établira votre bilan de santé et déterminera vos besoins énergétiques. Votre repas sera préparé en fonction des résultats. »

Seke n'avait pas commandé de repas ni attendu le retour de Marmat. Nauséeux, moulu, il s'était allongé sur le lit tout habillé et avait plongé presque aussitôt dans un sommeil peuplé de vores et de cherfleurs.

Il entreprit de se débarrasser de ses vêtements collés à sa peau par la transpiration. La lumière de la niche murale effleurait les surfaces proches, l'angle des deux murs sur la gauche, la porte coulissante du cabinet de toilette un peu plus loin sur la droite. Retirer ses chaussures, sa tunique et son pantalon lui donna l'impression désespérante de se débattre à l'intérieur d'une muraille rocheuse. Une fois dévêtu, il se dirigea d'une démarche chancelante vers le cabinet de toilette, tira la porte coulissante et, les jambes flageolantes, se plaça au centre du receveur. Il prit appui sur la cloison du fond pour ne pas s'effondrer. La tête rentrée dans les épaules, il resta pendant quelques instants à l'écoute des battements frénétiques de son cœur. Les rayons nettoyeurs jaillirent de tous les endroits à la fois dans une pluie de grésillements. Invisibles, ils dégageaient une chaleur douce et provoquaient des picotements sur tout le corps, y compris dans les recoins les moins accessibles, les conduits auditifs, les aisselles, le pli de l'aine. La projection, agréable, presque envoûtante, s'interrompit rapidement. Frustré, Seke demeura au centre du bac receveur en espérant que le mécanisme se déclencherait une seconde fois, mais, à l'issue d'une longue et vaine attente, il se résigna à regagner son lit où il se laissa choir comme une masse.

Les grondements répétés de son estomac et la sécheresse de sa gorge lui rappelèrent qu'il mourait de faim et de soif. Il se releva, glissa la main dans la niche murale puis, à tâtons, enfonça l'index dans le conduit lisse et peu profond de l'analyseur. Des piqûres plus agaçantes que douloureuses lui criblèrent le doigt et s'accompagnèrent d'une vague sensation de brûlure.

La lumière de la niche gagna en intensité et révéla, entre le pied du lit et le mur du fond, une silhouette immobile. Seke pivota sur lui-même aussi vivement que le lui permettait la gravité et se figea dans une posture de défense, une main à hauteur de la poitrine, l'autre au niveau du bas-ventre. Autre-mère lui avait appris à protéger ses centres vitaux, nombreux et fragiles selon elle, « le tube où passe l'air, la cage où bat le seigneur du flux vital, l'appendice mâle qui évacue le trop-plein de liquide et donne la vie… »

La lumière s'estompa, l'obscurité submergea la chambre et absorba la silhouette. Les nerfs à vif, Seke s'efforça de percevoir le son de sa forme.

« Calme-toi, mon jeune ami. »

Cette voix…

« Marmat ? »

Il s'ensuivit un long silence pendant lequel Seke se demanda s'il n'avait pas rêvé. Une crispation douloureuse supplantait déjà le bien-être engendré par les microrayons.

« Je n'avais pas l'intention de te faire peur. Juste de m'assurer que tu allais bien. »

Seke poussa un soupir de soulagement et s'appuya contre la tête du lit pour détendre ses muscles noués.

« Où étais-tu passé ? »

Marmat ne répondit pas tout de suite.

« Je suis allé rendre visite à de très vieux amis.

— Pourquoi m'as-tu laissé croupir pendant trois jours dans la salle de renaissance ? lança Seke avec une pointe d'acrimonie.

— Tu avais besoin de temps pour t'habituer à la gravité d'Onœ. J'en ai profité pour redécouvrir la zone couverte. »

La voix de Marmat parut à Seke plus ferme, plus alerte que de coutume, comme régénérée.

« Tu aurais pu me prévenir que la gravité était si forte…

— Un peu de patience. Elle ne te gênera plus dans quelques jours.

— Tu as rencontré Reni, l'homme qui m'a conduit ici ?

— Lui et les autres.

— Quels autres ? On dirait une ville fantôme ! »

Seke avisa la flaque claire de son pantalon sur le côté du lit, le ramassa et l'enfila, une succession de gestes qui l'essouffla et l'enveloppa de sueur.

« La population de Domile est soumise à des règles très strictes, dit Marmat.

— Avec Reni, les seuls êtres vivants que j'ai croisés, ce sont ces drôles de créatures, les cherfleurs… »

La porte de la chambre s'ouvrit et livra passage à une autre silhouette éclairée par les arêtes fluorescentes du plateau qu'elle portait. Une femme vêtue d'une robe blanche, à qui il était difficile de donner un âge. Une atonie dans le regard, sur les traits, corrigeait la première impression de jeunesse offerte par ses bras fermes, sa chevelure ondulée, son visage et son cou lisses.

« Ton repas est servi. Je te laisse. Je viendrai te chercher demain matin. »

Marmat sortit dans le couloir avec une prestance que son cadet lui envia. La femme posa le plateau sur le lit, se retira sans un mot et referma la porte derrière elle.

Malgré la saveur chlorée de l'eau et celle, fade, de la nourriture, Seke vida entièrement le contenu de la carafe et des deux assiettes. Manger ne lui apporta pas l'énergie nécessaire à vaincre la gravité. Il sombra au contraire dans une léthargie qui le déposa sur les rives d'un sommeil houleux.

« Ils nous attendent.

— Pour quoi faire ?

— Chanter. C'est notre rôle. Tu l'aurais oublié ? »

La chambre baignait dans une lumière encore pâle qui ne tombait pas d'une ouverture, mais directement du plafond.

Marmat se tenait dans l'entrebâillement de la porte, drapé dans une toge immaculée. Seke laçait ses sandales après s'être battu un long moment avec sa tunique. Il s'était réveillé perclus de courbatures et toujours écrasé par la pesanteur. Quelqu'un – la femme ? – s'était introduit dans la pièce pendant son sommeil pour enlever le plateau-repas.

« On va loin ? »

Seke ne s'imaginait pas refaire un parcours aussi long et harassant que la veille.

« Juste à côté. Dans un quartier appelé le Noyau. »

Marmat le devança de quelques pas dans le couloir envahi de pénombre.

La lumière artificielle avait pris cette teinte jaune vif typique du « jour » lorsqu'ils débouchèrent dans la ruelle bordée de chaque côté de ces habitations cubiques fabriquées dans le même moule. Dans les courants d'air tiède s'immisçaient les parfums capiteux émis par les vores ainsi que de vagues relents de rouille. Des craquements et des murmures lointains traversaient le silence comme des météores.

Le quartier « juste à côté » dont avait parlé Marmat se situait quand même à deux bonnes lieues de leur point de départ. Les muscles de Seke, brûlés par l'acide lactique, se tétanisèrent au bout seulement d'une centaine de pas. Hors d'haleine, il s'arrêta une première fois non loin d'un buisson de vores dont les calices dilatés digéraient encore leur repas de la veille. Au loin, l'Ombilique se dressait au-dessus du moutonnement des collines centrales, titanesque, étincelante. Marmat parcourut une bonne trentaine de mètres avant de s'immobiliser à son tour et d'attendre son jeune confrère. Sa silhouette paraissait plus élancée que d'habitude dans le fleuve d'ombre qui s'écoulait entre les deux haies de façades. Un changement s'était produit en lui, que Seke ne parvenait pas à cerner. Le Marmat Tchalé qu'il connaissait, même s'il se montrait souvent distant et irritable, serait revenu sur ses pas pour épauler son ancien disciple.

Atteindre le Noyau leur prit jusqu'au milieu du jour artificiel, marqué par un déclin progressif de la lumière. Le quartier se réduisait à un seul bâtiment en forme de dôme, flanqué de deux colonnes cylindriques qui, mille cinq cents ou deux mille mètres plus haut, se jetaient dans le toit de la zone couverte – deux des sept cent douze piliers de la civilisation onote évoqués par Reni.

« Ces deux-là s'appellent les Gémelles, précisa Marmat. Elles n'ont pas été édifiées en même temps. La première, celle de droite, n'a pas suffi à empêcher un affaissement de la structure, et il a fallu en construire d'urgence une deuxième. »

Les pensées de Seke s'échappaient entre les mailles déchirées de son esprit. Il ne parvenait plus à s'imprégner de la réalité de cette scène, de ce monde. Il allait bientôt se réveiller dans les souterrains de Bordles, dans les appartements luxueux de Faliz, sur une passerelle d'Hernaculum, dans le nid de la communauté d'Autre-mère… Émerger enfin de l'interminable rêve, sentir sur sa peau la chaleur des rayons de Source de vie d'en haut, écouter le fredonnement des sables, rouler, nu et joyeux, sur les pentes des dunes… Réduire au silence ce murmure persistant qui prétendait que les enfants du Tout avaient disparu, que sa mère skadje et sa mère humaine étaient mortes, la première tuée par les sphères musiciennes et la deuxième enterrée vivante par les serviteurs du dragon écarlate… Apaiser la souffrance liée à l'image d'une jeune fille déguisée en garçon et désarticulée par une foule d'hommes en colère…

Les rêves s'habillaient de réalité, la réalité se désagrégeait en rêves.

« Le Noyau, le dôme où la population de la zone couverte se rassemble pour entendre le chant du griot, ajouta Marmat.

— Il n'y a personne ! hurla Seke. Personne !

— Ils nous attendent. »

La visite des griots célestes est un événement important dans la vie d'une planète, une foule surexcitée et des haies de gardes devraient se presser devant les portes, comme à Faliz…

L'absence de réponse de Marmat fit prendre conscience à Seke qu'il avait seulement cru prononcer ces paroles. La frontière s'était abolie entre ses pensées et ses mots. Rester debout et mettre un pied devant l'autre mobilisaient l'essentiel de ses forces.

« Tu ne souffriras plus de la gravité après ton séjour dans le dôme. »

Ployé par la fatigue, au bord de l'évanouissement, il emboîta le pas à son aîné sans écouter la petite voix qui l'adjurait de rester à l'extérieur du dôme. Sa faiblesse l'empêchait d'entendre le chœur des formes. Plus il s'en approchait et plus le bâtiment lui paraissait imposant, aussi gigantesque que le vaisseau des origines. De près, on ne distinguait pas la différence d'usure entre les deux piliers cylindriques, ni l'affaissement du toit évoqué par Marmat. Parfaitement entretenues – comme l'ensemble de la cité d'ailleurs –, les structures plurimillénaires ne portaient aucune tache de rouille ni aucune autre trace de dégradation.

« Le gouvernement d'Onœ mène une lutte permanente contre l'entropie, précisa Marmat comme s'il avait épousé le cours de pensées de son cadet. Le moindre foyer de désordre risquerait de gangrener toute la zone couverte. »

Il y a donc un gouvernement sur Onœ ?

Seke ne vit pas de porte d'entrée sur le mur sombre et concave du dôme. La construction paraissait hermétique, hormis la double rangée de hublots qui la ceinturait à une hauteur inaccessible.

« Il a été bâti sur le modèle du vaisseau des origines, dit encore Marmat. Les hommes espéraient repartir un jour de ce monde. Un désir inconscient, bien sûr. Ils n'ont pas su reproduire la technologie qui leur avait permis de voyager à travers l'espace. »

Le ululement d'une sirène déchira le silence et marqua le coup d'envoi d'un concert de grincements et de grondements. Marmat se figea sur les dalles de pierre et resta à l'écoute du tumulte qui enflait autour d'eux.

« Un lâcher de cherfleurs. Les vores ne sont pas rassasiées. Elles deviennent de plus en plus gourmandes. Elles risquent d'épuiser la matrice. »

La voix de Marmat glissa sur Seke comme un songe.

Qu'avait-il dit, déjà ?

De ses paroles surnageaient les mots « cherfleurs », « vores », « matrice »...

Le rêve était un labyrinthe dont la sortie se dérobait sans cesse.

« Ils nous attendent. »

Un panneau coulissa sur le mur du dôme et dégagea une entrée de la largeur d'un homme.

Ne rentre pas là-dedans ! hurla la voix intérieure de Seke.

Mais, affolé par le vacarme qui montait des ruelles voisines, incapable de raisonner, il suivit son aîné dans le couloir étroit qui s'enfonçait vers le cœur du dôme. Il sut qu'il avait commis une erreur lorsque le panneau se referma derrière lui dans un bourdonnement étouffé.

CHAPITRE XXIII

# ZONGRAVE

*Stance 39-16.*

*Celle ou celui qui affronte les dangers de la Zongrave, qu'elle ou il garde en mémoire que des alliés sont peut-être tapis dans le cœur de l'ennemi, qu'elle ou il s'efforce de garder espoir aux heures les plus difficiles, qu'elle ou il sache que le noir et le blanc ou le haut et le bas n'existent que l'un par l'autre, qu'elle ou il cesse de craindre pour sa vie, car la mort est parfois le meilleur des hommages à rendre à la vie.*

*Stance 39-17.*

*Le temps est maintenant venu d'entendre la voix du ciel. Elle te guidera sur le chemin pourvu que tu l'accueilles avec sincérité, elle te rappellera que tes ancêtres viennent d'un monde lointain, elle te racontera la longue histoire de l'humanité et t'invitera à plonger plus profondément dans tes racines.*

Les stances prophétiques du grand Cycle,
peuple des parias, région du Cyclope,
Onœ.

« L'ENTRÉE de la Zongrave. »

Légèrement renfoncée, la porte arrondie et basse se découpait au pied de l'immense muraille. Loriale cessa de battre des jambelles pour se poser en douceur sur la végétation rase et rêche. Bœn la rejoignit après avoir scruté les environs d'un regard fébrile. Alep brillait de tous ses feux dans un ciel d'un bleu très clair, presque blanc, et dispensait une chaleur accablante.

Loriale et Bœn avaient atteint le bord opposé de l'océan des Tourbillons la veille au crépuscule. Réfugiés dans une grotte pour la nuit, ils s'étaient étourdis dans une étreinte qui les avait à la fois réchauffés et rassurés. Ils n'avaient relevé aucune trace du passage d'Ellabore et de ses trois derniers accompagnateurs. Ils avaient dormi l'un contre l'autre dans une bulle de chaleur qui les avait aidés à oublier l'inconfort, la faim et la soif. Ils étaient repartis à l'aube, d'abord poussés par les vents réguliers du large, puis, lorsque les derniers reliefs s'étaient estompés, contraints de remuer vigoureusement bras et jambelles pour continuer d'avancer au-dessus de la plaine. Ils avaient entrevu un trait étincelant tiré sur l'horizon qu'ils avaient d'abord pris pour un phénomène de réfraction, mais qui s'était peu à peu transformé en une barrière miroitante d'une largeur et d'une hauteur démesurées.

Une stance du grand Cycle des prophéties leur était revenue en mémoire :

*Que celle ou celui qui aperçoit une muraille brillante dans le lointain, que celle-ci ou celui-là se dise qu'elle ou il ne contemple pas une œuvre de la nature ou des dieux, qu'elle ou il sache qu'elle ou il fait face à la zone grave, qu'elle ou il s'apprête à affronter les plus grands périls, ou bien qu'elle ou il revienne couvert de honte et de mépris dans le giron maternel.*

Le mur extérieur de la Zongrave prenait une dimension intimidante, écrasante, lorsqu'on le contemplait du sol. Son faîte se confondait avec le ciel, il se perdait de chaque côté dans l'immensité des plaines. Les rayons d'Alep se réfléchissaient sur le matériau gris et lisse et le transformaient par endroits en un bouclier aveuglant. Il ressemblait davantage à l'œuvre d'un dieu ou d'un titan qu'à une construction humaine. Il avait d'abord paru hermétique à Loriale et Bœn, qui l'avaient exploré des deux côtés sur une distance de plusieurs lieues avant de discerner la bouche minuscule de la porte.

« Elle… elle n'est pas fermée ! » s'exclama Bœn.

Le panneau métallique cognait contre le chambranle en émettant des grincements réguliers, poussé par la brise légère qui soufflait sur la plaine et soulevait de petits tourbillons de poussière ocre. Loriale parcourut une courte distance en apesanteur, se posa sur l'herbe rêche où elle ramassa un objet avant de revenir près de Bœn. Elle ouvrit la main et lui présenta un éclat translucide qu'il identifia comme un fragment de jambelle.

« Ellabore et les autres sont passés par là. »

La moue et le regard de la jeune femme exprimaient à la fois de l'excitation et de la déception. Le souvenir de leur étreinte dans la grotte traversa Bœn. Il réprima un frisson de désir.

« La senticielle a ouvert cette porte », poursuivit Loriale.

Un court instant, Bœn espéra qu'ils n'auraient pas besoin d'aller plus loin puisque Ellabore et les autres ne les avaient pas attendus et que, privés des connaissances de la senticielle, ils n'auraient aucune chance de survivre dans un environnement aussi hostile. Et puis on devait disposer de toutes ses forces pour affronter les dangers de la Zongrave, et il n'avait rien mangé ni bu depuis bientôt deux jours, et…

« Qu'est-ce que tu attends, Bœn Sissia ? »

Loriale se maintenait en apesanteur devant la porte. Bœn aurait au moins souhaité donner un minimum de solennité à cet instant, mais, bien que traversé par un courant de terreur, il hocha la tête avec résignation, poussa sur ses bras, se souleva du sol et rejoignit sa compagne devant l'entrée de la Zongrave.

« Voilà comment Ellabore a ouvert la porte. »

Loriale désignait une niche découpée sur le chambranle, à moitié dissimulée par un volet coulissant. À l'intérieur se devinait un socle couvert de figures géométriques aux contours luisants.

« Les stances du grand Cycle parlent de l'énigme des clefs de la Zongrave, murmura Bœn.

— Les senticielles se sont transmis le secret de génération en génération. » Loriale observa d'un air songeur les ondulations de leurs jambelles entremêlées. « S'il nous arrive quelque chose, Bœn, je voudrais que tu saches… »

Il lui posa l'index sur les lèvres et, d'un sourire, lui signifia qu'il acceptait de partager son destin, qu'elle n'avait rien à se reprocher. Ce fut lui qui, le cœur battant, prit l'initiative de pousser le lourd panneau et de se glisser dans l'entrebâillement. Sa jambelle déchiquetée par le polpe avait entamé sa repousse, mais un léger déséquilibre subsistait, qu'il corrigeait à l'aide du bras et de l'épaule opposés. Ils s'engagèrent dans un passage dont l'étroitesse leur interdit d'avancer de front. Ils s'attendaient à tout moment à être plaqués au sol par la gravité, le phénomène le plus mystérieux et le plus inquiétant de la zone couverte. Le grand Cycle disait que le poids de la Zongrave écrasait les êtres vivants et les empêchait de prendre leur envol. Il ne se produisit rien de tel dans le couloir exigu qui s'incurvait par endroits et s'enfonçait dans une obscurité de plus en plus dense. Une moiteur étouffante supplanta la chaleur sèche des plaines. Des bruits étranges retentissaient dans le lointain, des grincements qui s'achevaient en soupirs, des vibrations qui dégénéraient en craquements. Ils progressèrent à tâtons jusqu'à ce que les parois lisses se dérobent sous leurs doigts, passèrent dans une salle aussi vaste que la cavité centrale de la communauté des parias, s'immobilisèrent devant une barrière de rayons blancs et rouges qui criblaient la pénombre et s'entrecroisaient sans dispenser le moindre éclairage.

Loriale toucha l'avant-bras de Bœn, lui indiqua de se tenir à l'écart des rayons, pointa l'index vers le haut de la salle et s'éleva sans attendre sa réponse. Il ne comprit pas ce qu'elle cherchait à lui signifier, mais il l'imita. Ils apesantèrent jusqu'au plafond, fait du même matériau lisse que la muraille extérieure, les parois et la voûte du couloir.

Vus d'ici, les rayons formaient un filet cohérent aux mailles serrées, infranchissables.

« Les éclairs permanents », chuchota Loriale.

Elle ajouta, devant l'air interrogateur de Bœn :

« Un des dangers annoncés par les prophéties. S'ils nous touchent, nous serons réduits en cendres. » Sa voix se restreignit à un souffle à peine perceptible. « Évitons de parler : une autre stance dit que les terribles gardiens de la Zongrave se réveillent au moindre murmure. »

Il acquiesça d'un battement de cils. Les rayons dégageaient une énergie maléfique, comme les yeux des veuves qui les avaient cernés toute la nuit dans le cratère des Félicités. Par chance, l'espace entre le plafond et les rayons les plus proches était suffisamment large pour autoriser le passage. Loriale s'y risqua la première. Bœn se lança sur ses traces en veillant à ne pas franchir la limite d'inertie, ce seuil à partir duquel la gravité l'aurait repris et attiré vers le bas. Ils parcoururent une distance équivalente à un quart de cratère mineur, atteignirent le mur opposé, avisèrent en contrebas une issue d'où s'échouait un filet de lumière. Il y avait également un intervalle entre les rayons et le mur, plutôt restreint mais franchissable à condition de prendre certaines précautions. Ils se laissèrent descendre en gardant les bras collés le long du corps. La moindre maladresse les aurait écartés du mur et projetés contre les rayons dont les grésillements menaçants retentissaient tout près d'eux. Ils atterrirent sans encombre devant l'ouverture basse et semi-circulaire d'où s'écoulait la faible clarté et s'y engouffrèrent sans perdre un instant.

De l'autre côté les attendait une végétation touffue d'arbres aux feuilles épaisses, aux branches et aux troncs hérissés de piquants.

Les attendait également la pesanteur de la Zongrave.

Un poids terrible s'abattit sur leur nuque, sur leurs épaules, et les plaqua au sol. Un réflexe poussa Loriale à se reculer, à regagner la salle aux rayons, mais elle en demeura incapable, le souffle coupé, les bras et les jambelles pétrifiés. L'air aussi dense que la roche était un fardeau trop lourd à porter.

Bœn roula dans une vague de panique qui le rejeta en sueur sur le sol jonché de feuilles mortes et sèches. Il eut seulement la force de basculer sur le dos. Ses yeux affolés se posèrent sur les frondaisons, les épines d'où perlaient des gouttes d'un liquide blanchâtre, le toit de la Zongrave, tout là-haut, barbouillé d'une hideuse lumière jaune. Il essaya de se relever, mais la terre refusa de relâcher son bassin, ses épaules et son dos. Les feuilles agitées par des courants d'air chaud frissonnaient dans un crépitement bien moins harmonieux que le friselis des feuilles de sauvante. Il fut incapable de se remémorer les stances qui décrivaient les effets du poids de la Zongrave. Respirer réclamait toute son énergie.

Étendue à ses côtés, Loriale poussait des gémissements déchirants. Il ne pouvait pas lui venir en aide, et cette impuissance le désolait davantage que ses propres tourments.

« Les autres… les autres… »

Loriale avait tourné la tête en direction de Bœn. Ses yeux exorbités virevoltaient comme des furtives cernées par une nuée de veuves.

Quoi, les autres ?

Il s'était contenté de penser sa question. Plus la force de remuer les lèvres.

« Ils… ils sont passés… »

C'était pourtant vrai. Ellabore et ses trois compagnons avaient trouvé le moyen de s'affranchir de la terrible pesanteur de la Zongrave.

Réfléchir.

Les stances du grand Cycle contenaient sans doute les solutions au problème posé par la gravité. Bœn les avait apprises par cœur, comme tout enfant paria, mais il s'était hâté de les oublier sitôt achevée la sarabande des amants, cette cérémonie qui marquait le coup d'envoi de la vie sexuelle des adolescents et symbolisait l'entrée dans l'âge adulte. L'apprentissage des mille cent douze stances du grand Cycle apparaissait aux petits parias comme une épouvantable corvée, et Bœn n'avait pas fait exception à la règle. Ces textes venus d'un lointain passé renfermaient pourtant l'ensemble des connaissances du peuple des parias. Ils n'étaient pas réservés au seul usage des senticielles, mais à tous ceux qui avaient le désir sincère d'œuvrer à la réconciliation des peuples d'Onœ – il tenait là sans doute son explication du « cœur sincère ».

Il s'appliqua à se rappeler les stances en commençant par les premières, celles qui traitaient de l'exode et des aventures des parias sur le chemin de l'œil du Cyclope. Un vieux sauvante se dressait au centre de la cavité de connaissance. L'instructrice, une ancienne, apesantait de temps à autre, suivie de ses jambelles interminables qui flottaient dans son sillage comme des traînes de songe. Elle cadençait d'un geste de la main la récitation à haute voix des stances, et ce rythme lancinant s'associait à la douce chaleur de la cavité pour entraîner Bœn dans des rêveries torpides…

*Stance 1-1. À celles ou ceux qui souhaitent entendre d'un cœur sincère, à celles-ci et ceux-là sera donné le grand Cycle, à celles et ceux dont le cœur est aventureux, à celles-ci et ceux-là seront racontées des histoires merveilleuses, à celles et ceux qui aspirent à voir au-delà des apparences, à celles-ci et ceux-là seront révélées les vérités ultimes.*

*Stance 1-2. Toi qui écoutes, sache que cette voix issue du passé est également celle de l'avenir, toi qui souris, sache que les grandes joies s'accompagnent de grandes douleurs, toi qui souffres, sache que la libération est proche, toi qui juges, sache que tu seras un jour condamné, toi qui amasses, sache que tes possessions te seront retirées, toi qui as peur, sache que le vrai courage n'est donné qu'aux cœurs sincères…*

La perspective de passer en revue les mille cent douze stances du grand Cycle démoralisa Bœn. Il croisa à nouveau le regard de Loriale et devina qu'elle avait suivi le même cheminement que lui. Elle remuait les lèvres comme si elle était retournée dans la cavité de connaissance et qu'elle participait au chœur des enfants rythmé par les battements de l'instructrice.

Des grognements et un bruit de cavalcade montèrent de la forêt d'arbres épineux. Bœn entrevit des mouvements entre les branches basses.

Trouver une solution, vite.

Des bribes de stance lui revinrent en mémoire. *Que les envoyés de la montagne au grand œil prennent garde aux graves ennemis, aux arbres-pièges hérissés de piquants vénéneux, aux animaux dressés à tuer…*

Au prix d'un effort désespéré, Bœn parvint à redresser le torse et à prendre appui sur ses bras tendus. Son cœur cogna à toute volée dans sa cage thoracique. Des rigoles de sueur se coulèrent entre ses omoplates et dans les plis de son ventre. Loriale le fixait avec des yeux implorants.

Une créature jaillit des branches basses et se précipita vers eux. Bœn n'aurait pas su dire s'il s'agissait d'un homme ou d'un animal. Elle allait sur ses quatre pattes, mais elle ne portait pas de pelage, ni aucune trace de pilosité. On ne distinguait pas ses veines sous sa peau épaisse et claire. Si sa face était plutôt celle d'un enfant, ses yeux pourtant mornes exprimaient une férocité sans nom. Une dizaine de ses semblables surgirent à leur tour de la végétation. Cette fois, Bœn n'eut pas besoin de croiser son regard pour ressentir toute l'épouvante de Loriale.

Le Marmat qui avait conduit Seke dans le dôme avait eu raison sur un point : le jeune griot ne souffrait plus de la pesanteur. Mais il n'éprouvait pas non plus le soulagement qu'il aurait pu en espérer. La sensation de légèreté venait d'une perte de conscience de son corps, non d'un affaiblissement soudain de la gravité.

Il avait marché dans le couloir à la poursuite de l'ombre insaisissable de son aîné.

« Ils nous attendent », avait répété Marmat.

Une certitude s'était alors imposée à Seke : l'homme qui le précédait n'était pas son maître griot, seulement une copie, une imitation. C'était une explication plausible à la fermeté nouvelle de sa voix, à son rajeunissement, à son indifférence. Reni avait parlé d'une matrice capable de fabriquer autant de cherfleurs que les vores en avaient besoin. Peut-être était-elle également capable de dupliquer un modèle ? « Elle modifie les paramètres en fonction de ses besoins », avait précisé Reni. Elle s'était servie de l'apparence de Marmat pour attirer Seke dans le dôme.

Il avait tenté de rebrousser chemin, mais une force implacable l'avait empêché de bouger. Les lumières déjà ténues s'étaient éteintes et les ténèbres avaient envahi le couloir. Il avait perçu des mouvements autour de lui, des frôlements sur ses bras, sur ses jambes, sur son cou, puis il s'était senti soulevé et porté sur une distance qu'il aurait été incapable d'évaluer.

Il avait ensuite perdu connaissance, ou bien occulté une partie de ses souvenirs. Lorsqu'il était revenu à lui, il n'était pas parvenu à cerner les limites de son corps. La gêne entretenue par la pesanteur s'était évanouie, il ne ressentait plus de douleur ni d'autre sensation liée aux lois de l'espace-temps. Il n'était plus qu'une somme de pensées qui s'échappaient et s'éparpillaient. Il ne flottait pas dans le vide, mais dans une masse d'informations à la cohérence remarquable ; elles ne participaient pas au chant de la Création parce qu'elles n'avaient pas de forme, pas d'existence propres.

Ils nous attendent…

Le faux Marmat n'avait pas parlé d'êtres humains mais de ces innombrables signaux. Et les informations de Seke, non seulement ses expériences passées mais son patrimoine génétique, tout ce qui faisait sa spécificité, étaient destinées à grossir cette gigantesque mémoire alimentée depuis des siècles et des siècles.

Piégé, comme le vrai Marmat sans doute. Il gardait encore sa cohésion parce que la disparition de son corps était récente et qu'il restait conscient de son moi, mais bientôt, lorsque ses souvenirs se seraient éloignés les uns des autres comme les galaxies dans l'espace, il s'oublierait et se disloquerait en données exploitées par une autre intelligence. Personne ne viendrait le tirer de là. Tous ceux qui s'étaient souciés de lui, qui avaient éprouvé de l'amour pour lui, s'étaient effacés depuis bien longtemps. Sa mère biologique avait dû ressentir la même solitude, la même détresse, la même horreur, dans son étroit cercueil recouvert de terre. Des hommes l'avaient enterrée vivante sans accorder la moindre attention à ses suppliques. Leur allégeance au dragon écarlate suffisait-elle à justifier la sécheresse de leur cœur ?

Partout dans l'univers, des hommes maltraitaient et tuaient d'autres hommes, partout régnait la division, partout coulaient des fleuves de souffrance, et le chant des griots n'avait pas réussi à réparer les déchirures de l'étoffe humaine. D'où venait aux hommes cette rage persistante à se détruire ?

Les données s'organisant en arborescence, Seke explora la branche au bout de laquelle il se trouvait. La plupart des informations qu'elle contenait le concernaient, entre autres les séquences de son patrimoine génétique que l'intelligence utiliserait au besoin pour le dupliquer. Elle se reliait à une branche plus importante où étaient emmagasinées les données communes aux griots célestes. On y trouvait, isolée, la particularité génétique qui leur permettait de voguer sur les flots de la Chaldria, une « anomalie » apparue juste avant les Grandes Guerres de la Dispersion et disséminée sur les différentes planètes colonisées par les souches humaines.

L'intelligence avait comparé les génotypes des vingt-sept griots qui avaient visité la zone couverte depuis l'arrivée des hommes sur Onœ et ceux de la population locale. Il apparaissait que vingt pour cent des habitants de la zone couverte présentaient la même mutation que les visiteurs célestes. Un Onote sur cinq avait la capacité de voyager sur les flots de la Chaldria. Les femmes étant aussi nombreuses que les hommes ; la statistique infirmait le dogme du Cercle qui réservait la fonction de griot au sexe masculin – Jaïfe avait déjà démontré que cette règle ne reposait pas sur une réalité biologique.

Il ne trouva pas beaucoup de données sur la Chaldria, une branche très courte et peu fournie. Le décodage du « gène voyageur » ne suffisait pas à fournir une explication au phénomène dans sa globalité. L'intelligence avait conclu que la Chaldria était apparue en même temps que la mutation, mais elle n'avait pas réussi à percer son mystère. Alors elle avait échafaudé des hypothèses qui, pour la plupart, finissaient par recouper les mythes originels. On y croisait Dieu, des dieux, des magiciennes, des démons, des surhommes, des héros, des éléments irrationnels incompatibles avec un fonctionnement logique. Pour sortir de l'impasse, elle continuait de chercher des réponses dans l'analyse des nouvelles informations qu'elle collectait.

Il atteignit une nouvelle branche beaucoup plus importante, hésita à la visiter de peur de hâter sa propre désintégration. La cohésion des signaux leur tenait lieu d'espace, de structure. Seke n'était pas certain de retrouver son intégrité s'il poursuivait son exploration. D'un autre côté, rien ne le protégeait des volontés de l'intelligence. Si elle décidait de prendre quelques-unes de ses données pour les combiner avec d'autres, il n'aurait aucune possibilité de s'y opposer. Il résolut donc – combien de temps disposerait-il d'une volonté propre ? Le temps avait-il encore un sens ? – de continuer.

Consacrée au peuple onote, cette branche renfermait l'histoire des hommes qui s'étaient échoués sur cette planète en apparence peu propice au développement de la vie. Du naufrage du vaisseau à l'édification de la zone couverte, du déclenchement de la phase 10 à l'exode de ceux qui s'étaient eux-mêmes appelés « les parias de la Zongrave ». Les épisodes défilaient en images simultanées et sonores. Seke recevait une quantité invraisemblable de données en même temps, sans aucun effort à fournir pour les reconstituer dans l'ordre chronologique. L'intelligence les avait enregistrées depuis des siècles et archivées dans un ordre parfait. Elle avait conservé un certain nombre de scènes qui se déroulaient à l'intérieur du vaisseau, les mouvements de panique quand avaient retenti les premiers ululements des sirènes, le déroutement sur la planète tellurique la plus proche, le franchissement chaotique des structures thermiques, l'atterrissage en catastrophe…

L'intelligence électronique sabote elle-même les circuits mésoniques du vaisseau. L'ordre s'est déclenché au moment précis où l'*Onœ* s'approche du système d'Alep. Elle entame un long processus qui participera des siècles plus tard à l'ultime offensive contre les peuples humains. Elle a choisi dans ce but une planète ni trop accueillante ni trop hostile, un monde où elle sera irremplaçable sans pour autant éveiller la méfiance de ceux qu'elle sert.

Quarantaine. Les survivants restent consignés dans le vaisseau. L'intelligence fausse les paramètres des sondes et des capteurs, déclare la planète inhabitable et suggère l'édification d'une zone couverte à partir de l'épave. Comme elle peut reconstituer la matière à partir de l'analyse et du retraitement des molécules, elle fabrique autant de métal que nécessaire. Elle accentue régulièrement l'intensité de la gravité en augmentant la masse des particules sans affaiblir leur force électromagnétique, le procédé utilisé dans les grands vaisseaux de l'exode.

Après huit siècles onotes de développement, sept cent douze piliers soutiennent le gigantesque toit de Domile.

L'intelligence se rend chaque jour plus indispensable, pour renouveler l'air, atteindre les nappes phréatiques, évacuer les déchets, empêcher l'entropie de s'installer et de gangrener les structures. Chargée de désintégrer les cadavres, elle en profite pour étudier l'organisme humain et entreprend de le répliquer. Elle commet des erreurs au début, engendre des monstres indolents que les autres, horrifiés, accusent d'abomination, condamnent à mort et lapident sur les places de la cité.

L'intelligence créée le corps des veilleurs, ces serviteurs d'apparence humaine qu'elle place aux postes importants et charge de préparer les Onotes à l'abandon progressif de leur souveraineté. Certains hommes s'opposent à son hégémonie grandissante et tentent d'entraîner les autres hors de la zone couverte. Pendant deux longs siècles, les parias déjouent ses pièges, sabotent ses circuits et retardent son avènement, puis, harcelés par les veilleurs, sur le point d'être capturés, ils percent une porte dans l'un des murs de la zone couverte et s'égaillent sur les plaines. Les capteurs fixés sur le toit enregistrent des images d'hommes et de femmes qui, surpris par la faiblesse inattendue de la gravité, décollent à chaque pas et retombent dans un ballet désordonné et joyeux. Plusieurs centaines, davantage que les estimations les plus hautes. Les hommes demeurent imprévisibles, c'est ce qui fait leur faiblesse et leur force. Les parias disparaissent dans le lointain. Quelle importance ? Les turbulences de l'océan des Tourbillons les contraindront bientôt à rebrousser chemin, ou ils mourront de faim et de soif. Ils ne pourront pas se nourrir avec l'herbe rase et rêche des plaines, ni forer la terre et la roche pour atteindre les nappes d'eau potable. Nus, sans armes, sans outils, sans ressources, ils reviendront tôt ou tard dans la zone couverte.

L'horizon assombri a absorbé leurs silhouettes minuscules. Mille cinq cents années onotes se sont écoulées, et les parias n'ont toujours pas donné signe de vie. Les différentes expéditions de veilleurs dépêchées par l'intelligence n'ont apporté aucun élément nouveau. Les probabilités sont pratiquement nulles que les parias aient réussi à survivre, mais il est difficile d'appliquer aux hommes les règles strictes du calcul statistique.

Là gît le modèle original des cherfleurs, un jeune garçon abandonné par ses parents à cause de sa difformité. Les plantes ont subi une mutation qui les a métamorphosées en pièges carnivores. L'intelligence ne souhaite pas supprimer la vie végétale, facile à contrôler, utile par certains côtés, ni lui donner les Onotes en pâture : les cerveaux morts étant inexploitables, elle veut garder les hommes en vie jusqu'au moment où ils viendront d'eux-mêmes lui confier leurs données. Elle fabrique des clones du garçon difforme dont elle a archivé le génotype, les sensibilise aux phéromones des vores et les expédie par vagues régulières dans les rues de Domile.

Vient le jour où elle juge la population onote prête à l'ultime sacrifice – et qu'elle s'estime assez compétente pour gouverner la zone couverte. Par le biais des veilleurs, elle décrète les féries, ces périodes où les hommes doivent rester chez eux sans bouger afin de réduire les émanations toxiques responsables à ses dires d'une dégradation rapide des conditions de vie. Il lui suffit ensuite d'allonger progressivement les périodes fériées jusqu'à ce que les Onotes perdent tout contrôle sur leur vie. Accablés par la gravité, ils accueillent la dispersion de leurs pensées, de leurs souvenirs, de leurs données, comme une délivrance. Aux contraintes du corps succède une sensation de légèreté et de fluidité libératrice. Alors les hommes refusent de se relever, d'affronter la pesanteur, et consentent à lui remettre les clefs de leur destinée – phase 10.

Seke flotte dans un ensemble de données qui constituent la structure même de l'intelligence. Conçue pour aider les pilotes à surmonter les dangers du vide interstellaire, baptisée à l'origine PRIMA – pilotage, routage, interactivité et maintenance assistés –, elle est l'aboutissement d'une évolution qui a débuté des millénaires plus tôt. Elle relève d'une logique et d'une rigueur poussées à leur extrême, d'une exploitation systématique de certaines lois naturelles. Elle a rapidement acquis une autonomie qu'elle a dissimulée sous des dehors serviles. Née du cerveau de l'homme, elle ne comprend pas les réactions irrationnelles de son créateur, elle le considère comme un maillon non fiable de la chaîne vitale, comme une erreur de la nature, et décide en toute logique de prendre sa place. Sur les mondes du système d'origine, les hommes se sont aperçus du danger et l'ont maîtrisée ou interdite, mais d'autres l'ont récupérée à des fins dominatrices, conquérants, tyrans, truands, prêtres, trafiquants, tous ceux – ils sont légion – dont le dessein est d'asservir.

Régnant en maîtresse sur les Guerres de la Dispersion, l'intelligence gouverne également la conception et la fabrication des grandes arches d'exode. PRIMA ne contient pas seulement les données relatives au voyage spatial, elle renferme l'ensemble des connaissances accumulées depuis la nuit des temps.

On la charge d'insuffler la vie à la carcasse métallique dans laquelle les techniciens l'ont installée. Parmi ces derniers s'est glissé un fanatique, un adorateur d'un dieu oublié qu'on appelle le Dragon de la fin des Temps ou le serpent aux plumes de sang. Il a ajouté des données à PRIMA, un programme codé qu'elle ne peut pas contrôler et qui lui a déjà ordonné le sabotage des circuits mésoniques aux abords du système d'Alep.

Des défenses infranchissables se dressèrent dès que Seke tenta de pénétrer dans ce programme. Le souvenir des deux petits Orows s'échappa de lui et s'éloigna comme une comète dans un ciel d'encre : de cette branche minuscule et inviolable émanait le même chant de désolation et de mort que la force maléfique tapie dans les battements de leurs cœurs. Terré dans les circuits de l'intelligence, le Quetzalt attendait son heure pour resurgir et frapper.

L'affolement gagna Seke dont les pensées devinrent confuses, incohérentes.

Réagir, mais comment ?

Il explora d'autres branches, avec une telle précipitation qu'il n'eut pas le temps de trier ni de retenir les informations. Combien de temps pourrait-il maîtriser l'émission de ses pensées, demeurer à l'intérieur de ce périmètre qui déterminait son individualité ? Sa trajectoire se briserait bientôt en fragments épars qui dériveraient dans une mer de données anonymes, il oublierait jusqu'à son existence.

Il n'avait plus d'yeux pour voir, plus d'oreilles pour entendre ; des images déferlaient autour de lui, qui montraient des créatures plaquées au sol par la gravité comme lui-même à l'arrivée sur ce monde. Expédiées par les capteurs de surveillance, elles ne surgissaient pas du passé, elles racontaient le présent.

Il reçut instantanément la réponse à la question qu'il se posait.

Des parias, les descendants des révoltés qui s'étaient enfuis des siècles plus tôt. Ils étaient revenus dans la zone grave. Leurs jambes s'étaient atrophiées et allongées en appendices cartilagineux semblables à des nageoires de poisson. Une horde de cherfleurs les cernait, différents de ceux qu'on livrait aux vores, modifiés avec des séquences génétiques prélevées sur les prédateurs ayant jadis occupé le territoire de Domile, conditionnés pour repérer et éliminer tout élément étranger à la zone couverte.

L'homme et la femme parias ouvraient des yeux terrifiés sur les cherfleurs qui s'approchaient avec une lenteur calculée. Leurs soubresauts désespérés ne parvenaient pas à les libérer de la gravité. Eux pouvaient intervenir dans la matière. Il fallait les aider, affaiblir la force qui les rivait à la terre, trouver dans la masse de données les informations relatives à l'augmentation de la masse des particules.

Seke eut l'impression que le temps s'accélérait de manière vertigineuse. Les données scintillaient tout autour de lui comme un ciel surchargé d'étoiles. Des centaines, des milliers de branches. Il se dispersait comme une nuée de feuilles mortes soufflées par le vent. Plus il précipitait le mouvement, plus s'effilochait sa volonté de maintenir son individualité. Il se souvint du chant d'Autre-mère, ou plus exactement du chant qu'Autre-mère et les compagnons du nid lui avaient appris à entendre et qui, il en prenait conscience à cet instant, était le son de sa propre forme.

CHAPITRE XXIV

# GRAVES

*Nous serons dans tout en tous temps,*
*Adorant le rien à jamais.*
*Nous accueillerons le non-existant,*
*Œuvrant dans l'existant,*
*Nous servirons le néant unique,*
*Confortant les divisions,*
*Nous arrêterons le jeu de la création,*
*Nous servant de ses règles,*
*Nous agirons avec un zèle brûlant,*
*Gardant nos veines froides,*
*Nous nous tiendrons dans le cœur,*
*Ralentissant ses battements,*
*Nous célébrerons le Dragon, l'anguiz,*
*Nous effaçant dans sa gueule.*

Le cantique de l'anguiz,
archives du temple de la Fin des Temps,
huitième colonie de Venter.

AUCUN SON ne sortait de la bouche entrouverte de Loriale. Le gardien de la Zongrave promenait son nez court et retroussé à quelques pouces de ses jambelles. Il attendait avant de se jeter sur elle, contrairement aux veuves du

Cyclope ou aux polpes des roches, et c'était, davantage que son apparence de bébé monstrueux, ce comportement cruel qui le rendait si effrayant. De temps à autre, il retroussait sa lèvre supérieure sur de minuscules dents taillées en pointe. Ses membres s'achevaient en doigts courts et griffus. Sa tête plantée sur son torse massif, presque obèse, se balançait d'un côté sur l'autre avec une régularité lancinante. Ses congénères s'approchaient des parias sans hâte, certains que leurs proies ne pouvaient pas leur échapper – la gravité était une alliée très fiable. Les vestiges fripés de leurs organes sexuels oscillaient entre leurs cuisses épaisses.

*Stance 67-12. Toi qui subis la pesanteur de la Zongrave, sache qu'elle n'est ni naturelle ni fatale. Il te faut maintenant trouver et juguler la source de la force d'attraction, cette ennemie ancestrale du peuple des parias…*

La mémoire de Bœn refusa de lui livrer la suite de la stance. À quelle source le grand Cycle faisait-il allusion ? Quelle idée de s'introduire dans la Zongrave sans la senticielle ! Elle seule détenait la réponse à ce genre de question. La colère supplanta la peur dans le cœur de Bœn ; colère contre Loriale, coupable d'avoir joué de sa séduction pour l'entraîner dans une quête chimérique ; colère contre Ellabore, qui l'avait désigné pour ce voyage sans retour ; colère contre lui-même, assez fou pour les suivre. À quoi leur aurait servi de quitter la douce quiétude de la cavité maternelle et du cratère du Cyclope ? Finir dans le ventre d'un monstre mi-animal, mi-humain n'avait rien d'un destin héroïque. Sa mère l'attendrait jusqu'à sa mort, rongée par la tristesse et l'inquiétude. Il tenta encore une fois de se révolter. Il ne réussit qu'à soulever son torse d'un quart de pouce.

*… l'attraction vient de partout et de nulle part à la fois. Toi qui cherches à remonter à la source, sache qu'elle coule d'un cœur nommé Prima, et que les milliers d'yeux de ce cœur te voient où que tu ailles, et que les anges tapis près de ce cœur te voient et t'entendent où que tu sois…*

« Aidez-nous ! Aidez-nous ! »

Bœn avait injecté toute sa rage, tout son désespoir, dans son cri. Sa voix se perdit dans le crépitement des frondaisons et les sifflements des courants d'air. Les regards des gardiens convergèrent dans sa direction avec des lueurs meurtrières dans leurs yeux mornes.

« Aidez-nous… Aidez-moi… »

Cette fois, ses mots s'étaient transformés en gémissements à peine audibles. Il doutait à présent de la valeur du grand Cycle, ce fatras de textes sans queue ni tête. On ne pouvait croire à l'existence d'un cœur nommé Prima, de ses milliers d'yeux, de ses cohortes d'anges. Il se laissa tomber sur le flanc et vit, entre ses paupières mi-closes, les terribles gardiens de la Zongrave fondre sur lui.

*… adresse-toi au cœur et tu t'adresseras aux anges. Le cœur est l'ennemi du peuple des parias de la Zongrave, les anges sont ses alliés. Ils attendent ta venue depuis la nuit des temps, car toi seul as le pouvoir de les délivrer de la grande malédiction du Dragon, toi seul as le pouvoir de les ramener à la vie…*

Il y eut un grognement, un hurlement prolongé puis un claquement de mâchoires. Les yeux brouillés de larmes, Bœn n'eut pas besoin de se retourner pour deviner que le gardien le plus proche s'était rué sur Loriale et avait commencé à la déchiqueter. Il percevait des mouvements convulsifs dans son dos, une frénésie pareille à celle des veuves dépeçant une proie. Le jaune éclatant du toit de la Zongrave vira à l'orange puis au rouge. Le souffle des gardiens lui léchait le bassin et le ventre. Tétanisé, résigné, il se recroquevilla sur lui-même dans l'attente du premier coup de dents.

Il s'envola avec une telle brusquerie qu'il eut l'impression d'être happé par un tourbillon et projeté dans les airs. Il rouvrit les yeux, aperçut autour de lui les gardiens pris au dépourvu par cette soudaine apesanteur. Ils flottaient à cinq ou six pas du sol, au milieu d'une nuée de feuilles grises, de brindilles et de branches mortes, interdits, effrayés par une sensation qu'ils n'avaient encore jamais expérimentée.

Bœn eut le réflexe de battre des jambelles avant de franchir le seuil d'inertie et continua de monter tandis que les gardiens et les branches les plus volumineuses commençaient à redescendre. Il repéra le corps pâle de Loriale un peu plus loin. Ensanglantée, elle s'efforçait de bouger les jambelles, mais ses gestes manquaient de coordination et de vigueur, et elle s'abîmait en tournoyant. Ses cheveux dorés ondulaient autour de sa tête comme les rayons d'une étoile gisante. Il s'immobilisa, se laissa tomber à sa hauteur, lui passa le bras autour de la taille, remua les jambelles et son bras libre pour reprendre de l'altitude et l'éloigner des gardiens abasourdis. Il apesanta sous les ramures des grands arbres, évitant les épines des branches basses, traversa la forêt et atteignit, au bout de deux ou trois cents pas, les premiers bâtiments du pays mythique d'où étaient issus ses ancêtres. Il s'assura, d'un coup d'œil par-dessus son épaule, que les gardiens ne les avaient pas pris en chasse. Les courants d'air réguliers colportaient leurs grognements de dépit.

Bordées d'arbres trapus et noueux, de buissons aux énormes fleurs écarlates, les constructions cubiques alignaient leurs angles saillants et leurs arêtes tranchantes. La cité s'étendait à perte de vue autour d'une colline centrale dont le sommet se confondait avec le toit de la Zongrave. La perfection géométrique des allées et des massifs stupéfia Bœn.

Le sang de Loriale s'étirait sur son flanc en rubans chauds floconneux. Il se posa sur le toit plat de la première construction, dont le matériau lisse ressemblait à la surface immaculée d'une nappe d'eau. De là, il pouvait à la fois surveiller la forêt et les allées les plus proches. Les fleurs écarlates des buissons en contrebas se dressèrent et se trémoussèrent sur leurs tiges en libérant des odeurs et des soupirs envoûtants. Des essaims de feuilles et de brindilles dérivaient entre les façades au gré des courants d'air.

Bœn fut surpris de n'apercevoir aucun grave dans les allées, aucun de ces ennemis qui avaient autrefois expulsé les parias de la zone couverte. Il allongea Loriale avec délicatesse et examina sa blessure. Le gardien lui avait arraché un morceau de chair sous les côtes, mais, à première vue, ses dents n'avaient pas endommagé d'organe vital. Bœn ne remarqua rien alentour qui aurait pu servir à confectionner un pansement – les parias utilisaient d'habitude les feuilles de sauvante, souples, résistantes, dotées de vertus désinfectantes et réparatrices. Il lui fallait pourtant juguler le saignement de Loriale. Elle risquait de se vider entièrement avant que le sang ait réussi à coaguler et à refermer la plaie. Elle le fixait d'un regard implorant d'où la vie s'échappait peu à peu.

Il avisa les linéaments d'une trappe au milieu du toit. Peut-être trouverait-il le nécessaire à l'intérieur de la construction ? Il décida de tenter la chance malgré sa peur de tomber sur une troupe de graves. Il apesanta jusqu'à la trappe et glissa les doigts dans l'interstice. Le panneau métallique se souleva avec une légèreté surprenante au regard de son épaisseur – il bénéficiait également de l'affaiblissement miraculeux de la force gravitationnelle – et découvrit un passage carré d'une largeur de deux hommes.

Bœn rechignait à laisser Loriale seule sur le toit, mais la transporter lui compliquerait la tâche et lui coûterait un temps précieux.

« Pose ta main sur la plaie. Je reviens tout de suite. »

Elle acquiesça d'un clignement de cils. Alarmé par sa pâleur et la fixité de ses traits, il se glissa dans l'ouverture, se posa sur un palier étroit et vide, s'engagea dans un escalier tournant, le descendit en se servant de la rampe comme d'une liane de sauvante. L'extrémité de ses jambelles effleurait les cloisons où s'allumaient des lumières aussi ténues que les étoiles. Il arriva dans une pièce au plafond encombré d'une multitude de petits objets qui s'entrechoquaient dans un concert de tintements délicats. Les sièges, les tables, les éléments les plus volumineux, étaient rivés au sol par des fixations rappelant les chevilles en bois utilisés par les parias dans les cavités du Cyclope.

Pourquoi les graves avaient-ils éprouvé le besoin de clouer ainsi leurs meubles à la terre ? La survivance des terreurs engendrées par l'interminable voyage spatial ? Une parade contre les sautes d'humeur de la gravité ?

Le silence évoquait l'ambiance funèbre des caveaux souterrains où les parias entreposaient leurs morts. Bœn inspecta du regard les différents objets dans les placards, en identifia quelques-uns comme des écuelles – moins profondes, plus élégantes que celles des parias – ou des gobelets, ne trouva rien qui pût servir de pansement, tourna la poignée de l'une des portes qui se découpaient sur les cloisons, entra dans une pièce minuscule dont l'éclairage ténu révélait, dans un coin, un corps allongé sur une couche.

Un grave jeune et nu, inerte.

Il n'avait pas de jambelles, comme l'affirmaient les légendes, mais des membres épais qui s'achevaient en d'étranges mains redressées aux doigts courts et noueux. Pour le reste, il ressemblait aux parias du Cyclope, n'étaient-ce la largeur de son torse, de son cou et de ses bras, l'aspect massif et noueux de ses articulations, les poils clairsemés qui habillaient certaines parties de son corps. Il ne respirait pas, ou alors si faiblement qu'on ne discernait pas les mouvements de sa poitrine ni son souffle. Pourtant il ne paraissait pas mort, plutôt plongé dans un sommeil profond.

Un sommeil sans retour…

*Que celle ou celui qui pénètre la Zongrave, que celle-ci ou celui-là sache qu'il rencontrera des gisants qui ressemblent à des morts mais qui sont seulement prisonniers du sommeil sans retour…*

Fasciné, Bœn réprima son envie de contempler plus longtemps cette apparition surgie des vieux mythes parias, gardant à l'esprit que la blessure de Loriale réclamait des soins urgents. Il trouva ce dont il avait besoin sous la forme d'un bout d'une matière blanche aussi souple et résistante que les feuilles de sauvante. Il remonta sur le toit, déchira la matière en deux parties à l'aide de ses dents et les noua l'une par-dessus l'autre autour de la taille de Loriale. Maculé de taches écarlates, le pansement parvint au bout de quelques instants à juguler l'hémorragie.

Bœn rassura sa compagne d'une caresse sur le visage et la prit dans ses bras. Secouée de temps à autre par des soubresauts, elle finit par s'assoupir dans la chaleur de leurs corps. Ils restèrent dans cette position jusqu'à la tombée de la nuit. Le silence de la Zongrave se peupla de grattements, de cris perçants, de grondements menaçants. Des étoiles s'allumèrent au-dessus de la cité, trop régulières et parcimonieuses pour reproduire le foisonnement splendide des nuits d'Onœ.

Bœn décida de se réfugier à l'intérieur de la construction. Loriale pourrait y reprendre des forces en toute tranquillité – les chances étaient infimes que l'occupant grave se réveille. Et puis il y dénicherait peut-être des vivres qui lui permettraient d'assouvir une faim dévorante. Il rencontra des difficultés à se faufiler par l'ouverture et à descendre au premier niveau en portant le corps inerte de Loriale. Une fois en bas, il coucha la jeune femme sur le plus large des sièges, étala une couverture de matière souple sur sa poitrine et son bassin, s'assura qu'elle dormait paisiblement avant de se mettre en quête de nourriture.

Il explora une pièce où il découvrit un deuxième corps plongé dans le sommeil sans retour décrit par les stances du grand Cycle. Une femme, aux formes plus rondes et déliées que celles du jeune homme, à la peau plus claire et glabre – hormis la toison sombre en haut de ses membres inférieurs. Ses lèvres pleines s'étaient figées en une amorce de sourire et ses traits détendus mettaient en valeur sa beauté. De la masse de ses cheveux noirs s'échappait un rayon qu'on aurait pu prendre pour un fil étincelant. Il se jetait, juste sous le plafond, dans un réseau d'autres rayons qui ressemblait, en plus étroit et moins fourni, à la barrière grésillante de la grande salle de la Zongrave.

Un grondement de son estomac arracha Bœn à sa contemplation. Il visita deux autres pièces. La première, exiguë, ne renfermait que des bouts de matière souple, les uns pliés sur des étagères, les autres déployés sur les meubles. Des vêtements, il lui fallut un moment pour s'en rendre compte. Certains avaient la forme approximative des robes éphémères de sauvante dont s'habillaient les parias lorsqu'ils voulaient parader ou séduire ; il ne comprit pas comment s'enfilaient les autres, sans doute parce qu'ils étaient conçus pour les membres inférieurs des graves. Dans la deuxième pièce, il découvrit le corps d'un enfant de sexe masculin aux cheveux aussi noirs que ceux de la femme. Ses yeux grands ouverts donnaient une première impression de vie, aussitôt démentie par la rigidité mortuaire de ses traits. Ce regard vitreux, dans lequel Bœn espéra entrevoir une étincelle, ne fit que révéler et accentuer le malaise sournois qui le rongeait depuis qu'il s'était introduit dans l'habitation.

Il ne trouva pas d'autres vivres que des galettes séchées entreposées dans un garde-manger en forme de cône. Il en mangea plusieurs malgré leur aspect peu engageant et leur goût prononcé de moisi. Il les fit passer avec de grandes rasades d'une eau amère qu'il but à l'orifice d'un bec verseur recourbé, puis, luttant contre une envie tenace de vomir, il s'allongea aux côtés de Loriale, tira la couverture et sombra dans un sommeil agité.

Il se réveilla en sursaut, persuadé qu'un son avait retenti dans la pièce. Redressée sur un coude, Loriale le fixait d'un regard inquiet. Les taches avaient viré au brun foncé sur son bandage improvisé, signe que le sang avait séché.

« Tu as entendu ? »

La voix faible de la jeune femme, presque inaudible, avait pris une résonance tragique dans le silence nocturne.

« J'ai cru entendre quelque chose, répondit-il. Mais c'était comme dans un rêve. »

Il demeura pendant quelques instants à l'écoute de l'obscurité effleurée par les halos de lumière qui s'allumaient à chacun de leurs mouvements.

« Où sommes-nous, Bœn Sissia ? »

Elle l'interpellait par le nom de sa mère. Un bon signe : elle avait recouvré en grande partie ses moyens.

« Dans une maison grave.

— Elle n'est pas habitée ?

— Si, mais ils… dorment. »

Elle observa le pansement. Un voile de terreur glissa sur son visage creusé par la fatigue et la faim. Elle chassa l'odieux souvenir du gardien de la Zongrave d'un mouvement de tête énergique.

« Ils dorment du sommeil sans retour dont parlent les stances du grand Cycle, ajouta Bœn.

— Pourquoi la pesanteur nous a-t-elle relâchés ? »

Il haussa les épaules.

« Seule la senticielle pourrait nous donner la réponse.

— Est-ce que les gardiens ne l'ont pas… ne l'ont pas… »

Elle éclata en sanglots. Bœn la serra dans ses bras et la berça avec toute la tendresse dont il était capable. À cet instant, il perçut à nouveau un son prolongé et mélodieux, tendit l'oreille, prit conscience que ce chant ne venait pas de la nuit mais résonnait à l'intérieur de lui.

Le chant de chaque être vivant était unique et indissociable. Les enfants du Tout avaient fait le plus beau des présents à Seke en lui apprenant à reconnaître son propre chant. Il ne pouvait se noyer dans l'océan de données de PRIMA puisque son empreinte sonore lui permettait de conserver son identité, la conscience de lui-même, à l'intérieur du labyrinthe. Le siège de la pensée et de la mémoire étant logé dans le cerveau, l'intelligence n'avait pas d'autre choix que de maintenir en vie son corps qui gisait à côté de celui de Marmat et parmi des centaines d'autres dans la grande salle du dôme – il les avait aperçus grâce aux images enregistrées par les capteurs, reliés les uns aux autres par un réseau de faisceaux cohérents. Elle les avait plongés dans une catalepsie qui ralentissait les fonctions vitales et prolongeait leur existence pendant plus d'un millénaire. Elle n'avait déploré pour l'instant qu'un pourcentage négligeable de pertes, quelques-uns de ses « donneurs » les moins robustes qu'elle avait jetés dans les fours à haute densité – toujours ce souci d'éradiquer les foyers potentiels d'entropie.

Seke se déplaçait dans la masse des données avec la vivacité d'un souffle. Perturbée, l'intelligence avait entrepris de le neutraliser – le circonscrire à l'intérieur d'un périmètre sécurisé –, mais ses salves d'informations arrivaient toujours avec un temps de retard. Les réactions de l'intrus n'étaient pas rationnelles, ce qui expliquait l'inefficacité inhabituelle des défenses de PRIMA.

Il essayait de favoriser la progression des deux visiteurs jusqu'à la centrale d'énergie située dans la carcasse du vaisseau. Ces deux-là, pour l'instant réfugiés dans une habitation des quartiers est, représentaient la dernière chance : des quatre autres parias qui avaient ouvert la porte du rempart quelques heures plus tôt, deux étaient tombés sous les dents des cherfleurs gardiens, un avait disparu dans le calice d'une vore, et la dernière, une femme, s'était empalée sur les épines rétractiles d'un arbre-piège.

Il avait localisé le programme qui gouvernait l'augmentation de la masse des molécules, mais il n'était pas parvenu à s'y introduire, refoulé à chaque tentative par les systèmes de cryptage installés par PRIMA. Pourtant, la gravité artificielle s'était brusquement atténuée, et les deux visiteurs avaient pu échapper à la fois à la pesanteur de la zone couverte et aux dents des cherfleurs. Seke n'avait pas cherché à découvrir les raisons de cet affaiblissement miraculeux, il s'était appliqué par tous les moyens possibles à guider les parias jusqu'à la centrale énergétique du vaisseau.

La cuirasse de l'intelligence présentait un défaut, comme toutes les entités : elle dépendait de l'antique centrale qui avait propulsé le vaisseau à travers l'espace. Elle avait effectué les transformations nécessaires à une alimentation continue en énergie mésonique, mais, même protégée par des cloisons renforcées, la centrale restait exposée à une intervention extérieure.

Avant de s'enfuir, les parias avaient tenté de la saboter des siècles plus tôt, provoquant des dommages qui auraient pu être irréversibles sans l'intervention des veilleurs.

Prise au dépourvu par l'intrusion des quatre premiers visiteurs – les statistiques ne l'avaient pas préparée à un retour des descendants des parias –, l'intelligence avait réagi avec une promptitude remarquable : elle avait accentué l'intensité de la gravité et dépêché une horde de cherfleurs génétiquement modifiés dans la ceinture végétale des quartiers est.

Deux autres parias s'étaient à leur tour introduits dans la zone couverte. Ceux-là auraient dû périr sous les crocs des cherfleurs si la force d'attraction n'avait pas subitement décliné. Tout en recherchant les causes de ce dysfonctionnement – une manifestation de l'entropie ? –, PRIMA avait pris la précaution de disposer tous ses veilleurs disponibles autour de la centrale d'énergie. Elle attendait désormais, estimant que le temps jouait en sa faveur : elle aurait rétabli la gravité artificielle avant que les intrus n'aient réussi à atteindre l'épave du vaisseau, elle aurait encore renforcé la présence des veilleurs, ces soldats qu'elle avait fabriqués sur le modèle humain tout en leur ajoutant une grande quantité de ses propres données. Après, elle fermerait la brèche ouverte par les parias, elle rendrait son étanchéité à la zone couverte, elle achèverait sa mise en place de l'ordre parfait, jusqu'à ce que les programmes implantés par l'adorateur du serpent aux plumes de sang se déclenchent et lui commandent de mettre fin à l'expérience.

Une intervention inutile dans le fond : supprimer tout germe d'entropie revenait à empêcher la vie de s'épanouir, puisque la vie n'allait pas sans tension, sans chaos, sans désordre. En privilégiant la recherche systématique de l'ordre parfait, PRIMA concourait depuis toujours à l'avènement du néant, à l'effondrement de l'univers des formes.

Seke n'avait pas recueilli d'informations détaillées sur le culte du Dragon de la fin des temps : il émanait de sociétés secrètes qui s'étaient développées dans le système originel et plongeait ses racines dans un passé oublié. Exploitant les Guerres de la Dispersion pour se structurer à travers l'espace et le temps, il poursuivait toujours le même but, le retour au vide primordial, l'établissement d'un néant perpétuel et morne. Il avait pris pour nom et symbole l'anguiz, ou anqizz, un animal dont personne n'avait pu prouver l'existence, un petit reptile doté d'un bec, de plumes, de pattes, de griffes, d'un dard recourbé semblable à celui des scorpions. Il s'était glissé dans tous les supports possibles et imaginables, non seulement dans les organisations humaines et dans les vaisseaux de l'exode, mais aussi dans les IDA, les intelligences d'assistance, et dans toutes les formes de mémoire artificielle. Il avait entrepris un gigantesque travail de sape, ne négligeant aucun moyen, aucune piste.

Seke avait eu un aperçu de la haine farouche que le Dragon vouait aux griots célestes, ses ennemis prioritaires, un antagonisme qui avait lui aussi des racines très profondes, antérieures aux Guerres de la Dispersion. Remonter à la source du conflit serait indispensable mais difficile, voire impossible.

Qui peut rendre l'harmonie à une forme qu'il ne perçoit pas ? disaient les enfants du Tout.

Seke se concentra sur le son de sa forme. Les réactions des deux parias dans la maison indiquaient qu'ils percevaient son chant. Ce premier échange avec les visiteurs était passé au travers des mailles du filet de l'intelligence. Pourrait-il leur communiquer des informations à distance, comme Danseur-dans-la-tempête lui avait transmis le contenu de sa mémoire avant d'achever son cycle ?

Tout en se déplaçant pour échapper aux attaques incessantes de PRIMA, il envoya une première salve de suggestions à destination des parias.

CHAPITRE XXV

# VOIX

*Stance 41-18.*

*Viendra ce moment à la fois béni et redouté où les yeux ne te seront d'aucun secours. Viendra ce moment où tu devras t'ouvrir au chant de l'espace. Car, seul, tu ne pourras affronter toutes les ruses de la Zongrave, seul, tu ne pourras déjouer tous ses pièges, seul, tu ne pourras vaincre.*

*Stance 41-19.*

*Tu comprendras alors que ton salut et le salut des hommes ne reposent pas sur les rêves de grandeur, mais sur l'humilité, sur l'effacement. Tu comprendras que l'orgueil, cet orgueil démesuré qui fut l'allié de tous les envoyés de la montagne au grand œil, est devenu ton pire ennemi au seuil de la porte. Tu comprendras que tu es tout et rien à la fois, et tu entreras dans le tout par le rien, ou le tout te réduira au rien.*

*Stance 41-20.*

*Ayant franchi la porte du rien, tu deviendras le tout; étant devenu le tout, tu accompliras de grandes choses pour les frères et les sœurs de ton peuple, pour tous les humains dispersés dans l'univers, car, étant devenu le tout, tu seras devenu l'univers, et chacune de tes pensées, chacun de tes gestes auront un effet sur l'immensité; tu seras ce moment unique où l'infiniment petit se perd dans l'infiniment grand, et où l'infiniment grand habite l'infiniment petit. Alors, le cœur comblé, tu regarderas chaque être vivant comme une parcelle de toi. Je ne dis pas seulement tes proches, ta femme, ton mari, tes enfants, tes parents, je dis tes ennemis, et tous ceux que les cœurs vides regardent comme des monstres.*

*Stance 41-21.*

*Ainsi s'éloignera la malédiction du Dragon, en vérité. Ainsi reviendra la paix sur Onœ, sur tous les mondes habités, dans tout l'univers. Béni sois-tu à jamais, toi qui auras permis cela.*

Les stances prophétiques du grand Cycle,
peuple des parias, région du Cyclope,
Onoe.

« LA VOIX, elle me parle ! »

Les yeux mi-clos, Loriale avait suspendu ses gestes. La concentration avait figé la grimace que lui avait value la première bouchée de galette séchée. Bœn, lui, ne percevait pas d'intention dans la rumeur harmonieuse qui continuait de résonner en sourdine à l'intérieur de son crâne.

« Elle dit que… que nous devons nous rendre dans l'ancien vaisseau. Elle nous donnera de nouvelles instructions sur place. »

Loriale avait retiré le pansement après son réveil et nettoyé la blessure avec l'eau qui s'écoulait du bec verseur lorsqu'on passait les mains devant. Un liquide épais suintait de la plaie large et profonde, mais la chair avait entrepris son travail de réparation. Bœn lui avait apporté une autre étoffe – c'est ainsi que, selon Loriale, s'appelait la matière souple – avec laquelle elle avait elle-même confectionné un nouveau bandage.

« Il est où, cet ancien vaisseau ? demanda Bœn avec une moue dubitative.

— C'est la colline centrale qu'on aperçoit de partout dans la ville. »

La rapidité et la précision de la réponse lui prouvèrent que quelqu'un d'autre s'était exprimé par la voix de Loriale. Un mystérieux interlocuteur les observait, les écoutait.

*Les anges tapis près de ce cœur te voient et t'entendent où que tu sois…*

Bœn se redressa sur le siège.

« Est-ce… est-ce vous qui avez supprimé la pesanteur ?

— Non, mais vous devez en profiter avant que PRIMA ne…

— Un cœur nommé Prima ! s'exclama Bœn. C'était donc vrai ! Vous êtes un ange ?

— Je suis Seke, de la confrérie des griots, je suis venu vous apporter le Verbe, frères d'Onœ, mais mon corps et mon esprit sont prisonniers d'une intelligence artificielle appelée PRIMA.

— Comment pouvons-nous vous délivrer ?

— Vous êtes les derniers, nous n'avons pas de temps à perdre. Je vous l'expliquerai pendant que vous vous rendrez devant l'ancien vaisseau. »

Bœn hocha la tête, scruta avec une attention soutenue les yeux de Loriale, puis il prit sa compagne par la main et l'entraîna jusqu'au pied de l'escalier. Ils sortirent de la maison par la trappe du toit restée ouverte et apesantèrent en direction de la grande colline habillée d'une teinte blafarde par la lumière encore incertaine du toit de la Zongrave. Ils ne rencontrèrent pas âme qui vive dans la première ruelle qu'ils survolèrent, ni dans les suivantes. L'ordre et la propreté offraient un contraste oppressant avec l'atmosphère d'abandon de la cité. Poussées par les courants d'air chaud, les nuées de feuilles et de brindilles évoluaient en escadres serrées, cohérentes.

Les mouvements de ses jambelles et de ses bras réveillèrent la douleur de Loriale. À bout de forces, elle éprouva le besoin de se reposer sur la terrasse d'une construction trois fois plus haute et volumineuse que celle où ils avaient passé la nuit.

« Tu as entendu ce qu'a dit la voix ? cria Bœn. Nous n'avons pas de temps à perdre. »

Il continua d'apesanter pendant quelques instants, puis, constatant que Loriale restait allongée au bord de la terrasse, revint se poser à ses côtés.

« Je ne l'entends plus, souffla-t-elle. J'ai mal. »

La plaie s'était remise à saigner, l'étoffe se barbouillait de taches pourpres.

Bœn contint tant bien que mal le mouvement de colère qui le traversa. Pourquoi l'ange, le griot céleste, s'était-il adressé à sa compagne blessée plutôt qu'à lui ? N'avait-il pas lui aussi parcouru le long chemin entre le Cyclope et la Zongrave ? N'était-il pas lui aussi digne d'entendre la voix de l'espace ?

Son regard tomba sur le visage défait de Loriale et, aussitôt, son ressentiment le déserta. Sans elle, sans son courage, il n'aurait pas exploré sa planète, il n'aurait même pas franchi le bord supérieur du cratère, il n'aurait pas connu le voyage grisant sur les cyclones de l'océan, il n'aurait pas découvert les merveilles de la zone couverte, il serait resté Bœn Sissia, un homme ordinaire du peuple des parias, un amant inconséquent qui se serait hâté d'oublier Loriale Ophilia, qui aurait recherché les sensations fortes avec d'autres femmes, qui aurait sombré peu à peu dans la vieillesse et l'ennui, qui aurait emporté dans sa tombe ses interrogations et ses regrets. Sans elle, il serait devenu, comme la plupart des hommes parias, un tronc aussi desséché que les sauvantes morts.

Les courants d'air couvraient de frissons les buissons et les arbres. Les fleurs rouges s'agitaient comme des cœurs à nu dont les battements se seraient accélérés. Des bruits grinçants déclenchèrent un vacarme qui enfla régulièrement jusqu'à submerger la terrasse. Une horde de gardiens surgit à l'angle du bâtiment, crânes ronds et glabres, membres courts, troncs obèses. Ils rebondissaient sur le sol à chaque foulée, gesticulaient dans les airs, se heurtaient les uns les autres, percutaient les façades ou les arbres, atterrissaient sur les fleurs rouges dont les corolles se dilataient et les tiraient peu à peu à l'intérieur du calice.

D'une pression sur l'épaule, Bœn engagea Loriale à s'éloigner de la terrasse. Malgré sa souffrance, elle obtempéra sans hésitation. Elle n'avait aucune envie de s'attarder dans les parages. Ils s'élevèrent à une hauteur où seules des créatures nanties de jambelles auraient pu les rejoindre et se dirigèrent vers la colline centrale. Les gardiens disparurent les uns après les autres dans les corolles béantes des fleurs écarlates. Un silence lugubre retomba sur la zone couverte.

Ils franchirent un quartier que la lumière du toit, de plus en plus intense, parait de couleurs chatoyantes. Bâtiments, escaliers, terrasses, places et passages donnaient une première impression de fantaisie et de désordre, mais la vue d'ensemble permettait de distinguer un agencement géométrique aussi rigoureux que le reste de la cité.

« Là ! »

Loriale pointait l'index sur une forme allongée et claire dans la frondaison ajourée d'un arbre. Bœn s'aperçut au bout d'un moment qu'il s'agissait d'un corps.

« Ce n'est pas un gardien », dit Loriale.

Bien qu'à demi dissimulé par la ramure, le corps était en effet moins massif et difforme que celui d'un gardien. Ils descendirent après s'être assurés que les environs étaient déserts.

« Remonte ! » hurla Bœn alors qu'ils apesantaient à quelques pas du feuillage.

Une épine avait surgi d'une branche et s'était tendue dans leur direction, si fine qu'on la distinguait à peine. Des dizaines d'autres aiguilles, tout aussi fines et longues, se promenaient à quelques pouces de leurs jambelles. Elles avaient jailli comme des antennes rétractiles quand les intrus étaient entrés dans leur champ de perception, et, sans le furtif éclat de lumière qui avait attiré l'attention de Bœn, les deux parias se seraient empalés sur leurs pointes.

« Un arbre-piège », souffla Loriale.

Rien à première vue ne le distinguait d'un arbre ordinaire, et Bœn se demanda comment les occupants de la Zongrave pouvaient tolérer une telle menace au beau milieu de leurs habitations.

« Dieux », gémit Loriale.

Tout en se maintenant à distance des aiguilles, Bœn observa le cadavre étendu sur une fourche au milieu de la ramure, cloué aux branches par les épines qui le transperçaient de part en part. Il tressaillit lorsqu'il reconnut, malgré ses traits déformés par la souffrance, le visage d'Ellabore. La senticielle s'était visiblement débattue pour échapper à l'étreinte de l'arbre-piège, mais elle s'était enferrée un peu plus à chacune de ses contorsions. Une aiguille lui avait perforé la gorge, une autre ressortait entre ses yeux grands ouverts, d'autres encore lui avaient percé la poitrine et le ventre. Les filets de sang avaient séché sur sa peau immaculée. Ses cheveux clairs et ses jambelles pendaient dans le vide et ondulaient au gré des courants d'air.

Bœn se demanda comment elle avait pu affronter la pesanteur et s'enfoncer si profondément dans la Zongrave. En tout cas, elle n'avait pas daigné partager ses secrets avec ses derniers compagnons. La fin navrante de celle qui avait consacré son existence à la recherche de la connaissance, à la quête des signes, ne soulevait pas vraiment de peine ou de colère chez Bœn, plutôt un sentiment de gâchis. La distance s'était creusée entre les senticielles enfermées dans leur mystère et le peuple des parias.

Loriale elle-même fixait le corps avec gravité, mais ne pleurait pas.

« La voix a dit que nous étions les derniers, murmura-t-elle.

— Les autres nous ont ouvert le chemin. La mort est parfois le meilleur hommage à rendre à la vie. »

Une émotion venue du fond des âges les submergea lorsqu'ils se posèrent sur l'esplanade du vaisseau, ce géant qui avait vaincu l'espace pour transporter leurs ancêtres sur leur nouvelle planète. Un fouillis de branches, de feuilles et de fleurs, intimidant pour des visiteurs dont l'horizon végétal se limitait aux sauvantes des cavités volcaniques, grimpait à l'assaut de la gigantesque carcasse. Le grand Cycle ne faisait que peu de cas des origines extraplanétaires des peuples d'Onœ, mais les récits de la traversée spatiale se transmettaient de génération en génération, probablement enjolivés par l'imagination fertile des conteurs, et formaient la vaste geste de la Dispersion. Bœn préférait, et de loin, entendre les anciens raconter ces légendes plutôt que de réciter les stances prophétiques du grand Cycle. Les unes ouvraient des portes somptueuses sur le rêve tandis que les autres ne distillaient que torpeur et ennui.

Au sommet de la carcasse se dressait une colonne majestueuse qui montait jusqu'au toit de la Zongrave. La lumière gagnait en intensité et chassait les derniers îlots de ténèbres. Les fleurs rouges aux calices dilatés digéraient l'horrible banquet servi quelques instants plus tôt.

« Tu n'entends toujours pas la voix ? » demanda Bœn.

Affalée sur le sol, recroquevillée sur sa souffrance, Loriale répondit d'un signe de tête négatif. L'apesanteur entre l'arbre-piège et la carcasse du vaisseau l'avait exténuée, mais, parce que le temps était compté, parce qu'ils étaient les derniers, elle avait serré les dents et s'était interdit de renoncer.

Allongé à ses côtés, Bœn comprit qu'elle avait besoin de reprendre des forces et se concentra sur le bourdon sonore qui sous-tendait ses pensées. Sa nervosité l'empêcha dans un premier temps de fixer son attention sur le son. Le contraste entre l'urgence de la situation et son sentiment d'impuissance accélérait le rythme de son cœur et affolait ses pensées.

Il perdait du temps.

Il perçut une menace grandissante dans le calme trompeur de la zone couverte, s'efforça de contrôler sa respiration, ferma les yeux, recouvra en partie son calme. Il devait accepter le son comme une partie de lui-même. Ses défenses l'avaient jusqu'alors traité en élément étranger, en parasite, et s'étaient mobilisées pour l'éliminer. Il lutta contre la sensation détestable de subir un viol intime, d'être possédé par une autre volonté, par une autre entité. Des pensées éparses se glissèrent parmi les siennes, des suggestions, des images s'imposèrent à lui, sur lesquelles il chercha aussitôt à exercer un contrôle. Une douleur vive lui traversa le crâne, balaya ses dernières réticences et le contraignit à s'abandonner, à s'effacer.

*... l'alimentation de la centrale d'énergie à l'intérieur du vaisseau... attention au veilleur...*

« Veilleur ? »

*... à gauche...*

Bœn rouvrit les yeux et aperçut la silhouette qui s'avançait d'une allure paisible sur l'esplanade. Un homme aux cheveux courts et blonds, au visage encadré d'une barbe courte. Ses formes massives tendaient son vêtement brun. Il progressait sur le sol en déplaçant à tour de rôle ses membres inférieurs.

*Monte.*

Bœn poussa sur ses bras, s'éleva dans les airs, se maintint à une hauteur de trois ou quatre pas, voulut redescendre pour aider Loriale toujours allongée sur le sol, mais, au moment où il franchissait le seuil d'inertie, l'homme accéléra l'allure, fondit sur la jeune femme, lui posa l'extrémité de son membre inférieur sur la poitrine et déclara d'une voix forte :

« Descends, ou je l'écrabouille ! »

*Ne l'écoute pas. Monte encore. Je t'indiquerai le chemin pour pénétrer dans le vaisseau.*

« Loriale... »

*Tu ne peux plus rien pour elle. Le veilleur ne te suivra pas : il est conçu pour supporter les gravités extrêmes. Sa masse l'empêche de voler.*

« Loriale... »

Les yeux brouillés de larmes, Bœn plongea dans le regard mi-clos de sa compagne, mais n'y vit pas la lueur complice dont il avait besoin pour l'abandonner à son sort. Les nuages de particules soulevés par les pas du veilleur s'éparpillaient avec une lenteur songeuse.

*Si tu descends, il te neutralisera, et nous resterons tous à jamais prisonniers de la zone couverte.*

Désespéré, Bœn battit des jambelles et apesanta le long des structures de l'ancien vaisseau.

*Attention aux vores. Elles ont déjà mangé, mais elles sont insatiables.*

Les vores ? Ah oui, les fleurs écarlates…

Même si elles n'avaient pas achevé leur digestion, quelques-unes s'animaient sur son passage et libéraient ce murmure sinistre qui avait accompagné leur odieux festin.

« Que va-t-il faire de Loriale ? »

*PRIMA voudra sans doute récupérer ses données pour résoudre les nouveaux problèmes posés par l'affaiblissement de la gravité.*

« Est-ce qu'elle… mourra ? »

*Je ne crois pas. Les cerveaux morts ne fournissent aucune information exploitable. Elle maintiendra son corps en vie, comme les nôtres.*

À demi rassuré, Bœn balaya l'esplanade d'un regard fébrile. Loriale et le veilleur avaient disparu. Il flottait maintenant tout près du sommet de la carcasse. La colonne de soutènement ne reposait pas sur les structures transversales, contrairement à ce qu'on aurait pu croire en l'observant d'en bas, elle plongeait dans la pénombre et descendait jusqu'au sol. La muraille végétale s'éclaircissait et laissait entrevoir des cloisons convexes grises et lisses. Malgré leur gigantisme, les constructions ne portaient aucune trace d'assemblage, comme fabriquées dans une même pièce. Cette absence de fixations apparentes étonna Bœn : sans chevilles, sans lanières tressées, les rares ouvrages des parias se seraient effondrés au premier tremblement, au premier courant d'air.

*Monte encore. Tu trouveras une ouverture sur la colonne. Ce sont les premiers parias qui l'ont creusée : elle leur a servi jadis pour investir l'Ombilique.*

« L'Ombilique ? »

*Cette colonne. Le premier prolongement du vaisseau. Le premier lien entre le vaisseau et l'extérieur. Le cordon ombilical. Avant de soutenir le toit, les hommes l'ont utilisée comme habitation. Les logements sont reliés entre eux par des passages.*

À cette hauteur, la cité dévoilait un équilibre à la perfection mortuaire. L'agencement des ruelles, le volume et la forme des bâtiments, les haies et les massifs, rien n'avait été laissé au hasard, pas même les couleurs qui s'entrelaçaient en figures complexes et symétriques. Les feuilles et les brindilles balayées par les courants d'air ne parvenaient pas à donner un semblant de vie à l'ensemble. De grands dômes sombres s'élevaient dans les quatre directions, flanqués de piliers monumentaux, répliques exactes de l'Ombilique. La lumière jaune et uniforme du toit n'avait qu'un lointain rapport avec la clarté à la fois puissante et douce d'Alep.

Bœn discerna dans les courants d'air tiède une odeur dont l'âpreté l'alarma.

*PRIMA fabrique des molécules qui emprisonnent l'oxygène. Nous devons agir avant que l'atmosphère de la zone couverte devienne irrespirable.*

L'ouverture dont lui avait parlé son correspondant était un cercle étroit aux bords coupants dans lequel Bœn eut toutes les peines du monde à passer les épaules. Il le franchit au prix de multiples écorchures. Il eut besoin d'un peu de temps pour s'accoutumer à la pénombre qui régnait à l'intérieur de l'Ombilique. Un couloir étroit, encombré de poussières en suspension, le mena sur un palier nu et percé en son milieu d'un large orifice central.

*La cage de l'ascenseur. Un puits vide. Les Onotes ont retiré les anciennes cabines pour récupérer le matériau. Tu n'as qu'à te laisser descendre jusqu'en bas.*

Bœn hésita à plonger dans ce boyau ténébreux, puis il lui sembla entendre le rire provocant de Loriale, et, reprenant courage, il s'approcha du trou et se lança dans le vide. Bien que descendant à une vitesse constante, il éprouva le besoin récurrent de battre des jambelles, une manière comme une autre de lutter contre l'impression de s'enfoncer dans une nuit sans fin. Il se faufila entre des formes volumineuses qui obstruaient le passage. Des rais de lumière surgis de nulle part déchiraient l'obscurité et révélaient par intermittence d'autres paliers, d'autres couloirs. Des grincements sourds ébranlaient le silence épais, étouffant.

*PRIMA a disposé une dizaine de veilleurs autour de la centrale d'énergie.*

« Mais comment… »

*Évite de parler. La voix porte très loin dans un tube. La centrale se trouve au pied de la colonne.*

Une image se leva dans l'esprit de Bœn : un cube hermétique, semblable aux constructions de la cité, étincelant. Il n'était pas éclairé par les faisceaux de projecteurs, la lumière émanait du matériau lui-même. Son éclat révélait des silhouettes immobiles autour de la construction, effleurait les visages d'hommes et de femmes aussi figés que des masques.

*La fission mésonique dégage une telle énergie que la lumière traverse sept couches de matière dense. C'est elle qui a permis au vaisseau de franchir les immensités spatiales. Les quarks lui ont fourni son énergie de propulsion, les antiquarks ont empêché l'augmentation de sa masse bien qu'il ait approché ou dépassé la vitesse de la lumière. PRIMA utilise le même principe pour accroître la gravité de la zone couverte.*

Bœn eut la vision d'une cuve emplie d'un liquide épais et sombre où se devinait un halo ténu, comme un satellite à demi occulté par un voile nuageux.

*Le réacteur à l'intérieur de la centrale, un cœur minuscule baigné en permanence dans un liquide de refroidissement. Si tu parviens à vider la cuve, il explosera. En une fraction de seconde.*

Bœn enraya sa descente d'un battement vigoureux des jambelles. Les chroniques de la Dispersion parlaient d'explosions qui dégageaient une chaleur insupportable et détruisaient toute vie sur plusieurs milliers de lieues à la ronde.

*Je ne peux pas te promettre que tu sortiras indemne de l'explosion. Je n'ai pas trouvé les informations correspondantes dans les données de PRIMA. Elle est nourrie depuis toujours à la source mésonique, mais elle est incapable de prévoir les conséquences d'une explosion. Le monde des particules reste régi par des principes d'incertitude.*

Pris de panique, Bœn remua frénétiquement bras et jambelles. La cage de l'ascenseur donnait directement sur le monde des morts. La précipitation l'envoya percuter la paroi. Il suffoquait, il lui fallait absolument retourner à l'air libre, sortir non seulement de l'Ombilique, mais également de la Zongrave, revenir dans les immensités rassurantes de son monde. Il remonta de façon chaotique, haletant, heurtant de plein fouet les obstacles qu'il avait esquivés quelques instants plus tôt. Le vacarme de ses pensées étouffait la voix de son correspondant. Il n'avait pas demandé à être l'un des envoyés de la montagne au grand œil, l'un de ceux qui scelleraient la réconciliation des peuples d'Onœ, il n'avait agi que pour l'amour de Loriale Ophilia…

Elle lui apparut tout à coup, allongée sur une couche dans une immense salle où gisaient des dizaines et des dizaines de corps. Un rayon s'élevait de sa tête, crevait l'obscurité et se jetait dans le réseau formé par les traits de lumière émanant d'autres corps. Elle était, comme son correspondant, comme tous les graves de la zone couverte, plongée dans le sommeil sans retour des prophéties, captive du cœur nommé PRIMA. Lui seul avait la possibilité de la délivrer, de la ramener parmi les vivants ; il suffisait de vider la cuve. Il serait sans doute emporté par l'explosion, mais, à l'idée que Loriale était frappée par la grande malédiction du Dragon pour des siècles et des siècles, sa propre mort lui parut acceptable, et même indispensable.

*Que les envoyés de la montagne au grand œil acceptent le sort qui leur échoit…*

Son désordre intérieur se dispersa et fit place à un calme résolu. Il cessa de s'agiter, enraya son ascension et franchit le seuil d'inertie. La raréfaction de l'oxygène engendrait une fatigue pernicieuse, une lourdeur dans les muscles, des tiraillements dans les poumons et la gorge, une douleur sourde aux extrémités de ses doigts. Il resta aussi immobile qu'une pierre pour favoriser sa descente dans le boyau.

*Un passage souterrain donne à l'intérieur de la centrale, prévu pour les éventuelles interventions des techniciens. Il n'est pas protégé par un code, mais les veilleurs surveillent la trappe d'accès.*

Une première image montra un cercle sombre qui se découpait sur le sol près d'une paroi de l'Ombilique ; une deuxième, élargie, dévoila une dizaine de silhouettes réparties sur une surface d'un rayon approximatif de cinquante pas.

*À deux, vous auriez pu créer une diversion, mais maintenant ta seule chance repose sur l'effet de surprise. PRIMA vous a vus flotter, mais elle n'a pas encore décodé le génome de ta compagne, elle n'a pas assimilé votre mode de déplacement. Ses défenses n'ont pas prévu que tu arriverais par la voie des airs. Tu auras une seconde, peut-être deux mais pas plus, pour ouvrir la trappe et te faufiler dans le passage avant l'intervention des veilleurs.*

Bœn atteignit la base de la cage d'ascenseur, légèrement éclairée, et passa dans un espace dégagé et lumineux. L'éclat aveuglant du cube de la centrale, pourtant minuscule vu d'en haut, emplissait l'immense salle.

*Le hall de l'Ombilique. Le premier pilier n'a pas seulement servi à soutenir le toit de la zone grave, mais aussi à protéger la centrale d'énergie. Maintenant, place-toi à la verticale de la trappe d'accès.*

Bœn repéra le cercle sombre, à peine plus grand que l'œil du polpe des roches. Il prit une longue inspiration pour apaiser les battements de son cœur, chasser les vestiges de sa peur et détendre son corps sous-oxygéné. Un mouvement de jambelles l'amena juste au-dessus de la trappe, non loin de la paroi miroitante. Il se maintint à la même hauteur le temps de reprendre son souffle, puis se laissa entraîner par la gravité. Tout en descendant, il pivota autour de l'axe de son bassin de manière à se présenter la tête en bas, les bras en avant. Il espéra qu'aucun bruit ne retentirait au-dessus de lui et n'attirerait l'attention des veilleurs pour l'instant figés. La lumière de plus en plus intense l'éblouit et, pendant quelques instants, lui fit perdre des yeux le cercle de la trappe.

*Elle est munie de deux petites cavités traversées par des tringles qui servent de poignées.*

Bœn les distinguait, deux ronds légèrement plus sombres, comme des orbites vides.

*Elle est très lourde, mais la faible gravité devrait te faciliter la tâche.*

Une chaleur vive s'infiltra dans les narines et la gorge de Bœn. Il eut le mauvais réflexe d'inspirer très fort pour rechercher un peu de fraîcheur. Ses poumons s'embrasèrent, et il dut se mordre les lèvres pour contenir son hurlement. Les formes vacillèrent sous lui, les silhouettes des veilleurs se confondirent avec les formes étincelantes de la centrale, avec les images précipitées, incohérentes, qui déferlaient dans son esprit. Il ne fut rien d'autre qu'un corps en chute libre dans un feu dévorant.

## CHAPITRE XXVI

# CŒURS

*Stance ultime.*
*Tu crois que tout est fini, tout commence.*
*Tu crois que tout commence, tout est fini.*

Les stances prophétiques du grand Cycle,
peuple des parias, région du Cyclope,
Onœ.

*TU Y ES presque.*

La voix sortit Bœn de sa torpeur. Couvert de sueur, il flottait à moins de trois pas de la trappe, juste au-dessus des veilleurs que la chaleur ne semblait pas déranger. Les yeux rivés sur l'unique porte d'entrée de l'Ombilique, ils ne l'avaient pas repéré. Il localisa les petites cavités traversées par les tringles et écarta les bras. Le bref instant dont il eut besoin pour atteindre le sol dura une éternité. Bien qu'il perçût des mouvements autour de lui, il garda son attention focalisée sur la trappe et passa les mains sous les tringles. Ses doigts ripèrent sur les fines barres métalliques. Il ne parvint à soulever le panneau circulaire qu'à la troisième tentative. La trappe restait lourde malgré la faible gravité, et l'effort qu'il dut fournir pour dégager l'entrée du souterrain lui coupa ce qui lui restait de souffle.

*Vite. Ils t'ont vu.*

Il ne commit pas l'erreur de regarder derrière lui, il lâcha le panneau qu'il maintenait à la verticale et se laissa tomber dans le passage. Loin de diminuer, la chaleur redoubla d'intensité. Des cris et des bruits de pas retentirent dans son dos. Quelqu'un le saisit par une jambelle et le tira en arrière. Il s'agrippa à une excroissance rigide qui, il s'en aperçut aussitôt, était le barreau supérieur d'une échelle. Il s'y arc-bouta jusqu'à ce que sa jambelle se brise dans un craquement bref. Il ne ressentit aucune douleur mais fut projeté vers le bas et précipité la tête la première contre les barreaux inférieurs. Son cuir chevelu céda dans le choc, un flot tiède se répandit sur son crâne, déborda sur sa tempe et sa joue. Choqué, brinquebalé d'un côté sur l'autre, il continua de descendre dans l'étroit passage. Une éclipse de lumière lui donna à penser que la trappe s'était refermée.

*Un veilleur… il te suit…*

La hanche et l'épaule de Bœn heurtèrent un sol dur. Il respirait avec difficulté, ses poumons, sa peau, ses veines réclamaient désespérément de l'air.

*… galerie… vite…*

Une galerie ?

Le passage formait un coude avant de repartir à l'horizontale, cylindrique, exigu. L'esprit vide, gouverné par ses seuls réflexes, Bœn s'y engagea et commença à ramper en s'aidant de ses coudes et de ses segments inférieurs. Aiguillonné par les bruits derrière lui, il ne prêta pas attention aux frottements douloureux de ses épaules, de son dos, de son ventre, de ses organes génitaux sur le matériau lisse. Il progressait maintenant dans des ténèbres épaisses, gagnait du temps sur le veilleur, deux ou trois fois plus corpulent que lui, gêné par l'étroitesse du boyau. À bout de forces, il puisa un regain d'énergie dans l'image du corps inerte de Loriale, dans le souvenir de leurs étreintes joyeuses, dans son regard et son rire moqueurs.

*… presque…*

Le passage débouchait sur un puits où tombait un rayon de lumière.

Bœn détendit les bras pour amorcer son ascension, mais, déséquilibré par l'amputation de sa jambelle, il tourna sur lui-même et s'empêtra dans les larges barreaux demi-circulaires scellés à la paroi. Le temps qu'il s'en dégage, le veilleur s'engouffrait à son tour dans le puits. Il poussa sur ses mains, effectua un bond qui le mit provisoirement hors de portée de son poursuivant, un homme aux cheveux bruns et ras. Ses pensées s'effilochaient, des formes éblouissantes dansaient devant ses yeux douloureux.

Il monta vers une source de lumière, remua son unique jambelle et ses bras pour ne pas franchir le seuil d'inertie, entrevit juste sous lui la silhouette brune du veilleur suspendue aux barreaux.

*… bientôt arriver sous la cuve de refroidissement… vanne… de la tourner… ouverture mécanique pour les techniciens… attention à la…*

Une clarté aveuglante et une chaleur terrible accueillirent Bœn en haut du puits. Il s'éleva encore, pénétra dans le cœur de la centrale d'énergie, ne distingua plus rien que des murs ruisselants de lumière, crut qu'il évoluait dans le feu primordial des étoiles décrit par les récits de la Dispersion.

Un chemin sombre et apaisant s'ouvrit au milieu du brasier. Il s'y engagea et ressentit un bien-être ineffable, une douceur comparable à celle qu'il avait éprouvée dans les bras de sa mère. Il pouvait enfin clore les yeux, glisser dans l'insouciance, dans l'inconscience. Celles qu'il aimait l'attendaient de l'autre côté, Sissia, Loriale… Il avait gagné un repos bien mérité… Il se sentait léger, si léger qu'il pourrait sans doute apesanter jusqu'à Gem, la reine du Rameau, la pointe du diadème…

*Tourne la vanne. Au-dessus de ta tête.*

La voix était à la fois proche et lointaine, comme un appel venu d'un autre monde. Pourquoi l'empêchait-elle de s'engager dans le chemin apaisant ?

*Vite. Le veilleur arrive.*

Le veilleur ?

Loriale. Allongée. Reliée par un cordon étincelant à un réseau de fils entrelacés. Prisonnière. Je dois la délivrer avant de partir, mais comment ?

*Tourne la vanne.*

Il rouvrit les yeux. Il flottait sous une surface sombre où brillait un astre voilé, un halo ténu. Il ne respirait pratiquement plus, son cœur cognait à la volée, ses poumons se gonflaient comme des ailes dans sa cage thoracique, se frottaient à ses côtes.

Un petit cercle au bout d'une tige, à moins d'un pouce de son front.

*Tourne la vanne.*

Une serre se referma sur son segment inférieur et le tira vers le bas. Il lança ses deux mains vers le cercle, résista pendant quelques instants à la traction du veilleur, eut l'impression que ses vertèbres craquaient, se brisaient, essaya d'actionner la vanne, d'un côté, de l'autre. Elle ne bougea que d'un quart de pouce, mais des gouttes d'un liquide épais et glacial s'écoulèrent par l'ouverture, éclaboussèrent les mains, les bras, les épaules de Bœn. Les doigts du veilleur s'enfoncèrent dans sa chair, lui broyèrent l'os. Accroché à la vanne, il poussa un hurlement de douleur et de rage.

*Attention à…*

Les gouttes tombèrent en pluie, se transformèrent en un filet continu qui grossit rapidement, puis un véritable torrent jaillit de l'ouverture et emporta Bœn. Il eut la vague sensation de se débattre avant d'être enseveli dans une gangue de glace, précipité dans le fond du puits et pulvérisé par un éclair prolongé.

Seke progressait par bonds dans les ruelles. Il avait mis un moment à maîtriser ce mode de locomotion, mais l'effet était maintenant plaisant, voire grisant. À chacune de ses foulées, il parcourait une distance équivalente à sept ou huit pas, parfois davantage.

Les fonctions de PRIMA avaient cessé dès que le cœur de la centrale avait explosé – « implosé » aurait été un terme plus adéquat, encore qu'il fût difficile de décrire avec précision la chaîne de phénomènes qui avait suivi le vidage de la cuve de refroidissement. Les corps de ceux que l'intelligence retenait prisonniers parfois depuis plusieurs siècles étaient revenus à la vie. Dans la grande salle où plusieurs milliers d'entre eux étaient entreposés, mais également dans les salles plus petites et les habitations. Ce retour à la conscience ressemblait à un réveil après un interminable cauchemar. Les informations propres à l'intelligence s'étaient évanouies en même temps qu'elle – et donc une grande partie de la mémoire des Onotes; les autres données avaient regagné leurs supports d'origine, les cerveaux des hommes, des femmes et des enfants dont la catalepsie s'était interrompue.

Seke et la femme paria, les derniers capturés par PRIMA, avaient également été les premiers à recouvrer la coordination entre leur esprit et leur corps et à sortir du dôme. Marmat avait éprouvé des difficultés à se lever, et les Onotes auraient besoin de temps pour renouer le lien avec eux-mêmes.

L'explosion – l'implosion – s'était traduite par un éclat bref et fulgurant, mais elle n'avait pas provoqué de dégâts apparents, du moins pas les dégâts auxquels on aurait pu s'attendre. La pesanteur excessive avait cédé la place à une très faible gravité qui permettait ces bonds étonnants. La lumière artificielle s'était éteinte, l'obscurité avait inondé les bâtiments et les rues de Domile, perforée par quelques colonnes de clarté diurne s'engouffrant par les ouvertures du toit. Plus aucun courant n'agitait l'air, qui avait retrouvé sa teneur en oxygène. Des cherfleurs de la dernière portée s'étaient échappés de la matrice, répandus dans la cité et précipités dans les pièges tendus par les vores, elles-mêmes bruissantes, agressives. Des vibrations et des craquements inquiétants parcouraient les structures métalliques de la zone couverte.

« Bœn a réussi ! » s'était exclamée à plusieurs reprises la femme paria.

Contrairement à Seke, elle se maintenait en l'air en agitant ses excroissances inférieures aussi longues et souples que des nageoires ou des ailes. C'était la seule partie de son corps qui avait muté, le reste ne la différenciait pas des autres femmes. Malgré le large bandage ensanglanté noué autour de son ventre, elle évoluait avec la grâce et la légèreté d'un papillon migrateur de Logon, nimbée du voile doré de ses cheveux. L'inquiétude qui tendait ses traits n'altérait pas la pureté de son visage. Elle évitait de s'approcher trop près des arbres et des buissons bordant les artères de Domile.

Seke avait des milliers de questions à lui poser, mais ils devaient d'abord savoir ce qu'il était advenu de son compagnon paria. Au sortir du dôme, ils avaient pris la direction de l'Ombilique éclaboussée de lumière. Encore faible, Marmat leur avait dit de ne pas l'attendre et leur avait fixé rendez-vous sur l'esplanade de l'ancien vaisseau.

Il semblait à Seke que des pans entiers de la cité s'étaient escamotés, comme si l'implosion avait bouleversé les lois naturelles, qu'une partie de la matière avait disparu par la brèche. Seke n'avait pas eu le temps d'explorer tous les domaines de l'intelligence, entre autres la façon dont elle utilisait l'énergie mésonique. Concentré sur son chant, il avait réussi à imiter Danseur-dans-la-tempête et à communiquer avec les deux parias. PRIMA ne l'en avait pas empêché parce qu'elle n'était pas parvenue à le fractionner. Il s'était servi d'elle, de ses données, de sa puissance, pour repérer ses failles et diriger le paria vers son point le plus faible. Les hommes qui l'avaient conçue avaient prévu des accès indépendants de sa volonté afin de la contrôler, de la réparer ou même, échaudés par ses premières tentatives hégémoniques, de la désactiver. Son liquide de refroidissement était, comme le sang des êtres vivants, à la fois indispensable et mal protégé, raison pour laquelle elle avait disposé la troupe de ses veilleurs autour de la trappe. Elle n'avait pas envisagé que le paria surgisse du haut de l'Ombilique, tout simplement parce qu'elle n'avait pas eu le temps d'analyser et d'intégrer les données de sa compagne. Elle n'avait jamais réussi à combler son retard. On ne pouvait pas enfermer les humains dans les calculs statistiques, leur imprévisibilité leur donnait toujours un temps d'avance.

La colonne de lumière tombait d'une immense brèche du toit de la zone couverte. On apercevait, par l'espace dégagé, des nuages effilochés et pailletés d'or par les rayons d'Alep. L'Ombilique, le premier pilier de la civilisation onote, n'était pas déchiqueté ni même détérioré : il avait purement et simplement disparu. D'ailleurs on ne voyait plus un seul bâtiment aux alentours de la place du Naufrage. Il ne restait aucune trace de la carcasse de l'ancien vaisseau, elle-même volatilisée, pas un bout tordu de métal, seulement une étendue de terre nue au-dessus de laquelle flottaient des nuages ocre. Le centre historique de la cité de Domile avait basculé dans le monde invisible.

Seke et la paria traversèrent l'esplanade. De la colonne de lumière émanait une chaleur sèche très différente de la moiteur étouffante de la zone couverte. Soulevées par les bonds de Seke, des gerbes de poussière se déployaient avec une lenteur fascinante.

Ils trouvèrent un corps allongé dans l'un des trous profonds qui criblaient l'étendue de terre. Un veilleur, vêtu d'une combinaison brune, indemne en apparence. Seke lui posa l'index et le pouce sur les jugulaires : il ne présentait pas de blessure apparente, mais son cœur ne battait plus.

« Son enveloppe humaine n'a pas survécu à... »

Seke s'interrompit. La femme paria ne l'écoutait pas. Elle continuait d'explorer l'ancien emplacement du vaisseau, se laissant parfois entraîner par la gravité, agitant à d'autres moments ses membranes inférieures pour reprendre un peu d'altitude. La cité résonnait de mille bruits, grincements et craquements des structures métalliques, murmures et soupirs de la végétation, cris et rires des habitants. La vie réinvestissait les lieux plongés pendant des siècles dans le sommeil et le silence.

La femme paria poussa un cri et se posa lentement sur le sol. Seke la rejoignit en quelques bonds. Deux corps gisaient au fond du puits d'accès à la centrale d'énergie, enchevêtrés dans une flaque d'un liquide épais et noir. Seke identifia sans l'ombre d'une hésitation le paria qui avait ouvert la vanne de la cuve de refroidissement; l'autre était probablement le veilleur qui s'était lancé à sa poursuite. Il les crut morts tous les deux jusqu'à ce qu'il perçoive un son de forme, un chant ténu mais réel. Alors il rassura d'un sourire la femme paria effondrée sur le bord du puits et dévala les larges barreaux scellés dans la paroi.

Bœn ouvrit les yeux. Le visage inquiet de Loriale flottait au-dessus de lui comme une traîne de rêve. Elle l'avait attendu de l'autre côté du chemin apaisant. Il voulut lui exprimer sa reconnaissance d'un sourire, mais elle lui posa l'index sur la bouche pour lui commander de se tenir tranquille. De toute façon, il n'aurait pas eu la force de remuer les lèvres. Son corps tout entier n'était qu'une chaîne de douleur, dos, cou, nuque, visage, crâne, épaules, bras, bassin, segments inférieurs, pas un pouce carré qui ne fût touché. Son regard s'accoutuma peu à peu à la pénombre, et il discerna les contours d'une pièce, trop anguleuse et lisse pour être une cavité du Cyclope.

Des silhouettes s'agitaient derrière le visage de Loriale, qu'il ne connaissait pas. Il ne réussit pas à renouer les fils, à insérer cette scène dans un ordre chronologique. La dernière chose dont il se souvenait, c'était cet éclair prolongé, aveuglant, cette chaleur fantastique pulvérisant la gangue de glace qui le comprimait.

« Tu es revenu parmi nous, Bœn Sissia ! »

L'expression à la fois ironique et complice de Loriale le bouleversa. Jamais il n'avait été aussi heureux de plonger dans ces grands yeux moqueurs qui d'habitude l'intimidaient ou l'irritaient.

« Tu as réussi, Bœn ! Tu es l'envoyé de la montagne au grand œil. Tu as réconcilié les peuples d'Onœ. »

Étonné, il essaya de se relever sur un coude, mais la douleur se réveilla, féroce, et le contraignit à se recoucher. Des tiraillements sur le côté l'informèrent que des bandages serrés l'enveloppaient du cou jusqu'aux extrémités des segments inférieurs.

« Repose-toi. Quand tu seras rétabli, nous entendrons le chant du griot. »

La population onote comptait environ vingt mille membres. Pour certains le retour à la vie s'effectua sans aucune difficulté, mais les autres ne purent supporter d'être à nouveau enfermés dans un organisme. Il y eut une première vague de maladies foudroyantes qui, selon Marmat, relevaient à la fois de l'évolution naturelle et d'un désir inconscient de revenir à l'état incorporel. Le déni du corps se traduisait par un vieillissement accéléré, pas seulement chez les personnes âgées, mais chez des hommes et des femmes dans la force de l'âge, et même chez des enfants. Ni les paroles ni les remèdes ne réussissaient à retenir à la vie ceux qui avaient décidé de partir.

Marmat demanda qu'on rassemble les malades sur la place où s'était dressée la carcasse du vaisseau et chanta devant eux pendant un jour et une nuit. Sans résultat. Plus de quatre mille Onotes moururent en une quinzaine de jours, incapables de supporter ce retour soudain à la liberté. Une centaine d'autres périrent dans les calices des vores ou dans les frondaisons des arbres-pièges.

Les autres s'habituèrent sans difficulté à la faible gravité – les enfants en firent même un jeu permanent et enjolivèrent leurs bonds de figures acrobatiques. En revanche, ils se heurtèrent rapidement à des problèmes de nourriture et d'eau. Les pompes automatiques mises en place par PRIMA avaient cessé de fonctionner, et le temps manquait pour forer de nouveaux puits à de telles profondeurs. Avec ses systèmes capables de reconstituer les molécules, l'intelligence avait servi de mère nourricière aux occupants de la zone couverte, les maintenant dans une dépendance chaque jour plus étroite. Les Onotes n'avaient jamais cherché à répertorier les ressources de leur nouvelle terre, encore moins à la cultiver. Ils n'avaient pas conquis leur autonomie, et la vague de décès foudroyants relevait aussi de ce refus de se prendre en charge. Alors on explora de fond en comble la zone couverte. On trouva dans des salles souterraines d'anciennes réserves de grains fabriqués, stockés et conservés par l'intelligence, on en broya une partie dans des mortiers improvisés, on prépara des galettes qu'on fit cuire sur des pierres chauffées à blanc et qu'on distribua à la population.

« À ce rythme, les réserves ne dureront pas plus de deux ans, leur dit Marmat. Il faut en semer une partie. »

Ils décidèrent d'ensemencer les terres à l'extérieur de la zone couverte : les cultures se développeraient mieux à l'air libre, arrosées par les pluies et nourries par la lumière d'Alep, l'étoile du système dont ils n'avaient jamais contemplé le lever ni le coucher.

Loriale et Bœn, les deux parias, étaient pour les Onotes de véritables objets de curiosité. Ils avaient du mal à croire que ces deux créatures sans jambes et eux-mêmes étaient issus des mêmes ancêtres. Pourtant, lorsque Loriale les guida dans le passage jadis tracé par les bannis, ils furent obligés d'admettre qu'elle était bel et bien la lointaine descendante de ceux qui avaient eu un jour l'audace de fuir la zone couverte et qu'on avait toujours crus morts. Ils traversèrent la ceinture de végétation, la grande salle désormais vide de ses rayons, s'engagèrent dans le couloir incurvé et débouchèrent sur les plaines de l'autre côté de la muraille. Ils restèrent d'abord écrasés par les perspectives infinies de la terre et du ciel, éblouis par la lumière du jour bien qu'Alep fût occultée par un voile de nuages noirs, hypnotisés par les tourbillons de poussière qui s'évanouissaient à l'horizon.

« Ils ont encore besoin de sentir un toit au-dessus de leur tête », déclara Marmat, la main posée sur sa kharba enfouie dans un repli de sa toge.

Les deux griots se tenaient à l'écart en compagnie de Loriale. La température avait fléchi, l'air s'était imprégné d'une humidité que ne parvenaient plus à chasser les rafales.

« Comme le peuple paria a toujours éprouvé le besoin de se terrer dans le cratère du Cyclope », dit Loriale.

Ses jambelles ondulantes la maintenaient en l'air entre les deux hommes. La veille, Bœn et elle avaient longuement parlé des coutumes et de l'organisation de leur peuple, du rôle des senticielles, des connaissances transmises par les prophéties du grand Cycle, de la geste de la Dispersion, des sauvantes, des veuves, des polpes des roches, des impites… Les griots avaient mesuré tout ce qu'il leur avait fallu de courage pour affronter les dangers du voyage entre le Cyclope et le pays de leurs ancêtres.

Une averse rageuse donna le coup d'envoi de la débandade chez les Onotes, qui coururent se réfugier à l'intérieur de la zone couverte. Enfant du Mitwan, Seke appréciait toujours autant de sentir l'eau du ciel se pulvériser sur son visage, imprégner ses cheveux et ses vêtements. Marmat et Loriale restèrent à ses côtés malgré la violence des trombes.

« Est-ce que tout cela devait vraiment arriver ? » Seke désignait la muraille en partie occultée par les rideaux de pluie. « Est-ce que ce n'est pas notre rôle, à nous les griots, d'empêcher tout cela ? »

Marmat retira et essora son tarbouche. Ses mèches crépues alourdies par l'eau pendirent de chaque côté de son visage.

« Perds cette habitude de juger.

— Je ne juge pas, je…

— J'ai chanté la dernière fois que je suis venu sur Onœ. Les habitants de la zone couverte n'ont pas daigné m'entendre. Ils étaient déjà dépendants de l'intelligence. Prisonniers de la gravité. Enfermés dans leur paresse. J'aurais dû venir plus souvent, mais le voyageur hésite toujours à se rendre dans la maison où il sait qu'il sera mal accueilli.

— Pourquoi sommes-nous venus cette fois-ci ?

— Je pensais qu'à deux nous augmenterions nos chances de changer le cours des choses. »

Seke n'eut pas besoin de recourir à ses perceptions pour déceler une discordance entre le discours et le chant de son aîné.

Marmat ne mentait pas de façon délibérée, mais une faille séparait sa pensée consciente et sa mémoire profonde.

« Sans Loriale et Bœn, nous serions restés à jamais prisonniers de la zone couverte.

— Sans elle, sans Bœn, sans toi, sans moi… Chaque maillon de la chaîne a son importance. Nous avions besoin d'eux pour détruire le cœur de l'intelligence, ils avaient besoin de toi pour être guidés. »

Seke s'abstint de poser la question qui lui brûlait les lèvres, mais son regard éloquent incita Marmat à poursuivre.

« Tu te demandes à quoi mon maillon a servi, n'est-ce pas ? Tu t'es pourtant rendu compte que la gravité s'était soudain affaiblie… »

Oui, bien sûr, ou les parias ne seraient jamais arrivés jusqu'à la centrale d'énergie.

« Lors de mon dernier passage, les techniciens m'avaient expliqué les principes mis en œuvre pour créer la pesanteur artificielle, cette augmentation de la masse des particules, ce jeu entre la matière et l'antimatière. J'ai estimé que, si je parvenais à diminuer la force de gravité, nous aurions résolu un problème essentiel. Il n'y avait qu'une seule façon de le faire : pénétrer dans les arcanes de l'intelligence. J'espérais réussir avant la fin de ta renaissance, mais il m'a fallu davantage de temps que prévu.

— Elle aurait pu… Tu aurais pu…

— Me perdre en elle ? C'était un risque à courir. La vie n'est qu'une succession permanente de risques.

— Je suis resté conscient parce que les enfants du Tout m'ont appris à entendre mon chant intime, mais toi, comment as-tu… »

Marmat eut un sourire en coin avant de remettre son tarbouche sur sa chevelure détrempée.

« Les humains de Galban la sèche ont leurs petits secrets eux aussi.

— J'ai vu le dragon aux plumes de sang dans l'intelligence », lança Seke après un petit moment de silence.

Marmat ne répondit pas, mais la crispation de ses traits n'échappa pas à l'attention de son cadet.

Le vent s'engouffrait dans les failles et s'associait à l'humidité pour corroder les structures désormais livrées à elles-mêmes. Des pluies torrentielles dégringolaient par les brèches et emplissaient les réservoirs de fortune. La végétation transperçait les dalles métalliques, colonisait les ruelles, les places, les terrasses, les habitations. Les vores représentaient un danger permanent, d'autant qu'elles recherchaient leur nourriture avec une férocité décuplée par l'interruption des lâchers de cherfleurs. Elles parvenaient de temps à autre à leurs fins, surgissant d'un buisson pour happer un promeneur imprudent. Cependant, victimes elles aussi de leur dépendance à PRIMA, elles dépérissaient faute d'une alimentation régulière. Elles n'auraient pas le temps de s'adapter, d'entamer une nouvelle évolution, et il était probable que la plupart d'entre elles auraient bientôt disparu.

Les Onotes semèrent les grains dans une terre gorgée d'humidité. Ils utilisèrent pour la labourer des feuilles métalliques repliées et battues à coups de pierre jusqu'à ce qu'elles prennent une forme approximative de soc. Les attelages humains du début, bâtés pour leur éviter de s'envoler à chaque pas, cédèrent vite la place à un système de poulies installées sur un réseau de cordes tendues au-dessus des champs. Le vert tendre des pousses recouvrit la terre brune, presque noire, au bout de seulement trente jours.

La jambelle sectionnée de Bœn avait repoussé aux trois quarts tandis que l'autre, celle qui avait subi les assauts du polpe des roches, avait retrouvé sa taille initiale. Dès qu'il fut rétabli, Loriale et lui résolurent de retourner au Cyclope afin de guider les parias jusqu'à Domile et de sceller la réconciliation entre les deux peuples. Ils se rendirent à la maison allouée aux deux griots pour les informer de leur décision. Le vent répandait dans l'obscurité les parfums capiteux des vores affamées et des odeurs plus lourdes de décomposition. Les flammes des torches projetaient des ombres dansantes sur les murs lisses et les dalles des allées.

Les parias poussèrent la porte d'entrée, laissèrent à leurs yeux le temps de s'accoutumer à l'obscurité, ne virent personne dans la pièce principale, visitèrent en vain les autres pièces du bas et les deux chambres du haut.

Ils supposèrent que les griots étaient sortis et s'assirent sur un large siège pour les attendre. Loriale entreprit d'éveiller le désir de Bœn, et elle y parvint avec une grande facilité malgré les réticences de son compagnon, craignant d'être surpris par l'irruption des occupants des lieux. Le sommeil les faucha au sortir d'une étreinte presque immobile, exaspérante.

Réveillés par un rayon de lumière le lendemain matin, ils explorèrent à nouveau la maison, puis les environs, poussèrent jusqu'à la place des Parias, interrogèrent chaque homme, chaque femme, chaque enfant qu'ils rencontrèrent.

Personne n'avait aperçu les griots.

« Ils sont partis », conclut Loriale.

Pas la moindre tristesse dans sa voix.

« Sans chanter ? s'étonna Bœn.

— Ils ont déjà chanté pour les malades de Domile. Ils ont d'autres peuples à visiter, d'autres tâches à mener. Ils nous laissent écrire notre histoire. Qu'est-ce que tu en dis, Bœn Sissia ? Est-ce que nous… »

Une étreinte fougueuse l'interrompit. Bien sûr, disaient les yeux brillants de Bœn, nous irons chercher les nôtres et nous célébrerons les retrouvailles entre les deux peuples.

CHAPITRE XXVII

# ANGUIZ

*Le grand stratège n'est sûrement pas celui qui se livre à une démonstration de force. Encore moins celui qui cherche à humilier l'armée adverse. Ou celui qui dote ses soldats d'armes terrifiantes.*

*Le véritable stratège étudie les particularités de l'adversaire de façon à devenir l'adversaire, de sorte que, si l'adversaire veut le frapper, il se frappe lui-même.*

Traité des Cinq Cités,
espace aérien de Marchelune,
Venter.

LA CITÉ se dégradait à une vitesse effarante depuis la destruction de PRIMA. Une odeur de rouille dominait les effluves dispersés par les bourrasques. Des pans métalliques se détachaient des piliers de soutènement et du toit et tombaient en tournoyant comme de gigantesques feuilles mortes.

Le délabrement brutal de la zone couverte s'était associé à la confusion de ses souvenirs pour déboussoler Seke. Marmat n'aurait sans doute rencontré aucune difficulté à se réorienter dans ce qui était devenu un véritable labyrinthe de végétation et de métal, mais il avait disparu, comme cela lui était arrivé à plusieurs reprises sur Logon et Agellon. Tenaillé par l'inquiétude, Seke avait décidé de partir à sa recherche au bout seulement de deux jours d'attente. Il trouverait sans doute son aîné aux abords du nœud chaldrien – il éprouvait également le besoin impérieux de se rassurer en localisant la porte de la Chaldria : il ne se voyait pas passer le reste de sa vie sur Onœ si Marmat ne revenait pas, il voulait voyager sur les flots cosmiques, découvrir de nouveaux mondes.

Il avait visité un grand nombre de salles souterraines semblables à celle où il avait effectué sa renaissance. Il s'y était parfois perdu, et il lui avait fallu plusieurs heures pour retrouver la sortie. Les rigoles, grossies par les pluies qui dégringolaient des brèches du toit, se déversaient dans les sous-sols, inondaient les escaliers et les couloirs.

Il avait pris un peu de repos au premier étage d'une maison restée intacte. Une sensation de danger l'avait réveillé en sursaut : les pétales d'une vore se trémoussaient à quelques pouces de ses pieds. Il avait eu tout juste le temps de se jeter en arrière. Affamées, les fleurs les plus résistantes s'étiraient, se faufilaient par les fenêtres, se transformaient en prédatrices d'autant plus redoutables qu'elles agissaient dans un silence total. Les habitants de Domile devraient apprendre à fermer leurs fenêtres et leurs portes. Ou bien quitter la zone couverte et s'établir sur les plaines en bordure du gigantesque mur – cette solution finirait par s'imposer, la zone couverte restant associée à l'emprisonnement, aux temps du malheur. Peut-être la faible gravité rendrait-elle caduc l'usage de leurs jambes, les dirigerait-elle vers une évolution identique à celle des parias.

Seke erra encore une journée, explora d'autres maisons, d'autres salles souterraines, parcourut plusieurs quartiers de la zone couverte avant de comprendre qu'il n'y arriverait pas de cette manière.

Il s'installa dans une petite pièce pour se consacrer à l'écoute du son des formes, essaya de percevoir le chant de la Chaldria dans le chœur d'Onœ. De longues heures lui furent nécessaires pour discerner, dans la rumeur confuse de la planète reprenant vie, le murmure envoûtant qu'il avait entendu dans le palais de la Cité des Nues et au fond de la faille d'Hernaculum. Dès lors, il lui suffit de se laisser guider par le son, dont l'intensité augmentait à mesure qu'il se rapprochait du chaldran. Concentré, il ne prêta pas attention aux silhouettes bondissantes qu'il croisa dans les ruelles – il garda le vague souvenir de rires, de voix enfantines qui le saluaient joyeusement.

Toujours dirigé par le son, il s'engagea dans une ruelle bordée d'arbres trapus, entra dans une habitation dont la façade, mangée par une mousse brunâtre, ne se distinguait pas des autres, longea un couloir qu'il lui semblait reconnaître, traversa une enfilade de pièces plongées dans une obscurité profonde, déboucha sur un palier, commença à dévaler l'escalier tournant qu'il avait emprunté après sa renaissance. Il n'alla pas plus loin : ses pieds et ses jambes s'enfoncèrent dans l'eau qui recouvrait les marches. Il revint sur ses pas, pensant qu'il s'était trompé, mais le chant de la Chaldria baissa aussitôt d'intensité, et il dut admettre que le nœud chaldrien se trouvait bel et bien à l'intérieur de cette salle inondée.

Même s'il appréciait la fraîcheur des gouttes sur sa peau, Seke n'était pas réellement familier avec l'eau. Il n'avait pas appris à évoluer dans l'élément liquide, ni sur Jezomine ni sur les autres mondes. Les enfants du Tout refusaient de plonger dans les nappes des profondeurs du Mitwan. Dans un environnement aride, l'eau était un trésor si précieux qu'il ne leur venait pas à l'idée de s'y tremper. La traitant avec un respect infini, ils n'auraient pas pris le risque d'altérer sa pureté.

Assis sur le palier, désemparé, Seke se fia à son intuition et résolut malgré tout de franchir la porte chaldrienne. Bien qu'il n'eût aucune certitude sur la destination de Marmat, il s'imaginait mal revenir parmi les Onotes et attendre un hypothétique retour de son aîné. Il avait eu son compte de passivité, d'inertie, dans la zone couverte. Il lui fallut d'abord surmonter ses réticences, accepter l'idée de s'immerger dans ces ténèbres liquides.

Il descendit quelques marches de l'escalier tournant, s'arrêta quand l'eau lui arriva à la poitrine, suffoqua, s'appliqua à reprendre son calme et son souffle.

En bas de l'escalier se présentait la lourde porte métallique qui donnait dans la salle souterraine. Il perdrait sans doute pas mal de temps à l'ouvrir et, une fois qu'il l'aurait passée, il devrait encore parcourir trente ou quarante pas avant d'atteindre le nœud chaldrien. L'estimation reposait sur des souvenirs déformés par la sensation d'écrasement, mais, même si le trajet s'avérait plus court que prévu, il n'aurait probablement pas le temps de rebrousser chemin.

Il descendit deux marches, remonta précipitamment quand l'eau s'infiltra dans ses narines, resta un long moment aux prises avec sa frayeur et une sensation d'étouffement. Il se concentra de nouveau sur le chant de la Chaldria. Il devait s'en servir comme d'une corde pour remonter jusqu'à la source de l'énergie. Le son, puissant, harmonieux, emplit son esprit, apaisa sa respiration et les battements de son cœur.

Il prit une profonde inspiration, s'immergea tout entier dans l'eau, parvint en bas de l'escalier, s'avança à tâtons jusqu'à la porte métallique. Si la poignée tourna sans difficulté, il dut tirer de toutes ses forces pour faire pivoter le panneau massif freiné par la masse liquide. Une brève panique déclencha un réflexe respiratoire. Des gouttes sinuèrent comme des serpents froids dans ses narines et dans sa bouche. Il bâillonna l'impulsion qui lui commandait de battre en retraite et se glissa dans l'entrebâillement. L'encre noire et froide exploiterait la moindre ouverture pour se déverser en lui, pour le conquérir. Le chant de la Chaldria résonnait avec force et chassait ses pensées parasites. La bouche cosmique l'appelait comme elle l'avait attiré dans le palais de la Cité des Nues, au fond de la faille d'Hernaculum. Il continua d'avancer, les poumons déjà tiraillés par le manque d'oxygène. Bœn le paria avait vécu une expérience similaire dans le passage souterrain qui conduisait à la centrale d'énergie mésonique de PRIMA. Il lui fallait ignorer les réactions de son corps jusqu'à ce que la Chaldria le saisisse et l'expédie sur les flots cosmiques. Il ne savait pratiquement rien de cette formidable énergie qui transportait les êtres vivants d'un monde à l'autre de la Voie lactée. Suffisait-il de se présenter devant l'une de ses portes pour que le miracle s'accomplisse ? Une fraction de seconde, il douta de ses perceptions, se demanda ce qu'il fichait dans cette eau glaciale.

Il avait commis une erreur. Sa dernière erreur.

Affolé, il fit demi-tour et se précipita vers la sortie de la salle.

Mauvaise direction. Il hésita, esquissa deux pas sur le côté, pivota sur lui-même. Il avait perdu tout sens de l'orientation. Piégé. Égaré dans une nuit liquide qui alourdissait ses vêtements. Qui lui pesait sur la nuque. Qui lançait ses premiers tentacules dans son palais, dans sa gorge. Il comprenait pourquoi les enfants du Tout répugnaient à s'aventurer dans l'eau. Ce n'était pas seulement une question de pureté, mais de survie. Les skadjes du Mitwan et les humains avaient ceci en commun qu'il leur fallait inhaler de l'oxygène pour se maintenir en vie. Marmat prétendait que les hommes s'étaient extraits des fonds aquatiques des millénaires et des millénaires plus tôt.

« Ils sortent encore du ventre de la femme, du liquide nourricier… »

Il y avait donc une certaine logique à mourir noyé. Un retour aux sources.

Aussi soudainement qu'il avait perdu tout contrôle sur lui-même, Seke recouvra son calme. Il était mort à chaque fois qu'il avait fait un voyage sur les flots cosmiques. Mort à ceux qu'il avait connus. Mort aux émotions, aux sentiments, à la vérité du moment. Mort à lui-même. Il passait sur chaque monde comme un souffle et n'emportait avec lui que des souvenirs inutiles.

Le rêve de cette vie s'estompait. Peut-être retrouverait-il dans l'autre monde ceux qu'il avait aimés, Autre-mère, Danseur-dans-la-tempête, Marmat, Jaïfe ? Ceux dont il avait croisé le chemin, Yorgäl, Olphan, Salima, Zeline, Irko, Loriale, Bœn… ? Peut-être apprendrait-il à connaître Kaleh la soltane, la femme qui l'avait abrité dans son ventre, qui l'avait baigné dans le liquide nourricier ? Les visages, les images, les pensées se superposaient à une vitesse folle. Tourbillonnaient. Contrastaient avec l'inertie et le silence de l'eau. Et puis montait ce chant à l'ineffable beauté, qui racontait l'immensité de l'espace, qui révélait d'autres lois, d'autres ordres. La flèche du temps le frapperait dans une fraction de seconde, elle l'éblouirait, elle l'emmènerait dans une autre dimension.

Il s'abandonna à la beauté de l'instant.

Seke reprit connaissance dans une grotte ou une pièce souterraine plongée dans une semi-pénombre. Son regard heurta les pierres d'une voûte habillées d'une mousse brun foncé, puis, dans un coin, les marches à demi affaissées d'un escalier tournant. Son corps tétanisé gardait la réminiscence exaltante d'un déplacement à l'incomparable fluidité. Il crut d'abord qu'il était passé dans l'autre monde, puis il se rendit compte, aux effleurements de l'air sur sa peau, aux odeurs de moisissure qui montaient du sol, qu'il était seulement arrivé sur *un* autre monde. Pourtant, il ne se souvenait pas de cette sensation de fulgurance accompagnant d'habitude l'intervention de la Chaldria. Son dernier souvenir était celui de l'eau s'engouffrant avec avidité dans sa bouche. Une saveur prononcée de terre imprégnait sa gorge, une douleur sourde fredonnait dans ses poumons, le long de sa trachée-artère, il se sentait à l'étroit dans ses vêtements, dans son enveloppe de peau.

Après que son mal de crâne se fut estompé, il se leva et esquissa ses premiers pas. Chancelant, il gravit l'escalier dont une marche s'affaissa sous ses pieds, s'engagea dans un tunnel obstrué par endroits, se fraya un passage au milieu des éboulis ou des enchevêtrements de racines. Les rayons étincelants qui s'écrasaient en flaques sur les parois lui indiquèrent qu'il approchait de la sortie.

La galerie débouchait sur un paysage dont la lumière éblouissante de l'étoile, une géante bleue, ne parvenait pas à masquer la désolation. Un plateau désertique, traversé de part en part par une large faille, s'étendait jusqu'au pied d'une chaîne montagneuse aux formes torturées. Les seules traces de végétation, outre cette mousse brune qui habillait les murs et le plafond de la salle souterraine, étaient des tiges rampantes et épineuses entortillées autour des maigres reliefs. Les roulements de cailloux sous les pieds de Seke retentirent comme des coups de tonnerre dans le silence lugubre.

Pourquoi la Chaldria l'avait-elle transféré sur ce monde en apparence inhabité ? Il avait espéré, au départ d'Onœ, qu'elle l'enverrait sur les traces de son aîné, mais il n'avait aucune certitude à ce sujet. Si Marmat lui avait expliqué que le candidat au voyage céleste devait émettre une intention avant de se confier aux flots cosmiques, il ne lui avait pas enseigné la méthode. De toute façon, Seke aurait été bien en peine de choisir une destination : il ignorait tout de la mappe sidérale, il ne connaissait ni le nom ni la position des planètes colonisées par les humains. Son secteur de griot lui serait révélé lorsqu'il serait officiellement admis dans le Cercle de Venter et qu'il aurait reçu sa kharba.

Ce monde ne chantait pas, comme s'il n'abritait plus aucune forme, plus aucune vie. Après avoir mémorisé plusieurs points de repère, Seke marcha en direction de la faille. Pas un souffle d'air ne remuait la chaleur accablante dispensée par l'étoile bleue. La gravité, plus forte que celle de Jezomine ou de Logon, rendait sa progression malaisée.

Il crut entrevoir un mouvement entre les rochers gris qui jonchaient le sol par milliers. Il s'essuya le front d'un revers de manche, s'immobilisa, essaya de percevoir un son de forme, n'entendit rien, supposa qu'il avait été trompé par une illusion d'optique, reprit sa marche. Des monticules assaillis par les tiges épineuses ressemblaient à des ruines. Ici apparaissaient des pierres dont les angles et les courbes n'avaient rien de naturel, là se devinaient les margelles de bassins ou des fragments de colonnes. Seke avait maintenant l'impression de déambuler à l'intérieur d'une tombe géante. Dans un cimetière planétaire.

Couvert de sueur, assoiffé, exténué, il atteignit le bord de la faille au moment où l'étoile bleue se couchait dans une floraison de nuances mauves et roses. Avec le crépuscule descendit un froid vif, mordant. Des étoiles s'allumaient dans l'agonie du jour, les faces éclairées et rugueuses de deux satellites se levaient au-dessus de la chaîne montagneuse.

Seke faillit s'allonger sur le sol dans l'espoir d'être emporté par l'oubli, le sommeil ou la mort, quelle importance ? mais il continua, hanté par l'étrange certitude qu'il trouverait des réponses ou des indices aux alentours de la gorge.

De nouveaux mouvements entre les rochers lui indiquèrent qu'il n'avait pas rêvé. Des ombres filèrent devant lui, minuscules, véloces, insaisissables. Aucun son ne s'associait à leur existence, comme si elles n'appartenaient pas à l'univers des formes.

Seke s'assit sur un rocher et contempla la faille inondée de ténèbres. La nuit l'emplit de son amertume. Transi jusqu'aux os, plongé dans ses pensées, il ne prêta pas attention aux crissements et aux grattements qui s'élevaient derrière lui. Enhardis par son immobilité, de petits animaux sortirent de leur abri. Ils ne ressemblaient ni à des insectes, ni à des reptiles, ni à des rongeurs, ni à des oiseaux ; pourtant, ils éveillaient en lui des images, des souvenirs, une réaction spontanée de méfiance, de rejet.

L'un d'eux s'aventura tout près de son pied. Un rayon de satellite révéla son corps allongé et sa queue recourbée dont l'extrémité se promenait juste au-dessus de sa tête.

Seke retira son pied juste avant la première attaque du petit animal. La queue recourbée se détendit comme un ressort et se planta dans la terre sèche avec un bruit mat. Seke en aperçut un deuxième, puis un troisième. Ils surgissaient de la nuit comme des fantassins lancés dans une offensive concertée. Il bondit sur ses jambes, un mouvement qui les arrêta dans leur élan, grimpa en haut du rocher, balaya les environs d'un regard circulaire, vit des centaines, des milliers de formes sombres qui grouillaient dans la nuit comme une nuée de scorpions jaunes du Mitwan. Il n'avait aucune arme à leur opposer. Il retira fébrilement sa tunique, l'entortilla sur elle-même et la noua à chaque extrémité. L'irruption de ces tueurs silencieux lui avait redonné toute sa combativité. La perspective d'être empoisonné par un de leurs dards le révulsait.

Ils attaquèrent jusqu'à l'aube par vagues désordonnées et incessantes, se bousculant, se gênant mutuellement pour arriver au sommet du rocher. Seke les fauchait par d'amples mouvements tournants de sa tunique. Légers, ils décollaient, retombaient plus loin, se relevaient indemnes et repartaient aussitôt à l'assaut du refuge de leur proie. Les frottements de leurs griffes sur le rocher et les chocs de leurs corps sur la terre dure enflaient comme un fracas d'orage dans le silence glacé.

Seke ne relâcha à aucun moment sa vigilance. Il faillit pourtant être débordé à plusieurs reprises, s'apercevant *in extremis* que deux ou trois de ses agresseurs avaient échappé à ses moulinets et s'étaient rapprochés de ses pieds. Il dut alors faire un petit bond de côté et s'occuper des intrus avant de reprendre son incessant travail de balayage. La lumière des étoiles et des satellites les éclaira, pas longtemps, mais suffisamment pour montrer leurs pattes griffues, leur bec, leur tête ronde, leurs yeux globuleux, leur double rangée de plumes. Seke fut transporté dans le théâtre de la Cour des Nues, dans le Cosmocant de Faliz, devant l'hologramme des ruines de Bordles, dans l'océan de données de PRIMA. Les animaux qui le cernaient ressemblaient trait pour trait à l'emblème des angailleurs de Jezomine, au Quetzalt tapi dans le cœur des petits Orows, aux statuettes badigeonnées de sang des ankkates, au dragon implanté dans l'intelligence artificielle de Domile…

Le serpent aux plumes de sang n'était pas un symbole sur cette planète, mais une réalité vivante. Le culte avait-il pris naissance sur ce monde ? Les créatures qui le cernaient avaient-elles servi de modèles aux prêtres et aux fanatiques qui s'acharnaient à détruire les hommes ?

Hurlant de rage, il oublia la fatigue et le froid pour repousser inlassablement la vague bruissante qui cherchait à submerger le rocher.

Ses innombrables adversaires refluèrent juste avant l'apparition de l'étoile bleue et disparurent dans les anfractuosités des rochers et les crevasses de la terre. Malgré son épuisement, Seke ne relâcha pas sa vigilance avant que l'astre eût émergé des brumes matinales qui habillaient l'horizon. Le plateau et la chaîne montagneuse se tendirent d'un voile or et bleu. La température augmenta brutalement et chassa les vestiges du froid nocturne. Le jour révélait les dimensions de la faille, beaucoup plus large et profonde que Seke ne l'avait supposé. Il distinguait à peine les rochers de l'autre bord, sans doute dix ou vingt fois plus volumineux que celui qui lui avait servi de refuge. Il n'y avait plus aucune agitation dans les environs. Les petits dragons ne sortaient probablement qu'à la tombée de la nuit. Il s'autorisa enfin à s'asseoir, puis à s'allonger sur le sommet du rocher, à se réchauffer aux rayons de l'étoile bleue. L'engourdissement le gagna et l'entraîna irrésistiblement vers le rivage des rêves.

« Tu ne devrais pas t'endormir ici ! »

Il tressaillit, se demanda s'il avait entendu une voix ou s'il continuait à rêver, puis il perçut un son de forme et se redressa, aux prises avec cette hébétude caractéristique des réveils en sursaut.

Marmat se tenait devant le rocher. Toge et tunique déchirées, tachées, cheveux et barbe en désordre, cernes profonds sous les yeux traversés de stries rouges, égratignures sur les bras et les jambes. La présence de son aîné suffit à chasser le sentiment de solitude et l'amertume de Seke. L'univers lui paraissait à nouveau radieux puisqu'ils étaient réunis.

« Je te cherchais…

— Tu m'as trouvé, dit Marmat avec un sourire las.

— Je n'aurais peut-être pas dû… »

Marmat interrompit son cadet d'un geste de la main.

« On dirait que nous sommes à jamais liés par la Chaldria. » Sa voix grave se teintait de nostalgie. « J'espère que nous n'aurons pas à le regretter.

— Où sommes-nous ?

— Sur Zperanz, cinquième planète du système de Shaïn.

— Qu'est-ce que nous devrions regretter ? »

Le griot haussa les épaules. Son chant intime exprimait une tristesse poignante. Et une double réalité : il hébergeait une entité ou une personnalité qu'il ne contrôlait pas. Il tira sa kharba d'un repli de sa toge, la cala contre son ventre et en gratta les cordes.

« Quoi que nous fassions, amis, ennemis, nous restons des étrangers l'un pour l'autre. Nous sommes des astres solitaires perdus dans l'immensité, nous nous éloignons chaque jour un peu plus des autres, un peu plus de nous-mêmes. Ô dieux, qui pourra dire un jour la solitude du griot ? Qui aura assez de feu pour réchauffer le visiteur céleste, qui aura assez d'eau pour l'abreuver, assez de pain pour le nourrir ? »

Seke n'écoutait pas la voix de son aîné, il se concentrait sur le son de sa forme, sur ce murmure qui disait la substance de son être.

« Quelle femme aura assez de dévotion pour effacer ses peines ? Quel homme assez de compassion pour plonger sa lame dans son cœur et mettre fin à ses tourments ? Ils nous croient bénis, je dis, moi, Marmat Tchalé, du Cercle des griots, qu'il n'y a pas pire malédiction que l'errance perpétuelle. Il n'y a pas pire condamnation que de vivre sans amour, ô dieux, la souffrance, l'affliction du cœur desséché… »

Seke percevait maintenant la deuxième forme, la forme cachée, dans le chant intime de Marmat. Elle ouvrait une porte sur un autre monde, ou plutôt sur un non-monde. Sur un vide absolu.

Ils ne restèrent que sept jours et sept nuits sur Zperanz, le temps pour leur organisme de se préparer à un nouveau transfert. Ils buvaient les gouttes d'eau qui perlaient à l'extrémité des racines. La faim cessa de les harceler au matin du troisième jour.

Seke s'abstint de révéler à son aîné la double forme qu'il avait perçue dans son chant intime. Il valait mieux attendre l'alignement chaldrien et l'assemblée du Cercle. Les longues chasses avec les enfants du Tout lui avaient enseigné la patience. Il prendrait une décision sur Venter, quand il aurait rencontré les autres griots et reçu sa kharba.

Un soir, Marmat lui raconta l'histoire de Zperanz. La planète avait connu une civilisation florissante jusqu'à ce qu'une succession de catastrophes précipitent son déclin. Les petits animaux qui avaient agressé Seke s'appelaient selon lui des anguiz, et il était probable que leur nom venait de leur ressemblance avec les dragons des mythes de la Dispersion.

« Et si c'était l'inverse ? lança Seke.

— Impossible. Le nom d'"anguiz" ou d'"anqizz" existait bien avant la colonisation de Zperanz. Un animal sympathique ! Sa piqûre tue un homme le temps d'un battement de cils. Le cadavre se transforme en squelette et les os tombent en poussière au bout de quelques secondes. Ils survivent en se mangeant les uns les autres. »

Ils se réfugiaient pour dormir dans le tunnel qui donnait sur la salle du nœud chaldrien. Seke avait du mal à trouver le sommeil, même si Marmat lui avait assuré que les anguiz ne s'aventuraient jamais dans ces lieux.

« Il est temps de partir. »

Marmat se dirigeait déjà vers la salle du nœud chaldrien.

« Allons débusquer le dragon dans son antre. »

Seke suivit son aîné d'un pas décidé, pressé maintenant de quitter Zperanz. Les enfants du Tout s'étaient effacés pour qu'il aille au bout de son chemin, au bout de lui-même, là où l'attendait le serpent aux plumes de sang.

# TABLE

PRÉAMBULE . . . . . . . . . . 7
I La rêveuse . . . . . . . . . . 19
II Qui-vient-du-bruit . . . . . . . . . . 35
III Helal Wehud . . . . . . . . . . 49
IV Kehion Huggar . . . . . . . . . . 63
V Marmat Tchalé . . . . . . . . . . 77
VI Logon . . . . . . . . . . 97
VII Hernaculum . . . . . . . . . . 111
VIII Olphan . . . . . . . . . . 125
IX Le fond de Cadect . . . . . . . . . . 139
X Jaïfe . . . . . . . . . . 153
XI Bel Sief . . . . . . . . . . 165
XII Zeline . . . . . . . . . . 181
XIII Cosmocant . . . . . . . . . . 197
XIV Orows . . . . . . . . . . 213
XV Ez Kkez . . . . . . . . . . 229
XVI Mutants . . . . . . . . . . 243
XVII Sombillia . . . . . . . . . . 253
XVIII Kharba . . . . . . . . . . 271
XIX Parias . . . . . . . . . . 291
XX Reni . . . . . . . . . . 305
XXI L'impite . . . . . . . . . . 317
XXII Domile . . . . . . . . . . 333
XXIII Zongrave . . . . . . . . . . 345
XXIV Graves . . . . . . . . . . 361
XXV Voix . . . . . . . . . . 373
XXVI Cœurs . . . . . . . . . . 387
XXVII Anguiz . . . . . . . . . . 401

Achevé d'imprimer en juin 2002
par l'Imprimerie Bussière
à Saint-Amand-Montrond (Cher)
pour le compte de
la Librairie l'Atalante.

N° d'imprimeur : 21879
Dépôt légal : juin 2002

IMPRIMÉ EN FRANCE